R. L. Ferguson
Die Schule der Alyxa
Der dunkle Meister

R. L. Ferguson

DER DUNKLE MEISTER

Band 1

Aus dem Englischen
von Leo Strohm

Ravensburger Buchverlag

Bibliografische Information der Deutschen Nationalbibliothek:
Die Deutsche Nationalbibliothek verzeichnet diese Publikation
in der Deutschen Nationalbibliografie.
Detaillierte bibliografische Angaben sind im Internet
über http://dnb.d-nb.de abrufbar.

1 2 3 4 5   E D C B A

Deutsche Erstausgabe
©2018 Ravensburger Buchverlag Otto Maier GmbH

Originaltitel: *Alyxa, Book 1: The Dark Master*
© Working Partners Ltd.
Umschlaggestaltung: Frauke Schneider unter Verwendung
von Motiven von depositphotos/yuriy2design, depositphotos/galdzer
und depositphotos/davemhuntphoto
Vignetten im Innenteil: Adobe Stock/Alexander Potapov
und Adobe Stock/paunovic
Redaktion: Valentino Dunkenberger

Alle Rechte dieser Ausgabe vorbehalten durch
Ravensburger Buchverlag Otto Maier GmbH,
Postfach 18 60, D-88188 Ravensburg
Printed in Germany

ISBN 978-3-473-40820-7

www.ravensburger.de

Mit besonderem Dank an Graham Edwards

I

Finn hätte gar nicht genau sagen können, was eigentlich schlimmer war – die erbarmungslos stampfende Partymusik oder die sterile Stille des Krankenzimmers. Irgendwie kam es ihm so vor, als würde das leise Piepsen der Herzüberwachung die Lautlosigkeit sogar verstärken. Aber zumindest bedeutete das Piepsen, dass sein Bruder noch am Leben war.

Er warf einen Blick auf sein Handy – 02.30 Uhr. Das letzte Mal war er an Silvester so lange wach gewesen. Sie hatten sich mit Fastfood und Naschkram vollgestopft und Brettspiele gespielt, nur Finn, John und ihre Mum. John war aufgedreht und lustig gewesen und hatte seit Monaten keinen Anfall mehr gehabt. Aber all das kam Finn jetzt unendlich weit weg vor.

Er schloss die Augen, doch dann wurde er sofort von den Erinnerungen an die Ereignisse des Abends überfallen.

Sie hatten sich so auf diese Party gefreut – genau das Richtige, um den Abschluss des Schuljahrs zu feiern. Die wummernde Musik aus den fetten Boxen, die geöffneten Terrassentüren, der Garten mit dem beheizten Swimmingpool, die vielen bekannten Gesichter, lachend und fröhlich.

Aber dann war es passiert.

John, der sich bis dahin genauso gut amüsiert hatte wie alle anderen, war in der Küche auf die Knie gesackt und hatte mit den Fäusten gegen die Schränke getrommelt. Die Sehnen an seinem Hals waren zu dicken Stricken angeschwollen. Zuerst hatten die Leute das Ganze für einen Scherz gehalten, aber als sie das Blut auf seinen Knöcheln gesehen hatten, war das Gelächter verstummt. Das Dröhnen aus den Lautsprecherboxen war immer lauter und lauter geworden, bis sie irgendwann mit einem ohrenbetäubenden Kreischen explodiert waren und sämtliche Fenster in der Nähe zum Platzen gebracht hatten. Alle waren hastig irgendwo in Deckung gegangen, nur Finn hatte nach einem Notarzt gebrüllt und Johns schweißnassen Kopf in seinen Schoß gelegt.

An das, was danach passiert war, konnte er sich nur noch verschwommen erinnern. Die blinkenden Lichter, das Ende der Party, die routinierten Handgriffe der Sanitäter, die sich im Notarztwagen um seinen Bruder gekümmert hatten.

„Sollen wir eure Eltern anrufen?", hatte eine der Krankenschwestern gefragt, während John bereits in die Notaufnahme des Resus Hospitals gerollt wurde.

Finn hatte sie einen Augenblick lang ratlos angestarrt und geantwortet: „Wir haben nur Mum. Ich hab's schon bei ihr probiert, aber bei der Arbeit stellt sie das Handy immer aus."

„Sollen wir es vielleicht auch noch mal versuchen?"

Finn hatte genickt und ihr die Nummer gegeben.

Eine gezackte Linie zuckte über den Monitor. Das war Johns Pulsschlag. Das Gesicht seines Bruders war nur halb zu erkennen, weil die Atemmaske die untere Hälfte komplett bedeckte. Trotzdem, die Risswunde über Johns Auge und der dicke blaue Fleck auf seiner Wange waren nicht zu übersehen.

Finn fuhr über das Pflaster, das seitlich an seiner linken Hand klebte. Er hatte sich an einer Glasscherbe geschnitten. Weshalb die Fensterscheiben nach innen und nicht nach außen zerplatzt waren, konnte er sich beim besten Willen nicht erklären, aber auch dafür hatte er jetzt keinen Kopf. Sie warteten auf das Ergebnis der Computertomografie. Bis dahin musste John auf jeden Fall die Halskrause tragen, für den Fall, dass er sich an der Wirbelsäule verletzt hatte. Und wer weiß, vielleicht hatte sein Gehirn ja irgendwelche Schäden abbekommen? Und alles bloß wegen so einer bescheuerten Party!

Wo blieb eigentlich Mum? Er konnte die Warterei nicht

mehr länger ertragen. Er musste jetzt ihre schützenden Arme spüren, musste ihre Stimme hören, die ihm sagte, dass alles in Ordnung sei. Aber gleichzeitig hatte er Angst davor, ihr zu begegnen. Weil sie eine Erklärung verlangen würde. Ihnen war beiden klar gewesen, dass Mum ihnen niemals erlaubt hätte, auf diese Party zu gehen. Darum hatten sie es ihr gar nicht erst gesagt.

Als dann endlich die Tür geöffnet wurde, sprang Finn erwartungsvoll auf und schob den Stuhl mit lautem Kreischen über den Fußboden. Doch nicht seine Mutter betrat das Zimmer, sondern ein groß gewachsener Mann mit ergrauenden Haaren und scharfkantigen Wangenknochen. Er trug einen schiefergrauen Anzug ohne Krawatte und hatte das Hemd aufgeknöpft.

Wahrscheinlich ein Facharzt oder so, dachte Finn.

Der Mann musterte John mit einem raschen Blick, dann widmete er sich den Krankenblättern, die am Fußende des Bettes befestigt waren. Finn zupfte an dem Pflaster an seiner Hand herum und fragte sich, wie lange der Mann ihn wohl noch ignorieren wollte.

„Du bist der Bruder?", sagte der Facharzt, ohne sich umzudrehen.

Finn nickte. „Ja."

„Sehr gut. Ich möchte dir ein paar Fragen zu den Ereignissen des heutigen Abends stellen. Einverstanden?"

Finn trat von einem Fuß auf den anderen. „Klar." Also,

von guten Manieren schien der Typ jedenfalls nicht viel zu halten.

Der Mann sah sich die Krankenblätter an und fühlte anschließend Johns Puls. Das war seltsam. Schließlich war der Herzschlag seines Bruders auf dem Monitor klar und deutlich zu erkennen.

„So etwas ist ihm schon öfter zugestoßen, ja?", fragte der Facharzt und ließ Johns Arm ein wenig zu grob wieder auf das Bett zurückfallen.

„Aber so schlimm war es noch nie", erwiderte Finn, noch bevor er sich fragen konnte, was dieser Arzt eigentlich wusste – und woher.

Er dachte zurück an den Tag, als John das Treppengeländer zerbrochen hatte. Damals hatte er nur gedacht, dass es eben die Begeisterung gewesen war, weil Arsenal in der Verlängerung noch das Siegtor gemacht hatte. Aber dann, nur eine Woche später, hatte John während eines Gewitters plötzlich angefangen zu weinen. Oder die Sache mit den Straßenarbeiten vor ihrem Haus? Da hatte Finn seinen Bruder im Badezimmer entdeckt, wo er sich vor Schmerzen auf dem Boden gewälzt hatte. Mum hatte ihn zu mehreren Ärzten geschleppt und sie hatten alle möglichen Tests mit ihm durchgeführt, aber ohne jedes Ergebnis. Danach waren mehrere Monate ohne einen Vorfall vergangen.

Wahrscheinlich hatten sie alle gehofft, dass es von selbst vorbeigegangen war. Aber das war es nicht.

„Dann war das also bis jetzt der extremste Vorfall?",
erkundigte sich der Facharzt.

„Ja."

Der Mann beugte sich über Johns Kopf ... und dann machte er etwas außerordentlich Seltsames. Er schnüffelte.

„Hat man die Polizei gerufen?"

Johns Herzschlag hüpfte über den Bildschirm. Der Mann im Anzug stand regungslos da und sein Gesicht, das sich im Bildschirm spiegelte, wirkte völlig emotionslos.

„Ich nicht, aber vielleicht jemand anders. Jedenfalls ist ziemlich viel kaputtgegangen."

„Wie viele Zeugen?"

Finn zuckte mit den Schultern. *Zeugen?* Es war doch kein Tatort. „Auf der Party waren mindestens vierzig Leute."

Der Facharzt ließ die Krankenblätter sinken, machte einen Schritt auf Finn zu und baute sich vor ihm auf. Zum ersten Mal sah er ihn direkt an und im selben Augenblick wurde Finn klar, dass dieser Kerl ganz bestimmt kein Facharzt war. In seinem Blick lag keine Spur von Wärme oder Freundlichkeit. Im Gegenteil, seine Augen wirkten irgendwie ... gierig. „Und du? Hast du jemals ähnliche Symptome gezeigt wie dein Bruder?"

Finn erschrak und wich zurück, bis er mit den Beinen gegen den Stuhl stieß.

„Was hat das denn mit mir zu tun? Mein Bruder ist doch ..."

„Ich habe dich etwas gefragt. Hast du jemals etwas Ähnliches erlebt?"

Finn hatte jetzt die Schnauze voll. Er richtete sich ein wenig auf. „Entschuldigung, aber wer sind Sie eigentlich?", fragte er.

Der Mann verzog seine schmalen Lippen zu einem Lächeln. Finn hielt seinem Blick stand.

Da ging erneut die Tür auf. Nie war Finn froher gewesen, seine Mutter zu sehen. Mit klappernden Absätzen, das elegante Kleid völlig zerknittert, kam sie hereingehastet. Ihr Make-up war durch die Tränen völlig verschmiert.

Finn drängte sich an dem fremden Mann vorbei. „Mum!"

„Ich komme direkt von der Weinprobe", sagte sie, ohne den Fremden zu beachten. „Es hat so lange gedauert. Ich dachte … Dann habe ich deine Nachrichten gelesen." Ihr Blick fiel auf John. „Oh, mein armer Junge!"

Sie eilte ans Bett und nahm Johns aufgeschürfte Hände in ihre. „Finn … was ist passiert?"

„Wir waren auf einer Party", sprudelte die Wahrheit aus ihm heraus. „Die Musik war so laut … ich weiß nicht … John hatte wieder einen Anfall." Sie zuckte ein wenig zusammen. „Ich wünschte, wir wären da nicht hingegangen."

Der Mann, der kein Facharzt war, machte leise die Tür zu. Von innen. Dann faltete er die Hände vor dem Bauch und sagte: „Hallo, Harriet."

Finn starrte ihn fassungslos an, während es im Zimmer schlagartig eiskalt zu werden schien. *Er kennt sie.* Und eigenartigerweise drehte Mum sich nicht einmal zu ihm um.

„Dieses Mal ist es ohne schwere Verletzungen ausgegangen", fuhr der Mann fort. „Aber wir haben dich immer wieder gewarnt, dass so etwas irgendwann passieren würde, Harriet."

Er trat einen Schritt auf sie zu. Finn sah, wie seine Mutter die Zähne aufeinanderpresste, und versperrte dem Mann den Weg. Wieso redete er so mit ihr?

„Wer sind Sie?", wollte er wissen.

Da ertönte vom Bett her ein leises Stöhnen und sie wandten sich alle John zu. Finns Bruder zog sich die Atemmaske vom Gesicht und sah sie mit feuchten Augen an.

„Ist jemand gestorben?", krächzte er.

„Oh, John!" Mum ignorierte den Fremden immer noch und streichelte ihrem Sohn stattdessen über die zerzausten Haare. Tränen rannen ihr über die Wangen und tropften auf Johns Gesicht.

„Harriet", sagte der Mann mit großem Nachdruck. „Ich muss mit dir reden!"

„Sehen Sie eigentlich nicht, dass sie völlig fertig ist?", widersprach Finn.

Er hätte gerne noch mehr gesagt, aber jetzt ließ seine Mutter Johns Hände los, erhob sich und berührte Finn mit den Fingerspitzen an der Schulter. „Ist schon in Ordnung."

Sie holte ein Papiertaschentuch aus ihrer Tasche und tupfte sich die Tränen aus dem Gesicht.

„Du bleibst bei deinem Bruder", sagte sie zu Finn. „Ich bin gleich wieder da." Dann wandte sie ihm und John den Rücken zu und folgte dem Mann nach draußen.

Finn wäre ihnen am liebsten nachgegangen, aber er riss sich zusammen. John stemmte sich auf die Ellbogen, was ihm wegen der Halskrause ziemlich schwerfiel.

„Was ist denn eigentlich passiert?" wollte er wissen.

„Kannst du dich an gar nichts mehr erinnern?", fragte Finn zurück.

John runzelte die Stirn. „Ich weiß nicht mal, wie ich hierhergekommen bin."

Finn sah sich die Schürfwunde auf Johns Wange an. „Was macht dein Kopf?"

„Brummt wie verrückt."

„Kannst du dich überhaupt an irgendwas erinnern?"

„Laute Musik. Blitzende Lichter." Er grinste. „Ein süßes blondes Mädchen."

„Mehr nicht?"

John runzelte erneut die Stirn. „Ich weiß noch, dass ich jede Menge Spaß gehabt habe."

Finn hörte die gedämpften Stimmen seiner Mutter und des Fremden draußen auf dem Flur. Sie stritten sich.

Er trat ans Fenster neben der Tür und schob die Jalousie ein Stückchen zur Seite. Durch die Lücke sah er, wie seine Mutter mit den Armen fuchtelte. Sie wirkte wütend. Ihre Worte konnte er nicht verstehen. Wenn er das Gefühl gehabt hätte, dass der Mann sie irgendwie bedrohte, dann wäre er nach draußen gegangen, aber der Mann stand nur regungslos da, die Arme vor der Brust verschränkt, und hörte zu. Wenn er etwas sagte, dann waren es lediglich kurze Sätze. Seine Miene blieb wie versteinert und manchmal schüttelte er kaum merklich den Kopf. Irgendwann ließ Finns Mutter die Schultern sinken und verstummte. Der Mann sagte noch etwas, dann starrte sie ihn lange an, bis ihre Verkrampfung sich schließlich löste. Sie nickte.

Finn drehte sich um, als er es im Bett rascheln hörte. Sein Bruder setzte sich gerade auf. Noch bevor Finn bei ihm war, hatte John die Klettverschlüsse der Halskrause gelöst und das ganze Ding abgenommen.

„Du solltest sie lieber dranlassen", sagte Finn, doch John warf die Halskrause hinter die Herzüberwachung, sodass sie außer Reichweite war.

Jetzt kam ihre Mutter wieder herein, aber ohne den Mann.

„Mum, sag's ihm", sagte Finn. „Er kann doch nicht einfach ..."

„Sei mal für einen Moment still, Finn. Wir haben nicht viel Zeit."

„Zeit?", erwiderte Finn. „Wofür denn Zeit? Was soll das heißen?"

„Ich kann euch jetzt nicht alles erklären."

Irgendetwas an ihrer ganzen Art jagte ihm kalte Schauer über den Rücken. Ihre dumpfe Stimme, ihr fahles Gesicht.

„Mum?", sagte John.

Sie legte die Hände an die Schläfen. Finn musste dabei sofort an John denken. So sah auch er jedes Mal aus, bevor er einen Anfall bekam. Doch dann ließ sie die Arme wieder sinken.

„Ich würde es euch gerne ausführlich erklären", sagte sie. „Wirklich. Aber sie wollen nicht warten. Ihr müsst mir einfach vertrauen."

Finn warf seinem Bruder einen Blick zu, erntete jedoch nur ein schwaches Achselzucken. „Vertrauen? Wie meinst du das? Mum, wer war der Mann?"

„Ihr müsst ihn begleiten", sagte sie. „Und zwar beide."

Finn machte den Mund auf, doch die Worte blieben ihm in der Kehle stecken. Kein Laut drang nach draußen. Er suchte den Blick seiner Mutter, aber sie hielt den Kopf gesenkt und starrte auf den Boden vor ihren Füßen.

„Ich habe versucht, euch zu beschützen", fuhr sie fort. „Jahrelang habe ich es versucht. Aber jetzt kann ich nicht mehr." Sie holte tief Luft und dann endlich blickte sie Finn an. „Es gibt da eine Schule. Die nimmt euch beide auf, aber ihr müsst sofort abreisen. Es ist das Beste für euch, das könnt ihr mir glauben, das Allerbeste. Dort wissen sie genau, welche Bedürfnisse ihr habt. Dort wird man sich um euch kümmern."

„Mum?" John rieb sich den Nacken. „Du redest wirres Zeug. Ist alles in Ordnung mit dir?"

Finn starrte sie nur an. „Was für eine Schule denn? Wir gehen doch auf die St. Luke's."

Ihre Mutter schüttelte den Kopf. „Tut mir leid, Finn."

„Aber ich verstehe das nicht!", sagte Finn und ärgerte sich gleichzeitig darüber, wie weinerlich sich seine Stimme anhörte.

Seine Mum sah mehr als traurig aus. Sie war am Boden zerstört und wies mit dem Kopf in Richtung Tür.

„Dieser Mann da, er heißt Geraint Kildair. Er arbeitet für die Schule. Deshalb ist er hier. Er nimmt euch mit."

Nimmt uns mit?

„Können wir noch unsere Sachen packen?" Johns Stimme klang müde und verwirrt.

Sie schüttelte erneut den Kopf. „Tut mir leid. Ich weiß, das muss ein fürchterlicher Schock sein ..."

„Ein Schock?", platzte Finn heraus. Das ganze Zimmer fing mit einem Mal an, sich zu drehen, und ihm wurde schlecht. „Soll das ein Witz sein?"

„Ich wünschte, ich könnte es euch erklären, ganz ehrlich."

Sie löste sich vom Türrahmen, trat ans Bett und drückte

John einen Kuss auf die Wange. Dann wandte sie sich Finn zu. Er wich zurück. Nichts, was sie sagte, ergab irgendeinen Sinn, aber wenn sie ernsthaft glaubte, dass er sich von so einem unheimlichen Typen freiwillig von hier wegbringen ließ, dann hatte sie nicht mehr alle Tassen im Schrank.

„Wo ist diese Schule überhaupt?", wollte John wissen.

„Alyxa", sagte ihre Mum im Flüsterton. „Sie heißt Alyxa."

Finn wich immer weiter zurück, bis er gegen die offen stehende Zimmertür stieß. Sie schwang zur Seite und er kam ins Stolpern, wäre beinahe gestürzt. Die Zimmerwände schienen immer näher zu rücken, schienen ihn erdrücken zu wollen.

Seine Mutter streckte die Hand nach ihm aus. Ihre Fingerspitzen streiften seinen Handrücken und Finn konnte nicht anders, er musste fliehen. Also machte er auf dem Absatz kehrt und rannte hinaus.

„Finn!", rief sie ihm hinterher. „Komm zurück!"

Er rannte auf den Flur und prallte dort mit Kildair zusammen. Dieser stieß ein leises Stöhnen aus und wollte ihn festhalten, aber Finn duckte sich und rannte weiter. Er wusste nicht, wohin, er wusste nur, dass er wegwollte. Raus hier. Er kam an einem Getränkeautomaten vorbei und an ungefähr hundert Hinweisschildern für irgendwelche Krankenhausabteilungen. Dann sah er in der Ferne eine Doppeltür und darüber ein Schild. Darauf stand: ZUM AUSGANG.

Finn stürmte durch die Tür und fand sich in einem großzügigen Foyer mit vier Fahrstuhltüren wieder. Er rang um Atem und ihm war ein bisschen schwindlig. Trotzdem lief er zu den Fahrstühlen und drückte auf jede einzelne Taste. *Das kann doch alles nicht wahr sein. Völlig ausgeschlossen!* Ein Schild an der Wand teilte ihm mit, dass er sich im dritten Stock befand. Und nach den Leuchtziffern zu urteilen, hing einer der Fahrstühle gerade im Keller, während die anderen drei aus höheren Stockwerken auf dem Weg nach unten waren.

„Nun mach schon!", rief er und drückte noch einmal auf die Taste.

Der grauhaarige Mann kam um die Ecke gebogen, bedrohlich und locker zugleich. Irgendwie erinnerte er Finn an einen Leoparden auf der Jagd. Seine Miene drückte eine Mischung aus Anspannung und Verärgerung aus.

„Finn", sagte Kildair. „Mit Weglaufen erreichst du gar nichts."

Zischend öffnete sich eine Fahrstuhltür. Finn stürzte in die Kabine und drückte die Erdgeschosstaste. Unendlich langsam verstrichen die Sekunden, bis die Türen endlich zuglitten. Finn rechnete eigentlich jeden Moment damit, dass sich ein Fuß in die Öffnung schob, aber nichts dergleichen geschah. Der Fahrstuhl setzte sich in Bewegung. Außer ihm war noch jemand in der Kabine – ein Mädchen. Ihre Ohren waren voller silberner Piercings und am Kragen ihrer Jeansjacke steckte ein silbernes Abzeichen in Form eines fünfzackigen Sterns. Sie machte eine pinkfarbene Kaugummiblase und lehnte lässig an der verspiegelten Rückwand.

Das Handy in Finns Hosentasche vibrierte, einmal, zweimal, dreimal. Er beachtete es nicht.

„Willst du nicht rangehen?", fragte das Mädchen. Sie machte noch eine Blase, ließ sie platzen und kaute weiter.

Wie hat sie das bloß gehört? Finn holte das stumm geschaltete Handy aus seiner Tasche. Es war seine Mum. Er drückte sie weg.

Das Mädchen grinste. Sie sah ein paar Jahre älter aus als Finn – siebzehn oder so –, war aber kaum größer als er. Die Augen hatte sie mit einem schwarzen Eyeliner umrandet und ihre dunklen Haare waren kurz und stachelig.

„Lass mich raten. Du bist Finn, stimmt's? Der Bruder."

Der Bruder. Genau das hatte Kildair auch gesagt ... und das sogar in demselben, leicht abfälligen Tonfall.

„Was? Woher weißt du ...?

Das Mädchen steckte die Hand ins Innere seiner Jacke und zog einen kurzen Stock hervor. Er sah aus wie ein Staffelstab, nur in Schwarz. Und außerdem hatten Staffelstäbe keine silbernen Tasten an einem Ende.

„Was ist das?", fragte Finn und zog sich in eine Ecke der Fahrstuhlkabine zurück.

„Tut mir leid, Kleiner", erwiderte das Mädchen.

Sie drückte auf eine der Tasten und am vorderen Ende des Stabes zuckte ein rotes Licht auf. Es bohrte sich in Finns Schädel, trampelte sein Schwindelgefühl nieder und ließ grelle Feuerzungen lodern.

2

Schlagartig kam Finn wieder zu sich. Er konnte nichts sehen. Etwas Weiches strich ihm über die Augenbrauen. Er wollte es wegwischen, konnte jedoch seine Arme nicht bewegen. Ein dumpfes, hämmerndes Geräusch dröhnte in seinen Ohren.

Tschump-a-tschump-a-tschump.

„Warte doch mal", sagte eine Stimme. „Und zappel nicht so rum."

Irgendjemand machte sich an seinem Hinterkopf zu schaffen und nahm ihm schließlich das schwarze Tuch von den Augen. Finn blinzelte.

Als er wieder einigermaßen klar sehen konnte, stellte er fest, dass er durch ein Fenster auf eine dunkle Landschaft starrte. Der Himmel war pechschwarz, aber wenn er den Kopf nach rechts drehte, dann waren dort bereits die ersten Ansätze der beginnenden Dämmerung zu erkennen.

Tschump-a-tschump-a-tschump.

Finn blickte sich um. Er saß in einer Hubschrauberkabine. Rundliche Wände mündeten in eine niedrige Decke. Auf einem elektronischen Display war so etwas wie eine Satellitenkarte zu erkennen, die sich langsam bewegte. Die ganze Kabine zitterte unter dem Rattern der Rotorblätter. Sogar sein Sitz vibrierte. Seine Handgelenke waren mit dünnen Bändern an den Armlehnen festgebunden, seine Füße am Sockel. Als er sich gegen die Fesseln stemmte, schnitten sie schmerzhaft in seine Haut.

John saß links neben ihm, entweder schlafend oder bewusstlos, jedenfalls baumelte sein gesenkter Kopf auf seiner Brust hin und her. Allerdings war er, im Gegensatz zu Finn, nicht gefesselt.

Ihnen gegenüber saßen der dünne Mann aus dem Krankenhaus und ein rotblonder Junge, der vielleicht siebzehn Jahre alt war. Kildair blickte zum Fenster hinaus, aber der Junge starrte Finn ununterbrochen an. Seine Nasenflügel bebten.

Finn versuchte, seine aufkommende Panik zu unterdrücken, und zerrte erneut an seinen Fesseln.

„Ganz ruhig", sagte der Junge. „Du brauchst keine Angst zu haben."

„Ich hab keine Angst", blaffte Finn ihn an.

„Echt nicht? Dabei riechst du, als wärst du fast wahnsinnig vor Angst."

„Bindet mich los!" Als Finn wieder an seinen Fesseln zerrte, wurde ihm erneut schummrig.

„Wir waren gezwungen, dich zu fesseln, zu deinem eigenen Schutz. Du kommst gleich frei, sobald der Überlastungsimpuls abgeklungen ist."

Aus dem Gefühl völliger Hilflosigkeit heraus spannte Finn Arme und Beine an und fing an, auf seinem Sitz hin und her zu schaukeln.

„Entspann dich, Bruderherz", sagte John, blinzelte und gähnte. „Alles wird gut."

Als er Johns Stimme hörte, beruhigte sich Finn ein wenig und lockerte seine Arme und Beine. „Was hast du eigentlich mit ‚Überlastungsimpuls' gemeint?", wandte er sich an den rotblonden Jungen.

„Überlastung der Sinne", ergriff Kildair das Wort. „Damit hat Adriana dich wehrlos gemacht." Er hob die gespreizte Hand. „Wie viele Finger sind das?"

„Ist mir egal", erwiderte Finn. „Lassen Sie mich einfach gehen!"

„Verstehst du, was ich sage?"

„Verstehen Sie, was *ich* sage? Ich bin nicht Ihr Gefangener. Ich habe nichts Böses getan!"

„Hm, es deutet eigentlich alles darauf hin, dass du dich weitgehend erholt hast." Kildair setzte sich auf. „Darum kann ich hoffentlich davon ausgehen, dass du nichts Unüberlegtes tust. In 4000 Metern Höhe ist unüberlegtes Handeln kein ratsames Verhalten. Einverstanden?"

Finn blitzte ihn wütend an, dann nickte er kaum sichtbar.

Kildair zog einen Kugelschreiber aus seiner Tasche und drückte auf den Knopf am hinteren Ende. Doch statt einer Mine tauchte am vorderen Ende eine kleine Klinge auf. Kildair beugte sich nach vorn und löste Finns Fesseln mit ein paar raschen Schnitten.

Finn ließ den Blick Richtung Cockpit gleiten. Es sah aus wie eine Höhle aus Metall voller blinkender Lämpchen. Auf dem Platz des Co-Piloten saß ein Junge, der vielleicht ein, zwei Jahre älter war als John. Und Pilotin war das Kaugummi kauende Mädchen aus dem Fahrstuhl – Adriana vermutlich.

„Und? Wo sind wir?", wollte Finn wissen.

„Unser momentaner Aufenthaltsort ist uninteressant", erwiderte Kildair mit einer beiläufigen Handbewegung. „Das Einzige, was zählt, ist unser Ziel."

„Und das heißt Alyxa, stimmt's?", fragte John.

„Sehr richtig", erwiderte der Mann.

Finn schnaubte. „Seit wann müssen Schulen ihre Schüler eigentlich kidnappen?"

Kildair presste die Lippen aufeinander, sodass dasselbe schmale Lächeln zu sehen war, das Finn schon im Krankenhaus so sehr gehasst hatte. „In Kürze schon wird sich alles aufklären. Aber wie wär's, wenn du dich bis dahin gemütlich zurücklehnst und den Flug genießt?"

Plötzlich fiel Finn sein Handy ein. Er griff in die Tasche, nur um festzustellen, dass sie leer war.

„Dein Telefon befindet sich in sicheren Händen", sagte Kildair. „Genau wie du."

John versetzte Finn einen Stoß mit dem Ellbogen. „Jetzt sind wir schon mal hier, dann können wir auch mitmachen."

Finn wandte sich ab. Konnte ja sein, dass John glücklich über die neuesten Entwicklungen war, aber er selbst wurde nicht so einfach damit fertig, dass ihre Mutter sie von einem Augenblick auf den anderen verstoßen hatte.

Linien aus Lichtpunkten schlängelten sich über das Land – Straßen, die eine Verbindung zwischen größeren Lichtflecken, den Dörfern und Städten, herstellten. Das schwach gelbe Band über dem Horizont befand sich jetzt ziemlich genau hinter ihnen. Und das bedeutete, dass sie Richtung Westen flogen.

Finn rechnete ein bisschen. Der Start beim Krankenhaus in London konnte kaum vor drei Uhr morgens erfolgt sein und im Sommer ging die Sonne immer ziemlich früh auf. Sie waren also um die zwei Stunden unterwegs und das bedeutete, dass sie noch über Großbritannien sein mussten.

Er musterte das Display mit der Satellitenkarte, aber das

half ihm nicht weiter, da der Ausschnitt zu klein war, um einen Überblick zu bekommen. Also schaute er wieder aus dem Fenster. Weit weg im Norden war eine große Stadt zu sehen und dahinter eine riesige tiefblaue Fläche. Finn stellte sich eine Landkarte vor und nahm an, dass es sich bei der Stadt um Liverpool handelte. Richtung Westen wirkte die Landschaft relativ dunkel, dort gab es weniger Straßen und weniger Lichter. Keine großen Städte.

„Nordwales", murmelte er leise.

Kildair warf ihm einen misstrauischen Blick zu.

„Da haben wir ja ein ganz schlaues Köpfchen dabei!", rief Adriana aus dem Cockpit. Ihr Kopf steckte in einem dicken Helm. Sie musste fantastische Ohren haben.

„Schlau ist er", pflichtete Kildair ihr bei. Er betrachtete Finn nachdenklich und ließ dann seine angespannten Schultern ein wenig sinken. „Möchtest du mir vielleicht ein paar Fragen stellen?"

„Soll das ein Witz sein?", erwiderte Finn.

Kildairs Lächeln war genauso schmal wie immer, aber blitzte da in seinen Augenwinkeln eine winzige Spur Humor auf? „Nun, ich kann mich ja zumindest noch einmal vernünftig vorstellen. Mein Name ist Geraint Kildair – wie deine Mutter dir vermutlich bereits gesagt hat – und ich bin der Dekan von Alyxa."

Finn war sich nicht sicher, was das genau bedeutete. War das so eine Art Direktor?

„Woher kennen Sie meine Mutter?"
„Wir sind zusammen zur Schule gegangen."
„In Alyxa?"
Der Dekan nickte.
„Und was ist an dieser Schule so toll?", wollte Finn wissen.
„Alyxa hat es sich zum Ziel gesetzt, Schüler, die besondere … Bedürfnisse haben, zu fördern", erwiderte Kildair. „Normalerweise kommen unsere Schüler im Alter von elf Jahren zu uns. Ihr beide seid mit dreizehn und fünfzehn Jahren eine Ausnahme."
John schien diese Erklärung bereitwillig zu akzeptieren, aber Finn war hinterher noch verwirrter als zuvor. Er hatte doch keine besonderen Bedürfnisse! An der St. Luke's war er in mindestens drei Fächern der Klassenbeste.
„Gehst du auch auf die Alyxa?", fragte er den Jungen, der ihm gegenüber saß.
Dieser machte seine Jacke auf und tippte mit dem Finger auf das Abzeichen an seinem Hemd – ein fünfzackiger Stern, genau wie der, den Finn im Fahrstuhl an Adrianas Jacke gesehen hatte.
Mittlerweile war der gelbliche Streifen am Himmel breiter geworden. Die ganze Welt wurde nun heller. Von unterhalb kam ihnen eine Bergspitze entgegen. Eisenbahnschienen wanden sich wie ein dunkles Band die steilen Hänge hinauf und endeten vor einem Gebäude auf dem Gipfel

des Berges. Nun war Finn sich endgültig sicher, dass sie in westliche Richtung über Wales hinwegflogen. Diesen Gipfel hatte er vor zwei Jahren bei einem Schulausflug bestiegen.

„Da ist Mount Snowdon", sagte er.

Kildair gab keine Antwort.

Nun tauchte die Küste vor ihnen auf und schon befanden sie sich über einem schmalen Kanal, über einer Insel mit einem Schloss – das musste Anglesey sein – und dann über dem offenen Meer.

Die Sonne stieg höher und höher, verlieh den schaumgekrönten Wellen und den Booten einer kleinen Fischfangflotte einen farbigen Anstrich. Unter dem Hubschrauber war nur Wasser, nichts als Wasser, bis Finn irgendwann in weiter Ferne einen winzigen Flecken Land erblickte.

„Ist das unser Ziel?", erkundigte sich John.

„Ja, das ist es", erwiderte der Dekan.

Die Wellen kamen nun näher – der Hubschrauber verlor an Höhe. Der kleine Landflecken wurde zu einer flachen Insel mit einem steilen Berg in der Mitte. Im Norden donnerten weiße Wellen an die steilen Klippen, während sie im Süden auf einen dunklen Sandstrand schwappten. Auf halber Höhe war ein Bergsee zu erkennen, aber der Rest der Insel war nichts weiter als eine karge Moorlandschaft, die sich wie ein Teppich an sanft geschwungene Hügel schmiegte.

„Ich sehe nirgendwo eine Schule", sagte John.

„Hier AX-17. Erbitte Landeerlaubnis", sagte Adriana in ein Mikrofon an ihrem Helm. Sie neigte den Kopf, ganz eindeutig, um die Antwort zu hören.

Finn spürte, wie ihm eine Gänsehaut über den Rücken lief. Was mochte das für eine Schule sein, an der Kindern beigebracht wurde, einen Hubschrauber zu fliegen?

Adriana nahm den Kaugummi aus dem Mund und klebte ihn an die Kante der Instrumentenkonsole. „Danke, Kontrollturm. AX-17 Ende."

„Manuelle Landung, Adriana, wenn ich bitten darf", sagte Kildair. „Du weißt, dass ich mich mit dem Autopiloten unwohl fühle."

„Ja, Sir", erwiderte Adriana.

Der Hubschrauber schwebte jetzt dicht über den Klippen und schreckte einen Möwenschwarm auf. Abgesehen von struppigem Gras und dem steilen Berghang konnte Finn absolut nichts erkennen.

Und dann fing der Boden an zu leuchten.

Ein Gebäude nach dem anderen schälte sich aus der Landschaft heraus – eine niedrige Scheune, ein paar Hütten, etwas, das aussah wie ein Observatorium. Die Umrisse jedes einzelnen Gebäudes zitterten kurz, als würde Finn es durch einen Schleier aus Wasser sehen, und dann, mit einem Mal, wurden sie stabil.

„Das ist unmöglich", keuchte Finn.

„Das ist cool", sagte John.

Die Gebäude waren ringförmig angeordnet und standen auf einem Grundstück, das so groß war wie mehrere Fußballfelder. Jetzt begann die Luft über dem Grundstück zu beben. Ein mächtiger Umriss schälte sich aus dem Boden, fast wie ein Wal, der zum Luftholen an die Wasseroberfläche kommt. Und dann lag ein einziges, fantastisches Gebäude vor ihnen, mächtig wie eine Festung, elegant und strahlend schön im Licht der aufgehenden Sonne. Finn musste die Augen zusammenkneifen, so sehr blendeten ihn die Sonnenstrahlen, die sich in der silbernen Außenhaut spiegelten.

Von oben war die Form des Gebäudes unschwer zu erkennen. Ein fünfzackiger Stern.

Die Nase des Hubschraubers neigte sich jetzt nach vorn und das *Tschump-a-tschump-a-tschump* der Rotorblätter wurde dumpfer. Eine Reihe schlanker Bäume schwankte in dem plötzlichen Luftzug hin und her.

Der Co-Pilot warf einen Blick nach unten und rief den Passagieren dann über die Schulter hinweg zu: „Soweit ich sehe, haben sie sogar eine Begrüßungsparty für euch auf die Beine gestellt."

Aber Finn sah nichts als reflektierte Sonnenstrahlen – von einer Party keine Spur.

„Ich hoffe, da ist ein Frühstück inbegriffen", sagte Adriana.

Der rotblonde Junge schnüffelte. „Ist es", sagte er und grinste. „Würstchen, wenn mich nicht alles täuscht."

Der Hubschrauber sank immer tiefer und Finn packte John am Handgelenk. Ob das Herz seines Bruders wohl genauso heftig pochte wie sein eigenes?

Was war dieses Alyxa nur für eine Schule?

3

Der Hubschrauber schwebte genau über der Mitte des sternförmigen Gebäudes. Fünf silberne Blütenblätter entfalteten sich und brachten eine Art Nische im Dach zum Vorschein. Finn wurde kräftig durchgeschüttelt, als der Hubschrauber ein leuchtend blaues, von blinkenden Lichtern umgebenes Landefeld ansteuerte, und dann noch einmal, als er aufsetzte.

Noch bevor die Rotorblätter stillstanden, öffnete der rotblonde Junge die Kabinentür und ein kalter Wind blies herein. Finn leckte sich die Lippen und schmeckte Salz. Der Junge stieg aus, gefolgt vom Dekan.

„Nach dir, Kleiner", sagte John und stupste Finn in die Rippen.

Adriana und der Co-Pilot legten alle möglichen Schalter um und nahmen die Helme ab. Finn holte einmal tief Luft und sprang nach draußen.

Die Oberfläche des fünfeckigen Landefeldes fühlte sich irgendwie schwammig an. Am Rand waren runde Glasbausteine in den Boden eingelassen, die aussahen wie durchsichtige Pflastersteine. An den fünf Seiten des Landefeldes ragten silberne Wände empor und in jeder befand sich eine bogenförmige Türöffnung.

Als John sich neben Finn stellte, glitten die Türen auf und fünf Personen kamen heraus, drei Männer und zwei Frauen. Sie alle trugen lange graue Umhänge, die vom Wind in alle Richtungen gepeitscht wurden. Am Kragen wurden die Umhänge von einer bronzenen Schnalle zusammengehalten.

Finn sah zu, wie Adriana aus dem Cockpit sprang. „Steh gerade", sagte sie zu Finn. „Du willst die Hüter schließlich nicht gleich an deinem ersten Tag verärgern."

Die fünf Gestalten versammelten sich unter den austrudelnden Rotorblättern des Hubschraubers. Sie sahen aus wie aus einer anderen Zeit. Kildair nickte ihnen der Reihe nach zu, doch Finn bemerkte, dass er ihnen nicht in die Augen sah und nichts weiter als ein knappes „Morgen" von sich gab. Danach marschierte er mit entschlossenen Schritten auf die nächste Tür zu, gefolgt von dem rotblonden Jungen.

„So, so", sagte einer der Männer mit Umhang. „Ihr seid also die Brüder."

Finn blickte John an, der nur mit den Schultern zuckte.

„Ich bin Finn", sagte er. „Und das ist John. Aber wer sind Sie, wenn Sie die Frage gestatten?"

Der Mann legte den Zeigefinger an die Spitze seines weißen Ziegenbärtchens. Er war ziemlich dick und seine leuchtenden Augen schienen sich einen Weg geradewegs in Finns Schädel zu bahnen. In die Schnalle, die seinen Umhang festhielt, waren die Umrisse eines Vogels eingeprägt – eine Art Falke.

„Mein Name ist Professor Panjaran", sagte der Mann. „Ich bin der Hüter des Sehens. Meine Kollegen und ich sind hier, um euch zu begrüßen, so wie wir es mit allen neuen Schülern auf Alyxa tun. Dies ist zum einen in unserer Tradition verankert – auf Alyxa spielt die Tradition eine sehr große Rolle, wie ihr noch feststellen werdet –, aber wir tun es auch aus Respekt. Die Tradition erweist der Vergangenheit die gebührende Ehre, das liegt auf der Hand. Doch nur indem wir die Gegenwart würdigen, können wir darauf hoffen, auch die Zukunft würdig zu gestalten."

Seine Stimme besaß einen leisen, hypnotischen Klang und seine Worte waren irgendwie nicht richtig fassbar. Finn fragte sich, ob er hier jemals auf eine klare Frage eine klare Antwort bekommen würde.

Professor Panjarans leuchtende Augen verengten sich zu Schlitzen. Finn hatte das Gefühl, als würde sein forschender Blick plötzlich seine ganze Seele erfassen.

„Vor euch liegt ein steiniger Pfad", fuhr Professor Panjaran fort. „Gut möglich, dass ihr ins Straucheln geratet. Darum seht euch vor. Meine Augen werden über euch wachen."

War das eine Drohung?

Jetzt trat ein zweiter Mann nach vorn. Er war das glatte Gegenteil von Panjaran, nämlich klapperdürr. Dazu hatte er ein scharfes Kinn und einen glatten, kahlen Schädel. Auf seiner Schnalle erkannte Finn die Umrisse einer zusammengerollten Schlange.

„Pietr Turminski", sagte der Mann. Er gab zunächst Finn die Hand und dann John und schenkte ihnen beiden ein strahlendes Lächeln. „Ihr dürft den guten alten Panji nicht allzu ernst nehmen. Er quasselt einfach zu viel."

„Dann sind Sie auch ein Hüter?", wollte John wissen.

„Ich bin der Hüter des Geschmacks. Und das beweist eindeutig, dass ich Geschmack habe. Ha, war nur ein Witz. Aber jetzt verratet mir mal: Wisst ihr, warum ihr hier seid?"

„Sie glauben, dass wir besondere Bedürfnisse haben", erwiderte Finn zögerlich.

Turminski blickte ihn mit spöttisch gehobener Augenbraue an. „Besondere Bedürfnisse, ja. Aber auch besondere Gaben. Und besondere Menschen bedürfen eines besonderen Ortes. Eines *sicheren* Ortes. Und genau das ist Alyxa: ein sicherer Ort für Schüler mit euren Fähigkeiten."

Mit Turminskis Gesprächsstil konnte Finn erheblich mehr anfangen als mit Panjarans, aber trotzdem war er immer noch ziemlich durcheinander. „Was denn für Fähigkeiten?"

„Alle Schüler auf Alyxa verfügen über ungewöhnlich gute Sinneswahrnehmungen", erwiderte Turminski. „Absolut *unglaublich* gute Sinneswahrnehmungen."

„Sinneswahrnehmungen?", meldete John sich zu Wort. „Sie meinen sehen, hören und so weiter?"

„Sehen, hören, riechen, schmecken, fühlen." Turminski zählte sie an seinen ausgestreckten Fingern ab und strahlte die beiden Brüder an. Die anderen Hüter sahen schweigend dabei zu.

„Sinneswahrnehmungen", wiederholte Finn. „Das ergibt ... nun ja ... Sinn."

„Ha! Siehst du? Jetzt hast du auch einen Witz gemacht!", sagte Turminski und lachte.

Finn musste an den Jungen mit den rotblonden Haaren denken, der behauptet hatte, er könnte Hunderte Meter über dem Boden frische Würstchen riechen. Und an Adriana, die sein stumm gestelltes Telefon gehört hatte ...

Finn warf ihr einen Blick zu. Sie und ihr Co-Pilot schlüpften gerade aus ihren Pilotenoveralls und verstauten sie in einer Klappe an der Seite des Hubschraubers. Sie fing Finns Blick auf und tippte sich mit dem Finger ans Ohr. Der Junge neben ihr grinste.

„Also gut", sagte Finn. „Ich glaube, das habe ich verstanden. Aber ... Sie haben gesagt, dass wir hier in Sicherheit sind. Obwohl Sie uns entführt haben. Also, ich fühle mich dadurch nicht gerade sicher, ehrlich gesagt. Und außerdem *habe* ich überhaupt keine Supersinne."

„Noch nicht", entgegnete Turminski. „Aber das kommt noch. Ihr seid doch Geschwister, nicht?"

„Ja", sagte John.

„Also dann."

„Spielt das denn eine Rolle?"

„Es ist das alles Entscheidende", erwiderte Turminski.

Finn konnte sein Misstrauen nicht so einfach ablegen, aber er freute sich über die Begeisterung, die sein Bruder an den Tag legte. Es war ja erst wenige Stunden her, dass John in einem Krankenhausbett gelegen hatte, und jetzt stand er auf einer abgelegenen Insel irgendwo mitten in der Irischen See, ließ sich vom Wind die Haare zerzausen und bekam zu hören, dass er etwas Besonderes war.

Und nicht nur er, dachte Finn. *Ich auch.*

„John", sagte der dritte Mann aus dem Kreis der Hüter. Er war mit Abstand die beeindruckendste Erscheinung der fünf, zwar längst nicht so dick wie Professor Panjaran, dafür aber groß und breitschultrig, mit einem dichten blonden Rauschebart und Händen wie Baseballhandschuhe. „Du bist John."

„Das stimmt", erwiderte John.

„Ich heiße Magnus Gustavsson", sagte der große Mann.

„Und Sie sind der Hüter des ...?", wollte Finn wissen.

„Ich bin der Tastsinn", antwortete Gustavsson und richtete seine Schnalle gerade. Darauf waren die Umrisse eines Affen zu erkennen. Die Finger des Hüters waren dick wie Bratwürste und doch schienen sie sich sehr behutsam und feinfühlig zu bewegen.

„So, wie Sie reden, scheinen Sie mich irgendwie zu kennen", sagte John.

„Das stimmt." Gustavsson zog einen Stapel Papiere hervor. „Untersuchungen. Sehr viele Untersuchungen. Von deinem Gehirn."

„Von meinem Gehirn?" John riss die Augen weit auf.

„Jawohl. Die Probleme, mit denen du zu kämpfen hast – wir können dir helfen."

„Echt? Das ist ja Wahnsinn!" John boxte Finn in die Seite. „Stimmt's, Bruderherz?"

„Hammer." Finn war mehr mit der Frage beschäftigt, wie lange sie noch hier herumstehen und sich von diesen fünf Fremden mit ihren flatternden Umhängen begaffen lassen mussten. „Äh, wann können wir mit unserer Mutter sprechen?"

Gustavsson warf Turminski einen Blick zu, der wiederum die kleine Frau links neben ihm anstarrte. Auf ihrer Schnalle war ein Hund abgebildet. Sie legte den Kopf in den Nacken und fixierte Finn durch die dicke Brille auf ihrer langen, fast schnabelförmigen Habichtsnase. Das war vermutlich die Hüterin des Geruchssinns. Und das bedeutete, dass die andere Frau – die große sportliche, die bis jetzt noch kein einziges Mal die Augen aufgemacht hatte – die Hüterin des Hörens sein musste. Ihre Schnalle trug die Abbildung einer Fledermaus mit gespreizten Flügeln.

„Die Kommunikation mit der Außenwelt wird auf Alyxa strengstens überwacht", sagte die langnasige Frau mit schriller Stimme. „Und für Schüler ist sie, fürchte ich, strikt verboten."

„Verboten?", wiederholte Finn. „Ich dachte, das wäre eine Schule und kein Gefängnis."

„Dennoch hat Hüterin Blake voll und ganz recht", schaltete sich Professor Panjaran ein. „Ich möchte euch dringend bitten, euch nicht zu sehr mit den Regeln zu beschäftigen, die wir aufgestellt haben, sondern mit euren persönlichen Wahrnehmungen. Alyxa existiert um euretwillen und es wird sein, was immer ihr daraus macht. Öffnet euch gegenüber den Möglichkeiten, die wir euch bieten, und ihr werdet reich beschenkt werden."

„Aber Sie können uns doch nicht einfach wegsperren", sagte Finn. „Schließlich gibt es auch so was wie Menschenrechte und ..."

Professor Panjaran zeigte mit dem gestreckten Zeigefinger an den Himmel. „Spar dir deine Fragen für später auf. Heute ist der Tag eurer Ankunft. Du, Finn, kommst in die Fördergruppe." Er winkte Adrianas Co-Piloten zu sich.

„Ben, du begleitest Finn in sein Quartier. John, du gehst zu Hüter Gustavsson."

Noch bevor Finn wusste, wie ihm geschah, hatte der Hüter des Tastsinns sich zwischen ihn und John geschoben, mit einer Geschwindigkeit, die man ihm angesichts seiner Leibesfülle niemals zugetraut hätte. Gleichzeitig tauchte Ben an Finns Seite auf und ergriff ihn behutsam am Arm. Doch Finn schüttelte Bens Hand mit einer schnellen Bewegung ab. „Halt!", rief er und zwängte sich an Gustavsson vorbei, sodass er neben John stand. „Wir lassen uns nicht trennen!"

Professor Panjaran legte das Gesicht in strenge Falten und Finn hörte, wie die Frau mit der Habichtsnase, Hüterin Blake, scharf den Atem einsog. Dann legte John ihm die Hände auf die Schultern.

„He, Kumpel", sagte John. „Nicht so stürmisch. Alles wird gut."

„So wie bei der Party?" Finn legte den Mund dicht an das Ohr seines Bruders und flüsterte: „Und sag bloß nicht, dass du keine Kopfschmerzen mehr hast. Ich weiß nämlich genau, dass das nicht stimmt."

„Auf Alyxa sind wir sehr besorgt um das gesundheitliche Wohl unserer Schüler", sagte die groß gewachsene Frau. Obwohl ihre Augen geschlossen waren, hatte Finn das Gefühl, als würde sie ihn durchdringend mustern. „Im Rahmen des Aufnahmeverfahrens wird auch eine umfassende medizinische Untersuchung durchgeführt. Ihr habt wirklich nicht das Geringste zu befürchten."

Finn spürte, wie seine Finger sich zur Faust ballten. Er zwang sich mit aller Macht, ein wenig ruhiger zu werden. Eine Windbö strich ihm übers Gesicht und brachte Algengeruch mit sich.

„Bist du sicher, dass du das so willst?", fragte Finn seinen Bruder.

„Na klar. Ich gehe zu dem Großen da", erwiderte sein Bruder und grinste Hüter Gustavsson an. „Alles okay."

„Und du kannst mit mir kommen", sagte Ben zu Finn. „In Ordnung?"

Finn seufzte. „Ich schätze schon ..."

Nachdem er John noch einen letzten Blick zugeworfen hatte, folgte er Ben quer über das Landefeld. Als sie an der Hüterin mit den geschlossenen Augen vorbeikamen, sahen sie, wie Adriana sich der Frau näherte und ihr ein Küsschen auf die Wange drückte.

„Hallo, Mum", sagte sie.

„Das hast du gut gemacht, Adriana", erwiderte die Frau und streichelte, ohne die Augen zu öffnen, das Gesicht ihrer Tochter. Dreißig Jahre jünger und mit einer Stachelfrisur hätte man sie auch für Adrianas Zwillingsschwester halten können. Sie drehten sich um und gingen gemeinsam davon.

Ben führte Finn nicht zu einem der großen Torbögen,

sondern zu einer kleineren Tür. Über eine Treppe gelangten sie hinab in einen lang gezogenen Korridor. Quadratische Deckenleuchten verströmten kühles bläuliches Licht. Jeder ihrer Schritte rief auf dem gefliesten Fußboden ein lautes Echo hervor.

„Ich weiß, dass dir das alles sehr merkwürdig vorkommen muss", sagte Ben. „Aber man gewöhnt sich dran. Mir ist es an meinem ersten Tag auch nicht anders gegangen."

„Echt?" Finns Blick fiel auf das Logo auf Bens sternförmigem Abzeichen: eine zusammengerollte Schlange und darunter drei parallele Balken. „Was haben die Abzeichen eigentlich zu bedeuten?"

„Okay, ich erklär's dir. Die Schlange bedeutet, dass ich zum Clan des Geschmackssinns gehöre, und die drei Balken, dass ich auf dem dritten Level bin. Na ja, ich *war* auf dem dritten Level. Siehst du das da?" Ben tippte auf eine silberne Anstecknadel, die an seinem anderen Kragen steckte. Das obere Ende war geformt wie ein Fünfeck. „Die bedeutet, dass ich Clanvorsteher bin."

Finn nickte geistesabwesend, während Ben weiter über seine Pflichten und Aufgaben schwafelte, die größtenteils darin zu bestehen schienen, sich um das Wohl seiner Mitschüler zu kümmern. Finn fand die Verzierungen an den glatten Metallwänden aber deutlich interessanter. Darauf waren verhüllte Gestalten in eigenartigen Posen zu erkennen. Ob die Yoga machten? Jedenfalls fühlte Finn sich bei ihrem Anblick an ägyptische Hieroglyphen erinnert.

„Die Zahl Fünf spielt hier bei uns eine besondere Rolle, wie du vielleicht schon bemerkt hast", fuhr Ben fort. „Fünf Häuser – bei uns heißen sie Clans –, fünf Hüter und fünf Symboltiere. Das hängt natürlich mit den fünf Sinnen zusammen. Obwohl wir jetzt auch noch Doktor Raj haben, aber der ist anders. Er sorgt dafür, dass die Weiße Wand immer intakt bleibt."

„Die Weiße Wand?", fragte Finn, doch da war Ben schon in einem Seitengang verschwunden. Finn folgte ihm und schnüffelte. Hier duftete es eindeutig nach ...

„Würstchen!", sagte Ben und scheuchte Finn durch eine weitere Tür in die Kantine. Das Erste, was ihm auffiel, war, dass es hier weit und breit kein Silber zu sehen gab – die Wände und der Boden des riesigen runden Saals waren voller bunter Spritzer in allen Farben des Regenbogens. Es sah aus wie nach einer kolossalen Paintballschlacht.

In der Mitte der Kantine befand sich eine kreisförmige Theke. Dahinter stand eine ziemlich dicke Frau und teilte Sandwiches an die Schüler aus, die sich vor ihr drängelten. Förderbänder und kleine Eimer kamen durch ein Loch in der Decke herabgeschwebt und lieferten ununterbrochen neue Bestellungen.

„Möchtest du was essen?" Ben grinste Finn an. „Also, ich bin am Verhungern." Er bekam von der Frau, deren

Haut noch dunkler war als seine eigene, zwei Sandwiches ausgehändigt.

Finns Magen knurrte laut. „Würstchen", sagte er und klappte sein Sandwich auseinander. „Das hat doch der Junge im Hubschrauber gesagt: dass es Würstchen zum Frühstück gibt. Obwohl wir noch ziemlich hoch in der Luft waren. War das vielleicht so was wie ein Trick?"

„Das weiß man bei Jermaine nie so genau", erwiderte Ben und mampfte mit dicken Backen sein Sandwich. „Er ist auch auf dem dritten Level, also kann es schon sein, dass er wirklich was gerochen hat."

„Lass mich raten. Das höchste Level ist das fünfte, stimmt's?"

„Du bist ein Blitzmerker, was? Obwohl die Hüter bestimmt keine Ahnung hätten, was sie mit einem Fünfer anstellen sollen. Die sind ja schon froh, wenn ihnen gelegentlich mal ein Vierer über den Weg läuft. Komm mit."

Auf dem Weg zu der Tür am hinteren Ende der Kantine mussten sie um einen Tisch herumgehen, an dem zwei Mädchen und zwei Jungen saßen. Einer der Jungen war ungefähr in Finns Alter, mit einem flachen Gesicht und blassen, schläfrigen Augen. Als sie an ihm vorbeikamen, streckte er ein Bein aus. Finn konnte zwar ohne große Mühe ausweichen, aber es war klar, dass der Junge versucht hatte, ihm ein Bein zu stellen.

„Wer ist denn dein neuer Freund, Benjamin?", sagte er mit einem deutlichen amerikanischen Akzent.

„Guten Morgen, Xander", antwortete Ben. „Das ist Finn." Xander wischte ein paar Brotkrümel von seinem silbernen Affenabzeichen. Tastsinnschüler, zweites Level.

„Welcher Clan?", wollte Xander wissen.

„Das steht noch nicht fest", meinte Ben. „Ich bringe ihn in die Fördergruppe."

Die anderen drei an Xanders Tisch fingen an zu kichern.

„Das reicht jetzt, Xander", sagte Ben und schob Finn weiter.

„Viel Spaß bei den Blindgängern!", rief Xander ihnen nach.

Finn schlurfte hinter Ben her. So viel anders als der Rest der Welt war Alyxa wohl doch nicht.

Sie ließen die Kantine hinter sich und gelangten wieder in einen Korridor. Doch im Gegensatz zu allem, was Finn bisher gesehen hatte, wirkte dieser Gang uralt. Raue, steinerne Wände stützten eine niedrige Decke, von der zahlreiche Laternen herabbaumelten. Finn musste sich immer wieder ducken, um sich nicht den Kopf zu stoßen. Dann gelangten sie in einen Abschnitt, der mit dunklen Holzpaneelen verkleidet war, gefolgt von noch mehr Steinmauern. Er kam sich vor wie in einem Sammelsurium aus allerhand altertümlichen und modernen Elementen.

Zwischen den einzelnen Bereichen verliefen dicke Kabel, die mit massiven Metallklammern an den Wänden befestigt waren. An ihren Enden teilten sie sich auf und führten zu mehreren großen Monitoren, auf denen alle möglichen Tabellen zu sehen waren – so wie auf den Informationsbildschirmen am Flughafen. Zwischen den ganzen Zahlenkolonnen tauchten immer wieder die Symbole der Alyxa-Clans auf, die Finn jetzt schon öfter gesehen hatte: Falke, Fledermaus, Affe, Schlange und Hund.

„Das ist der Stundenplan", sagte Ben, noch bevor Finn ihn fragen konnte. „Ist gar nicht so kompliziert, wie es aussieht." Er grinste. „Obwohl, ist es doch. Wir haben verschiedene Fächer, die Schüler sind unterschiedlich alt und haben unterschiedliche Fähigkeiten. Man muss ständig den Raum wechseln und außerdem ändern sich die Kurse und die Anfangszeiten jedes Mal. Auch wenn das Wetter hier absolut unvorhersehbar ist, es ist immer noch viel zuverlässiger als der Stundenplan von Alyxa. Ah, da sind wir ja schon."

Ben blieb vor einer Tür stehen, die aussah wie aus einem mittelalterlichen Schloss. Daneben hing eine hölzerne Tafel, die mit einer rundlichen Schnitzerei versehen war. Sie sah aus wie eine Muschel, fand Finn, bis ihm klar wurde, dass es sich um eine Larve handelte.

Ben drückte mit dem Daumen auf eine runde Metallscheibe in der Ecke der Tafel. Die Tür klackte und schwang auf.

„Sobald deine Fingerabdrücke eingescannt sind, kannst du das auch machen", sagte Ben. „Geh ruhig rein. Schau dich um."

Finn stand in einem engen Zimmer mit nackten grauen Wänden. Es gab zwar auch ein kleines Fenster, aber die meiste Helligkeit kam von der Decke, die ein gleichmäßiges Licht verströmte. An der einen Wand stand ein Bett mit einem weißen Rahmen und hinter der Tür verbarg sich ein schmaler Schrank. In der hinteren Ecke befand sich ein kleines Badezimmer, das nur durch eine dünne Wand vom Rest des Zimmers abgetrennt war. Das war alles. Nicht gerade das Kellerverlies, mit dem Finn insgeheim gerechnet hatte, aber trotzdem fühlte es sich ein bisschen so an wie eine Gefängniszelle.

„Sehr gemütlich", sagte er.

Ben lachte. „Das ist Absicht. Das Zimmer ist als eine Art neutrale Zone gedacht, für Schüler, die sich erst einmal erholen müssen."

„Wovon denn erholen?"

„Vom Verlust der Sinne. Das kommt vor. Oder von ihrer Verwirrung. Die schlichte Umgebung hilft dir, zu entspannen und dich wieder zurechtzufinden. So ist es jedenfalls gedacht."

Nach der regenbogenfarbenen Kantine und den ständig

wechselnden Korridoren empfand Finn die grauen Wände tatsächlich als eine gewisse Erleichterung. Aber entspannen? Alles, was er in den letzten vierundzwanzig Stunden erlebt hatte, wirbelte pausenlos durch seinen Kopf. Es kam ihm vor, als würde sein Gehirn jeden Moment platzen. Er warf einen Blick auf das Bett und ihm wurde bewusst, dass er kaum geschlafen hatte. Und das, wo sein erster Tag auf Alyxa noch nicht einmal richtig begonnen hatte.

Ben machte den Schrank auf. In einem Regal lagen mehrere graue Jogginganzüge.

„Das ist deine Größe", sagte er. „Komm, ich stelle dich mal den anderen vor."

Den anderen?

Durch eine zweite Tür gelangten sie in einen weiteren Raum. Er war größer als Finns Schlafzimmer, aber genauso grau und nichtssagend. Dort saßen zwei Mädchen auf kleinen weißen Stühlen. Sie trugen identische graue Jogginganzüge.

„Das ist der Aufenthaltsraum", sagte Ben. „Lucy, das hier ist Finn."

Lucy stammte eindeutig aus Asien, vielleicht aus Indien oder so. Die langen schwarzen Haare hatte sie zu einem schimmernden Pferdeschwanz zusammengebunden und ihre Haut hatte genau den gleichen hellbraunen Farbton wie die von Saanvi aus seiner Klasse. Aus seiner *alten* Klasse, wie ihm mit einem Mal schmerzlich bewusst wurde.

„Hallo, Finn", sagte Lucy. „Herzlich willkommen bei den Blindgängern. Zoe, das war dein Einsatz. Du musst jetzt grimmig kucken."

Das andere Mädchen – es hatte Sommersprossen und rote Haare – starrte einfach nur die gegenüberliegende Wand an. Zumindest war das die Richtung, in die sie den Kopf gedreht hatte, aber da sie eine dunkle Schutzbrille trug, waren ihre Augen so gut wie gar nicht zu sehen.

„Sie mag dich!", rief Lucy und streckte Finn die geöffnete Handfläche entgegen. Er schlug gehorsam ein.

„Ehrlich?", sagte er.

„Na klar. Wenn nicht, dann hätte sie dich mit ihrem Laserblick schon längst knusprig gebraten."

Mit offenem Mund starrte Finn Zoes abgedunkelte Brillengläser an.

„War bloß Spaß", meinte Lucy dann. „Wir sind doch hier nicht im Kino. Das Leben auf Alyxa ist ehrlich gesagt wahnsinnig langweilig."

„Echt?", erwiderte Finn. „Oder war das auch wieder bloß Spaß?"

„Tja, da wirst du wohl selbst dahinterkommen müssen."

Finn mochte Lucy jetzt schon. Nach den Hütern mit ihren Umhängen und dieser Schule, die wie aus dem Nichts plötzlich vor seinen Augen aufgetaucht war, kam sie ihm ziemlich normal vor. Er sah sich um und entdeckte alles in allem sechs Türen.

„Wer wohnt denn da?" Er zeigte auf die nächstgelegene Tür.

„Das ist mein Zimmer", sagte Ben. „Klopf einfach an, wenn du was brauchst."

„Dein Zimmer?" Finn war verblüfft. „Du bist auch bei den Blind…, also, in der Fördergruppe, meine ich?"

„Habe ich das gar nicht erzählt? Ich habe vor einer Weile meine Kräfte verloren."

„Wie denn?"

„Ich habe mich überfordert. Zu viel trainiert. Pass gut auf, dass dir das nicht auch passiert. Wenn du dich bemühst und anstrengst, dann kommst du auf Alyxa gut voran, aber man sollte es nicht übertreiben."

„Es wird langsam Zeit", sagte Zoe, die immer noch die Wand anstarrte.

„Sie spricht!", rief Lucy.

„Danke für die Erinnerung", sagte Ben.

„Zeit wofür?", wollte Finn wissen.

„Die Versammlung", erwiderte Ben. „Zieh deine Uniform an. Sobald es klingelt, müssen wir los."

„Hopp, hopp", sagte Lucy. Sie winkte Finn mit flatternden Fingern zu, sprang auf und verschwand durch eine der Türen. Zoe blieb noch kurz regungslos sitzen, dann schlurfte sie in ihr Zimmer.

Finn kehrte ebenfalls in sein Zimmer zurück und ließ sich aufs Bett plumpsen. Er starrte hinauf an die schimmernde Decke, unterdrückte ein Gähnen und dachte daran, wie winzig die Insel beim ersten Anblick ausgesehen hatte. Und er selbst war genauso klein wie diese Insel … nein, noch viel kleiner, ein winziges Stück Treibholz inmitten eines riesigen, feindlichen Ozeans. Allein beim Gedanken daran drehte sich ihm der Magen um.

Er sprang auf und ging ins Badezimmer, ließ das kalte Wasser laufen und spritzte sich ein paar Tropfen ins Gesicht. Als er sich anschließend mit seinem grauen Handtuch abtrocknete, schrillte draußen im Flur eine Klingel. Das Geräusch zusammen mit dem kalten Wasser schien all seine Müdigkeit mit einem Schlag zu verjagen.

Er holte einen Jogginganzug aus dem Schrank. Kaum hatte er sein T-Shirt und die Jeans ausgezogen, da klopfte es an seine Tür.

„Versammlungszeit!", hörte er Lucys gedämpfte Stimme. „Du hast noch dreißig Sekunden."

„Ich komme!", rief Finn und schlüpfte hastig in die graue Hose. Der silberne Stern an der Jacke war völlig glatt, ohne Tier und ohne Balken.

Vom Klassenbesten zum Förderschüler in nur einem Tag, dachte er. *Vielen Dank, John!*

Er sah im Schrank nach und entdeckte auch Stiefel, Unterwäsche und Schlafanzüge, alles in seiner Größe … und alles in der gleichen trüben Farbe. Ob sie seinem Bruder wohl etwas Schickeres zum Anziehen gegeben hatten? Oder ein nobleres Zimmer?

Konnte es wirklich wahr sein, dass John über seltsame Sinneskräfte verfügte? Was für eine aufregende Vorstellung. Vielleicht war das ja eine Erklärung für seine Anfälle? Seine Lärmempfindlichkeit? Aber in Bezug auf Finn musste das alles ein großer Irrtum sein.

„Die Zeit ist um!", rief Lucy.

„Ich komme", sagte Finn.

4

Finn zwängte sich zusammen mit seinen neuen Klassenkameraden in einen engen Fahrstuhl. Ben drückte auf eine Taste, während Zoe – die Augen immer noch hinter der dunklen Schutzbrille versteckt – regungslos dastand und die Hände in den Taschen ihres Jogginganzugs vergrub.

Finn fragte sich, was Lucy und Zoe wohl in der Fördergruppe verloren hatten. Hatten sie sich auch überfordert und dabei ihre Kräfte verloren oder war es etwas anderes? Ob er sie fragen konnte? Oder wäre das unhöflich?

Drei Stockwerke tiefer verließen sie den Fahrstuhl und betraten einen breiten Gang voller Schüler, die alle in dieselbe Richtung strömten. Finn ließ sich einfach mittreiben und achtete darauf, Ben nicht aus dem Auge zu verlieren. Aber schon nach wenigen Schritten nahm Lucy seine Hand.

„Nicht, dass du dich gleich am ersten Tag verläufst", sagte sie.

Der Gang führte in einen riesigen fünfeckigen Saal. Vor jeder Wand erhob sich eine hölzerne Tribüne und in der Mitte befand sich eine Bühne. Über den Tribünen hingen bunte dreieckige Fahnen, auf denen die Abzeichen des jeweiligen Clans abgebildet waren. Und weit, weit oben drangen helle Sonnenstrahlen durch einen Ring aus kreisförmigen Oberlichtern in der fünfeckigen Decke.

Wir sind also direkt unter dem Landefeld, dachte Finn.

Lucy lenkte ihn zu einer kleinen Sitzgruppe, die sich etwas abseits der fünf Tribünenblocks befand. Zoe kam zu ihnen. Ben betrat die Bühne und setzte sich neben Adriana, die zusammen mit Jermaine und zwei anderen Schülern bereits neben dem Dekan Platz genommen hatte. Das war vermutlich der Vorteil, wenn man Clanvorsteher war.

Die fünf Hüter waren auch schon da. Sie saßen auf fünf Stühlen mit hohen Lehnen, die rund um ein Podest in der Mitte der Bühne platziert waren. Neben der Frau mit der langen Nase lag ein übergewichtiger Bluthund auf dem Fußboden … und war das tatsächlich eine Schlange, die sich da um Pietr Turminskis Hals geschlungen hatte?

Finn sah sich um und ihm wurde leicht schwindlig. Der Saal war jetzt fast ganz gefüllt und summte und brummte wie ein Bienenstock. Da hörte er ein vertrautes Lachen, blickte sich um und entdeckte John. Er saß plaudernd und lachend inmitten einer Gruppe von Schülern des Tastsinnclans und auf seiner Schulter hockte, zu Finns großem Erstaunen, ein kleiner schwarzer Affe. Er spielte mit Johns Haaren, als würde er dort nach Läusen suchen.

Finn stand auf und wollte seinem Bruder etwas zurufen, aber er war zu weit weg und das Gemurmel im Saal war einfach zu laut.

Lucy zupfte ihn an seinem Jogginganzug. „Setz dich hin", sagte sie. „Es geht los."

Während die letzten Schüler ihre Plätze einnahmen, wurde es immer leiser, und als Professor Panjaran sich auf das Podest stellte, war jedes Gemurmel verstummt.

„Willkommen, liebe Schülerinnen und Schüler", sagte er und drehte sich bei seinen Worten langsam um die eigene Achse. „Willkommen, ihr alle. Aufgrund der verspäteten Rückkehr des Dekans beginnt unsere Versammlung später als geplant, darum wollen wir uns ohne Zögern dem wichtigsten Ereignis des Schuljahrs zuwenden – der alljährlich stattfindenden Großen Jagd."

Jubelschreie und Hurrarufe schallten durch den Saal. Finn stieß Lucy an.

„Was ist denn die Große Jagd?", wollte er wissen.

Lucy ließ die Zähne blitzen. „Weißt du, was ein Sportfest ist?"

„Natürlich."

„Die Große Jagd ist so was Ähnliches, bloß *viel* besser."

„Ich möchte euch daran erinnern, dass sämtliche Teams bis morgen, Punkt 13 Uhr, ihre Anmeldung abgeben müssen", fuhr Professor Panjaran fort. „Und ich möchte euch außerdem daran erinnern, dass die Jagd keineswegs als Vorwand für Leichtsinn und Übermut dienen darf. Es handelt sich um einen ernsthaften Wettbewerb. Unverantwortliches Verhalten kann leicht zu Unfällen führen – wie wir in jüngster Zeit ja bereits feststellen mussten."

Etliche Köpfe drehten sich in Zoes Richtung. Sie verkrampfte sich erkennbar und Finn sah, wie sie errötete, erst der Hals und dann auch die von Sommersprossen übersäten Wangen.

„Nächster Punkt", sagte Professor Panjaran. „Mit großer Freude darf ich hiermit bekanntgeben, dass eine unserer herausragenden Schülerinnen den nächsten Torath erreicht hat."

„Was ist ein Torath?", flüsterte Finn Lucy zu, aber sie brachte ihn mit einem leisen Zischen zum Schweigen.

„Ich bitte nun Adriana Arnott, vorzutreten", sagte Panjaran.

Finn sah, wie Adriana sich neben Panjaran auf das Podest stellte. Er hätte sich nicht gewundert, wenn sie dem Hüter mit einer pinkfarbenen Kaugummiblase entgegengetreten wäre, aber in diesem Fall hatte sie wohl auf den Kaugummi verzichtet. Schweigend reichte sie dem Hüter ihr altes Abzeichen und befestigte das neue, das er ihr feierlich überreichte, an ihrer Jacke.

„Torath bedeutet Wachstum", flüsterte Lucy. „Damit hat

sie jetzt das dritte Level erreicht. Im Hören, falls du da nicht von selbst draufgekommen bist. Die haben die Fledermaus als Symbol, aber Adriana hält sich eher für die Bienenkönigin."

Als wollte sie ihr außergewöhnliches Gehör unter Beweis stellen, warf Adriana Lucy einen drohenden Blick zu.

„Mein letzter Punkt", sagte Professor Panjaran, während Adriana auf ihren Platz zurückkehrte, „betrifft die Ankunft zweier neuer Schüler."

Wieder drehten sich die Köpfe, dieses Mal in Johns Richtung. Er lächelte und der Affe kletterte auf seinen Kopf, wo er übermütig anfing zu winken. Lautes Gelächter ertönte. Dann wanderte die Aufmerksamkeit zu Finn. Manche Schüler starrten ihn mit weit aufgerissenen Augen an, während andere den Kopf schief legten. Manche schnüffelten leise.

„Ich möchte euch alle bitten, mit mir gemeinsam die Brüder John und Finlay Williams herzlich bei uns willkommen zu heißen", sagte Panjaran. „Nehmt euch in diesen Tagen ihrer Sorgen und Nöte an, damit sie dasselbe auch für euch tun, wenn ihr einmal Hilfe benötigt."

Alle fingen an zu klatschen. Auf dem Höhepunkt des Applauses ertönte ein schriller Schrei und ein großer Raubvogel kam von der Saaldecke herabgeschwebt. Mit weit ausgebreiteten Schwingen sauste er im Tiefflug über das Podest hinweg und hinterließ eine Spur aus zahlreichen weißen Spritzern. Kopfschüttelnd zog Professor Panjaran ein gepunktetes Taschentuch hervor und wischte die Hinterlassenschaften des Falken auf.

Der Applaus mündete in allgemeines Gelächter, dann löste sich die Versammlung auf.

Finn wusste nicht, was er jetzt machen sollte, und schob sich durch die dichte Menge auf John zu. Vielleicht gelang es ihm ja, seinen Bruder zu erwischen, bevor die Tastsinnschüler ihn mitnahmen. Doch auf halbem Weg kam ihm Ben in die Quere.

„Nicht so hastig", sagte er. „Jetzt ist erst mal deine Untersuchung dran."

Die Morgensonne schickte ihre gleißend hellen Strahlen auf die Erde und die silbernen Mauern des sternförmigen Alyxa-Gebäudes schienen die Hitze wie eine Linse zu bündeln. Gleichzeitig spürte Finn die kühle Meeresbrise im Gesicht und an den Händen.

„Ist es noch weit?", fragte er Ben, während sie am Rand des Gebäudes entlanggingen.

„Hier auf der Insel ist alles sehr dicht beieinander", erwiderte Ben. „Wobei – das heißt nicht, dass man sich nicht verlaufen kann."

„Was ist denn das da?" Finn zeigte auf einen Kreis aus

riesigen Steinen, die in einigen Hundert Metern Entfernung aus dem struppigen Gras hervorragten. Sie sahen aus wie gewaltige Zähne … und wie ein perfektes Parkourgelände. Aber das war höchstwahrscheinlich *strengstens* verboten.

„Das ist der Kleine Ring", sagte Ben. „Ein alter Versammlungsort der Druiden."

„Druiden?"

„Ja. Die Geschichte der Insel reicht bis in die Antike zurück und ist voller Mythen und Legenden."

„Das sieht jedenfalls ziemlich alt aus."

Ben zuckte mit den Schultern. „Der Dekan sagt, die Steine stammen aus dem ersten Jahrhundert. Aber ich wette, dass das niemand so genau weiß."

Wenn das der Kleine Ring ist, dachte Finn, *wie sieht dann erst der Große Ring aus?*

Am Ende des Weges machte die silberne Hauswand einen scharfen Knick. Da wurde Finn klar, dass sie die südliche Spitze des sternförmigen Gebäudes erreicht hatten. Die Fenster, in denen sich die Sonne spiegelte, lagen so hoch über ihnen, dass Finn nicht hineinsehen konnte. Die Vertäfelung war an manchen Stellen gebrochen oder verbogen und ein Metallgerüst sorgte dafür, dass die Platten nicht abplatzten. Unter dem Gerüst befand sich eine Drehtür.

„Was ist denn hier passiert?"

„Im letzten Monat gab es einen schlimmen Orkan", sagte Ben. „Ziemlich furchterregend, ehrlich gesagt. Windstärke neun, Blitz und Donner, das ganze Programm. Die Reparaturen sind immer noch im Gang."

Finn warf einen Blick auf die Tür. „Und was liegt dahinter?"

„Die Krankenstation. Die ist natürlich auch von innen zugänglich, aber ich dachte, dass dir ein bisschen frische Luft guttun würde. So, von hier an kommst du auch allein klar."

„Warte", sagte Finn, als Ben sich zum Gehen wandte. „Wie finde ich wieder zurück?"

„Die Fördergruppe liegt auch in diesem Flügel. Falls du dich verläufst, tippst du einfach auf einen der Bildschirme an der Wand. Da findest du dann einen Lageplan." Ben grinste. „Und wenn das auch nichts nützt: Folge deinen fünf Sinnen."

Nachdem Ben gegangen war, fühlte Finn sich einen Augenblick lang sehr klein und sehr allein. Doch dann riss er sich zusammen, ging durch die Drehtür und fand sich in einem lang gestreckten, dreieckigen Foyer wieder. Das Auffallendste daran waren eine Wendeltreppe und eine riesige Topfpalme. Der kleine Empfangstresen war unbesetzt. Einen Moment lang wusste Finn nicht so recht, was er jetzt machen sollte, bis eine junge Frau die Treppe herunterkam. Sie drückte ein Klemmbrett fest an ihre blütenweiße Bluse, an der außerdem ein Abzeichen mit einer Schlange zu erkennen war. Die blonden Haare hatte sie zu einem festen Knoten gebunden.

„Finlay Williams?", fragte sie nach einem Blick auf das Klemmbrett.

„Äh, ja, genau, das bin ich", erwiderte Finn.

„Ich bin Dr. Forrester. Du bist ja auf die Minute pünktlich."

Elegant machte sie kehrt und stieg die Treppe wieder hinauf. Finn folgte ihr. Die fächerförmigen Palmblätter hingen über das Geländer und er strich im Vorbeigehen mit den Fingern darüber.

Der Raum am oberen Ende war ebenfalls dreieckig. Die beiden Längsseiten bestanden fast vollständig aus Glas – das waren die Fenster, die er von außen bemerkt hatte. Der Blick war fantastisch: Sanft geneigte, sonnenbeschienene Grasflächen führten bis zu einer Klippe hinab und dahinter kam nichts als das Meer und der weite blaue, wolkenlose Himmel. Eine Möwe schwebte im Aufwind, fast ohne die Flügel zu bewegen.

„Hier entlang", sagte Dr. Forrester und führte ihn in einen Bereich voller weißer Schränke, glatter Arbeitsflächen und seltsamer stählerner Apparate.

In einem kleinen Sprechzimmer angelangt, bot Dr. Forrester Finn einen Platz an und wandte sich dann wieder ihrem Klemmbrett zu.

„Sie gehören also zum Geschmackssinnclan, wie ich sehe", sagte Finn, um das Schweigen zu brechen.

Sie quittierte seine Bemerkung mit einem kurzen Lächeln. „So könnte man sagen." Das Lächeln brachte ein paar Fältchen rund um ihre Augen zum Vorschein und Finn nahm an, dass sie ungefähr so alt sein musste wie ...

„Meine Mutter war auch hier", sagte er. „Ich glaube, sie war auch im Geschmackssinnclan, kann das sein?"

„Wie kommst du denn darauf?"

„Na ja, durch ihren Job. Sie hat als Sommelière gearbeitet, also das ist so eine Art Weinkellnerin. Und jetzt schreibt sie Restaurantkritiken und solche Sachen."

Dr. Forrester nickte. „Harriet war sehr talentiert, auf ihre ganz eigene Art und Weise."

Finn klammerte sich an seine Stuhllehne. „Sie haben sie gekannt?"

„Sie war zwei Jahre älter als ich. Aber meine Begabungen unterscheiden sich sehr stark von ihren ... sonst hätte ich diesen Job hier gar nicht erst angetreten."

Finn versuchte sich vorzustellen, wie seine Mutter hier auf Alyxa gewesen war, wie sie durch die Gänge gegangen war, an Versammlungen teilgenommen und in der Kantine gesessen hatte. Vielleicht hatte sie sogar zusammen mit Dr. Forrester gelegentlich ein Wurstbrötchen verspeist.

„Meine Talente liegen auf dem Gebiet des emotionalen

Wohlergehens", fuhr Dr. Forrester fort. „Wein und Essen sind das eine – und, um ehrlich zu sein, ziemlich banal –, aber meine Kräfte erlauben mir, Glück und Traurigkeit, Wut und Enttäuschung, das gesamte Spektrum menschlicher Gefühle zu schmecken."

Finn ging nicht auf die kleine Spitze gegenüber seiner Mutter ein. „Heißt das, dass der Geschmackssinn sozusagen viele unterschiedliche ... nun ja, Geschmacksrichtungen haben kann?"

„So könnte man sagen."

„Und mit Ihrer Geschmacksrichtung können Sie so eine Art Seelenärztin sein?", fragte Finn weiter. „Eine Psychiaterin?"

„Oh, ich bin sehr viel mehr als das. Ich kann zum Beispiel auch Krankheitskeime in der Luft schmecken. Viren. Bestimmte Gebrechen. Meine Kräfte sind holistischer Natur, Finlay. Weißt du, was das bedeutet?"

Finn wusste es und war stolz darauf. „Das bedeutet, dass Sie ein bisschen was von allem können."

„Ich würde eher sagen, dass ich mich um den Patienten in seiner Gesamtheit kümmere. Also dann, wollen wir mit einem Augentest anfangen?"

Sie nahm eine Fernbedienung in die Hand und drückte auf eine Taste. Es wurde dunkel und an der hinteren Wand erwachte eine Leuchttafel zum Leben. Darauf waren Reihen aus Buchstaben, Zahlen und Tiersymbolen zu erkennen, die immer kleiner und kleiner wurden. Finn las sie laut vor, obwohl er große Mühe hatte, die winzigen Zeichen in der untersten Zeile überhaupt zu erkennen.

„Ich schätze mal, im Clan des Sehens habe ich nichts verloren", sagte er, als das Licht wieder anging.

„Mit der letzten Reihe haben alle ihre Schwierigkeiten", erwiderte Dr. Forrester.

„Sie vergeuden Ihre Zeit", sagte Finn. „Bei mir gibt es nichts Besonderes zu finden."

„Das bezweifle ich", entgegnete Dr. Forrester. „Wenden wir uns mal deinem Gehör zu."

Mürrisch beobachtete Finn, wie Dr. Forrester den Wattebausch in einen Plastikbeutel steckte. Dann strich er mit der Zunge an der Innenseite seiner Wange entlang, die sich nach dem Abstrich immer noch ein bisschen seltsam anfühlte.

„In meiner DNA finden Sie bestimmt nichts", sagte er.

„Es wird ein paar Tage dauern, bis wir die Ergebnisse bekommen", erwiderte Dr. Forrester.

„Aber bei den Untersuchungen haben Sie bis jetzt nichts festgestellt, oder?"

Die Ärztin fuhr sich mit dem Finger über die Lippen und sah Finn lange nachdenklich an. „Jeder Mensch ist anders. Manche entwickeln ihre Kräfte bereits im jungen Alter. Bei anderen dauert es ein bisschen länger. Manchmal kommt auch alles auf einmal zum Vorschein, und zwar dann, wenn man am wenigsten damit rechnet."

Trotz dieser Worte wusste Finn, dass sie gewisse Zweifel hatte.

„Der Dekan hat gesagt, dass die Schüler normalerweise mit elf hier anfangen. Ich bin dreizehn und habe immer noch keine besonderen Kräfte. Gibt es vielleicht noch jemanden, der nach zwei Jahren immer noch keine besonderen Begabungen gezeigt hat?"

„Du musst Geduld haben", sagte Dr. Forrester. „Die Natur lässt sich nicht hetzen."

Finn wollte schon protestieren, doch dann hielt er sich zurück. Wie lange sollte er denn noch Geduld haben? *Ich kann doch mein Leben nicht einfach anhalten, bloß weil diese Leute glauben, dass ich vielleicht besondere Gaben habe.*

Da klopfte es an die Tür des Sprechzimmers und ein Mann streckte den Kopf herein. Er war klein, hatte ein glattes, rundes Gesicht und trug eine winzige Brille auf der Nasenspitze. Sein grünes Jackett bildete einen schrillen Gegensatz zu seiner gelben Hose und der leuchtend rote Turban machte es nicht besser.

„Komme ich zu früh?", sagte der Mann. „Zu spät? Genau richtig?"

„Genau richtig, Dr. Raj", sagte Dr. Forrester. „Ich bin mit Mr Williams fertig."

Dr. Raj klatschte in die Hände. „Der perfekte Zeitpunkt für mich! Möchtest du mich begleiten, Finlay? Oder soll ich dich lieber Finn nennen?"

„Äh, Finn ist gut", sagte Finn, der es kaum erwarten konnte, die Krankenstation zu verlassen.

„Ausgezeichnet! Hier entlang."

Dr. Rajs Büro lag gleich neben der Krankenstation. Auf dem großen Schreibtisch in der Mitte zählte Finn zwölf Computermonitore. Hinter einem breiten Fenster schloss sich ein großer Raum an, der genauso schwarz war wie die Krankenstation weiß. In der Düsternis flackerten Bildschirme, blinkten Lichter und in der hinteren Ecke umhüllte ein Funkenregen einen Apparat, der aussah, als bestünde er hauptsächlich aus Bettfedern.

Jetzt summte auf Dr. Rajs Schreibtisch ein Smartphone. Er wischte über den Bildschirm, um den Anruf abzulehnen, und sah Finn mit einem strahlenden Lächeln an.

„Das interessiert mich jetzt nicht", sagte er. „Wie geht es dir?"

Finn starrte das Handy an und musste daran denken, was Hüterin Blake gesagt hatte – dass den Schülern jeder Kontakt zur Außenwelt untersagt war. Stimmte das denn wirklich?

„Danke, es geht mir gut."

Er suchte Dr. Rajs Jackettaufschläge nach einem Abzeichen ab, aber als er nirgendwo eines entdecken konnte, fragte er ihn: „Und welche Kraft haben Sie?"

Dr. Raj warf einen betont auffälligen Blick zur Tür. Dann winkte er Finn dichter zu sich heran, legte die Finger an die Lippen und flüsterte: „Du darfst es niemandem verraten, aber ich habe gar keine."

„Oh, äh … echt?", erwiderte Finn. „Ich meine, ich verrate natürlich nichts, wenn …"

Dr. Raj brach in lautes Lachen aus. „Bitte entschuldige, Finn. Ich mache nur Spaß. Es stimmt zwar, dass ich keine besonderen Kräfte habe, aber das ist kein Geheimnis."

„Dann hat also gar nicht jeder hier auf Alyxa Supersinne?" Finn entspannte sich ein wenig. Vielleicht war er ja doch nicht der einzige schräge Vogel hier.

„Die meisten schon, aber ich nicht – leider. Meine Frau war mit den Talenten gesegnet und unsere Tochter kommt ganz nach ihr. Sie ist übrigens auch hier auf Alyxa."

„Ihre Frau?"

„Meine Tochter. Gut möglich, dass du sie kennenlernst, wenn du …" Dr Raj schlug sich theatralisch mit der flachen Hand an die Stirn. „Moment mal! Du bist doch in der Fördergruppe. Natürlich kennst du sie!"

Mit einem Mal registrierte Finn die dunkle Haut des kleinen Mannes, sein breites Grinsen und seinen verschmitzten Blick. „Sie sind Lucys Vater!"

„Ganz genau so ist es. Und jetzt wollen wir mal deine Gehirnströme messen!"

Ein leises Brummen lag über Dr. Rajs Laboratorium und gleichzeitig war ein regelmäßiges Piepsen zu hören, ohne dass Finn sehen konnte, woher es kam. Vorsichtig suchte er sich in der Düsternis einen Weg zwischen den zahlreichen herumliegenden Kabeln. Vielleicht sollte er Dr. Raj kurz über die Gefahren eines derart ungesicherten Arbeitsplatzes aufklären?

Vor der summenden, knisternden Apparatur in der Ecke des Raumes blieb Finn stehen. „Ist das Ding gefährlich?", wollte er wissen.

„Nicht besonders", erwiderte Dr. Raj. „Keine Sorge. Ich platziere dich in sicherer Entfernung."

Er führte Finn zu einem Metallstuhl in der Nähe und nahm ein wirres Kabelknäuel in die Hand. Die Kabel kamen aus einer kleinen Kiste, die verdächtig nach Verteilerkasten aussah, und waren an den vorderen Enden mit kleinen Saugnäpfen bestückt.

„Es tut bestimmt nicht weh", sagte Dr. Raj fröhlich, während er die Saugnäpfe an Finns Schläfen befestigte.

„Was machen die Dinger denn?", erkundigte sich Finn.

„Unter uns gesagt, sie machen genau das, was die Hüter von Alyxa nicht wollen. Die wollen bloß wissen, welche Kräfte ein Schüler hat. Aber ich will wissen, *wieso* jemand anders ist als die anderen. An welcher Stelle im Gehirn lässt sich das Phänomen orten?"

„Und warum wollen die Hüter nicht, dass Sie das rausfinden?"

Der Apparat in Finns Rücken stieß ein langes heiseres Furzgeräusch aus und fing an zu keuchen wie eine Dampflokomotive. Dann spuckte der Verteilerkasten einen Funken aus, aber Dr. Raj wirkte kein bisschen beunruhigt.

„Weil sie sich nicht für wissenschaftliche Erklärungen interessieren. Die Hüter fragen vielleicht *Wer?* und *Wie?*, aber ich als Wissenschaftler bin vor allem an dem *Warum?* interessiert. Sobald man verstanden hat, *warum* etwas geschieht, erschließt sich automatisch das ganze Potenzial des Phänomens. Dann kann man es ein- und ausschalten, wie eine Maschine. Es wird berechenbar. Nehmen wir zum Beispiel die Verstärkung der Sinneskraft. Wenn man etwas Bestimmtes identifizieren kann, dann kann man es auch verändern, es größer oder stärker machen. Ihm einen Schub verpassen. Also, wenn du mal bitte still sitzen bleiben könntest …" Er kam auf einem Schreibtischstuhl zu Finn gerollt und hielt ein Tablet in der Hand. „Und gib mir bitte einmal deine Hand. Ich möchte einen biometrischen Scan davon machen."

Gehorsam legte Finn die rechte Hand auf den Bildschirm.

„Sehr gut", sagte Dr. Raj und warf das Tablet beiseite. „Ah-haa! Du bist also sehr müde!"

Der Apparat kam stotternd zum Stillstand und Dr. Raj nahm Finn die Saugnäpfe ab. Dieser massierte sich die Schläfen. Seine Ohren fühlten sich heiß und empfindlich an.

„Ich habe keine Ahnung von Verstärkung und solchen Sachen", sagte Finn und musste an Johns fürchterliche Anfälle denken. „Aber das, was mein Bruder hat, das braucht keine Verstärkung. Das muss eher abgeschwächt werden."

„Ja, ich habe Johns Akte gelesen. Eine Unterdrückung der Symptome ist denkbar, zumindest theoretisch. Ich habe speziell für solche Fälle ein Gerät entwickelt." Mit schnellen Schritten ging er zum hinteren Ende einer Werkbank und nahm mit stolzer Geste ein Tuch von einem Ding, das aussah wie eine ausgehöhlte goldene Discokugel. „Ich habe ihm noch keinen Namen gegeben, aber es dockt an die verschiedenen Gehirnregionen an, die für die Sinneswahrnehmung zuständig sind, und verstärkt oder reduziert die Signale, die das Gehirn empfängt."

„So eine Art Boosterhelm", sagte Finn.

„Ganz genau!", meinte Dr. Raj. „Das wäre ein sehr passender Name. Den würde ich gerne verwenden, wenn du nichts dagegen hast."

Finn lachte.

Dr. Raj deckte das Gerät wieder ab. „Die Probleme, die deinem Bruder zu schaffen machen, sind weitverbreitet", sagte er mit ernster Miene. „Die Leute hier auf Alyxa werden ihm beibringen, wie er sie unter Kontrolle bekommt."

Finn stand auf. „Sie können sich gar nicht vorstellen, was mit ihm passiert, wenn er so einen Anfall hat. Der letzte ... also, der war wirklich grässlich. Vielleicht können Sie Ihren Apparat ja an ihm ausprobieren, nur ein kleines bisschen?"

Dr. Raj wich zurück und hob abwehrend beide Hände. „Deine Besorgnis macht dich gewiss sehr sympathisch, aber das wäre viel zu gefährlich. Etwas zu unterdrücken bedeutet, dass man es einschließen muss. Willst du wirklich, dass ich das Gehirn deines Bruders einschließe? Und wenn ich das Gefängnis zu klein mache? Der menschliche Geist ist ein zerbrechliches Ding, weißt du? Zerbrechlich und ein bisschen schwammig."

Finn schauderte. „Sie würden ihn sowieso nicht dazu kriegen, sich so ein Ding aufzusetzen. Das würde ja seine Frisur zerstören."

Auf dem Weg zurück in Dr. Rajs Büro kamen sie an einem stählernen Koffer voll mit kurzen schwarzen Stöcken vorbei. „Adriana hat mich mit so einem Ding angegriffen, im Krankenhaus", sagte er. „Ist das auch einer von Ihren Apparaten?"

Dr. Raj nahm seine Brille ab und putzte sie mit dem Ende seiner Krawatte. „Es gefällt mir ganz und gar nicht, wenn sie die Überlaster von der Insel schaffen", sagte er. „Aber Mr Kildair hat darauf bestanden, angeblich weil die Sicherheit gefährdet war."

Finn versuchte, die Erinnerung an den Elektroschock im Fahrstuhl abzuschütteln.

„Alyxa ist ein guter Ort, Finn. Der beste für dich und deinen Bruder, ganz bestimmt. Also, kannst du mir bitte etwas versprechen, bevor du gehst?"

„Natürlich", erwiderte Finn. Auf dem Schreibtisch lag immer noch das Smartphone. Wie gerne hätte er es sich ausgeliehen, nur für einen Moment, nur um seiner Mutter zu sagen, dass alles in Ordnung war.

„Behalte doch bitte Lucy im Auge", sagte Dr. Raj. „Sie ist ein ziemliches Temperamentsbündel und es wäre schade, wenn sie irgendwie in Schwierigkeiten geraten würde."

„Na klar", sagte Finn. Er drehte sich um und stieß dabei eine Dose mit Stiften vom Tisch, sodass sie sich auf dem ganzen Fußboden verteilten. „Oh, das tut mir aber leid", sagte er und bückte sich, um sie wieder aufzuheben.

„Nicht weiter schlimm!", rief Dr. Raj und kam ihm zu Hilfe.

Finn sammelte eine Handvoll Stifte ein, richtete sich hastig auf, schnappte sich das Handy und steckte es ein. Er wusste, dass das nicht richtig war, aber Entführung ja wohl auch nicht, oder? Und außerdem wollte er es sowieso nur einmal benutzen und danach gleich wieder zurückgeben.

Sobald sie die Stifte eingesammelt und wieder in die Dose gesteckt hatten, begleitete Dr. Raj ihn eine Treppe hinunter, die ins Freie führte. Bevor Finn sich auf den Rückweg machte, wandte er sich dem Meer zu. Irgendwo dort, weit hinter dem Horizont, lag seine Heimat, sein Leben. Aber er hätte genauso gut auf dem Mond sein können, es hätte überhaupt keinen Unterschied gemacht.

Er schlurfte den Weg entlang, bis er zu einer klobigen Klimaanlage kam, die aus der Hauswand hervorragte. Er versteckte sich hinter dem Gehäuse, zog das Handy hervor und wählte die Nummer seiner Mutter. Einen Augenblick lang war er überzeugt, dass sie nicht abnehmen würde. Aber dann hörte er eine Stimme, die so warm und so vertraut klang, dass seine Knie weich wie Gummi wurden.

„Hallo?"

„Mum!", rief Finn. „Ich bin's!"

„Finn? Was hast du ... du darfst mich nicht anrufen. Du darfst niemanden anrufen!"

„Du musst mich hier rausholen!"

„Jetzt beruhige dich erst mal und ..."

„Ich will mich aber nicht beruhigen! Ich will wieder nach Hause. Ich gehöre hier nicht hin. Das Ganze ist ein riesiger Fehler."

„Du gehörst sehr wohl dorthin. Es gibt keinen besseren Ort für dich als Alyxa. Wenn ich nicht fest davon überzeugt wäre, hätte ich doch niemals ..."

„Für John kann das ja sein, aber für mich nicht."

„Doch. Das gilt für euch beide. Ihr seid beide etwas ganz Besonderes."

Finn traute seinen Ohren nicht. Er starrte die silberne Hauswand an, die vor ihm aufragte, und anschließend den Steinkreis in der Ferne. Dann wischte er sich brennende Tränen aus den Augen.

„Warum hast du mir nie etwas davon erzählt?", wollte er wissen.

Am anderen Ende der Leitung entstand eine lange Pause, dann ertönte ein ebenso langes Seufzen. „Ich glaube, ich habe immer gehofft, dass es nie so weit kommen würde. Dass du und John nie nach Alyxa gehen müsst. Aber ich habe mich nur selbst getäuscht."

„Komm her und hol mich ab, Mum", bat Finn. „Bitte, ich will runter von dieser Insel."

„Finn, Liebling ..." Er hörte, wie sie mit den Tränen kämpfte. Er hasste sich selbst dafür, aber er wusste, dass sie dem Druck bald nicht mehr standhalten konnte.

„Mum, wenn du mich nicht abholst, dann überlege ich mir selbst was. Dann ..." Ein Schatten verdunkelte die Sonne und dann schnappte ihm jemand das Handy aus der Hand. „He!"

Er hob den Kopf und starrte in Kildairs wütendes Gesicht.

„Wer diese Insel verlässt und wer nicht, das entscheide ich", sagte der Dekan von Alyxa.

5

„Woher hast du dieses Telefon?", herrschte Kildair ihn an. Da die Sonne genau hinter ihm stand, sah der Dekan aus wie ein riesiger schwarzer Schatten. Er hatte das Gespräch einfach abgebrochen, ohne Finn die Chance zu geben, sich zu verabschieden.

„Das habe ich mir geborgt", erwiderte Finn.

Der Dekan starrte ihn aus kalten Augen an. „Ich habe sofort gewusst, dass du uns Schwierigkeiten machen würdest. Professor Panjaran auch. Kaum hatte er dich gesehen, hat er in deiner Zukunft einen Schatten erblickt."

„Zu mir hat er aber nichts von wegen Schatten gesagt", gab Finn zurück. „Bloß irgendwas über einen Pfad oder so."

Kildair hob warnend den Zeigefinger. „Du solltest mich nicht herausfordern, Finn. Geh jetzt zurück auf dein Zimmer und warte dort."

„Worauf denn?", fragte Finn.

Der grauhaarige Mann verlagerte sein Gewicht von einem Bein auf das andere, sodass die Sonne hinter seinem Kopf zum Vorschein kam. Finn kniff die Augen zusammen.

„Ich glaube, was du sagen wolltest, war: ‚Jawohl, Herr Dekan.'"

Finn starrte zu Boden. „Jawohl, Herr Dekan." Mit glühend heißen Wangen ging Finn zurück bis zu der Tür, durch die Ben und er das Haus verlassen hatten. Er riss sie auf, stapfte ins Innere und schlug die Tür krachend hinter sich ins Schloss. Sein erster Tag und schon stand er kurz vor dem Arrest – oder was sie hier auf Alyxa eben sonst an Strafen hatten. War ja auch egal. Je schneller er hier wieder verschwinden konnte, desto besser.

Er ging den Flur entlang und hatte sofort die Orientierung verloren. Er gab es auf, sich zurechtfinden zu wollen, und marschierte stattdessen einfach immer weiter. Nachdem er mehrfach falsch abgebogen war, landete er schließlich doch vor seiner Zimmertür.

Er legte die Hand auf das Larvensymbol und war gespannt, ob die Fingerabdrücke, die Dr. Forrester ihm abgenommen hatte, mittlerweile im Sicherheitssystem von Alyxa abgespeichert waren. Zu seiner Erleichterung öffnete sich die Tür sofort und er betrat sein Zimmer. Es war der einzige Ort in diesem ganzen Irrenhaus, wo er wenigstens einigermaßen seine Ruhe haben konnte.

Doch das graue Zimmer war nicht leer. Finn erstarrte. Zoe stand vor seinem Schrank und wühlte sich durch die Schuluniformen, die darin hingen.

„He!", sagte er. „Was soll denn das?"

Sie warf ihm einen schuldbewussten Blick zu. Die getönte Schutzbrille hatte sie auf die Stirn geschoben, sodass Finn zum ersten Mal ihre Augen sehen konnte. Er meinte, einen seltsamen Ausdruck darin zu erkennen, aber schon im nächsten Augenblick hatte sie die Brille wieder auf ihre Nase geschoben.

„Kümmer dich um deinen eigenen Kram!" Sie schlug die Schranktür zu.

„Das *ist* mein Kram", sagte Finn.

Er sah, dass Zoe ein Falkenabzeichen trug. War das neu oder hatte er es vorhin nur nicht bemerkt? Er wusste es nicht. Sie stolzierte nach draußen in den Aufenthaltsraum, vorbei an Lucy, die dort in einem Sessel saß, und steuerte ihr eigenes Zimmer an. Finn ging ihr nach.

„Komm zurück", sagte er. „Ich will wissen, was du in meinem Zi…"

Zoe schlug ihm die Tür vor der Nase zu. Finn wollte gerade anfangen, mit beiden Fäusten dagegenzutrommeln, da rief Lucy seinen Namen.

„Lass ihr ein bisschen Zeit", sagte sie.

„Warum sollte ich das tun?"

„Sie hat gerade eine schwierige Phase."

„Ehrlich gesagt, mein Tag war bis jetzt auch nicht besonders toll."

„Ich mein's ernst", sagte Lucy. „Komm einfach her und setz dich zu mir."

Finn überlegte kurz, ob er ihr sagen sollte, dass sie sich gefälligst auch um ihren eigenen Kram kümmern sollte. Aber dann fiel ihm ein, dass er ja eigentlich auf Zoe sauer war. Er ließ sich also auf einen Stuhl fallen und starrte wütend die Wand an.

„Zoe hat erst kürzlich ihre Schwester verloren", sagte Lucy.

Finn stockte der Atem. „Du meinst, sie ist ... tot?"

„Vor vierzehn Tagen."

„Oh ... oh, das ist ja schrecklich. Das habe ich nicht gewusst." Er warf einen Blick auf Zoes Zimmertür, versuchte sich vorzustellen, wie furchtbar sie sich fühlen musste. „Was ist denn passiert?"

„Sie hieß Kylie", sagte Lucy. „Sie ist von der Südklippe abgestürzt."

Das mussten die Klippen sein, die Finn durch das Fenster der Krankenstation gesehen hatte. Er konnte sich noch gut an das Donnern der Brandung erinnern.

„Bei dem Orkan?"

Lucy schüttelte den Kopf. „Nein, danach. Manche glauben, dass der Orkan die Klippen vielleicht instabil gemacht hat, aber ..." Lucy verstummte und warf einen Blick auf Zoes geschlossene Tür.

„Ist das der Unfall, von dem Professor Panjaran bei der Versammlung gesprochen hat?", erkundigte sich Finn.

„Eigentlich glaubt niemand mehr, dass es ein Unfall war", sagte Lucy leise. „Sie hat sich zuerst noch die Schuhe ausgezogen – die haben sie oben an der Kante gefunden." Sie hielt kurz inne. „Sie ist gesprungen."

Finn unterdrückte ein Stöhnen. Warum hatte er Zoe bloß so angeschnauzt? Wenn er doch nur gewusst hätte, was mit ihr los war!

„Kylie hatte eine harte Zeit hinter sich", fuhr Lucy fort. „Sie war im Geruchssinnclan und erst vor Kurzem Clanvorsteherin geworden. Sie war also auf dem besten Weg, na ja, einen rasanten Aufstieg hinzulegen. Dann kam die Trennung von ihrem Freund und dann sind ihre Noten immer schlechter geworden, bis sie schließlich hier in der Fördergruppe gelandet ist." Sie wies mit dem Kinn auf Finns Tür. „Das da war ihr Zimmer."

Ein Schauder lief Finn über den Rücken.

Sie haben mich im Zimmer einer Toten untergebracht.

Er musste an die Klippe denken und an den langen Sturz hinab. Er versuchte sich vorzustellen, wie Zoe sich fühlen musste, und es fiel ihm nicht besonders schwer. Wenn John so etwas getan hätte ...

Er konnte sich gar nichts Schlimmeres vorstellen.

Und er musste unwillkürlich an Johns Anfälle denken. Hatte Kylie vielleicht unter ähnlichen Symptomen gelitten?

Sie hatten behauptet, dass die Schule ein sicherer Ort sei, dass es John gut gehen würde. Aber hätte Zoes Schwester das auch so gesehen? Finn hatte da gewisse Zweifel.

Als es Zeit fürs Mittagessen war, gingen Finn und Lucy gemeinsam in die Kantine. Dort war es voll und laut. Die Mittagssonne drang durch die Schlitze in der Decke und verwandelte die vielen bunten Farbspritzer an den Wänden in ein farbenprächtiges Kaleidoskop. Sogar die Tische sahen aus wie Farbpaletten.

Finn tat es Lucy nach und nahm ein Tablett von einem Stapel neben der Tür. Dann reihte er sich in die Schlange ein.

„Ich habe heute Morgen deinen Dad kennengelernt", sagte er, während sie sich zentimeterweise vorwärtsschoben. „Nachdem Dr. Forrester mit ihrer Untersuchung fertig war."

„Hat er dir dieses Ding auf den Kopf gesetzt?", wollte Lucy wissen.

„Auf keinen Fall!" Sie brachen gemeinsam in lautes

Lachen aus, dann sagte Finn: „Er hat von deiner Mum gesprochen. Dass sie eine Gabe hatte, aber er nicht."

Lucys Lächeln erlosch. „Oh, sie hatte wirklich eine ganz einzigartige Begabung."

„Welche denn?"

„Die Fähigkeit, ihre Familie komplett zu vergessen. Nächste Frage?"

„Äh, nein, keine weiteren Fragen", erwiderte Finn hastig.

Die Schlange bewegte sich vorwärts, doch bevor sie die Lücke schließen konnten, kam ein großer Junge mit weißen Shorts und Trainingsjacke wie aus dem Nichts herbeigesaust und schob sich vor sie.

„He, was soll denn das!", sagte Finn – und dann erst erkannte er seinen Bruder. „John ... na ja. Natürlich musst du dich wieder vordrängeln."

„Hey, Kumpel. Wie geht's, wie steht's?"

Finn konnte nicht anders, er musste grinsen. Jetzt, wo er John vor sich sah, kam ihm der Zwischenfall mit dem Dekan und dem Handy völlig unbedeutend vor.

„Alles gut", antwortete er. „Mir geht's prima."

„Mir auch!"

Die Schlange war jetzt beim Tresen angelangt. Finn und John standen vor den quadratischen Wärmebehältern mit dem Essen. Lucy war schon weitergegangen.

„Ich hatte heute Morgen meine medizinische Untersuchung", sagte Finn.

„Ach ja? Mich haben sie zum Sportunterricht geschickt. Haben sie was Interessantes festgestellt?"

„Eigentlich nicht." Finn zögerte. „Zumindest nichts über mich. Aber ich habe noch mit jemand anders gesprochen, einem gewissen Dr. Raj, und der hat gesagt, dass deine Anfälle ... also, dass die nichts Ungewöhnliches sind. Er hat gesagt, dass sie hier wahrscheinlich was dagegen tun können."

Finn verkrampfte sich ein wenig und rechnete damit, dass John gegen das Wort „Anfälle" protestierte. Doch stattdessen betrachtete sein Bruder ihn nur mit feierlichem Blick.

„Ehrlich?", sagte er. „Das wäre ja super."

Finn entspannte sich wieder. „Ja, oder? Und, wie läuft's so im Tastsinnclan?"

„Oh, da sind alle total cool. Ein paar von den anderen können echt verrückte Sachen machen. Zum Beispiel dieses Mädchen, Sara. Sie hat ungefähr zehn Mal so viele Papillarlinien an den Fingern wie normal. Sie kann wie eine Echse die Wände hochklettern. Superhaftkraft oder so was Ähnliches. Einfach unglaublich. Und dann dieser Typ, er heißt Wayne. Er kann die Hand in kochendes Wasser stecken, ohne sich zu verbrennen."

Eine der Frauen hinter dem Serviertresen tippte mit der Schöpfkelle auf Finns Tablett.

„Wisst ihr denn schon, was ihr wollt?", fragte sie und lächelte freundlich.

„Spiegeleier und Bratkartoffeln", sagte John wie aus der Pistole geschossen. „Einen Riesenberg, bitte."

„Ich nehme das Gleiche", meinte Finn. „Bloß nicht ganz so viel."

Als sie mit ihren voll beladenen Tabletts bei der Besteckausgabe waren, trafen sie Lucy wieder. Auf ihrem Teller lag etwas, was aussah wie grauer Haferschleim.

„Wo sitzt du denn?", fragte John. Dabei blickte er unentwegt zu einem Tisch am Rand der kreisförmigen Kantine, wo vier andere Schüler ihn wie wild zu sich winkten.

„Ist schon okay", sagte Finn. „Geh ruhig zu deinen Freunden. Ich komm schon klar."

„Okay. Dann bis später."

Erleichtert machte John sich auf den Weg zu dem Tisch, wo er von lautem Geschnatter begrüßt wurde.

Wie macht er das bloß?, dachte Finn. *Er ist erst einen Vormittag da und schon Mr Superbeliebt.*

Finn sah sich nach Lucy um und entdeckte Zoe ganz in der Nähe allein an einem Tisch. Ob sie immer allein aß?

Er machte einen Schritt in ihre Richtung. Es würde ihm nicht schwerfallen, sich zu entschuldigen, aber was, wenn sie ihn wieder zurückwies?

Also setzte er sich zu Lucy an einen Tisch, der mit roten und gelben Farbstreifen übersät war, und machte sich über sein Essen her.

„Schmeckt viel besser als an meiner alten Schule", sagte

Finn. Er stippte eine knusprige Bratkartoffel in das flüssige Eigelb, fügte noch einen großzügigen Klecks Ketchup hinzu und steckte sich das Ganze in den Mund.

„Die Köche sind alle ehemalige Alyxa-Schüler", erwiderte Lucy und stocherte trübsinnig in ihrem Schleimhaufen herum.

„Was isst du da eigentlich? Sieht ja … gut aus. Irgendwie."

Sie lachte. „Das ist Soja. Meine Geschmacksknospen sind total durcheinandergeraten – übersensibel. Deswegen bin ich in der Fördergruppe. Ich darf nur Sachen essen, die nach gar nichts schmecken. Dazu schmeißen sie ein paar Vitamine rein, damit ich glauben kann, dass ich mich ausgewogen ernähre. Willst du mal probieren?"

Finn nahm eine Messerspitze und steckte sie sich in den Mund. Ein erster Gedanke war „Pappe", obwohl … sogar Pappe schmeckte nach irgendetwas. Aber dieses Zeug hier war wie ein Betäubungsmittel für die Zunge.

„Bäh!", sagte er, griff nach seinem Glas und trank hastig einen großen Schluck Wasser. „Das ist ja eklig!"

„Hey!", sagte da eine bekannte, etwas schleppende Stimme. „Sieht ja ganz so aus, als würdest du wirklich hierbleiben. Also, wenn das so ist, herzlich willkommen auf Alyxa."

Finn drehte sich um und sah Xanders grinsendes Gesicht mit den verschlafenen Augen vor sich. „Danke", erwiderte er ein wenig misstrauisch. „Du willst mich doch nicht schon wieder stolpern lassen, oder?"

„Ach was", meinte Xander. „Das war doch bloß Spaß. Komm, schlag ein."

Er streckte Finn die Hand entgegen. Finn warf Lucy einen Blick zu, aber sie zuckte nur mit den Schultern.

„Also gut", sagte Finn und ergriff Xanders Hand. „Ich schätze mal ... Autsch!"

Ein stechender Schmerz zuckte durch seine Finger, so als hätte er in einen Kaktus gefasst. Finn riss seine Hand wieder weg.

Immer noch grinsend hob Xander seine eigene Hand und wackelte mit den Fingern. Funken sprühten.

Was ist das denn?, wunderte sich Finn. *Das kann doch kein Strom sein!*

„Elektrisierend, was?", lachte Xander.

„Hau ab!", fuhr Finn ihn an.

Xander drehte ihm den Rücken zu und ließ ihn stehen.

Finn nahm das Messer, an dem immer noch der graue Sojaschleim klebte, und schnipste das Zeug mit einer schnellen Bewegung in Xanders Richtung. Klatschend landete es in seinem Nacken.

Schlagartig wurde es mucksmäuschenstill in der Kantine.

Langsam drehte Xander sich wieder um. Er war knallrot im Gesicht. Wie ein wütender Leuchtturm ließ er seinen

Blick durch den Raum gleiten, bis er schließlich bei Finn hängen blieb.

„Dafür wirst du büßen."

Xander kam näher, aber dann schob sich plötzlich John zwischen ihn und Finn.

„Heute ist unser erster Tag", sagte er. „Lass es gut sein."

Xander musterte John von Kopf bis Fuß und für einen Moment dachte Finn, dass er gleich zuschlagen würde, doch dann zischte jemand: „Kildair!"

Lautlos kam der Dekan auf sie zugeglitten, hager und mit funkelnden Augen. Wo immer er sich hinwandte, wichen die Schüler mit angsterfüllten Mienen zurück. *Wie ein Haifisch, der überall im Meer Angst und Schrecken verbreitet,* dachte Finn.

„Was ist hier los?", wollte der Dekan wissen.

„Gar nichts, Sir", erwiderte Xander.

Kildair fuhr mit dem Zeigefinger durch das Ketchup auf Finns Teller. Was sollte das denn? Die umstehenden Schüler zogen sich ein Stückchen zurück. Der Dekan schmierte erst John und dann Xander ein bisschen von der roten Soße auf die Wange. Dann stippte er seine Finger noch einmal ein und näherte sich Finn, der eigenartigerweise keinen Muskel rühren konnte, während der Dekan ihn mit einem Strich auf der Stirn markierte. Er hatte keine Ahnung, was das zu bedeuten hatte, aber es machte ihn trotzdem unruhig.

„Geht euch waschen", sagte Kildair und ging schweigend davon.

Xander schnappte sich eine Serviette, wischte sich das Gesicht ab und schlurfte von dannen. Finn gab John ebenfalls ein Papiertuch. „Das hättest du nicht machen müssen", sagte er. „Ich hätte das auch allein hingekriegt."

„Das weiß ich", erwiderte John.

„Das war ja *beinahe* aufregend", sagte Lucy und reichte Finn noch eine Serviette. „Du hast da übrigens was vergessen."

6

„Wir haben jetzt Sport", sagte Lucy, nachdem sie einen Blick auf einen großen Bildschirm an der Kantinenwand geworfen hatte. „Komm mit."

Finn hatte die ganze Zeit versucht, einen Sinn in den ständig wechselnden Anzeigen auf dem Monitor zu entdecken, aber jetzt gab er auf. Gehorsam trottete er hinter Lucy her und massierte sich dabei die Hand, die sich nach Xanders Stromstoß anfühlte, als hätte er sie durch ein Brennnesselgestrüpp gezogen.

„Wie weit ist es noch bis zur Turnhalle?", wollte er wissen, während Lucy ihn durch ein Labyrinth aus schwarz gefliesten Korridoren führte.

„Oh, wir haben keine Turnhalle", lautete ihre Antwort. „Du bist hier auf Alyxa. Hier ist alles anders."

„Parkour steht nicht zufällig auch auf dem Lehrplan, oder?"

„Ist das nicht das, wo man alles, was in der Umgebung rumsteht, zum Drüberspringen und Klettern benutzt? Ist das etwa dein Ding?"

„Ja, genau. Ich hab eben gedacht, mit den ganzen Steinen und Felsen hier auf der Insel …"

Lucy schien ernsthaft darüber nachzudenken. „Vielleicht sollten sie das in die Jagd mit einbauen. Das Problem ist nur, dass die ganzen Tastsinnschüler wahnsinnig gut darin wären. Wir haben ein Mädchen hier – Eloise –, das die hundert Meter in unter zehn Sekunden läuft."

„Gibt's doch nicht!" Finn überlegte kurz. „Moment mal, hier muss es doch jede Menge Kinder geben, die … also, die so was wie übernatürliche Fähigkeiten haben. Ist das dann nicht Betrug?"

„Wieso denn? Sie machen ja kein Doping oder so. Sie haben eben von Geburt an besondere Gaben."

„Na ja, schon, aber wenn die anderen Leute das nicht wissen …"

„Entspann dich mal", sagte Lucy. „Alle Alyxa-Absolventen müssen sich an strenge Verhaltensregeln halten. Die meisten gliedern sich einfach wieder ins normale Leben ein. Na klar, haben sie dann interessante Jobs – deine Mum ist eine Sommelière, stimmt's? –, aber es wird nicht gern gesehen, wenn jemand unnötig Aufmerksamkeit auf sich zieht."

„Ist es verboten?", wollte Finn wissen.

„Sagen wir mal, es wird davon abgeraten", erwiderte Lucy.

Was mochte das bedeuten? Dass der Dekan mitten in der Nacht bei irgendeinem Alyxa-Absolventen, der eine Grenze überschritten hatte, vor der Haustür stand und „abratende Worte" von sich gab?

Der Korridor führte auf einen rechteckigen Innenhof, der ungefähr so groß war wie ein Tennisplatz. Der Boden war mit Sand bedeckt und über ihnen war nichts als blauer Himmel zu sehen. An den schmalen Seiten waren Basketballkörbe montiert, aber Finns Blick blieb an einem Holzregal hängen, in dem lange silberne Stangen lagen, die fast so groß waren wie er selbst.

Sechs andere Schüler waren bereits da. Sie trugen kurze Hosen und Trainingsjacken und sie waren alle ungefähr in seinem Alter. Er sah die Abzeichen aller fünf Alyxa-Clans, aber keines mit mehr als zwei Balken unter dem Tiersymbol.

Vor ihnen stand, in einen schwarzen Mantel gehüllt, Magnus Gustavsson, der Hüter des Tastsinns. Kaum hatte er Finn und Lucy entdeckt, da winkte er sie mit seinen Bratpfannenhänden zu sich.

„Ihr kommt zu spät", sagte Gustavsson, nachdem sie sich in den Halbkreis der Schüler eingereiht hatten. „Aber du bist neu, Finn, darum lasse ich Nachsicht walten." Er musterte Lucy mit strengem Blick. „Du hingegen müsstest es eigentlich besser wissen." Er kratzte sich an dem dicken Kinn, das sich unter seinem dichten blonden Vollbart versteckte. „Also, wo war ich?"

Ein unscheinbares Mädchen mit einem Falkenabzeichen an der Jacke hob die Hand. „Sie haben gerade von den tierischen Instinkten gesprochen, Sir."

„Danke, Karensa. Tiere und Menschen. Hm, nun ja, man könnte durchaus sagen, dass Menschen Tiere sind. Aber die Welt, die wir uns geschaffen haben, hat uns verändert." Er breitete die Arme aus, um den gesamten Innenhof mit einzuschließen. „Wir leben an sauberen, viereckigen Orten. Wir denken saubere, viereckige Gedanken. Aber je mehr wir das tun, desto mehr verlieren wir unsere Instinkte. Unser tierisches Ich. Unsere Fähigkeit zu *fühlen*." Er unterbrach sich kurz. „Wir verlieren unsere Sinne."

Karensa musterte Finn und Lucy in ihren grauen Jogginganzügen.

„Und darum verlassen wir uns auf das, was wir sicher wissen", fuhr Gustavsson fort. „Wir benutzen den Sinn, der am stärksten ausgeprägt ist, je nachdem, was gerade notwendig ist. Alyxa wird euch helfen, eure Stärken auszubauen." Erneute Pause. „Und es wird euch helfen, längst vergessene Stärken wiederzuentdecken."

Der Hüter des Tastsinns klatschte in seine mächtigen Pranken, sodass das Echo durch den Innenhof schallte.

„Ich brauche einen Freiwilligen!", dröhnte er dann.

Bis auf Finn setzten sich alle in Bewegung, aber nicht auf den Hüter zu, sondern von ihm weg. Finn verspürte zwar das dringende Bedürfnis, es ihnen nachzumachen, aber er blieb stehen und hielt Gustavssons Blick stand.

„Unser neuer Rekrut", sagte Gustavsson und winkte Finn mit seinem dicken Zeigefinger zu sich. „Komm mit."

Finn folgte dem hünenhaften Mann zu dem Holzregal. Gustavsson zog eine Stange heraus und warf sie wie ein Streichholz durch die Luft. Mit einer unbeholfenen Bewegung fing Finn sie auf.

Die Stange erinnerte ihn an einen langen Besenstiel und sie war auch ungefähr so schwer. Die silberne Oberfläche fühlte sich seltsam an – glatt und kalt wie Metall, aber gleichzeitig auch körnig wie Holz. Das eine Ende war mit einer roten Manschette überzogen, in der mehrere Schlitze zu erkennen waren. Das andere Ende mündete in einer roten Lederhülle, gerade so groß, dass seine Faust hineinpasste. Und ungefähr in der Mitte der Stange war noch einmal so eine Hülle befestigt. Waren das Schutzgriffe?

Gustavsson nahm eine zweite Stange aus dem Regal. „Diese Stangen nennt man Gefelsticks", sagte er. „Ein Gefelstick besteht zwar aus modernen Materialien, aber die Druiden, die sich einst auf der Insel angesiedelt hatten, haben sich mithilfe dieser Waffen verteidigt. Wer einen Gefelstick in der Hand hält, hält die Vergangenheit in der Hand."

Er klemmte sich seine Stange unter den Arm, holte ein schwarzes Tuch aus seiner Manteltasche und verband sich damit die Augen. Dann packte er den Gefelstick wieder mit beiden Händen und hielt ihn so, dass er ihn senkrecht vor sich hatte.

„Los jetzt", sagte er. „Schlag mich."

Finn sah zu Lucy hinüber und sie nickte ihm aufmunternd zu.

Also steckte er die rechte Hand in die Lederhülle am Ende der Stange und die linke in den Schutzgriff in der Mitte. Nach ein paar Probeschwüngen wollte er Gustavssons Bauch einen behutsamen Stupser verpassen. Doch der Hüter wehrte den Stoß trotz der Augenbinde mühelos ab und nahm danach sofort wieder seine Ruhestellung ein.

„Fester", sagte Gustavsson.

„Aber Sie können mich doch nicht sehen."

„Tu, was ich dir gesagt habe."

Finn baute sich mit gespreizten Beinen vor dem Hüter auf und stieß erneut zu, dieses Mal mit voller Wucht. Aber wieder schlug Gustavsson seinen Gefelstick mühelos zur Seite. Als die beiden Waffen aufeinandertrafen, gab es einen lauten Knall und Finn spürte die Vibrationen in beiden Händen.

„Schlag zu, als würdest du es wirklich ernst meinen", sagte der Hüter.

Finn holte tief Luft und versuchte es noch einmal, doch auch dieses Mal landete er keinen Treffer.

„Du hast kein Ziel vor Augen", sagte Gustavsson. „Im Gegensatz zu deinem Bruder heute Morgen. Er hat mit einer klaren Absicht zugeschlagen."

Finn spürte, wie die Blicke der anderen Schüler sich in seinen Rücken bohrten. Und obwohl Gustavssons Augen hinter der Binde versteckt waren, konnte er auch den Blick des dicken Mannes genau fühlen. Nur, dass es nicht sein Blick war. Es war etwas anderes.

„Wer ein guter Kämpfer sein will, braucht ein starkes Herz", sagte Gustavsson.

Finn packte seinen Gefelstick fester und presste die Finger auf den dünnen Schweißfilm, der sich auf dem Metall gebildet hatte. Aber warum sollte er eigentlich überhaupt kämpfen?

„Hast du ein starkes Herz, Finlay Williams? Ein Herz, das ebenso stark ist wie das deines Bruders?"

Urplötzlich kochte der ganze Ärger, der sich in Finn angestaut hatte, über. Mit einem lauten Schrei sprang er auf Gustavsson zu. Aber dieses Mal benutzte er den Gefelstick nicht, um zuzustechen, sondern schwang ihn wie ein großes Schwert herum und zielte damit genau auf Gustavssons Kopf. Man konnte sogar hören, wie die Luft durch die Schlitze in der roten Manschette zischte.

Gustavsson ging in die Knie, hielt aber den Rücken

gerade. Finns Gefelstick sauste eine Handbreit über dem Kopf des Hüters durch die Luft. Durch den Schwung wurde Finn mitgerissen und geriet aus dem Gleichgewicht, kam ins Stolpern und wäre beinahe hingefallen. Die anderen Schüler in seinem Rücken lachten und er spürte zum zweiten Mal an diesem Tag, wie ihm die heiße Schamröte ins Gesicht stieg.

„Schon besser", sagte Gustavsson und nahm die Augenbinde ab. „Es ist noch ein weiter Weg, aber so war es schon besser. Jetzt vertauschen wir die Rollen."

Finns Bestürzung wurde noch größer, als der Hüter seine Stange wegstellte und ihm das schwarze Tuch um die Augen band. Als seine Wimpern das raue Tuch streiften, musste er unwillkürlich an den Moment im Hubschrauber denken, als er aufgewacht war. Alyxa und Augenbinden, damit schien es ja eine ganz besondere Bewandtnis zu haben.

Mit leicht zitternden Händen hielt sich Finn den Gefelstick vors Gesicht, genau so, wie er es bei Gustavsson gesehen hatte.

„Was soll ich …?", fing er an, als etwas Hartes von links gegen seine Rippen stieß. Er riss den Gefelstick zur Seite, aber da war nichts als Luft.

„Du hast ein Herz", schwebte Gustavssons Stimme durch die Dunkelheit. „Also benutz es auch."

Finn wartete ab und lauschte angestrengt. Vielleicht konnte er Gustavssons Schritte im Sand hören und …

Gustavssons Gefelstick traf ihn an der rechten Schulter. Dieses Mal tat es richtig weh und wieder kam seine Parade viel zu spät.

Der nächste Schlag traf seinen Oberschenkel, und zwar so heftig, dass er laut aufschrie. Ein Mädchen – vielleicht Karensa – kicherte leise.

Das ist doch hoffnungslos.

Finn versuchte, die nächste Attacke vorauszuahnen, und schwenkte seinen Gefelstick von links nach rechts und wieder zurück, immer hin und her. Aber er traf kein einziges Mal auf Widerstand, konnte nichts hören bis auf das leise Zischen der Luft in den Schlitzen am vorderen Ende seiner Waffe. Er wirbelte herum – vielleicht stand Gustavsson ja hinter ihm? Aber da war niemand. Schwer atmend und verwirrt drehte er sich langsam im Kreis, fuchtelte mit dem Gefelstick und wartete auf den nächsten Schlag, der ihn aus dem Nichts treffen würde.

„Ganz ruhig", hörte er jetzt Gustavsson sagen. Finn wandte sich nach links, in Richtung der Stimme. „Mach deinen Geist leer und dein Herz voll. Öffne deine Sinne gegenüber der Welt. Wenn du nicht sehen kannst, dann höre. Wenn du nicht hören kannst, dann fühle. Schmecke die Bedrohung. Rieche deine Feinde. Nimm alles in dich auf."

Finn schloss die Augen hinter der Binde. Er konnte deswegen auch nicht schlechter sehen, aber es schien ihm zu helfen, sich zu konzentrieren. Er lauschte angestrengt. Dieses leise Knirschen, waren das die Stiefel des Hüters? Diese kaum wahrnehmbare Luftbewegung, war das Gustavssons Gefelstick? Da Finn sich nicht auf sein Augenlicht verlassen konnte, versuchte er mit aller Macht, seine anderen Sinne zum Leben zu erwecken.

Da landete Gustavssons Waffe an seinem Ellbogen. Finn schrie auf, ließ seinen Gefelstick fallen und hielt sich den schmerzenden Arm.

„Genug!", brüllte Gustavsson.

Finn riss sich die Binde von den Augen und blinzelte in das grelle Licht. Trotzdem sah er einen Ausdruck der Enttäuschung über das bärtige Gesicht des Hüters huschen.

„Nimm deine Waffe", sagte Gustavsson und fixierte Finn noch einen Moment lang mit Blicken. Dann wandte er sich den anderen zu. „Immer zu zweit. Duelltraining. Anfangen."

Finn rieb sich den Arm und stellte sich neben Lucy in eine Ecke des Innenhofs.

„Du bist wahrscheinlich ziemlich gut, oder?", sagte er, während er die Hände wieder in die Griffe des Gefelsticks steckte.

„Eigentlich nicht", erwiderte Lucy und grinste ihn dabei fröhlich an.

Sie fingen mit vorsichtigen Schlägen an. Das Knallen ihrer Gefelsticks vermischte sich mit den Geräuschen der anderen. Irgendwann wurde Finn klar, dass seine Partnerin sich zurückhielt.

„Du brauchst mich nicht zu schonen", sagte er.

„Ich schon dich doch gar nicht", erwiderte Lucy. „Du machst das gut."

„Schön wär's."

Lucy machte die Augen zu, ohne den Kampf zu unterbrechen. In gleichmäßigem Rhythmus klackten ihre Stöcke aneinander. „Du bist noch ganz am Anfang." *Tschak.* „Das Duelltraining ist super." *Tschak.* „Damit lernst du, dich auf deine Kraft zu konzentrieren." *Tschak. Tschak.*

„Du willst doch bloß angeben."

„Probier's mal selbst aus."

Finn machte die Augen zu und schwang den Gefelstick geschmeidig hin und her. *Tschak. Tschak. Tschak.*

„Aua!" Ihre Stange traf ihn am Arm und er schlug die Augen wieder auf.

„'tschuldigung!", sagte sie. „Wenn du das regelmäßig machst, dann kannst du bald ..."

„Ich will aber keine dämlichen Superkräfte kriegen. Ich will mein altes Leben wiederhaben."

Finn rieb sich den Arm und beobachtete kurz die anderen Schüler. Silberne Gefelsticks blitzten in der Sonne auf, zischten vor und zurück. Manchmal bewegten sie sich ganz still, manchmal hörte er auch das Sausen und Pfeifen, wenn sie die Luft durchschnitten. Jedes Mal, wenn zwei Stangen aufeinanderprallten, ertönte ein lauter Knall. Es war fast, als würde man einem Chor aus Peitschenhieben lauschen.

Das Training dauerte noch etwa zwanzig Minuten. Danach waren nicht nur Finns Hände schweißüberströmt. Seine Achselhöhlen kribbelten und seine Stirn war klatschnass. Sein Körper fühlte sich an wie ein riesiger blauer Fleck.

Lucy hingegen sah noch genauso aus wie vor dem Training. „Keine Sorge", sagte sie, als sie ihre Gefelsticks wieder ins Regal zurücklegten. „Du gewöhnst dich dran."

Er trottete hinter ihr her und wollte gerade den Hof verlassen, als Gustavssons Riesenpranke auf seiner Schulter landete.

„Sie hat recht", sagte der Hüter des Tastsinns. „Du wirst das und noch vieles andere lernen. Aber zunächst musst du lernen loszulassen."

Finn sah den Kleiderschrank in Menschengestalt aufmerksam an. „Was denn loslassen?", wollte er wissen.

„Viele Dinge", erwiderte Gustavsson. „Verlegenheit. Hemmungen. Vielleicht auch Wut."

„Warum sollte ich wütend sein?"

Gustavsson hob die Schultern und stieß einen tiefen Seufzer aus. „Das kannst nur du allein wissen. Ich kann keine Gedanken lesen."

In seinem Zimmer angekommen, zog Finn seinen schweißnassen Jogginganzug aus und schlüpfte in einen frischen. Als er den Schrank wieder zumachen wollte, fiel sein Blick auf den rechteckigen Spiegel an der Innenseite der Schranktür. Ein roter Striemen lief quer über seine linke Wange – eine Erinnerung an einen von Lucys Hieben. Wahrscheinlich hatte er morgen ein blaues Auge. Da würden sie in der Kantine ja alle was zu lachen haben.

Der Rahmen des Spiegels hatte sich ein wenig gelockert, darum rückte er ihn wieder zurecht und betrachtete dabei seine Knöchel. Auch sie waren gerötet, dort, wo die ledernen Schutzgriffe Druckstellen hinterlassen hatten. Sein Spiegelbild betrachtete ihn mit einem stummen Stirnrunzeln. Nicht zum ersten Mal fragte er sich, was, um alles in der Welt, er hier eigentlich zu suchen hatte. Sicher, sein Bruder schien sich pudelwohl zu fühlen, aber das lag daran, dass er hier vermutlich die Lösung für seine Probleme gefunden hatte. Für Finn aber war das Hiersein das Problem. Als er zu seiner Mum gesagt hatte, dass er auf eigene Faust versuchen würde, die Insel wieder zu verlassen, da hatte er nur versucht, sie irgendwie unter Druck zu setzen. Aber jetzt, als er sein verbeultes und wütendes Ebenbild im Spiegel betrachtete, fing er an, ernsthafter darüber nachzudenken. Wenn er wirklich wollte, konnte er dann von hier fliehen? Wie weit war das Festland wohl entfernt? Sie würden natürlich versuchen, ihn daran zu hindern und ihn zurückzuholen, aber was, wenn er es bis auf eine Polizeiwache schaffte? Er ertappte sich bei einem leisen Grinsen angesichts dieser Vorstellung. Und wenn er sogar die Presse einschaltete?

Ein splitterndes Geräusch ertönte. Finn zuckte vor Schreck zusammen und sah den Riss, der sich quer über den ganzen Spiegel zog. *Wahrscheinlich habe ich den Rahmen zu fest angedrückt.* Er nahm den Spiegel vom Haken. Die beiden Hälften rieben zwar deutlich hörbar aneinander, aber der Rahmen sorgte dafür, dass die beiden Teile nicht auseinanderfielen. Er wollte ihn gerade wieder an den Haken hängen, da sah er, dass jemand etwas in die graue Schranktür geritzt hatte: unverkennbar ein Alyxa-Stern.

Behutsam stellte Finn den Spiegel auf den Fußboden und fuhr mit dem Finger über den Stern. Wer mochte das wohl gemacht haben? Dann stutzte er. Es war ein Stern, keine Frage, aber es war nicht der Alyxa-Stern.

Der Stern in der Schranktür hatte nicht fünf Zacken, sondern sechs.

Ein eiskalter Schauer lief ihm den Rücken hinunter. War das ein Luftzug? Nein. Das Fenster war ja geschlossen.

Warum jagte ihm dieses Symbol so einen Schrecken ein? Er hatte schon viel Schlimmeres gesehen, zum Beispiel an den Toilettentüren seiner alten Schule. Aber diese tiefen Furchen hatten etwas Brutales, beinahe Wahnsinniges an sich. Wie waren sie überhaupt in den Schrank geritzt worden? Mit einem Messer?

Da klopfte es an seine Zimmertür und er zuckte zusammen. Hastig hängte er den zerbrochenen Spiegel wieder auf, machte den Schrank zu und öffnete die Tür.

Draußen auf dem Flur stand John, immer noch in Sportsachen, und neben ihm Adriana. Der Affe des Tastsinnclans hockte auf Johns Schulter und beobachtete Finn aus schwarzen Knopfaugen.

„Auweia! Was ist denn mit deinem Gesicht passiert?", fragte John und sein Lächeln erstarb. „Hat Xander etwa …?"

„Nein", unterbrach ihn Finn. „Gustavsson hat mir nur eine ziemlich heftige Einführung in den Gebrauch des Gefelsticks verpasst."

„Was du nicht sagst", meinte John. „Gustavsson ist cool, stimmt's?"

„Äääh … so kann man es auch ausdrücken", sagte Finn. „Alles gut bei dir?"

„Ganz ausgezeichnet", erwiderte John und lächelte Adriana von der Seite her an. „Ich wollte dir nur sagen, dass bei uns im Haus heute Abend eine Party steigt."

Eine Party? Vielleicht wäre es ja doch ganz spaßig, sich noch unter die übrigen Alyxa-Schüler zu mischen. Dann lernte er vielleicht noch ein paar andere kennen …

„Das Problem dabei ist, dass ich auf Pogo aufpassen muss", fuhr John fort. Der kleine Affe keckerte und schlang seinen langen Schwanz liebevoll um Johns Hals. „Und da wollte ich mal fragen …"

„Was denn fragen?", erwiderte Finn, während seine Laune bereits in den Keller sackte.

„… ob du dich vielleicht um sie kümmern kannst", brachte John seinen Satz zu Ende.

Adriana stand neben ihm, hauchte auf ihren neuen Balken und polierte ihr Abzeichen anschließend mit dem Ärmel ihres schwarzen Jacketts.

„Ist das denn erlaubt?", erkundigte sich Finn. „Ich meine, ich gehöre noch nicht mal zu eurem Clan."

„Du musst es ja niemandem verraten." Adriana sah ihn nicht einmal an.

„Ach, komm schon, Alter", sagte John. „Ist doch nur für ein paar Stunden. Ich muss da einfach hingehen – das gehört zu meinem Aufnahmeritual."

Pogo keckerte erneut und legte dann ihr winziges Händchen auf den roten Striemen auf Finns Wange. Er zuckte zurück und John fing laut an zu lachen.

„Sie mag dich", sagte er. „Und, würdest du das tun?"

Finn hob resigniert den Arm. Pogo hüpfte darauf, krabbelte bis zu seiner Schulter empor und schmiegte sich an seinen Hals.

„Super!", sagte John, legte den Arm um Adrianas Hüfte und marschierte den Korridor entlang. „Bis später dann!"

Langsam machte Finn die Tür zu und starrte an die leere

graue Wand seines Zimmers. Sein Bruder hatte ihn zum Babysitter befördert.

Pogo schlang ihm den Schwanz um den Hals und fing an zu schnurren wie eine Katze.

„Ich hoffe bloß, dass du keine schlechten Angewohnheiten hast", sagte Finn. „Und dass du gehorchst, wenn ich dir etwas sage."

Pogos riesige Augen leuchteten wie zwei schwarze polierte Spiegel und in jedem war klar und deutlich Finns griesgrämige Miene zu erkennen.

7

Es war schwer, längere Zeit auf John wütend zu sein. Und um ehrlich zu sein, Finn gefiel die Vorstellung, dass sein Bruder so eine Art Aufnahmeritual mitmachte.

„Und, wie fühlt man sich so, wenn das eigene Gesicht auf einem Abzeichen verewigt ist?", fragte er Pogo. „Du hältst dich bestimmt für 'nen Promi oder so."

Die Affendame des Tastsinnclans klapperte mit ihren kleinen gelben Zähnen.

Da klopfte es an die Tür zum Aufenthaltsraum.

„Finn?" Das war Lucy. Ihre Stimme klang ein wenig gedämpft. „Hast du Besuch?"

„Nein", antwortete Finn und konzentrierte all seine Sinne nur darauf, dass Pogo keinen Laut von sich gab.

„Oh. Na ja, ich hab dir jedenfalls was zu essen mitgebracht."

Finn machte die Tür einen Spaltbreit auf und spähte

nach draußen. Lucy hielt eine Pappschachtel in jeder Hand. Ein köstlicher Duft stieg ihm in die Nase – Süßsauersoße, wenn er sich nicht irrte.

„Heute wird das Abendessen geliefert", sagte Lucy.

„Wie jetzt? Vom Festland?" Finn war einigermaßen verdutzt.

„Nein, du Dummi. Aber wir dürfen das Essen mit aufs Zimmer nehmen. Magst du Chinesisch?"

„Auf jeden Fall", erwiderte Finn. „Danke."

Er streckte die Hand durch den schmalen Türspalt und griff nach einer Schachtel. Die Pappe fühlte sich heiß und klebrig an und unter dem Deckel dampfte es hervor.

Lucy blieb vor seiner Tür stehen. „Was machst du denn da drin?", wollte sie wissen.

„Ach, bloß abhängen", gab Finn zur Antwort. Er fühlte sich schlecht, weil er sie nicht hereinbitten konnte, aber er hatte ja den Affen zu Besuch. „Ist das okay?"

„Na klar. Jeder braucht mal ein bisschen Zeit für sich." Sie zögerte noch ein wenig, aber als Finn immer noch nicht reagierte, deutete sie mit ihrer Fastfoodschachtel einen halbherzigen Salut an. „Bis später dann."

„Bis dann."

Nachdem Finn die Tür zugemacht hatte, setzte er sich auf das Bett und lehnte sich mit dem Rücken an die Wand. Kaum hatte er die Schachtel aufgeklappt, da war Pogo schon neben ihm und nestelte erwartungsvoll an der Pappschachtel herum.

„Jetzt willst du also plötzlich, dass wir Freunde sind", sagte Finn.

Er klettert aus dem Bett und erkennt sofort, dass er wieder in seinem alten Zimmer ist. Sein Schreibtisch, sein Bücherregal. Hinter der Tür hängt sein Bademantel. Draußen ist es dunkel. Erleichterung ergreift von ihm Besitz und übertüncht die Verwirrung. Es war alles nur ein Traum. Das alles! Er kommt sich so bescheuert vor, weil er diesen ganzen Quatsch geglaubt hat. Eine Schule auf einer Insel, versteckt mithilfe geheimnisvoller Zauberkräfte!

Er geht durch das Zimmer, fasst alles an, während das Lächeln auf seinem Gesicht immer breiter wird.

Dann geht er nach draußen zur Treppe. Auch da ist es dunkel. Johns Tür ist offen und sein Zimmer leer. Wie viel Uhr ist es?

Finn steigt die Treppe hinunter und ist dabei so glücklich, dass er das Gefühl hat zu schweben. In der Küche läuft klassische Musik.

„Mum?" Seine Stimme hört sich dünn und nasal an.

„Finn!" Die Stimme seiner Mutter geht in der Musik beinahe unter. Irgendwie klingt sie nervös und er spürt einen

angstvollen Stich in der Brust. "Ich kann dich nicht sehen! Wo steckst du denn?"

"Ich bin hier", sagt er. "Mach doch das Licht an." Dann hüpft er die letzten Stufen hinunter. "Mum?"

Finn geht durch den Flur. Plötzlich weiß er nicht mehr, wo der Lichtschalter ist. Die Musik klingt ganz wabbelig, als würde das Orchester unter Wasser spielen.

"Komm nicht rein!", ruft seine Mutter.

Er hört nicht auf sie und betritt angsterfüllt die Küche. Mit dem Fußboden stimmt etwas nicht. Er ist ganz grau und voller Risse, sodass er mit dem großen Zeh an einer Spalte hängen bleibt und fast stolpert. Nachdem seine Augen sich an die Dunkelheit gewöhnt haben, sieht er, dass die Private nicht mehr da ist und der Tisch auch nicht. Gleichzeitig stolpert er über ein zerbrochenes Puzzle aus uralten Gehwegplatten. Zu beiden Seiten ragen steinerne Säulen zu einer düsteren Gewölbedecke empor. Hinter einer Ecke flackert Kerzenlicht.

Finn stolpert weiter und saugt dabei kalte feuchte Luft in die Lunge.

"Mum ... wo bist du?"

Nachdem er die nächste Säule umrundet hat, sieht er sie. Sie hat sich schick gemacht, wie zu einer ihrer Restauranteröffnungen. Aber ihr Gesicht sieht ganz ausgemergelt aus und ihre Augen sind leer. Sie sieht falsch aus. Ganz und gar falsch.

Finns Magen ballt sich zusammen und das Herz schlägt ihm bis zum Hals. Obwohl die Luft, die ihn umgibt, eiskalt ist, spürte er Schweiß an seinem Hals kleben.

"Du hättest nicht herkommen dürfen", sagt seine Mutter.

"Was ist denn los?", erwidert er. "Ich bin doch zu Hause, oder nicht?"

Plötzlich reißt sie ihre tief liegenden Augen weit auf. Darin spiegelt sich etwas – etwas, was sich in seinem Rücken bewegt.

Er hört den Atem des Wesens ... oder sind es seine Gedanken? Das Rumpeln ist das Dröhnen seines Herzschlags. Er fühlt den Puls des Dings, als es sich auf ihn stürzt, hört den Knall, als es alle Luft beiseitefegt. Finn dreht sich um, um sich ihm zu stellen, ohne zu wissen, was es ist, und ohne es wissen zu wollen.

Finn wachte auf, schnappte nach Luft, die Hände krampfhaft in die Decke gekrallt, auf der er lag. Graue Wände starrten ihn an, düster im schwachen Licht der schimmernden Zimmerdecke. Die Luft war heiß und stickig.

Er setzte sich auf. Sein Herz wummerte wie wild und dann stützte er sich mit der Hand versehentlich auf die glitschigen Überreste seiner Hühnchennudelsuppe. Angewidert schubste er die Schachtel auf den Boden.

Anschließend kniete er sich auf das Bett und machte mit der sauberen Hand das einzige kleine Fenster auf. Frische Luft strömte herein, kühl und wohltuend. Die Mondsichel stand tief am sternklaren Nachthimmel.

Finn trat ans Waschbecken und wusch sich die Hände. Anschließend spritzte er sich kaltes Wasser ins Gesicht und vertrieb die letzten Überreste seines Albtraums.

Da hörte er ein Keckern. Er wirbelte herum, während sein Puls schon wieder am Anschlag war, und sah Pogo oben auf dem Schrank sitzen. Das schwarze Fell schmiegte sich eng an ihren Körper, aber sie hatte ihre blonde Mähne gesträubt und machte einen aufgebrachten Eindruck. Als er ihr in die Augen blickte, schlug sie mit dem Schwanz aus und fletschte die Zähne.

„He, reg dich ab", sagte er zu der Affendame. „Ist ja nicht meine Schuld, dass mein Bruder uns einfach so im Stich gelassen hat." Er warf einen Blick auf seine Armbanduhr. Es war kurz vor halb eins.

Pogo fing wieder an zu zwitschern und stellte sich dann auf die Hinterbeine, sprang ab, hüpfte auf das Bett und von dort, wie von einem Trampolin, auf den Sims vor dem geöffneten Fenster.

„Nein, nein, nein ...", sagte Finn und streckte die Arme aus, um sie zu greifen. „Das wagst du nicht, du kleines ..."

Mit einem einzigen Satz war Pogo aus seinem Blickfeld

verschwunden. Sprachlos glotzte Finn den leeren Fensterrahmen an. *Na toll!*

Als er aus seiner Erstarrung erwacht war, sprang er auf das Bett und starrte nach draußen. Mondbeschienener Rasen und die dunklen Schatten einiger weit entfernter Häuser, aber kein Affe weit und breit.

Einen Augenblick lang überlegte er, ob er das Fenster einfach zumachen und sich wieder schlafen legen sollte. Aber das konnte er seinem Bruder nicht antun. Er hatte sich den Job als Affenaufpasser zwar nicht freiwillig ausgesucht, aber er hatte seinem Bruder sein Wort gegeben.

Mit knapper Mühe zwängte er sich durch das Fenster. Dann hockte er auf dem äußeren Fensterbrett und schätzte die Entfernung zum Boden ab. Es war ziemlich hoch und wenn er nicht sauber landete, würde er sich womöglich den Knöchel brechen.

Die Hauswand zu seiner Rechten war glatt. Auf der linken Seite allerdings wölbte sich die silberne Verkleidung um eine Art Belüftungsschacht herum. Er sprang ab, landete mit beiden Füßen auf der gewölbten Metallfläche und federte den Aufprall mit den Oberschenkeln ab. Dann drehte er sich um die eigene Achse, ließ sich um den Schacht herumgleiten, legte die Hände auf die kalte Oberfläche und stieß sich ab, um möglichst viel Abstand vom Haus zu bekommen. Kaum spürte er das weiche Gras unter seinen Füßen, rollte er sich ab.

Er kam auf die Beine und blickte zu seinem Fenster hinauf. Wie sollte er da je wieder raufkommen?

Mach dir keine Gedanken darum. Jetzt musst du einen Affen suchen.

Er ging einen schmalen Pfad entlang, der ihn immer weiter vom Haus wegführte.

„Pogo!", zischte er leise, weil er nicht wagte, laut zu rufen. Irgendwo in der Ferne hörte er ein leises Keckern und hastete weiter.

Der Pfad führte an ein paar Schuppen und einer steinernen Hütte vorbei zu einem Wiesenhang voller Ginster und Heidekraut. Während Finn weiter bergab lief, sah er in weiter Ferne ein kleines Tier über einen Felsvorsprung hüpfen.

„Pogo!", rief er und rannte los. Der Mond sorgte für ausreichend Licht und als der Abhang steiler wurde, entdeckte er einen anderen Pfad. Er war mit Sand bedeckt, auf dem winzige Pfotenabdrücke zu erkennen waren, und führte mitten durch ein Wäldchen. Die sanfte Brise ließ die Wipfel der Bäume schwanken, und dann, mit einem Mal, hatte Finn das Gefühl, als ob die gesamte Luft in Bewegung geriet. Er duckte sich, während unzählige schwarze Schatten an seinem Kopf vorbeisausten. Seltsame Pfeiftöne, so hoch, dass sie kaum wahrnehmbar waren, schrillten einige Sekunden lang durch seinen Schädel.

Er sah den schwarzen Schatten hinterher, die nun vor

dem Mond in die Höhe stiegen, und erkannte, was sie waren: Fledermäuse.

Finn schlitterte und rutschte weiter den sandigen Pfad hinab, bis er endlich, nach einer gefühlten Ewigkeit, an einen breiten Strand gelangte. Die Wellen, die ans Ufer schwappten, bildeten den tanzenden Rand der mondbeschienenen, spiegelglatten Nordsee.

Pogo war nirgendwo zu sehen und bis auf das Rauschen des Meeres konnte Finn auch nichts mehr hören. Keine Pfotenabdrücke weit und breit. Die Spur war erkaltet.

Finn stellte sich ans Ufer und ließ den Blick über die weite See gleiten. Kaum zu glauben, wie ruhig das Wasser war. Die Versuchung war groß, einfach seinen Jogginganzug abzustreifen und sich hineinzuwerfen. Er war kein schlechter Schwimmer. Vielleicht konnte er es bis nach Anglesey oder sogar aufs Festland schaffen.

Oder ich unterkühle mich und ertrinke ...

Er ging am Strand entlang. Ein Stück weiter vorn ragte eine hohe Klippe weit aufs Meer hinaus. Sie sah aus wie der Bug eines riesigen Schiffes. Die obere Kante war abgebrochen und furchige Narben zogen sich über die Oberfläche bis zu einem halb im Meer versunkenen Haufen aus Felsbrocken.

War das die Klippe, die er vom Krankenzimmer aus gesehen hatte? Die Klippe, von der Zoes Schwester Kylie in den Tod gesprungen war?

Finn wandte sich ab. Im selben Moment sah er die Spur aus kleinen Pfotenabdrücken, die quer über den feuchten Sand führte. Er folgte der Spur und gelangte zu der Stelle, wo die Klippen bis ins Meer reichten.

Hier gab es keinen Sandstrand mehr, sondern nur noch haufenweise Kieselsteine und glitschige, mit Algen und Muscheln überzogene Felsblöcke, dazu zahlreiche Felsentümpel. Finn schloss daraus, dass das gesamte Gebiet bei Flut unter Wasser stehen musste.

Genau in Finns Blickrichtung, am Fuß der Klippe, tat sich gähnend eine Höhle auf. Und auf einem Felsen dicht neben dem Höhleneingang kauerte Pogo.

„Komm her!", rief Finn und gestikulierte wie wild mit den Armen.

Der Affe blieb sitzen.

Auf allen vieren kletterte und krabbelte Finn dem Höhleneingang entgegen und sprang von einem Felsblock zum nächsten.

„Du findest das wahrscheinlich sehr witzig", sagte er zu Pogo, als er beim Höhleneingang angelangt war.

Die Affendame hüpfte von dem Felsblock herab und fing an, die Kieselsteine am Fuß des mächtigen Steins beiseitezuschaufeln. Finn kniete sich neben sie und sah zwischen den winzigen glitzernden Steinen etwas glänzen. Er zog es heraus und betrachtete es im Schein des Mondes.

Es war eine silberne Anstecknadel mit einem Fünfeck

am oberen Ende. Eine Anstecknadel, wie sie die Clanvorsteher trugen.

Lucy hat erzählt, dass Kylie Clanvorsteherin geworden ist, kurz bevor sie …

Finn hob den Blick und starrte zu der gewaltigen Felswand hinauf. Das Meer leckte an den Kieselsteinen, begleitet von leisem Knirschen. Also doch. Hier war es passiert.

Da stieß Pogo einen schrillen Schrei aus und jagte über die Felsbrocken hinweg davon. Finn wollte noch nach ihr greifen, aber er war zu langsam und sie wurde von der Dunkelheit unterhalb der Klippen verschluckt.

Gerade, als er sich an die Verfolgung machen wollte, bemerkte er aus dem Augenwinkel eine Bewegung. Er drehte sich um und blickte zum Strand hinunter.

Dort kam eine groß gewachsene Gestalt auf ihn zu – ein Mann, dessen Gesicht fast vollständig durch die Kapuze seines langen Mantels verhüllt wurde. Er hielt eine brennende Fackel in der Hand, die mit ihrem roten Licht die Nacht durchbrach. Die Meeresbrise ließ die Schöße seines Mantels zu wehenden Schatten werden. Die Kieselsteine unter seinen Stiefelsohlen knirschten wie Glasscherben.

Der Fremde – wer immer er sein mochte – kam direkt auf Finn zu.

Finn kauerte sich hinter den Felsblock.

„Ich weiß, dass du da bist", sagte die Gestalt.

Finn erkannte die Stimme sofort und duckte sich noch tiefer. Er überlegte kurz, ob er fliehen sollte, aber dann sah er ein, dass es sinnlos gewesen wäre. Er war entdeckt worden. Jetzt musste er sich stellen und abwarten, was auf ihn zukam.

Er steckte die Anstecknadel in seine Tasche, kam auf die Beine und sagte so beiläufig, wie er nur irgend konnte: „'n Abend."

Kildair hatte sich mit gespreizten Beinen über einen schmalen Felsentümpel gestellt. Die Meeresbrise ließ seine Mantelschöße fliegen, sodass sie seinen Kopf umflatterten. Das Mondlicht zeichnete scharfe Kontraste in sein Gesicht und ließ seine Augenhöhlen zu tiefen Abgründen werden.

„Es ist schon nach ein Uhr nachts", sagte der Dekan.

„Ich habe jedes Zeitgefühl verloren", erwiderte Finn.

„So geht es allen Jungen in deinem Alter." Vollkommen regungslos stand Kildair da, während sein Mantel wie wild um ihn herumzuckte. Die Flamme seiner Fackel tanzte auf und ab. „Weißt du eigentlich, was ich mit Schülern mache, die gegen die Regeln verstoßen?"

Finn wusste nicht, was er darauf erwidern sollte, und murmelte nur: „Gegen welche Regel habe ich denn verstoßen?"

„Kannst du mir vielleicht verraten, was du mitten in der Nacht am Südstrand zu suchen hast?" Kildair trat einen Schritt vor.

Finn musste schlucken und wich einen Schritt zurück. Das Einfachste wäre gewesen, dem Dekan die Wahrheit zu sagen, ihm die Sache mit Pogo zu erklären. Aber dann musste er ihm auch erzählen, wieso er überhaupt auf die Affendame aufgepasst hatte. Und das wiederum würde John in Schwierigkeiten bringen.

Er überwand seine Furcht. „Es ist ein schöner Abend", sagte er, „und ich hatte Lust auf einen Spaziergang."

Der Zorn grub tiefe Falten in die Miene des Dekans. „Einen *Spaziergang?*"

Im nächsten Moment – fast so, als hätte die wütende Stimme des Dekans ihn ausgelöst – prasselte ein Steinschlag in den Höhleneingang, gefolgt von drei großen Felsbrocken. Die ersten beiden bohrten sich tief in das Bett aus

Kieselsteinen, während der dritte einen halb verdeckten Felsen traf und in tausend Stücke zerbarst. Genau dort, wo Finn vor wenigen Sekunden noch gestanden hatte! Hoffentlich hatte Pogo sich rechtzeitig in Sicherheit gebracht.

„Es gibt auf dieser Insel viele ungefährliche Orte", sagte der Dekan, nachdem das Echo der fallenden Steine verklungen war. „Aber dieser Strand gehört nicht dazu." Er schlug seinen Mantel zurück und gab den Blick auf einen kurzen schwarzen Zylinder an seinem Gürtel frei. Ein Überlaster! Finn zuckte zusammen.

Die Wellen schlugen jetzt lauter als zuvor an den Strand. Finn wurde klar, dass die Flut eingesetzt hatte, und zum ersten Mal begriff er auch, wie schnell man hier unten vom Land abgeschnitten werden konnte.

„Kein Problem", sagte er. „Ich gehe jetzt einfach wieder zurück auf mein Zimmer."

„Oh, du gehst ganz bestimmt zurück", sagte der Dekan. „Aber dein Zimmer wirst du vorerst nicht wiedersehen."

Mit diesen Worten kehrte er Finn den Rücken zu und stapfte den Pfad entlang, der zurück nach Alyxa führte.

Der Dekan brachte ihn zu einer unbeschrifteten Tür am äußersten Ende eines der fünf spitzen Gebäudeflügel und steckte die Fackel in eine Halterung an der Hauswand.

Finns Gedanken drehten sich pausenlos nur um den Überlaster. Kildair würde ihn doch bestimmt nicht gegen ihn einsetzen …

Der Dekan legte seine Hand auf ein rot schimmerndes Leuchtfeld, das sofort auf grün sprang. Mit leisem Klicken öffnete sich die Tür. Finn betrat hinter dem Dekan einen runden Eingangssaal mit rauen steinernen Wänden. Aus den Rissen in der gewölbten Decke tropfte Wasser herab und sammelte sich in seichten Pfützen auf dem Fußboden.

Sie fuhren mit einem asthmatischen Fahrstuhl etliche Stockwerke hinab und landeten schließlich in einem lang gezogenen Felsenkorridor. An den Wänden liefen über und über von grünen Moosflechten bedeckte Rohre entlang. Irgendein uralter Keller, vermutete Finn. Ein tief unter der Erdoberfläche verborgener Teil von Alyxa. Der Gedanke bereitete ihm Unbehagen.

„Wo bringen Sie mich hin?", wollte er wissen.

Kildair gab keine Antwort, sondern blieb vor dem nächsten Handscanner stehen und öffnete damit eine Stahltür. Dann legte er Finn eine Hand auf den Rücken und schob ihn durch die Öffnung.

„Moment mal!", rief Finn und drehte sich um. „Was soll denn d…?"

Die Tür knallte ins Schloss. Finn stand direkt davor, aber es gab nirgendwo eine Klinke oder einen Knauf, sondern lediglich einen Scanner an der Wand. Er legte seine Hand auf das Display. Nichts rührte sich. Er schlug mit der Faust gegen die Tür, einmal, zweimal, dreimal ... ohne Erfolg. Er saß in der Falle.

Eigentlich sitze ich schon in der Falle, seit ich auf dieser Insel bin, dachte er voller Verzweiflung.

Er wischte sich den Schweiß von den zitternden Händen und sah sich um.

Der kleine Raum war genauso düster wie der Korridor sauber und modern gewesen war: Nasskalte Steinmauern, keine Fenster, keine Möbel und die einzige Lichtquelle war eine nackte Glühbirne, die von der Decke herabhing. Die Luft war feucht und schmeckte säuerlich. Er ließ sich auf den Steinfußboden sinken und lehnte sich mit dem Rücken an die Wand, wischte sich mit dem Ärmel die Nase ab und biss die Zähne zusammen. Er würde ihnen bestimmt nicht den Gefallen tun und jetzt zusammenbrechen.

Trotz der Angst, die durch seine Adern pulsierte, und trotz des harten Fußbodens döste er eine Weile vor sich hin. Als er dann wieder aufschreckte, war sein Hintern eingeschlafen. Er verlagerte sein Gewicht ein wenig auf die andere Seite und warf einen Blick auf seine Armbanduhr: Viertel nach zwei. *Wie lange soll das denn noch dauern?*

Er stand auf und massierte die Rückseite seiner Oberschenkel. Dann lief er ein wenig auf der Stelle, um sich aufzuwärmen. Laut dröhnten seine Schritte durch den leeren Raum, aber eigenartigerweise war kein Echo zu hören. Das musste mit der Luft hier drin zusammenhängen. Sie war nicht einfach nur trocken, sondern erschien ihm irgendwie ... tot.

Finn trat mit der Ferse gegen den Fußboden. Ein dumpfer Schlag ertönte. Dann klopfte er mit den Fingerknöcheln gegen die Wand. Genau dasselbe Geräusch. Eigenartig. Er legte den Kopf schief und lauschte. Summte da etwas?

Mit langsamen Schritten ging er an der Wand entlang, bis er eine ganze Runde vollendet hatte, wandte den Kopf hierhin und dahin, versuchte, das seltsame Summen zu orten. Aber er schaffte es nicht. Zuerst schien es von links zu kommen, dann von rechts. Einmal war es vor ihm und gleich danach hinter ihm.

Ich wette, dass es hier eine versteckte Kamera gibt, dachte Finn. *Er will bloß, dass ich die Nerven verliere und zusammenbreche.*

Finn legte ein Ohr an die Wand. Vielleicht kam das Summen ja aus einer Nachbarzelle. Vielleicht war da noch jemand ...

Es klickte und die Tür ging auf. Mit einem großen Sprung entfernte sich Finn von der Wand.

Der Dekan betrat die Zelle. „Was machst du denn da?"

„Ich versuche dahinterzukommen, wieso Sie mich in eine Gefängniszelle gesteckt haben", antwortete Finn.

Zu seiner großen Verblüffung fing Kildair an zu lachen. Allerdings sah er dabei kein bisschen fröhlich aus. „Das ist doch keine Gefängniszelle", sagte er. „Das ist eine Meditationskammer."

„Meditation?"

„Ein wichtiger Bestandteil des Stundenplans auf Alyxa." Der Dekan kniff die Augen zusammen. „Was du vielleicht auch noch lernen wirst."

„Ich glaube nicht, dass Sie mir irgendwas beibringen können", sagte Finn. „Sie könnten mich eigentlich auch gleich wieder nach Hause schicken."

Der Dekan trat vor die hintere Wand und strich mit der Hand daran entlang. „Das hier ist Alyxa", sagte er. „Du brauchst kein Zuhause mehr." Deutlich hörbar schabte seine Handfläche über den Stein. „Kannst du mir vielleicht verraten, was du am Strand wolltest?"

„Hab ich doch schon. Ich habe einen Spaziergang gemacht."

Mit einem Satz war der Dekan bei Finn und packte ihn mit festem Griff. Finn wollte protestieren, aber mehr als einen unterdrückten Schrei brachte er nicht zustande, während der Dekan ihn dicht zu sich heranzog.

„Raus mit der Sprache!", brüllte Kildair ihn an.

Finn spürte, wie der Dekan in seiner Angst badete. Wenn er jetzt auch nur einen Ton herausbekommen hätte, er hätte ihm das mit Pogo erklärt, doch der Dekan versetzte ihm einen kräftigen Stoß und Finn landete auf dem Fußboden.

„Das dürfen Sie nicht!", stieß er hervor. „Das ist Freiheitsberaubung."

Kildair holte tief Luft. Mit einem Mal schien seine ganze Wut verraucht zu sein. „Du weißt, dass deine Mutter hier zur Schule gegangen ist", sagte der Dekan. Sein Tonfall verriet nicht die geringste Spur der Gewalttätigkeit, die er gerade noch an den Tag gelegt hatte.

„Was hat das denn mit dem allem zu tun?", wollte Finn wissen.

„Vielleicht gar nichts", entgegnete der Dekan. „Und vielleicht alles." Sein Mund formte sich zu einem schmalen sichelförmigen Lächeln. „Aber du hast nichts von ihrer Verbindung zu Alyxa gewusst, nicht wahr?"

„Und wenn schon?"

„Tatsache ist, dass du überhaupt nur wenig über deine Mutter weißt." Der Dekan hielt inne. Finn hatte das Gefühl, in die Enge getrieben zu werden. „Oder über deinen Vater."

Finn starrte ihn wütend an. „Lassen Sie meinen Vater aus dem Spiel!"

„Habe ich da etwa einen wunden Punkt getroffen?"

„Wenn Sie schon so viel über mich wissen, dann wissen Sie auch, dass mein Vater tot ist!"

„Mein Beileid."

„Fahr zur Hölle!", spie Finn aus und kam auf die Füße. Wenn es zum Kampf kam, dann hatte er gegen Kildair wahrscheinlich keine große Chance, aber falls dieser Typ noch einmal so etwas sagte, dann würden die Fäuste fliegen.

„Kannst du dich an ihn erinnern?"

„Ich war zwei."

„Also nein. Genauso wenig, wie du dich erinnern kannst, weshalb du zum Strand gegangen bist."

In der nun folgenden Stille setzte das Summen wieder ein. Es klang jetzt sehr laut, so laut, dass es beinahe Finns Gedanken übertönte. Er schüttelte den Kopf und versuchte, das Geräusch zu vertreiben.

Dann schob er sich an Kildair vorbei, rannte zur Tür und schlug mit der Hand auf den Scanner. Keine Reaktion. Er versuchte es noch einmal und noch einmal, trommelte mit der Faust gegen die Tür … und drehte sich schließlich um.

„Ich finde es sehr interessant, dass dein Spaziergang dich genau zu der Klippe geführt hat, wo Kylie Redmayne sich das Leben genommen hat."

„Was hat das denn mit dem allem zu tun?", schoss Finn zurück.

„Du hast dich mit ihrer Schwester Zoe unterhalten", sagte Kildair. „Was hat sie dir über Kylie erzählt?"

„Gar nichts", erwiderte Finn. Woher kam denn dieses plötzliche Interesse an Kylie?

„Das bezweifle ich."

Finn schlug mit der flachen Hand gegen die Tür. „Sie dürfen mich nicht einfach einsperren."

„Ich kann dich hier so lange festhalten, wie es mir beliebt", entgegnete der Dekan. „Dessen sei dir gewiss. Auf dieser Insel habe ich in allen Dingen das letzte Wort. Und darum frage ich dich noch einmal: Was hat Zoe Redmayne dir erzählt?"

Das Summen war jetzt so laut, dass Finn kaum mehr denken konnte, von einer Antwort auf die Frage des Dekans ganz zu schweigen. Es dröhnte in seinen Ohren, mal höher, mal tiefer, und hörte sich an wie ein vielstimmiger Trauergesang. Waren da auch Worte zu hören? War das denn tatsächlich eine Stimme?

Der Blick des Dekans wurde noch durchdringender. „Finlay?"

Finn verzog das Gesicht zu einer Grimasse. „Da ist noch jemand hier unten. Ich kann es hören. Wer ist das?"

„Was genau hörst du denn?", wollte der Dekan wissen.

„Hören Sie das etwa nicht?", erwiderte Finn. Er hielt sich mit beiden Händen die Ohren zu, aber das Geräusch wurde immer stärker. Irgendwann packte der Dekan ihn an beiden Händen und zog sie weg … und dann war das Geräusch plötzlich verschwunden. Kildair schob sich dicht vor Finns Nasenspitze.

„Hier unten ist sonst gar niemand, Finn Williams. Das kannst du mir glauben. Hier bist du ganz allein."

9

Beim Frühstück saß Zoe wieder allein. Finn entschied sich für einen leeren Tisch ihr gegenüber und setzte sich. Da Zoe ihre dunkle Schutzbrille trug, ließ sich unmöglich sagen, ob sie ihn gesehen hatte oder nicht, darum nickte er ihr einfach nur zu und fing an zu essen.

Eigentlich war es ihm ganz recht, ein bisschen für sich zu sein. Schließlich war Pogo noch nicht wieder aufgetaucht und er musste sich überlegen, was er John sagen sollte – vorausgesetzt, er brachte sein Gehirn wieder einigermaßen in Gang. Auch nachdem der Dekan ihn freigelassen und er schließlich zurück in sein Zimmer gefunden hatte, hatte er nicht einschlafen können. Er hatte sich hin und her gewälzt und die ganze Zeit darüber nachgedacht, was der Dekan wohl von ihm gewollt hatte.

Er hat gesagt, dass er mich bestrafen will, dachte Finn, *aber eigentlich war es viel eher ein Verhör.*

Gerade als er darüber nachdachte, wie seltsam es war, dass Pogo ihn direkt zu der Anstecknadel am Strand geführt hatte, krachte neben ihm ein Tablett auf die Tischplatte. Auf dem Teller häufte sich ein Riesenberg Rührei mit dicken Bohnen. Finn hob den Kopf. Vor ihm stand, mit einem breiten Grinsen im Gesicht, sein Bruder.

„Darf ich?", fragte John und ließ sich auf den Platz neben Finn fallen. Adriana war auch da – mit einem kleinen Teller voller Obst.

„Natürlich." Finn gähnte.

„Wenig Schlaf gekriegt?", erkundigte sich John.

„Kann man sagen."

„Also, was ich mich gefragt habe …" John senkte die Stimme. „Was hast du eigentlich mit Pogo angestellt?"

Finn hielt den Atem an. „Es … es tut mir echt leid", presste er mühsam hervor.

John stupste ihn freundschaftlich in die Seite. „Sie muss völlig erschöpft sein. Jedenfalls liegt sie in unserem Aufenthaltsraum und schläft immer noch tief und fest."

Es dauerte einen Augenblick, bis Finn die Worte seines Bruders verarbeitet hatte. Als ihm schließlich klar wurde, dass er sich um Pogo keine Sorgen mehr machen musste, stieß er einen stummen Seufzer der Erleichterung aus. „Ich bin froh, dass es ihr gut geht", sagte er.

„Im Gegensatz zu dir", ließ sich eine Stimme in seinem Rücken vernehmen.

Finn drehte sich um. Xander hing mit einem verschlagenen Grinsen im Gesicht über seiner Stuhllehne und sah zu ihnen herüber.

„Was soll das denn heißen?", wollte John wissen.

„Hast du das etwa noch gar nicht mitgekriegt?", erwiderte Xander. „Die ganze Schule weiß schon Bescheid."

„Worüber denn?"

„Dass Finn an der Südklippe eine ‚Kylie' machen wollte! Aber der Dekan hat es ihm ausgeredet."

Lautes Klappern ertönte am Nachbartisch, weil Zoe ihren Löffel fallen gelassen hatte und knallrot im Gesicht wurde. John sah ziemlich verwirrt aus.

„Halt die Klappe, Xander", sagte Adriana, ohne ihn anzusehen.

Xander verzog das Gesicht, aber dann widmete er sich zu Finns großer Erleichterung wieder seinem Frühstück. Er schob sich einen großen Löffel Porridge in den Mund und warf Zoe einen verstohlenen Blick zu, aber sie ignorierte ihn weiter.

„Finn?" John sah seinen Bruder fragend an. „Was hat das zu bedeuten? Ist bei dir alles klar?"

„Du warst an der Klippe?", fragte Adriana mit gerunzelter Stirn.

„Ja", sagte Finn. „Ich hab einen Spaziergang gemacht und dann bin ich zufällig dort gelandet." Er brachte ein Grinsen zustande. „Kildair war nicht gerade erfreut darüber."

„Du bist ja wahnsinnig", sagte Adriana und in ihrer Stimme schwang ein klein wenig Respekt mit. „Das ist echt lebensgefährlich, Finn."

„Ich verstehe wirklich nicht, wieso sich alle so aufregen deswegen." Aus dem Augenwinkel sah er, wie Zoe aufstand, ihr Tablett auf das Fließband stellte und nach draußen ging.

„Pass jedenfalls auf, dass du nicht schon vor der Großen Jagd dran glauben musst", sagte John und schob sich eine Gabel mit Rührei in den Mund.

„Oh, na klar." Was hatte Professor Panjaran gestern bei der Versammlung gleich noch mal über die Jagd gesagt? Es kostete Finn große Mühe, sich daran zu erinnern.

„Adriana hat ihr Team schon fast beisammen, stimmt's, Ady?", sagte John.

Sie nickte. „Alle zweites Level oder höher."

„Was genau ist denn nun diese Große Jagd?", wollte Finn wissen.

„Genau das, wonach es sich anhört", erwiderte Adriana. „Man jagt Mitglieder der anderen Teams und versucht gleichzeitig, nicht selbst erlegt zu werden."

„Keine Sorge", schaltete Xander sich ein. „Kein Mensch erwartet von den Blindgängern, dass sie da mitmachen."

Finn entgegnete achselzuckend: „Ist mir egal. Ich hab schon mit sechs nicht mehr Verstecken gespielt."

„Verstecken, ja, genau", sagte Xander und trug sein Tablett weg. „Die Jagd ist der Hammer, du Anfänger. Da gibt es jedes Mal Verletzte."

„Willst du das Porridge eigentlich noch?", wandte John sich an Finn. „Nur, weil ich immer noch Hunger hab."

Finn warf einen Blick in seine halb leere Schüssel und merkte erst jetzt, dass er nur noch darin herumstocherte. Seufzend ließ er den Löffel fallen.

„Kann ich mal kurz mit dir reden?", fragte er.

„Na klar, schieß los", erwiderte John.

Finn warf Adriana einen schnellen Blick zu. „Äh, ich meine ... nur du und ich?"

„Ach so, klar. Ist das für dich in Ordnung, Ady?"

Sie lächelte. „Natürlich."

John nahm sein Wasserglas in die Hand und schlängelte sich durch das Tischlabyrinth. Finn kam ihm hinterher.

„Was gibt's denn?", fragte John, sobald sie etwas abseits standen. Ein Ventilator mit bunten Flügeln drehte sich träge und leise säuselnd über ihren Köpfen.

„Pogo ist gestern Abend abgehauen", sagte Finn. „Ich bin ihr hinterhergerannt. Sie muss ganz von allein wieder zu euch zurückgefunden haben, aber die Sache ist die ..." Er zögerte.

„Was ist denn die Sache?"

Finn holte tief Luft. „Nur deshalb bin ich überhaupt an der Südklippe gelandet. Dort wo dieses ... dieses Mädchen ... also, wo sie ..."

„Kylie?", nahm John den Faden auf. „Das Mädchen, das sich umgebracht hat?"

„Ja", sagte Finn.

„Adriana hat mir davon erzählt. Das muss gewesen sein, kurz bevor wir hier angekommen sind. Ady hat sehr darunter gelitten. Die beiden waren gute Freundinnen. Das alles muss schrecklich gewesen sein."

„Bestimmt. Aber als ich da unten am Strand war, ist plötzlich der Dekan aufgetaucht. Und er ... na ja, ich weiß auch nicht ... Er hat sich ziemlich verdächtig benommen. Ich glaube ... also, vielleicht hat er ja irgendwas damit zu tun gehabt."

John schüttelte den Kopf. „Finn ... er ist der *Dekan*. Kylie war ziemlich fertig, verstehst du? Es hatte irgendwas mit einem Jungen zu tun, glaube ich. Es ist wirklich schrecklich, was da passiert ist, aber mehr auch nicht."

Johns Erklärung klang vernünftig. Aber das bedeutete nicht, dass Finn seiner Meinung sein musste. „Kann sein. Aber später hat der Dekan mich dann ständig nach Kylie ausgefragt."

„Er macht sich bestimmt große Sorgen."

„Ich weiß, aber ..." Völlig unerwartet musste Finn gähnen.

„Du bist sicher sehr müde", sagte John und versetzte ihm einen Klaps auf die Schulter. „Wie bin ich bloß auf die Idee gekommen, dich mit der Verantwortung für Pogo zu belasten? Jetzt habe ich ein richtig schlechtes Gewissen deswegen."

Finn seufzte. „Das ist wirklich komplett überflüssig."

John grinste und hob sein Glas an die Lippen, dann hielt er plötzlich inne. „Hey, Bruderherz, ich muss dir was zeigen!" Mit angespannter Miene balancierte John das volle Glas auf seiner ausgestreckten Hand. Dann fuhr er sich mit der anderen Hand durch die Haare und legte sie an das Glas. „Bist du bereit?", fragte er.

„Bereit wozu?"

John tippte mit der Fingerspitze gegen das Glas. Schon im nächsten Augenblick bildeten sich darin Eiskristalle und zuckten leise knisternd wie kleine weiße Blitze durch das Wasser. Die Kristalle verzweigten sich und bildeten ein fein verästeltes Spinnennetz, das schließlich das ganze Glas ausfüllte. Am Schluss färbten sich auch die Lücken zwischen den Kristallen weiß.

John drehte das Glas um, hielt es über Finns Hand und klopfte auf den Boden. Ein zylinderförmiger Eisklumpen fiel heraus. Finn lachte, als er das kalte glitschige Ding in seiner Hand spürte.

„Das hat mir Hüter Gustavsson beigebracht", sagte John. „Er sagt, dass ich enormes Potenzial habe."

Finn zwinkerte ungläubig. Heute war erst ihr zweiter Tag auf Alyxa und schon vollbrachte sein Bruder Wunder.

Im Gegensatz zu mir, dachte er düster. *Ich bringe mich nur mehr und mehr in Schwierigkeiten.*

Als die Glocke die Schüler zur Versammlung rief, reihte Finn sich in die lange Schülerkarawane ein, die im Großen Saal zusammenströmte. Aber schon nach wenigen Schritten wurde er unsanft gegen die Wand geschubst.

„He!" Wütend drehte er sich um und rechnete fest damit, in Xanders grinsende Visage zu starren.

Es war Zoe. „Was stimmt eigentlich nicht mit dir?", blaffte sie ihn an und verpasste ihm noch einen Faustschlag, der richtig weh tat.

Die meisten Schüler, die an ihnen vorbeihasteten, beachteten sie gar nicht. Nur einige wenige warfen ihnen neugierige Blicke zu.

„Wahrscheinlich findest du das witzig, was?", sagte Zoe mit leiser Stimme.

„Was denn?", wollte Finn wissen.

„Dass du dieses Lied vor dich hin summst."

Finn rieb sich die Stelle auf der Brust, wo sie ihn getroffen hatte. „Ich habe keinen Schimmer, was du damit meinst."

Zoe summte ihm eine lebhafte Melodie vor. „Na? Erkannt?", fragte sie.

Noch bevor Finn ihr eine Antwort geben konnte, drängelte sich ein älterer Mitschüler ziemlich ungestüm zwischen ihnen hindurch und schimpfte, dass sie gefälligst Platz machen sollten. Finn winkte Zoe in eine stille Nische.

„Was denn für ein Lied?", fragte er und wiederholte in Gedanken die Melodie. Sie kam ihm irgendwie bekannt vor. Seltsam. Hatte er sie tatsächlich vor sich hin gesummt?

„Das ist unser Lied", erwiderte Zoe mit bebender Unterlippe. „Das hat Mum sich ausgedacht, als Gutenachtlied für meine Schwester und mich. Genau dieses Lied!"

„Summ noch mal", sagte Finn. Nach sechs Tönen wusste er es. „Gestern Abend! Das habe ich gestern Abend gehört, in der Meditationskammer!"

„Der Dekan hat dich in eine Medi gesteckt?" Zoe war verblüfft.

Finn nickte. „Am Anfang war alles ruhig, aber dann habe ich so ein Summen gehört. Zuerst war es noch keine Melodie, aber gegen Schluss schon. Da hat es sich angehört wie richtige Musik. Und es war diese Melodie. Ich weiß es genau."

Mit zitternden Fingern nahm Zoe die Schutzbrille ab, sodass sie ihr um den Hals baumelte. Zum ersten Mal konnte Finn ihr wirklich in die Augen sehen. Sie waren blau, genau wie seine, aber das Auffallende waren ihre riesigen Pupillen.

„Sie reagieren viel langsamer als normal", sagte Zoe, als

sie registrierte, dass er sie anstarrte. „Sie lassen einfach alles rein. Manchmal tut es richtig weh."

Noch während Finn ihre schwarzen Pupillen begaffte, stiegen ihr die Tränen in die Augen und liefen über ihre Wangen. Er bat sie, einen Moment zu warten, rannte in die Kantine und holte ein paar Papierservietten. Sie trocknete sich das Gesicht. Mittlerweile hatte der Flur sich geleert. Nur noch ein paar wenige Nachzügler hasteten dem Saal entgegen.

„Ich kann bloß hoffen, dass du dir das nicht ausgedacht hast", sagte Zoe.

Finn schüttelte den Kopf. „Am Schluss war mir, als würde ich eine Stimme hören. Aber sicher bin ich mir nicht – vielleicht hat auch nur jemand anders mitgesungen."

„Wie gesagt, meine Mum hat sich das Lied ausgedacht", erwiderte Zoe schniefend und fügte nach einer kurzen Unterbrechung verschwörerisch hinzu: „Sie haben sie nie gefunden, weißt du? Kylie."

Finn wusste nicht, was sie ihm sagen wollte. Vielleicht klammerte sie sich in ihrer Trauer an jeden Strohhalm.

„Du glaubst, dass sie ... dass sie noch am Leben sein könnte?"

Nach kurzem Zögern setzte Zoe eine verschlossene Miene auf. „Nein", sagte sie leise. „Sie haben überall gesucht. Wir alle. Die Hüter, die aus dem vierten Level. Oben auf der Südklippe haben wir ihre Schuhe gefunden."

Finn musste an die Höhle unterhalb der Klippen denken. An die Anstecknadel. War es denkbar, dass sie sich irgendwie in die Höhle gerettet hatte? Er verwarf den Gedanken wieder. Das ergab keinen Sinn. Sie hätte unmöglich barfuß so weit klettern können, ohne sich die Füße aufzureißen. Es gab eine sehr viel naheliegendere Erklärung für diese Anstecknadel. Kylie war gesprungen und die Nadel hatte sich gelöst, als sie auf die Felsen ...

Er wollte nicht daran denken.

„Hast du sonst noch was gehört?", wollte Zoe wissen.

Finn musste daran denken, dass der unterirdische Tunnel ihm irgendwie gespenstisch vorgekommen war. Aber wahrscheinlich war es keine besonders gute Idee, jetzt auch noch mit Spukgeschichten anzufangen. „Ich weiß bloß noch, dass die Musik mich irgendwie ... traurig gemacht hat", sagte er.

„Kylie *war* traurig", meinte Zoe. Endlich waren ihre Pupillen auf Stecknadelkopfgröße zusammengeschrumpft. Sie atmete in kurzen schnellen Stößen. „Und an allem ist Alyxa schuld. Als sie auf die Insel gekommen ist, musste Callum auf dem Festland bleiben. Er war ihr Freund. Sie hat alles versucht, um die Beziehung zu retten, aber irgendwann haben sie sich schließlich doch getrennt – so eine Fernbeziehung ist eben nur sehr schwer durchzuhalten. Danach wollte sie nur noch hier weg. Sie hat gesagt, dass ihre Gaben ein Fluch sind."

Finn dachte an seine Mutter und wie weit weg sie war. Wie abgeschottet und isoliert sie auf dieser kleinen Insel im Meer waren. „Das kann ich verstehen", sagte er. „Es muss schrecklich gewesen sein, als sie …"

„Das war es auch." Zoes Atem hatte sich wieder normalisiert. „Und ist es immer noch. Aber ich habe so viele Fragen. Deshalb habe ich mich in ihr Zimmer geschlichen … ich meine, in *dein* Zimmer. Tut mir leid."

„Ist schon in Ordnung."

„Ist es nicht, aber … ich suche eben immer noch nach einem Grund. Nach Hinweisen. Ich muss wissen, was in dieser Nacht wirklich passiert ist."

Zum ersten Mal, seit er Zoe kennengelernt hatte, hatte Finn das Gefühl, mit einem richtigen Menschen zu sprechen und nicht mit einer Backsteinmauer. Ob er sie vielleicht in den Arm nehmen sollte? Aber dann sagte er nur: „Es tut mir wirklich leid."

Zoe wischte sich mit dem Handrücken eine Träne von der Wange. „Kylie hat Tagebuch geschrieben, aber es ist verschwunden. Ich muss ständig daran denken. Wir haben nie Geheimnisse voreinander gehabt, aber ich finde keine andere Erklärung. In diesem Tagebuch muss irgendetwas stehen, was sie mir *nicht* erzählt hat. Ich habe keine Ahnung, wo es sein könnte. Ich hab schon überall gesucht."

Da kam Finn ein Gedanke. „Auch in meinem Schrank?"

„Nein. Wieso?"

„Der Spiegel ist zerbrochen. Ich habe ihn gestern abgenommen und dahinter habe ich etwas entdeckt. Ein Graffito oder so was Ähnliches."

„Was denn für ein Graffito?"

„Einen Stern", sagte Finn. „Einen sechszackigen Stern."

Zoe wurde mit einem Schlag kreidebleich. Alle Farbe wich aus ihrem Gesicht, sogar die Sommersprossen verblassten fast vollständig. „Das musst du mir zeigen", sagte sie. „Und zwar sofort."

Finn blickte den menschenleeren Flur entlang. „Und die Versammlung?"

„Die Versammlung kann warten."

Behutsam nahm Finn den zerbrochenen Spiegel ab und stellte ihn auf den Boden. Zoe beäugte das Symbol, das in die graue Oberfläche geritzt worden war.

„Ach, Kylie", seufzte sie mit zitternder Stimme.

„Hat das etwas zu bedeuten?", erkundigte sich Finn.

„Es gibt da so eine dumme alte Legende, die sie den Neuen immer erzählen, um ihnen Angst einzujagen."

„Ich bin neu", sagte Finn. „Aber mir hat niemand eine Legende erzählt."

Erneut warf Zoe einen Blick auf das Hexagramm an der Schranktür. Ihre Schultern bebten. „Früher, vor langer

Zeit … also richtig, richtig lange her … da hat es so einen Kult gegeben", sagte sie dann. „Jedenfalls behauptet das die Legende. So was wie eine Geheimgesellschaft. Die haben alle möglichen Rituale veranstaltet, um den sechsten Sinn zum Leben zu erwecken."

„Den sechsten Sinn?" Finn wunderte sich. „Ich dachte, es gibt nur fünf."

„Stimmt ja auch. Wie gesagt, es ist nur eine Legende. Der sechste Sinn ist bloß Schwachsinn. Es geht viel um Seelenwanderung und Körpertausch, wie in einem schlechten Science-Fiction-Film eben. Ich weiß noch, wie ich zum ersten Mal davon gehört habe, von einem Clanvorsteher. Der hat gesagt, dass ich aufpassen soll, weil nach Einbruch der Dunkelheit ein Geist in den Fluren von Alyxa spukt."

„Wessen Geist?", wollte Finn wissen und musste schon wieder an das gespenstische Kellerverlies vom gestrigen Abend denken.

„Der Geist des sechsten Hüters." Zoe schlang sich die Arme um den Oberkörper. „Sein Name war Morvan. Ich habe gedacht, dass Kylie einfach nur Liebeskummer hat. Ich hätte nie gedacht, dass sie in so eine Sache verwickelt ist."

„Ist das denn schlimm?"

Plötzlich klopfte jemand an die Tür, die zum Aufenthaltsraum führte. Hastig schob Zoe sich die Schutzbrille über die Augen, da ging die Tür auch schon auf und Lucy streckte den Kopf herein.

„Ach, da seid ihr", sagte sie. „Ben hat gesagt, dass ich euch suchen soll. Die Versammlung geht gleich los." Sie musterte Zoe. „Ich hätte nicht gedacht, dass ich euch *beide* hier finden würde."

„Wir sind in einer Minute da", sagte Finn.

Lucys Blick blieb an dem Hexagramm hängen. Sie riss Augen und Mund weit auf. „Wo kommt das denn her? Was geht hier eigentlich ab?"

„Geht dich nichts an." Zoe schob sich geschmeidig zwischen Lucy und den Schrank. „Du hast jedenfalls nichts gesehen."

„Aber ich ..."

„Im Ernst, Lucy, du musst jetzt gehen", sagte Zoe. „Sofort."

Lucy stemmte sich gegen die Tür und spannte die Schultern an. Finn war sich sicher, dass sie nicht ohne Weiteres nachgeben würde. Womöglich schlug sie sogar Alarm. Aber dann entspannte sie sich wieder. „Wie ihr wollt. Ich sage Ben einfach, dass ihr abgehauen seid." Sie warf den Kopf in den Nacken und stolzierte davon, ohne die Tür wieder zu schließen.

Zoe wandte sich an Finn. „Kannst du das da wieder abdecken, bitte?"

Finn hängte den zerbrochenen Spiegel zurück in den Schrank. Anschließend zog er die Anstecknadel aus seiner Tasche und gab sie Zoe.

„So was tragen doch nur die Clanvorsteher, oder?", sagte er, während sie das Ding eingehend betrachtete. Dann erzählte er ihr, wo er es gefunden hatte.

Zoe betrachtete die Nadel noch einen Moment lang, bevor sie sie ihm zurückgab. „Kann schon sein, dass die Kylie gehört hat."

„Das ist noch nicht alles", fuhr Finn fort. „Der Dekan war auch unten am Strand."

„Der Dekan?" Zoe schüttelte verwundert den Kopf. „Was wollte der denn da?"

„Zuerst habe ich gedacht, dass er mir vielleicht gefolgt ist", sagte Finn, „aber inzwischen bin ich mir da nicht mehr so sicher. Ich glaube, er wollte in die Höhle."

„Höhle?" Jetzt war Zoe vollends verwirrt. „Was denn für eine Höhle?"

„In der Klippe. Ich glaube, sie ist nur bei Ebbe zugänglich. Ich glaube …"

„Moment mal." Zoe hob die Hand. „Ganz langsam. Wie war das noch mal mit dem Dekan?"

Finn überlegte, ob er Zoe die ganze Geschichte erzählen sollte, von Anfang an – das Telefonat mit seiner Mutter, die Drohungen des Dekans, der ihn schließlich in diese Zelle gesteckt und sich nach Finns Vater erkundigt hatte. Aber je länger er darüber nachdachte, desto deutlicher kristallisierte sich ein einziger Punkt heraus.

„Er hat mir immer wieder Fragen über Kylie gestellt",

sagte er bedächtig, „und am Schluss wollte er über nichts anderes mehr reden."

Zoe stand völlig regungslos da. „Was genau hat er gesagt?"

„Ich finde viel interessanter, was er *nicht* gesagt hat." Finn hielt inne und versuchte, sich an die genauen Worte des Dekans zu erinnern. „Er wollte wissen, ob du mir alles erzählt hast."

Sie blickten einander an.

„Denkst du dasselbe wie ich?", fragte Zoe.

Finn nickte. „Er steckt da irgendwie mit drin."

Zoe trat vor Finns Bett, starrte durch das kleine Fenster nach draußen und ballte die Fäuste. „Ich hab's gewusst. Sie hätte sich niemals umgebracht, ganz egal, wie mies sie sich gefühlt hat. Ich hab's gewusst!"

Finn spürte seinen hämmernden Puls bis in die Schläfen. Er schloss die Faust um die Ansteckenadel und spürte, wie das kalte Metall sich in seine Haut bohrte. „Glaubst du, dass der Dekan ...?"

Zoe wirbelte herum. „Sicher bin ich mir nicht. Aber er weiß was!"

„Vielleicht sollten wir noch mal in die Zelle gehen", sagte Finn.

Zoe schüttelte den Kopf. „Da ist sie nicht. Die Zelle ist nichts weiter als eine Meditationskammer. Sie verstärkt deine Sinneseindrücke, macht dich empfänglich für irgendwelche Sachen, die meilenweit entfernt sein können. Also kann auch *Kylie* meilenweit entfernt sein."

Finn stellte sich neben sie ans Fenster. Dichte Wolken bedeckten den Himmel. „Oder aber, sie ist viel näher, als wir glauben." Er wollte eigentlich keine voreiligen Schlussfolgerungen ziehen, aber Zoes Aufregung wirkte ansteckend. „Die Höhle am Strand", sagte er. „Ich wette, dass sie während der Suche überflutet war. Dort müssen wir anfangen."

Als Finn und Zoe sich in die Versammlung schlichen, hatte Finn das Gefühl, als würden sie von allen angestarrt.

„Kommt ihr also doch noch", murmelte Lucy, als sie sich neben sie auf die Sitzbank schoben.

„Besser spät als nie", gab Finn zurück.

Er blickte hinauf zu den Oberlichtern, die ein gräulich fahles Licht in den Saal fallen ließen. Ob es draußen wohl regnete?

Auf dem Podest redete Professor Panjaran über die bevorstehende Große Jagd, aber Finn fiel es schwer, zuzuhören. Er musste immer wieder an den sechszackigen Stern und Kylies Lied denken, an die geheimnisvolle Höhle unter der Südklippe. Wenn es doch nur eine Möglichkeit gegeben hätte, unbemerkt dort hinzugelangen.

„... Südklippe", sagte Panjaran gerade. Finn spitzte die Ohren. „Wie ihr wisst, hat der Sturm den ganzen Bereich destabilisiert." Er blickte Finn direkt an. „Darum sind Strandspaziergänge strengstens untersagt, bei Tag wie auch bei Nacht."

Finn hörte vereinzeltes Kichern und musste zu seinem großen Entsetzen feststellen, dass wieder einmal alle ihn anstarrten. Xander hatte offensichtlich nicht übertrieben: Seine nächtlichen Eskapaden hatten bereits die Runde gemacht.

„Daher wird die diesjährige Jagd auf den Norden und den Westen der Insel beschränkt bleiben", fuhr Professor Panjaran fort. „Die Kontrollpunkte werden genauestens überwacht, um sicherzustellen, dass niemand die Regeln verletzt." Er wischte mit dem Zeigefinger über sein Tablet. „Ihr habt den restlichen Vormittag über noch Zeit, um euch endgültig zu Teams zusammenzuschließen. Die Teamkapitäne müssen sich bis spätestens um 13 Uhr bei ihren Vorstehern melden. Und dann, sobald die Beute sich auf dem Gelände verteilt hat, kann die Jagd beginnen!"

Jubelrufe schallten durch den riesigen Saal. Viele Schüler erhoben sich von ihren Plätzen, aber Finn hielt den Kopf gesenkt. Er wollte dem Blick des Dekans nicht begegnen.

„Soweit ich gehört habe, darf die Fördergruppe gar nicht an der Jagd teilnehmen", sagte er zu Zoe. „Stimmt das?"

Lucy beantwortete seine Frage. „Es wäre nicht gegen die

Regeln. Es ist nur so, dass niemand einen Blindgänger in seinem Team haben will. Warum fragst du? Willst du vielleicht ein paar von deinen Parkourtricks zeigen?"

„Daran habe ich zumindest schon gedacht", erwiderte Finn.

Zoe schob sich interessiert zwischen die beiden. „Aber wer würde uns nehmen?"

„Genau das hab ich doch gerade gesagt." Bei diesen Worten sah Lucy Zoe nicht einmal an. Ob sie noch sauer war wegen der Sache mit dem sechszackigen Stern? Aber andererseits … sie hätte auch nicht einfach so hereinplatzen dürfen.

„Dann bilden wir eben ein eigenes Team", sagte Finn.

„Das ist gar nicht so einfach", entgegnete Zoe. „Man braucht dafür fünf Personen, aus jedem Clan einen."

„Was ist mit deinem Bruder?" Plötzlich war Lucy ganz bei der Sache.

„Was?", fragte Finn.

„John. Er ist beim Tastsinn, ich beim Geschmackssinn. Vielleicht hätte Ben ja auch Lust. Dann wären wir einen entscheidenden Schritt weiter. John wäre ein fantastischer Jäger, meinst du nicht auch?" Lucys Augen leuchteten.

„Und ich bin beim Sehen", sagte Zoe. „Auch wenn meine Augen gerade nicht viel taugen."

Finn musste zugeben, dass sein Bruder eine großartige Verstärkung wäre. Und darüber hinaus ein zuverlässiger

Verbündeter, falls irgendetwas schiefging. „Okay", sagte er. „Ich frage meinen Bruder. Aber was ist mit mir?"

„Du kannst unsere Beute sein", meinte Lucy. „Das ist derjenige, der sich verstecken muss."

Das wurde ja von Sekunde zu Sekunde interessanter! „Wie zum Beispiel in ... lass mich überlegen ... in einer Höhle?"

Lucy zuckte mit den Schultern. „Das wäre vielleicht ein bisschen zu offensichtlich, aber egal. Du bekommst einen Vorsprung, sodass du eigentlich genügend Zeit hast, um dir ein wirklich gutes Versteck zu suchen."

„Genügend Zeit, um mich umzusehen?" Finn warf Zoe einen Blick zu und hob die Augenbrauen. Sie nickte unmerklich. „Genügend Zeit, um die Umgebung gründlich unter die Lupe zu nehmen?"

„Das ist doch keine Entdeckungsreise", sagte Lucy und verdrehte dabei die Augen. „Es ist eine Jagd. Und freu dich nicht zu früh. Höchstwahrscheinlich wirst du ziemlich schnell erlegt."

10

Finn erwischte John beim Verlassen des Großen Saals inmitten einer ganzen Gruppe seiner neuen Freunde aus dem Tastsinnclan.

„Hast du mal eine Minute?", fragte er, packte John am Arm und zog ihn beiseite.

„Beeil dich", sagte sein Bruder. „Ich hab gleich Sprachunterricht."

„Genau", meinte Adriana und stellte sich zu ihnen. „Da sollte man auf keinen Fall zu spät kommen." Sie grinste Finn an.

„Also gut." Finn warf ihr einen schnellen Blick zu. „Es geht um Folgendes: Wir wollen dich gerne in unserem Jagdteam haben."

Adriana unterdrückte ein Lächeln. John sah seinen Bruder verdutzt an, sagte aber kein Wort.

„Machst du mit?", wollte Finn wissen.

John schüttelte den Kopf. „Tut mir leid, Bruderherz, aber ich kann nicht."

„Ich habe für dich auf Pogo aufgepasst, weißt du noch?", stieß Finn hervor.

„Ich weiß, ich weiß, aber ich hab schon bei Adrianas Team zugesagt."

Adriana rüttelte an seiner Schulter. „Komm jetzt", sagte sie. „Wir müssen los."

In diesem Augenblick tauchten Lucy und Zoe mit Ben im Schlepptau auf.

„Da bist du ja", sagte Lucy zu Finn. „Und? Glück gehabt?"

Finn schüttelte den Kopf. „Wir sind immer noch zu viert."

„Das ist doch nicht euer Ernst, oder?", sagte Adriana.

„Wieso denn nicht?", entgegnete Finn.

Adriana sah Ben an. „Kannst du ihnen nicht ein bisschen Vernunft beibringen?"

Ben meinte achselzuckend: „Es wäre nicht das erste Mal, soviel ich weiß. Was nicht bedeutet, dass ich es für eine gute Idee halte."

„Warum sollen wir denn nicht mitmachen?", wollte Finn wissen und versuchte gleichzeitig, seine stetig wachsende Enttäuschung hinunterzuschlucken. „Haben wir nicht dasselbe Recht wie alle anderen auch?"

„Selbstverständlich habt ihr das", erwiderte Adriana.

„Bloß, darum geht es gar nicht. Die Grundidee bei der Jagd ist, dass man seine Sinneskräfte einsetzen soll. Nur deshalb findet dieser Wettbewerb statt. Aber wer in der Fördergruppe ist, der ist eben nur …" Sie ließ ihre gespreizten Finger flattern.

„… ein Blindgänger", ergänzte Lucy finster.

Adriana lachte. „Das hast du gesagt, nicht ich."

„Vielleicht hat man ja auch mit anderen Fähigkeiten eine Chance." Finn wollte nicht einfach klein beigeben.

Adriana schüttelte den Kopf. „Bei der Großen Jagd zählt allein der Sieg. Auch wenn ihr ein Team zusammenbekommt, werdet ihr die erste Runde wahrscheinlich nicht überstehen." Sie hängte sich bei John ein. „Und jetzt komm, wir müssen wirklich los."

Sie schob Finns Bruder in den angrenzenden Flur. John hatte gerade noch Zeit, Finn über die Schulter hinweg einen entschuldigenden Blick zuzuwerfen, dann war er verschwunden.

„Sie hat uns ja nicht unbedingt geholfen", stellte Finn fest.

„Wie gesagt", meinte Lucy. „Sie hält sich für die Bienenkönigin. Das kommt davon, wenn man die Tochter einer Hüterin ist."

„Adriana ist schon in Ordnung", meldete sich Zoe zu Wort. „Sie hat zu Kylie gestanden, als es ihr richtig schlecht ging."

„Und sie hat recht", ergänzte Ben. „Wir hätten kaum eine Chance bei der Jagd. Tut mir leid, aber so ist es eben. Hört zu: Wenn ihr das wirklich durchziehen wollt, dann bin ich dabei. Aber ich habe keine Ahnung, wie ihr ein vollzähliges Team auf die Beine stellen wollt."

Im Geschichtssaal sah es aus wie in einem Museum. Wohin Finn auch blickte, überall standen Vitrinen vollgestopft mit antiken Vasen, Steinwerkzeugen, verschmutztem Schmuck und ausgestopften Tieren herum. Die Bücherregale bogen sich unter der Last umfangreicher staubiger Enzyklopädien und die Wände waren mit Landkarten und Schaubildern gepflastert. In einer Ecke erhob sich ein riesiges Standbild von einer Frau in Rüstung auf einem Pferd. Und überall roch es modrig.

In der Mitte des Saals standen drei Reihen mit Schulbänken sowie ein großer silberner Tisch, der aussah wie eine Requisite aus einem Science-Fiction-Film: blinkende Lichter an den Ecken, kleine rotierende Antennen und dazu mehrere schräg stehende Monitore mit unverständlichen Schaubildern. Es gefiel Finn, dass hier auf Alyxa alles Mögliche miteinander vermischt wurde – als hätte jemand ein paar antike Kunstwerke und futuristische Geräte in einen Mixer gesteckt und kräftig umgerührt.

Finn setzte sich zwischen Ben und Lucy an einen Tisch am hinteren Ende. Er zählte noch zwölf weitere Schülerinnen und Schüler, die ihnen jedoch keine besondere Aufmerksamkeit widmeten. Die meisten hielten den Kopf gesenkt und ein Junge sah so aus, als würde er jeden Moment ins Land der Träume abdriften.

„Wo sind wir denn hier gelandet? Im Schlaflabor?", flüsterte er Lucy zu.

„Das liegt an der Jagd", antwortete sie. Die Anspannung, die sie an den Tag gelegt hatte, nachdem sie den sechszackigen Stern in Finns Schrank gesehen hatte, war verflogen. Sie benahm sich wieder ganz normal und Finn war erleichtert. „Alle wollen ihre Kräfte für den Nachmittag schonen."

Mit einem Mal wurde Finn klar, dass er gar keinen Stift hatte ... und schon gar kein Heft, in das er hätte schreiben können. Er klappte den Deckel seiner Schulbank nach oben, aber das Fach darunter war leer.

„Du kannst mir nicht zufällig einen Stift leihen?", sagte er zu Lucy.

„Oh, hier auf Alyxa schreiben wir nichts auf", erwiderte sie.

„Was?"

„Du brauchst hier kein Heft. Du merkst dir einfach, was die Lehrer sagen."

„Aha. Und was ist der Haken daran? Dass die Prüfungen wahnsinnig schwer sind?"

Lucy strahlte ihn an. „Kein Haken. Und keine Prüfungen. Hier dreht sich alles um Traditionen – das ist unglaublich wichtig auf Alyxa, nur für den Fall, dass du es noch nicht gemerkt hast. Schnäbelchen sagt, dass Geschichten das beste Mittel sind, um zu lernen."

„Geschichten?"

„Ja. Früher hat man alles nur in Form von Erzählungen weitergegeben. Tatsachen, Märchen, einfach alles. Das nennt Schnäbelchen die mündliche Tradition. Die schriftliche Form ist erst viel später dazugekommen."

Keine Bücher? Keine Prüfungen? Finn musste an den schweren Schulranzen denken, den er immer an seine alte Schule geschleppt hatte. Und an die endlosen Stunden während der Sommertrimester, die er mit Wiederholungen und Prüfungsvorbereitungen zugebracht hatte. Vielleicht war es auf Alyxa doch gar nicht so schlecht.

„Wer ist Schnäbelchen?", erkundigte er sich.

„Die Hüterin des Geruchssinns, Marissa Blake", sagte Ben. „Pschscht ... da kommt sie."

Finn erkannte die Frau, die jetzt den Raum betrat, sofort, weil sie zum Begrüßungskomitee auf dem Landefeld gehört hatte. Sie war ziemlich klein und trug einen Tweedrock mit einem dazu passenden Jackett, an dessen Aufschlag ein Zweig Heidekraut steckte. Hinter den violetten Blüten versteckte sich ein Abzeichen mit einem Hundekopf und dann kam auch schon der Bluthund hereingeschlurft.

Aber im Gegensatz zu dem Tier auf dem Abzeichen mit seinen scharfen Konturen machte er mit seinen triefenden Hängewangen einen eher trübsinnigen Eindruck.

Die Hüterin legte die Hände auf ihren Hightechschreibtisch und blickte ihre Schüler der Reihe nach an. Sie hatte den Kopf ein wenig in den Nacken gelegt, sodass Finn einen tiefen Einblick in ihre riesigen Nasenlöcher bekam. Ein Mädchen in der ersten Reihe hatte den Blick gehoben, aber alle anderen nahmen ihre Anwesenheit offensichtlich kaum wahr.

Der Bluthund ließ sich mit einem lauten Ächzen neben der Hüterin zu Boden plumpsen und schien sofort einzuschlafen.

„Was starrst du denn so, Finlay Williams?" Schnäbelchen blickte ihn durchdringend an. Finn rutschte auf seinem Stuhl hin und her.

„Gar nichts, Miss", erwiderte er und versuchte, möglichst nicht auf ihre lange, wie aus Stein gemeißelte Nase zu sehen. „Ich passe nur auf."

„Gut. Je mehr du auf Alyxa lernst, desto weniger hinderlich bist du."

Anschließend senkte sie den Kopf fast bis auf die Tischplatte ihres Schreibtischs und richtete den Blick durch ihre Brille hindurch auf einen der Monitore. So gut ihr Geruchssinn auch sein mochte, die Augen waren wohl nicht ihre große Stärke.

Schnäbelchen wischte zweimal über das Display, tippte anschließend einmal darauf und eine Luke klappte in der Schreibtischplatte auf. Eine Stange mit einer großen runden Linse an der Spitze schob sich heraus, eine Lampe erwachte zum Leben und mit einem Mal schwebte ein Hologramm mitten im Saal. Es zeigte den Kopf eines dicklichen Mannes mit einem merkwürdig gelockten Bart, der unterhalb seines Kinns wuchs.

„Das ist Nero", durchschnitt Schnäbelchens schrille Stimme die staubige Luft des Geschichtssaals. „Römischer Kaiser in den Jahren 54 bis 68 nach Christus. Er hat durch unterschiedliche Dinge Berühmtheit erlangt, zum Beispiel dadurch, dass er seine Mutter hat ermorden lassen oder dass er Geige gespielt hat, während die ganze Stadt Rom in Flammen stand. Außerdem hat er viele Kriege geführt, auch in Britannien, und hat dadurch alle möglichen Bewohner des Landes in die Berge vertrieben."

Das Mädchen aus der ersten Reihe meldete sich. „Meinen Sie damit die Druiden?"

„Ganz richtig, genau die meine ich", erwiderte Schnäbelchen. „Sehr gut, Chandice. Im Jahr 58 unserer Zeitrechnung ernannte Nero seinen General Gaius Suetonius Paulinus zum Gouverneur von Britannien. Anschließend entsandte Suetonius seine Truppen auf die Insel Mona – das heutige Anglesey –, um die Druiden zu vernichten, die sich auf der Flucht vor der römischen Besatzungsmacht dorthin zurückgezogen hatten. Vielleicht fragt ihr euch jetzt, weshalb? Natürlich nur, falls auch jemand zugehört hat."

Ein Junge hob zuerst den Kopf und dann die Hand. „Weshalb, Miss?"

Schnäbelchens Augenbrauen zuckten nach oben bis unter ihren Haaransatz. „Eine sehr gute Frage! Nun gut, weshalb? Die Antwort liegt in der Bedeutung der Druiden begründet."

„Sie waren so was wie Zauberer", sagte Chandice.

Finn musste kichern und konnte nicht mehr aufhören.

„Was gibt es denn da zu lachen, Finn?", fragte Schnäbelchen. „Vielleicht möchtest du uns daran teilhaben lassen?"

Die anderen Schüler starrten ihn an und Finn spürte ein Kribbeln am ganzen Körper.

„Na ja, es ist nur so … wir haben die Druiden an meiner alten Schule schon durchgenommen", sagte er schließlich. „Das waren keine Zauberer. Das waren eher so was wie, na ja, religiöse Führer."

Schnäbelchen nickte. „Religiöse Führer, sehr richtig. Aber auch Ärzte und Gesetzeshüter. Sie waren die unumschränkten Autoritäten der Kelten, wenn man so will. Aber die gewöhnlichen Menschen zu jener Zeit haben sie vermutlich durchaus als Zauberer betrachtet, einfach, weil es ihrer Weltsicht entsprach."

Finn zuckte mit den Schultern. „Aber so etwas wie Zauberei gibt es doch gar nicht."

„Ich habe ja auch nicht behauptet, dass die Druiden echte Zauberer waren, du Idiot!", zischte Chandice ihn an.

Schnäbelchen betrachtete die beiden einen Augenblick lang, dann ließ sie ihre Finger über einen anderen Bildschirm huschen. Gleich darauf erschienen Buchstaben in der Luft und formten Wörter, direkt über dem Gesicht Neros: DIE BEHERRSCHUNG GEHEIMNISVOLLER ODER ÜBERNATÜRLICHER KRÄFTE.

„So lautet die offizielle Definition von Zauberei", sagte Schnäbelchen. „Es bedeutet vielleicht nicht das, was du denkst, Finn. Aber trotzdem bedeutet es etwas."

Sie wischte über das Display und die Worte verschwanden. Chandice warf Finn einen betonten Blick zu, bevor sie sich verächtlich schnaubend abwandte.

„Die römische Armee war eine beeindruckende Streitmacht", fuhr Schnäbelchen fort, „aber um ein Land zu besetzen, braucht es mehr, als einfach nur Macht auszuüben. Man muss die Einwohner vielmehr davon überzeugen, dass sie ein besseres Leben zu erwarten haben. In vielen Fällen begründete sich der Erfolg der Römer darauf, dass sie den Einwohnern eines besetzten Landes etwas anbieten konnten, was sie zu schätzen wussten – eine bestimmte Technologie, Straßen, eine vielfältige und beeindruckende Götterwelt. Sie haben dabei vor allem mit den Häuptlingen und den Stammesfürsten in Kontakt gestanden. Natürlich war das trotzdem eine Eroberung, aber eine unblutige. Bei den Druiden hat diese Taktik jedoch nicht funktioniert. Sie wollten sich nicht beugen und das Volk hatte so großes Vertrauen in seine Führer, dass es die Römer mit Zähnen und Klauen bekämpft hat."

„Und darum wollte Nero die Druiden auslöschen?", wollte Finn wissen.

Schnäbelchen tippte auf ihr Display und das Hologramm Neros verwandelte sich in eine dreidimensionale Landkarte der walisischen Nordwestküste. In der oberen linken Ecke war klar und deutlich die Insel Anglesey zu erkennen. Und jetzt sah Finn, wie kleine gezeichnete Bötchen von der Insel ablegten und aufs offene Meer hinausfuhren.

„Die Druiden haben ihr Schicksal in die Hand ihrer Götter gelegt und sind nach Westen gesegelt", fuhr Schnäbelchen fort. „Bis sie schließlich diese Insel hier erreicht haben. Diesen Text haben sie in einen Stein am Ostufer eingraviert, vermutlich kurz nachdem sie gelandet waren. Wer kann mir sagen, was das bedeutet?"

Dieses Mal erschien nicht nur ein Satz, sondern ein ganzer Absatz in der Luft des Geschichtssaals. Finn überflog die ersten Wörter: **VENIMUS, VIDIMUS, AUDIVIMUS** ...

Er zögerte, dann meldete er sich erneut. „Es fängt an mit: ‚Wir sind gekommen, wir haben gesehen, wir haben gehört'", sagte er. „Oder: ‚Wir haben vernommen.' Aber ich schätze, das ist das Gleiche."

„Hören ist nicht dasselbe wie Vernehmen", sagte Schnäbelchen. „Aber deine Lateinkenntnisse sind sehr beeindruckend."

Finn blickte zu Chandice hinüber. Wahrscheinlich würde sie ihm auch diesmal wieder die kalte Schulter zeigen. Aber das Mädchen spitzte die Lippen zu einem zarten Lächeln und wackelte mit dem Kopf: *Nicht schlecht, der Neue.*

„Kannst du auch den Rest übersetzen?", forderte Schnäbelchen ihn auf.

Finn runzelte die Stirn. Die Römer hatten ihn schon immer interessiert und er hatte auch eine Zeit lang Latein gehabt, aber das hier war eindeutig schwieriger als die einfachen Sätze, mit denen er es bisher zu tun gehabt hatte.

„Da steht, dass sie geflohen sind", sagte er. „Und dann ... ‚über das Meer' irgendwas ... und ‚Die Insel wurde unsere Heimat.'"

„Sehr gut", sagte Schnäbelchen. Sie tippte auf ihrem Touchscreen herum und das Hologramm veränderte sich erneut. Jetzt war ein Kreis aus aufrecht stehenden Steinen zu erkennen, der sich langsam um die eigene Achse drehte. Finn erkannte ihn sofort. „Auf den Steinen des Kleinen Rings gibt es noch mehr Inschriften zu entdecken. Darin erfahrt ihr genau, wie die Druiden ihr Leben dem Studium ihrer neuen Heimat verschrieben haben. Je mehr sie forschten, umso mehr Entdeckungen machten sie und umso besser konnten sie sich auf ihre natürliche Umgebung einstimmen."

Jetzt trat Schnäbelchen hinter ihrem futuristischen Tisch hervor und stellte sich unter das rotierende Hologramm. Der Bluthund hob den Kopf, warf einen kurzen Blick ins Licht, ließ den Kopf sinken und machte die Augen wieder zu. Die Hüterin hob die Arme, sodass ihre gestreckten Finger durch die schimmernden Steine hindurchglitten.

„Hier haben die Druiden nach Inspiration gesucht und sie haben sie gefunden", sagte sie. „So, wie sie auch auf der Suche nach der Wahrheit fündig geworden sind. Sie haben mit allen Sinnen gesucht und dabei wurden ihre Sinne schärfer als je zuvor." Sie unterbrach sich. „Und so gelang es ihnen zum ersten Mal, ihre Kräfte freizulassen."

Finn starrte den schwebenden Steinkreis an. Ob die Mediationskammer vielleicht nach einem ähnlichen Prinzip funktionierte? Egal, was Zoe gesagt hatte ... vielleicht barg diese feuchtkalte Steinzelle doch mehr Geheimnisse, als sie ahnten.

Er meldete sich erneut. „Haben sie dabei auch den sechsten Sinn entdeckt?", wollte er wissen.

Etliche seiner Mitschüler drehten sich zu ihm um, waren schlagartig aufmerksam geworden. Ein paar kicherten unsicher. Schnäbelchen hob die Hände.

„Ihr seid hier, um echte Geschichte zu lernen", sagte sie

mit ernster Miene. „Und nicht, um euch über Legenden lustig zu machen."

„Aber ist es nicht so, dass die meisten Legenden einen wahren Kern haben?", fragte Finn.

Ein paar seiner Mitschüler hielten hörbar den Atem an. Schnäbelchen warf ihm einen scharfen Blick zu. „Da will wohl einer den Schlaumeier spielen", sagte sie.

Finn zuckte mit den Schultern. „Heißt das, dass der sechste Sinn gar nicht existiert?"

Schnäbelchen spitzte die Lippen und ihre Stimme klang matt, aber geduldig, als würde sie einem Kleinkind etwas erklären. „Die Druiden haben sich immer als Teil der Natur verstanden. Ihr Ziel bestand darin, eins zu werden mit der Natur. Manche hielten es auch für möglich, weiter zu gehen, in ein spirituelles Reich vorzudringen, wo sie mit der Natur und miteinander gewissermaßen verschmelzen konnten. Sie haben versucht, ihr Bewusstsein von ihrem Körper abzuspalten, damit ihr Geist sich ohne die Last des Körpers unbeschwert entfalten konnte."

„Körpertausch!", sagte Finn. So hatte Lucy es doch genannt, oder?

Sie saß am Nebentisch und schüttelte in gespielter Verzweiflung den Kopf.

„Das ist ein besonders geschmackloser Ausdruck dafür", sagte Schnäbelchen.

„Auf einem der stehenden Steine ist auch ein sechszackiger Stern eingraviert", meldete sich ein kleiner Junge zu Wort. Er war vielleicht elf Jahre alt. Jetzt wurde er rot. „Hab ich zumindest gehört."

„Oder die Druiden konnten einfach nicht so gut zählen wie du, Rufus!", rief Chandice und lachte.

Mittlerweile gab es niemanden mehr im Geschichtssaal, der nicht mit voller Aufmerksamkeit bei der Sache war.

„Diese Schule hier besteht seit den finsteren Tagen des Mittelalters", sagte Schnäbelchen. „Die Druiden waren vielleicht sehr viel stärker mit ihrer Umwelt verbunden als die meisten ihrer Zeitgenossen, aber sie waren eben auch Menschen ihrer Zeit. Unwissenheit ist ein hervorragender Nährboden für das Unkraut des Aberglaubens und genau wie echtes Unkraut ist auch der Aberglaube nur sehr schwer auszurotten."

„Dann ist der sechste Sinn also nichts weiter als Aberglaube?", hakte Finn nach.

„Der sechste Sinn ist genauso real wie die Statue von Morvan im Wald", sagte Chandice.

„Morvan? Der Hüter des sechsten Sinns?", wollte Finn wissen.

Jetzt wurde es still im Raum. Schnäbelchen legte beide Hände auf ihren Schreibtisch und ihr tiefes Seufzen signalisierte, dass sie kurz davor war, die Geduld zu verlieren. „Ich weiß wirklich nicht, wo du diesen Unsinn aufgeschnappt hast, junger Mann. Morvan war kein Hüter. Er war nichts weiter als ein Verrückter, ein Demagoge, der aufgrund seiner wirren Ideen aus der Gemeinschaft der Druiden verstoßen wurde."

„Und trotzdem gibt es eine Statue von ihm?", bohrte Finn weiter.

Chandice sah ihn an und verdrehte die Augen. „Das ist doch bloß ein verwitterter Felsen. Er sieht nicht mal aus wie ein Mensch."

„Nichts weiter als eine Gutenachtgeschichte", meinte Ben.

„Eher eine Albtraumgeschichte, finde ich", schaltete Rufus sich ein. „Ich habe mal gehört, dass Morvan so ein Ritual hatte, das hatte was mit Aufschlitzen…"

Aufgeregt fuchtelte Schnäbelchen mit den Händen. „Das reicht jetzt", sagte sie.

Von da an unterbrach niemand mehr ihre Ausführungen über die Traditionen und Bräuche der Druiden. Ständig wechselten die Schaubilder und Diagramme des holografischen Displays, aber Finn konnte an nichts anderes mehr denken als an sechszackige Sterne. Kylie hatte einen hinter ihrem Spiegel in den Schrank geritzt und das war keineswegs zum Lachen. Die tiefen Furchen im Holz sahen vielmehr verstörend und gewalttätig aus.

Schnäbelchen beendete ihre Stunde mit dem Vorschlag, dass sie die restliche Zeit vor dem Beginn der Jagd mit Meditation verbringen sollten. „Auch wenn ihr dadurch nicht besser auf die bevorstehenden Torturen vorbereitet seid, so wird euer Geist wenigstens von irgendwelchen weit hergeholten Schauermärchen gereinigt."

Beim Verlassen des Geschichtssaals kümmerte Finn sich nicht weiter um die vielen misstrauischen Blicke seiner Mitschüler. Seine Gedanken kreisten um ein paar von Schnäbelchens Bemerkungen. Sie hatte von *einem Geist, der sich ohne die Last des Körpers unbeschwert entfalten konnte*, gesprochen, von *einem vom Körper abgespaltenen Bewusstsein*.

Das hörte sich doch so ähnlich an wie … Gespenst. Hatte er womöglich genau das gehört? Den Geist eines toten Mädchens?

Draußen im Flur zog Lucy ihn am Ärmel. „Nicht schlecht", sagte sie. „Du hast dich wirklich angehört wie der letzte Irre."

„Das hat man nun davon, wenn man sich für den Unterricht interessiert", erwiderte Finn.

„Das hat man davon, wenn man sich für den Osterhasen interessiert", entgegnete Lucy. „Ich gehe wieder ins Hauptquartier der Blindgänger. Kommst du mit?"

Finn wollte gerade „Ja" sagen, doch dann überlegte er es sich anders. „Wir sollen doch meditieren. Ich glaube, ich probier mal eine von diesen Meditationskammern aus."

Lucy rümpfte die Nase. „Ist zwecklos. Wir haben ja noch nicht mal ein Team. Schon vergessen?"

„Und was sollen wir machen, solange sich die anderen amüsieren?"

„Ich besuche meinen Dad", meine Lucy. „Er hält mir gerne mindestens einmal pro Woche eine Predigt."

Finn blickte Ben an, und der sagte: „Ich gehe in den Fechthof. Wenn du Lust hast, dann können wir uns ein bisschen duellieren. Ich könnte dir ein paar coole Moves beibringen."

Finn schüttelte den Kopf. „Vielen Dank, aber ich möchte wirklich sehr gerne meditieren."

Ben zuckte mit den Schultern. „Wie du willst. Schaden kann es nicht."

In den dunklen Gängen der Meditationsetage angelangt, stellte Finn fest, dass der Korridor zu beiden Seiten von etwa einem Dutzend Kammern gesäumt wurde. Neben der Tür jeder Kammer befand sich ein Handabdruckscanner und darüber eine rote oder grüne Lampe. Ein Mädchen ging an ihm vorbei, öffnete mit seiner Hand eine Tür und betrat die Kammer. Das grüne Licht sprang auf Rot.

Finn ging zur nächsten leeren Kammer und trat ein. Die Wände waren, genau wie in der Zelle, in der der Dekan ihn verhört hatte, aus alten Steinen, wie in einem mittelalterlichen Kerker. Wie lange diese Kammern wohl schon bestehen mochten? Er konnte sich jedenfalls gut vorstellen, dass schon die ersten Druiden sie benutzt hatten.

Er sah sich in dem nackten Raum um, machte die Augen

zu und versuchte, sich ganz auf sein Gehör zu konzentrieren. Es dauerte ein wenig, bis er die sechszackigen Sterne aus seinen Gedanken vertrieben hatte, aber bald schon hörte er nichts anderes mehr als seinen eigenen Atem.

Kein Summen. Kein Singen.

Er setzte sich wie ein Yogi im Schneidersitz auf den Fußboden, aber dann kam er sich ziemlich dämlich dabei vor. Gestern Nacht, als der Dekan ihn hier eingesperrt hatte, hatte er schließlich auch keine besonderen Verrenkungen gemacht. Die Stimme war einfach da gewesen.

Ich habe etwas gehört, kein Zweifel, dachte er und zitterte ein bisschen. *Aber was? Eine Stimme aus dem Jenseits?*

Er schloss die Augen, atmete ganz langsam und regelmäßig, stellte sich seinen Atem als Welle vor, auf der er surfte. Bei dieser Vorstellung spürte er, wie seine Muskulatur sich mit einem Mal entspannte, wie sein Herz langsamer schlug. Der Atem wehte in seine Lunge und wieder hinaus, so wie Meereswellen ans Ufer schwappten. Er konnte das Meer beinahe hören, konnte beinahe spüren, wie das Wasser ihn umspülte.

Und dann, ganz am Rand seines Bewusstseins, setzte die Musik wieder ein.

Er bemühte sich, keine Panik zu bekommen, der Melodie nicht hinterherzulaufen, sondern sie zu sich kommen zu lassen. Er hatte Angst, dass sie wieder verschwinden würde, wenn er zu krampfhaft zuhörte. Und während er sich den fernen Klängen hingab, spürte er noch etwas anderes. Zuerst an seinen Fingerspitzen, dann überall auf seiner Haut. *Wasser ...*

... kalt und feucht, das ihn umschloss, bis er schwebte, davontrieb, umgeben von einem bewegten Ozean, den unentwegt wechselnden Gezeiten. Das Meer hielt ihn fest, umgab ihn, und sonst gab es nichts. Absolut nichts.

Da klopfte jemand an seine Tür. „Wie lange willst du eigentlich noch da drinbleiben?", hörte er eine Stimme sagen.

Der Bann war gebrochen und Finn saß wieder in seiner Zelle, umgeben von steinernen Mauern. Er hatte nicht den Hauch einer Ahnung, was da gerade eben passiert war. Mit etwas wackeligen Beinen stand er auf, ging zur Tür und machte sie auf. Davor stand Chandice.

„Ach, du bist das!", sagte sie. „Ist dir eigentlich klar, dass du fast zwei Stunden da drin gewesen bist?"

Finn legte die Stirn in Falten. *Zwei Stunden?* Er hatte das Gefühl, als wären es nicht einmal zehn Minuten gewesen. „Entschuldige", murmelte er leise.

Chandice schüttelte den Kopf. „Ja, von mir aus ... hast du was dagegen?", sagte sie und schob sich an ihm vorbei.

II

Den größten Teil der Mittagspause verbrachte Finn damit, in den Reisklumpen und Hühnchenstücken auf seinem Teller herumzustochern. Dabei überlegte er ununterbrochen, ob er den anderen erzählen sollte, was er gerade erlebt hatte. War das eine Vision gewesen? Oder was sonst? Hatte er tatsächlich wieder Kylies Lied gehört oder hatte er es nur hören wollen? Vielleicht hatte er sich das alles nur eingebildet, weil er viel zu intensiv darüber nachgedacht hatte. Aber ganz egal, was es gewesen war, er konnte an diesem wässerigen, körperlosen Erlebnis nichts Positives finden. Wenn er sich irgendwie – wie auch immer – in Kylie hineinversetzt hatte, dann konnte das doch nur bedeuten, dass sie irgendwo auf dem Grund des Meeres lag. Oder in einer überfluteten Höhle.

Nicht, dass das irgendeine Rolle spielte. Seine Chancen, in die besagte Höhle vorzudringen, waren gleich null.

Zoe knabberte an einem Sandwich herum. Lucy starrte trübsinnig auf ihren Teller mit unappetitlichem Schleim. Dann klingelte es und die Kantine leerte sich. Sie blieben sitzen.

„Kopf hoch, Teamkameraden", sagte Lucy. „Wenigstens haben wir heute Nachmittag frei."

„Wir sind ja gar kein Team", erwiderte Finn. „Das ist doch das Problem. Wir sind nur vier."

„Plus eins macht fünf", ließ sich da eine wohlbekannte Stimme vernehmen.

Finn drehte sich um und sah Xander neben der Tür stehen. Er hatte eine Papierserviette in der Hand, die er unentwegt zusammen- und wieder auseinanderfaltete.

„Bist du nicht bei Adriana im Team?", fragte Finn erstaunt.

Xanders Finger bearbeiteten unermüdlich die Serviette. „War ich auch. Bis dein Bruder sich reingeschleimt hat."

„Und wieso willst du dich herablassen, bei den Blindgängern mitzumachen?", wollte Lucy wissen.

Noch ein Achselzucken. „Ich will bei der Jagd dabei sein. Und ihr seid meine letzte Chance. Also, was sagt ihr?"

Finn erhob sich lächelnd. „Ist das wirklich dein Ernst? Und du machst auch keinen Stunk?"

„Bei der Jagd macht niemand Stunk", erwiderte Xander, ballte die Serviette zusammen und warf sie quer durch die leere Kantine. „Wie Panjaran gesagt hat: Das ist eine ernste Angelegenheit. Also, lasst ihr mich nun mitmachen oder nicht?"

„Soll das ein Witz sein? Natürlich lassen wir dich mitmachen!" Finn drehte sich zu Lucy und Zoe um. „Los geht's, ihr Blindgänger, wir haben ein Team!"

Zoe deutete auf die Wanduhr. „Und noch genau zehn Minuten, um uns anzumelden."

Angeführt von Lucy rannten sie durch den Nordwestflügel des sternförmigen Alyxa-Gebäudes. Der Flur war menschenleer und überall herrschte gespenstische Stille. Schließlich gelangten sie zu einer Mauer mit gelb-schwarzen Diagonalstreifen und einer geschlossenen Stahltür. Vor der Tür stand Ben. Die Anstecknadel der Clanvorsteher steckte gut sichtbar an seiner grauen Joggingjacke. Finn reckte den Hals, um einen Blick durch das Glasfenster in der Tür zu werfen. Dahinter waren viele Köpfe in einem dunklen Saal zu erkennen.

„Ihr kommt gerade noch rechtzeitig", sagte Ben. „Dann könnt ihr wenigstens zuschauen."

„Du irrst dich", entgegnete Finn und zeigte auf Xander. „Darf ich vorstellen: unser fünftes Teammitglied."

Ben starrte Xander mit offenem Mund an, dann legte sich ein strahlendes Lächeln über sein Gesicht. „Echt?"

„Echt", sagte Lucy. „Kannst du uns jetzt vielleicht reinlassen?"

Ben fummelte an seiner Anstecknadel herum. „Ein Fördergruppenteam", sagte er. „Mannomann."

„He", protestierte Xander. „Nicht alle sind Blindgänger."

Ben drehte an einem Eisenrad und laut zischend öffnete sich die Tür. „Worauf warten wir noch?", fragte er.

Finn folgte Ben auf einem Zickzackpfad aus grünlich schimmernden Bodenfliesen. Die einzige andere Lichtquelle waren die hellen Scheinwerfer weit oben an der Decke. Im Licht ihrer gleißend hellen, konzentrierten Strahlen sah Finn, dass der Saal – genau wie die Krankenstation – am hinteren Ende spitz zulief. Sie befanden sich also an der Spitze des Nordwestflügels.

Immer wenn der Pfad die Richtung änderte, passierten sie kleine, etwas tiefer liegende Plattformen, auf denen jeweils fünf Schüler standen. Finn spürte ihre Blicke in seinem Rücken, während er zusammen mit den anderen auf den mächtigen schwarzen Schreibtisch am Ende des Pfades zulief.

Sie gelangten in dem Moment dort an, als Pietr Turminski, der hinter dem Schreibtisch stand, sich vor einen großen schmalen Computerbildschirm beugte.

„Hüter Turminski", sagte Ben. „Nicht! Wir wollen uns noch registrieren lassen."

Turminski strahlte über das ganze Gesicht und entblößte alle seine Zähne auf einmal. „Dann beeilt euch."

Einer nach dem anderen nannten sie ihm ihre Namen.

Als Turminski klar wurde, dass Xander der Einzige war, der offiziell einem Clan angehörte, legte er seine Stirn in tiefe Falten.

„Vier von fünf aus der Fördergruppe? Zwei ehemalige Geschmackssinnschüler, aber dafür niemand aus dem Geruchssinnclan?"

Jetzt trat Gustavsson neben Turminski und betrachtete Finn und seinen bunt zusammengewürfelten Haufen mit verwirrtem Gesichtsausdruck. „Eure Chancen stehen nicht allzu gut. Ihr könnt niemals gewinnen."

Vielen Dank für Ihr Vertrauen, dachte Finn.

„Los jetzt", sagte Ben. „Der Dekan gibt jeden Moment den Startschuss."

„Wartet", schaltete Turminski sich noch einmal ein und übergab Ben fünf Lederriemen. An jedem hing ein kleiner schwarzer Stein. „Eure Guthas."

„Was ist denn eine Gutha?", wollte Finn wissen.

„Das wirst du schon noch rauskriegen", lautete Bens Antwort.

Mit einem dicken Knoten in der Magengegend stellte Finn sich zusammen mit seinem Team auf eine freie Plattform. Stille senkte sich über den Saal. Die Scheinwerfer erloschen. Ein dröhnendes Knirschen hallte durch die Dunkelheit. Finn rieb sich die Augen. Bis auf den blassgrün schimmernden Zickzackpfad konnte er absolut nichts erkennen.

Dann ertönte ein Gong und da ... ein schmaler Lichtstreifen direkt über ihren Köpfen. Schnell erschienen noch vier weitere grelle Strahlen, zwei links und zwei rechts von dem ersten und etwas tiefer. Die Lichtstreifen wurden breiter. Kühle Luft strich über Finns Gesicht und brachte den Geschmack des Meeres und den Duft von Tannennadeln mit sich.

„Die Wände werden geöffnet", sagte er verwundert.

„Wahnsinn. Wie hast du das bloß erkannt?", meinte Xander spöttisch.

Finn sah mit offenem Mund zu, wie die Seitenwände auseinanderklappten. Sonnenlicht drang herein. Gewaltige Roboterarme und zischende Hydraulikkolben falteten die Wände mühelos zusammen. Es dauerte keine Minute, da standen sie nicht mehr in einem spärlich beleuchteten Saal, sondern auf einem schwarzen Dreieck, dessen Spitze auf den Berg in der Mitte der Insel zeigte.

Vor ihnen lag eine hügelige Wiese, die immer mehr in eine zerklüftete Felsenlandschaft überging. Finn blinzelte in das grelle Sonnenlicht und sah einen Möwenschwarm über die Felsen hinwegschweben. Hinter den Bäumen waren steile Berghänge zu erkennen.

„Was sollen wir ...?", fing er an, als hinter dem großen Schreibtisch eine Plattform emporschwebte. Darauf standen die fünf Hüter und Kildair. Der Wind ließ ihre Umhänge flattern.

„Wir heißen euch herzlich willkommen", sagte der Dekan mit dröhnender Stimme. Ob er ein Mikrofon benutzte? Finn konnte jedenfalls keines entdecken. „Die Große Jagd steht nun unmittelbar bevor. Und nach uralter Sitte fällt mir die Aufgabe zu, euch die Regeln noch einmal ins Gedächtnis zu rufen."

„Ja, ja", maulte Xander. „Nun mach schon."

„Halt die Klappe, Xander", mahnte Ben milde.

„Jedes Team hat ein Mitglied zur Jagdbeute auserkoren", fuhr der Dekan fort. „Die Beute bekommt dreißig Minuten Vorsprung. Nutzt diesen Vorsprung weise, indem ihr euch irgendwo auf der Insel ein Versteck sucht."

„Damit bist du gemeint." Lucy stupste Finn an. „Was meinst du? Schaffst du das?"

„Ich werde alles geben", erwiderte Finn.

Eine halbe Stunde. Ob das reichte, um in die Höhle zu schlüpfen, nach irgendwelchen Hinweisen auf Kylies Schicksal zu suchen *und* ein Versteck zu finden?

Der Dekan breitete die Arme aus. „Nachdem die dreißig Minuten um sind, machen sich die übrigen vier Mitglieder jedes Teams auf den Weg. Sie sind die Jäger und werden gemeinsam all ihre Kräfte einsetzen, um die Beute der anderen Teams ausfindig zu machen. Wer jedoch erlegt wird, dessen Gutha sendet ein Signal der Niederlage an die anderen Teammitglieder. Sie begeben sich dann sofort zur Jagdbasis zurück."

Ben händigte allen ihren Lederriemen aus. Finn strich mit den Fingern vorsichtig über die glatte Oberfläche des Steins.

„Aber was soll ich denn machen, wenn ich erwischt werde?", sagte er. „Das Ding hat ja gar keine Tasten."

„Das erledigt die Gutha selbstständig", erwiderte Ben. „Und sobald sie das Signal abgeschickt hat, fangen unsere Guthas an zu pfeifen."

„Dann wissen wir, dass du versagt hast", fügte Xander hinzu.

„Die Teams scheiden eins nach dem anderen aus, bis nur noch zwei übrig sind", sagte der Dekan gerade. „Das ist der Moment, wo die Jagd zum Wettrennen wird. Die Frage ist, welches Team die Beute des Gegners als Erstes ausfindig machen kann." Er hielt für einen Moment inne und fuhr dann mit noch tieferer Stimme fort: „Ich betone noch einmal, dass die Beute, sobald sie die Jagdbasis verlassen hat, ganz auf sich allein gestellt ist. Jede Kommunikation mit den anderen Teammitgliedern ist strengstens untersagt."

So langsam dämmerte es Finn, welch gewaltige Herausforderung da auf ihn wartete. Zwanzig Jägerteams, vielleicht sogar noch mehr, alle mit unglaublichen Supersinnen ausgestattet, machten sich auf die Suche nach der Jagdbeute. Nach jeder Beute, die sie aufspüren konnten. *Alle werden sie mich jagen.* Je länger er darüber nachdachte, desto mehr schwand sein Selbstvertrauen.

„Wie wird man eigentlich gefangen?", wandte er sich mit leiser Stimme an Ben. „Wird man einfach abgeklatscht, durch eine Berührung oder so?"

„Ganz so einfach ist es nicht", erwiderte Ben.

„Einer unserer Schüler hat soeben eine wichtige Frage gestellt", sagte Susan Arnott und stellte sich jetzt neben den Dekan auf die Plattform. „Hüter Gustavsson, wenn Sie uns bitte demonstrieren könnten, auf welche Art und Weise die Jagdbeute erlegt wird?"

Finn klappte den Mund augenblicklich zu. Ob er sich wohl je an die übernatürlichen Fähigkeiten der Hüterin des Gehörs gewöhnen würde?

Und wenn sie tatsächlich ALLES hören kann? Er schauderte bei der Vorstellung.

Magnus Gustavsson öffnete eine Kiste zu seinen Füßen und holte einen silbernen Bogen heraus. Die kurzen, geschwungenen Arme waren durch eine dünne Schnur miteinander verbunden, die über mehrere kleine Rollen geführt wurde. Gustavsson stellte irgendetwas ein, dann nahm er einen langen schwarzen Pfeil mit gelben Federn am einen und einer silbernen Kugel am anderen Ende in die Hand.

„Das Bogenschießen ist ein uralter, edler Sport", sagte er. „Ein Sport für den Adel und für das gemeine Volk gleichermaßen. Das Bogenschießen hat seinen Platz im Herzen der Tradition von Alyxa." Er hielt inne. „Das Bogenschießen ist das Herzstück der Großen Jagd."

Dann spreizte Hüter Gustavsson die Beine auf Schulterbreite und drückte den Rücken durch. Er nahm den Bogen fest in die rechte Hand und streckte den rechten Arm ganz durch, legte den Pfeil in die Sehne ein, zog sie so weit zurück, dass seine linke Hand sein Ohr streifte, und richtete den Bogen zum Himmel hinauf.

Dann wartete er ab.

Finn hielt den Atem an.

Eine Möwe flog über sie hinweg. Gustavsson zielte und ließ den Pfeil los. In einem sanften Bogen sauste er nach oben und streifte die Möwe im Flug. Erstaunt sah Finn, wie sich rund um die getroffene Stelle ein heller Funkenregen bildete.

Die Flügel der Möwe klappten kraftlos ein und der Vogel stürzte zu Boden. Finn spürte, wie seine Schultern verkrampften.

„Dr. Raj hat die Technologie verbessert", sagte Gustavsson, während die Möwe ihm entgegenfiel. „Wir gehen daher nicht davon aus, dass sich die letztjährigen ... Missgeschicke wiederholen."

Zehn Meter über dem Boden erlangte die Möwe die Kontrolle über ihre Flügel wieder. In wilder Panik fing sie an zu flattern, und es gelang ihr tatsächlich, den Absturz zu verhindern. Offensichtlich war sie unverletzt, jedenfalls schwebte sie wieder zum Himmel empor.

Finn atmete auf.

„Ein direkter Treffer lähmt die Beute", sagte Gustavsson mit einem zufriedenen Lächeln im Gesicht. „Der Energiestoß des Pfeils löst außerdem die Gutha der Beute aus, sodass sie den Treffer unverzüglich meldet. Ansonsten aber ist ein Treffer ungefährlich und so gut wie schmerzlos."

Finn rieb sich die Brust und musste unwillkürlich daran denken, wie Adriana ihn im Fahrstuhl des Krankenhauses lahmgelegt hatte.

Der Dekan hob erneut die Arme. „Die Zeit ist gekommen!", rief er. „Die Jagd möge beginnen. Beute ... *ins Gelände!*"

Begleitet von lauten Anfeuerungen rannte ein Schüler aus jedem Team quer über die Wiese. Finn sah Zoe noch einen Augenblick lang an.

„Tu, was du tun musst", sagte sie.

„Das werde ich." Er wusste, dass sie nicht von der Jagd gesprochen hatte.

Im Laufschritt schlängelte er sich zwischen ein paar Plattformen hindurch, um auf die Wiese zu gelangen. Als er an der letzten Plattform vorbeikam, sprang John herunter und lief ebenfalls los.

„Viel Glück", sagte John und gab seinem Bruder einen Klaps auf die Schulter. Dann raste er davon.

„Du bist ganz schön mutig!", rief Adriana Finn noch zu. „Das muss man dir lassen."

Finn brauchte nur wenige Minuten, bis er das obere Ende des Abhangs erreicht hatte. Dort lagen zwar zahlreiche verstreute Felsblöcke herum, aber von John und den anderen Beuteschülern war weit und breit nichts mehr zu sehen.

Er blieb stehen und befühlte die glatte, kühle Gutha, die um seinen Hals hing. Mit einem Mal kam er sich sehr verlassen vor.

Aber er wusste, dass er nicht viel Zeit hatte. Darum machte er sich ohne Umschweife auf den Weg, den er schon gestern Nacht genommen hatte, bis er vor einem kurzen stählernen Pfahl stand, der mitten in den sandigen Pfad gerammt worden war. Kaum hatte er ihn umgangen, drehte sich die Kamera auf der Spitze des Pfahls zu ihm um und er blieb wie angewurzelt stehen.

„Kehr um, Jagdbeute", sagte eine Stimme aus dem Nichts. „Oder du wirst disqualifiziert."

Na toll! Also das hat Professor Panjaran mit Überwachung gemeint. Jetzt ist alles noch viel schwieriger.

Finn setzte ein falsches Lächeln auf, winkte lässig in die Kamera und zog sich zurück, bis er außer Sichtweite war. Dann bahnte er sich einen Weg durch das Gestrüpp abseits des Pfades. Es musste doch eine Möglichkeit geben, wie er sich an den Kameras vorbeischleichen konnte. Aber schon wenige Augenblicke später stand er vor dem nächsten Überwachungspfahl.

„Dies ist die zweite Warnung", sagte die körperlose Stimme.

Finn stieß einen unterdrückten Fluch aus und ging wieder zurück bis zum oberen Ende der Wiese. Fünf Minuten waren schon vergangen und er war praktisch wieder zurück an seinem Ausgangspunkt.

Das läuft gar nicht gut. Kurz überlegte er, ob er die Warnungen einfach ignorieren sollte, aber vermutlich würde er nicht sehr weit kommen. Und wer weiß, was der Dekan dann mit ihm anstellen würde.

Vielleicht stellen sie die Dinger ja ab, sobald die Jagd vorbei ist, dachte er.

Und wenn das so war, dann musste er jetzt mitspielen und sich ein Versteck suchen. Mit ein bisschen Glück konnte er später noch seine eigene, ganz private Jagd veranstalten. *Sieh zu, dass du möglichst weit nach oben kommst. Ein einziges gutes Versteck, mehr brauchst du jetzt nicht.*

Finn visierte die Bäume an. Leicht und locker sprang er von einem Felsblock zum nächsten. Zu Hause hatte er sich am liebsten in dem neuen Wohnviertel in der High Street ausgetobt, aber so langsam fand er Gefallen an den zerklüfteten Felsen. Das war doch irgendwie besser als immer nur Betonwände. Seine Turnschuhe verliehen ihm sicheren Halt auf dem rauen Stein und seine Hände fanden mühelos den nächsten Griff. Der Wind wehte ihm ins Gesicht.

Er konnte sich beinahe einreden, dass ihm das alles Spaß machte.

Dann hatte er den Wald erreicht und joggte noch etwa zehn Minuten weiter zwischen den Bäumen hindurch. Mit einem Blick auf seine Armbanduhr stellte er fest, dass er über die Hälfte seiner halben Stunde bereits aufgebraucht hatte. Und er schwitzte. Das würde ein guter Jäger garantiert riechen. Dann bemerkte er einen Grat zu seiner Linken und lief zu ein paar alten Eichen, die sich dort zwischen den Nadelbäumen versteckt hatten. Die dicken Äste der riesigen, knorrigen Bäume hingen voller Blätter. Ob das vielleicht ein gutes Versteck war?

Aber noch bevor Finn sich das Ganze näher ansehen konnte, tauchte ein Junge etwa in Johns Alter hinter einem Winterbeerenbusch auf und schob sich an Finn vorbei.

„Such dir selber was", sagte er. „Das hier ist jedenfalls mein Versteck."

Der Junge ging in die Knie und stieß sich ab. Verblüfft beobachtete Finn, wie er mindestens zehn Meter in die Luft sprang, als würde die Schwerkraft für ihn gar nicht existieren. Mühelos landete er auf einer Astgabelung, schob sich in einen Hohlraum hinter der rauen Rinde und war nicht mehr zu sehen.

Finn drang tiefer in den Wald vor. Bei jedem seiner Schritte knirschten Blätter und abgefallene Zweige unter seinen Sohlen. Der Wind raschelte in dem Baldachin aus

Eichenblättern und Tannennadeln und machte Finn erneut bewusst, dass die Zeit erbarmungslos verrann. Er lauschte angestrengt – vielleicht gelang es ihm ja, Kylies Lied in den Geräuschen der Natur zu erkennen. Aber irgendwann musste er sich eingestehen, wenn auch zögerlich, dass da keine Musik war.

Er entdeckte einen kleinen Wasserlauf, lächelte und stand gleich darauf im seichten Wasser. Jetzt waren seine Füße zwar nass, aber die Jäger des Geruchssinnclans hatte er damit abgehängt. Nach ungefähr fünfzig Metern platschte er wieder an Land. Dann folgte er dem Verlauf des Geländes, duckte sich unter einem umgestürzten Baum hindurch und blieb stehen. Ein gewaltiger Felsblock versperrte ihm den Weg, so groß wie ein Bus, der auf das Heck gekippt war. Zahlreiche Flechten nisteten in den spiralförmigen Mustern, die in die Oberfläche eingeritzt waren.

Finn umrundete den Felsen. Dahinter befand sich eine Art Unterstand, ebenfalls aus Stein. Feucht und dunkel war es hier und die rissigen Wände waren mit einer Art Inschrift bedeckt. Finn sah sich die Schrift etwas genauer an – vielleicht war es ja wieder Latein. Aber der Stein war viel zu verwittert und die Schrift nicht mehr zu entziffern.

Wahrscheinlich auch so ein Druidenort, sagte er sich. Ob der Stein vielleicht zu dem Großen Ring gehörte, der irgendwo auf der Insel existieren musste? Er zitterte. Hier war es nicht nur kalt, sondern alles wirkte auch unheimlich alt. So kam es ihm jedenfalls vor.

Er blickte auf seine Armbanduhr. Noch fünf Minuten.

Jetzt machten sich die ersten Anzeichen einer leichten Panik in seiner Magengegend bemerkbar. Er brauchte ein Versteck, und zwar schnell.

Beim Verlassen des Unterstandes berührte er mit den Fingerspitzen die Wand. Der Stein fühlte sich seltsam warm an. Moos kroch unter seine Fingernägel.

Dann fing der Boden unter seinen Füßen an zu vibrieren.

Finn fiel auf die Knie. Er versuchte, wieder aufzustehen, aber die Vibrationen erfassten seinen ganzen Körper, drangen bis in seinen Kopf vor. Er stolperte und klammerte sich benommen an den nächsten Baumstamm, aber dann schien es ihm, als würden alle Bäume plötzlich wegfliegen. Das Bild vor seinen Augen verschwamm, sodass er nicht mehr wusste, ob das, was er sah, tatsächlich existierte oder nur in seiner Fantasie.

Er blinzelte. Kein Wald mehr weit und breit. Dafür waren noch mehr Steine aufgetaucht, jeder genauso gewaltig wie der erste. Und der Berg war noch viel riesiger geworden als zuvor und mit Schnee bedeckt. Der Himmel über dem Gipfel schillerte in allen Regenbogenfarben und alles wirkte irgendwie verschwommen, so als wäre er unter Wasser.

Außerdem war er nicht allein. Fünf Männer hockten dicht zusammengekauert unter den Steinen. Sie trugen lange braune Mäntel. Blaue Tätowierungen bedeckten ihre furchigen Gesichter. Sie unterhielten sich mit tiefen, kehligen Stimmen. Finn hatte keine Ahnung, was das für eine Sprache war. Da sah er, wie einer der Männer einen toten Hasen in die Höhe hob und ihm das Fell abzog. Anschließend schlug er die Zähne in den glänzenden Kadaver und kaute das Fleisch.

Finn musste würgen. Die Männer hörten das Geräusch und drehten sich zu ihm um, aber ihre Blicke waren unstet, als ob sie ihn nicht richtig erkennen konnten. Einer schwang eine grobe Axt, ein anderer ein verbeultes Schwert. Der dritte zog ein Steinmesser aus seinem Gürtel.

Der Mann, der von dem Hasen gegessen hatte, ließ sein Festmahl sinken und stieß ein drohendes Knurren aus. Seine Zähne und Lippen waren blutverschmiert.

Mit einem lauten Schrei sprang Finn auf und wollte fliehen. Doch er blieb mit dem Fuß an einer Baumwurzel hängen, stolperte und landete auf dem Rücken. Die Männer scharten sich um ihn und stierten ihn mit ihren tätowierten Gesichtern neugierig an.

„Nein!", schrie Finn und riss die Hände nach oben, um sie zu verscheuchen. „Lasst mich in Ruhe!"

Der tote Hase schwang über seinem Gesicht hin und her.

Schlagartig kam Finn wieder zu sich. Er sprang auf, stieß sich den Kopf an der niedrigen steinernen Decke und taumelte auf wackeligen Beinen aus dem Unterstand ins Freie. Er rieb sich den Kopf und blickte sich um.

Nur ein einzelner stehender Stein und der Wald sah genauso aus wie zuvor. Keine Männer, keine Waffen. Kein toter Hase.

Da knackte etwas zwischen den Bäumen hinter ihm. Finn wirbelte herum und wäre beinahe schon wieder hingefallen, weil ihm erneut schwindlig wurde.

„Hier drüben!", rief eine Stimme. „Ich kann ihn schmecken!"

Jäger!

Finn raste los. Mit trommelnden Beinen ließ er den Stein hinter sich und jagte auf einen Pfad zu, der sich durch den Wald bergauf schlängelte. Das Krachen und Knacken in seinem Rücken wurde lauter.

„Hier entlang!", rief jemand.

Plötzlich versperrte ihm ein Felsblock den Weg. Er machte einen Satz zur Seite, stieß sich von einem Baumstumpf ab und setzte über das Hindernis hinweg.

Das müsste sie erst mal aufhalten, dachte er.

Aber er hatte ja mit eigenen Augen gesehen, wie dieser Junge aus dem Stand einen halben Baum hinaufgesprungen war. Wer weiß, wozu seine Verfolger alles in der Lage waren?

„Ich kann ihn sehen!", rief ein Mädchen zu seiner Rechten.

Finn sprang nach links, wo er einen Wassergraben entdeckt hatte. Seine Lunge brannte. *Vergiss die Kletterei.* Vielleicht, wenn er sie bergab locken konnte …

Ein lautes Pfeifen ertönte. Dann erhielt er einen Stoß zwischen die Schulterblätter. Ein grässlicher Schmerz durchbohrte seinen Rücken. Und was war eigentlich mit seinen Zähnen los? Sie brutzelten leise, als hätte man sie auf einen Grill gelegt. Es war nicht ganz so schlimm wie der Elektroschock, den Adriana ihm verpasst hatte, aber viel fehlte nicht.

Von wegen „so gut wie schmerzlos", dachte er noch, dann sah er nur noch jede Menge Sterne.

12

Der Rest des Teams erwartete Finn bereits an der Jagdbasis. Als er nahe genug herangekommen war, konnte er die Schlammspritzer auf ihren Jogginganzügen genauso gut erkennen wie ihre niedergeschlagenen Gesichter. Sie waren die Einzigen auf der Basis, und das bestätigte all seine Befürchtungen.

„Toll gemacht, Neuer", sagte Xander. „Dich haben sie gleich als Ersten gefunden."

Finn legte die Finger an die Gutha um seinen Hals. Sie fühlte sich kein bisschen anders an. Wahrscheinlich hatte sie das Signal in den wenigen Sekunden abgesetzt, als er bewusstlos gewesen war.

„Was hast du da draußen eigentlich gemacht?" Xander ließ nicht locker. „Die Landschaft bewundert?"

Gab es nicht irgendeine Möglichkeit, wie er Xander dieses sarkastische Grinsen aus dem Gesicht wischen konnte?

Vielleicht, wenn er von seinem seltsamen Erlebnis bei dem stehenden Stein berichtete? Aber er hatte bereits beschlossen, das lieber für sich zu behalten.

„Vielleicht hast du dich verirrt?", fragte Zoe. Ob auch die anderen den hoffnungsvollen Unterton in ihrer Stimme bemerkten? „Vielleicht bist du irgendwo hingeraten, wo es gar nicht erlaubt war?"

„Keine Chance", erwiderte Finn. „Man musste immer innerhalb des vorgeschriebenen Gebiets bleiben. Da hatte ich gar keine andere Wahl." Enttäuscht ließ sie die Schultern sinken.

„Mach dir nichts draus", sagte Ben und klopfte Finn auf die Schulter. „Du hast alles gegeben. Ich finde ja, dass es unter diesen Umständen schon erstaunlich genug ist, dass wir überhaupt ein Team zusammenbekommen haben."

„War doch klar, dass wir bloß Außenseiter sind", fügte Lucy hinzu. „Aber wenigstens haben wir mitgemacht."

Xander steckte sich demonstrativ den Finger in den Mund und machte ein Würgegeräusch. „Ja, ja, ja … Dabei sein ist alles. Macht's gut, ihr Blindgänger."

Lucy streckte Xanders Rücken die Zunge heraus, dann wandte sie sich wieder an Finn. „Na gut, das war's. Jetzt haben wir ein Jahr lang Pause. Bei der nächsten Jagd sind wir vielleicht alle wieder bei unseren Clans."

„Ich hab ja noch nicht mal einen", sagte Finn.

„Keine Angst", meinte Ben. „Früher oder später findest du deinen Platz. So geht es allen hier."

„Ich gehe wieder in den Aufenthaltsraum", sagte Lucy. „Kommst du mit?"

Finn blickte sich um. Der Dekan und die Hüter standen hinter dem Schreibtisch und schienen alle zu tun zu haben.

„Ich glaube, ich gehe noch ein bisschen an die frische Luft", sagte er.

„Bleib nicht zu lange weg", ermahnte ihn Ben, nachdem Lucy sich verabschiedet hatte. „Die Fördergruppe hat schon ihren Sinn, verstehst du? Du solltest dich ein wenig ausruhen." Sein Blick ging zum Schreibtisch, von wo Kildair ihn zu sich winkte. „Der Dekan will was von mir. Bist du sicher, dass du klarkommst, Finn?"

„Absolut. Geh ruhig. Bis später dann. Und danke."

„Wofür?"

„Dafür, dass du uns eine Chance gegeben hast."

Ben grinste über beide Wangen. „Jederzeit."

Erst als er weg war, machte Zoe den Mund auf. „Du bist echt nicht bis zur Höhle gekommen?"

Finn schüttelte den Kopf. „Nicht einmal in die Nähe."

Demonstrativ blickte Zoe sich auf der leeren Basis um. „Dann machen wir doch das Beste aus der Situation. Die anderen Schüler sind bei der Jagd und die Lehrer haben alle Hände voll zu tun, sie im Auge zu behalten. Die Schule ist also so gut wie leer."

Finn nickte. Das war die Gelegenheit, ihr von seinen Erlebnissen in der Meditationskammer zu berichten. Aber wie sollte er anfangen?

„Okay, ich bin dabei", sagte er. „Aber hör zu – ich hab schon versucht, in der Medi…"

Zoe legte den Finger an die Lippen, warf einen Blick zu den Hütern hinüber, legte beide Hände an sein Ohr und flüsterte: „Ich will was anderes probieren."

Finns Herz pochte wie wild, als sie sich der auf Hochglanz polierten Tür zum Büro von Dekan Kildair näherten.

„Bist du dir wirklich sicher?", fragte er. „Wenn wir erwischt werden…"

„Mir doch egal", fiel Zoe ihm ins Wort. „Von mir aus sollen sie mich doch rausschmeißen. Er weiß was und ich will wissen, was das ist."

Ein Rausschmiss ist nicht meine größte Sorge, dachte Finn. Falls der Dekan tatsächlich etwas mit Kylies Verschwinden zu tun hatte, was würde er dann wohl alles unternehmen, um dieses Geheimnis zu bewahren? Er deutete auf den Touchscreen an der Wand neben der Tür. Im Gegensatz zu vielen anderen Displays hier auf Alyxa war darauf jedoch kein Handabdruck, sondern eine Zahlentastatur zu sehen. In gewisser Weise war er erleichtert – damit war dieses wahnsinnige Vorhaben schon wieder beendet. Vorausgesetzt, es war ein vierstelliger Code, so wie eine ganz normale PIN, dann …

„Zehntausend", sagte er bedauernd. „Es gibt zehntausend mögliche Kombinationen. Und wenn es ein sechsstelliger Code ist, dann sogar eine Million." Er drehte sich um. „Aber vielleicht ist es besser so. Oder was glaubst du, was der Dekan mit uns anstellt, wenn er uns in seinem Zimmer erwischt?"

„Warte mal kurz", erwiderte Zoe, beugte sich über den Touchscreen und nahm die Schutzbrille ab.

„Was hast du vor?", wollte Finn wissen.

„Sei still. Ich muss mich konzentrieren."

Finn trat hinaus auf den Gang, um nachzusehen, ob jemand kam. Als er wieder bei Zoe war, setzte sie sich gerade die Schutzbrille wieder auf.

„Zwei, vier, sechs, sieben", sagte sie und richtete sich auf.

„Was?"

„Das sind die Zahlen: zwei, vier, sechs, sieben."

„Und wie hast du …?"

Zoe starrte ihn an. „Auf dem Display liegt eine dünne Schmutzschicht. Du kannst sie wahrscheinlich nicht sehen, aber ich schon. Je öfter die Nummern benutzt werden, desto sauberer sind sie."

Finn sah sie bewundernd an. „Das ist ja unglaublich!"

„Bloß die Reihenfolge kenne ich nicht."

Finn rechnete schnell. „Okay. Bei vier verschiedenen Zahlen gibt es … vierundzwanzig unterschiedliche Kombinationen."

Zoe lächelte. „Also, das finde *ich* jetzt ziemlich unglaublich. In Mathe war ich noch nie besonders gut."

Sie probierten die verschiedenen Möglichkeiten aus, eine nach der anderen. Als Finn *sechs, sieben, vier, zwei* eintippte, ertönte ein lautes Klicken.

„Bingo!", sagte eine weibliche Stimme in ihrem Rücken. Das war Lucy. Ihre Augen leuchteten. „Mannomann, ihr werdet vielleicht einen Ärger kriegen!"

„Du musst deine Nase einfach überall reinstecken, stimmt's?", schimpfte Zoe.

Lucy hob abwehrend beide Hände. „Mach mich nicht an. Ich bin bloß hergekommen, damit ihr keinen *richtigen* Blödsinn anstellt."

„Das hier geht dich gar nichts an", sagte Zoe.

Lucys Miene wurde ernst. „Doch, das tut es. Ich habe das Hexagramm an der Schranktür gesehen." Sie wandte sich an Finn. „Und ich habe gehört, wie du Schnäbelchen diese Fragen über den sechsten Sinn gestellt hast. Also, warum erzählt ihr mir nicht einfach, was hier vor sich geht?"

„Und wozu?", zischte Zoe sie an. „Damit du gleich alles den Hütern petzen kannst?"

„Das würde ich niemals machen", entgegnete Lucy trotzig. „Schließlich bin ich deine Freundin, oder etwa nicht?"

Zoe behielt ihren starren Gesichtsausdruck noch einen kurzen Moment lang bei, dann fiel alle Anspannung von ihr ab. „Stimmt", sagte sie. „Tut mir leid. Ich ... ich muss einfach wissen, was mit meiner Schwester los war."

Lucy nickte. „Ich hab doch gleich gewusst, dass es um Kylie geht." Über Zoes Schulter hinweg wanderte ihr Blick zu Finn. „Und ... erzählt ihr mir jetzt, was los ist?"

Finn sah Zoe an und sie nickte. „Es ist eine lange Geschichte, aber wir glauben, dass der Dekan weiß, was wirklich passiert ist."

Lucys Augen wurden riesig. „Aber ich dachte, sie ... du weißt schon ..."

„Hat sie aber nicht!" In Zoes Stimme lag nicht der Hauch eines Zweifels. „Ich weiß, das hört sich alles ziemlich hoffnungslos an, aber wir suchen nach irgendwelchen Hinweisen. Nach Indizien. Nach irgendwas."

Lucy warf einen Blick in das Zimmer und Finn hatte zum ersten Mal überhaupt das Gefühl, dass sie ein bisschen verunsichert war. „Also gut, dann nichts wie los."

Das Büro des Dekans war fast genauso spärlich möbliert wie die Zimmer in der Fördergruppe. Nur dass es hier deutlich weniger Grau gab, weil die Wände mit Holz getäfelt waren und ein flauschiger cremefarbener Teppich auf dem Fußboden lag. Der große Schreibtisch war leer, bis auf die lederne Schreibtischunterlage und einen kleinen Monitor mit dem Stundenplan von Alyxa.

Zoe stellte sich ohne zu zögern vor das Bücherregal. „Sie sind alphabetisch geordnet", sagte sie, nachdem sie einen Blick hineingeworfen hatte.

„Das war doch klar, dass sich auch seine Bücher an die Regeln halten müssen", sagte Lucy. „Sagt mal, wollt ihr etwa behaupten, dass der Dekan etwas mit Kylies Verschwinden zu tun hat?"

Als Lucy, die ewige Zynikerin, diese Worte aussprach, wurden Finns Zweifel noch größer. *Was mag sich wohl wirklich hinter alledem verbergen?* Je länger er darüber nachdachte, desto mehr kam seine Vision aus der Meditationskammer ihm vor wie ein nasses Grab.

„Ganz genau", sagte Zoe.

Finn trat vor einen hohen weißen Aktenschrank. Zu seinem großen Erstaunen ließen sich die Schubladen völlig problemlos öffnen. *Wahrscheinlich hat er geglaubt, dass das Türschloss als Sicherung ausreicht.*

„Das müssten die Schülerakten sein", sagte er. „Ist alles da, auf Papier. Komisch, dass er das nicht mit dem Computer erledigt, so wie andere Schulen auch."

„Alyxa ist aber nicht wie andere Schulen", sagte Lucy. „Hey, wo ist meine Akte? Mal sehen, was da so alles drinsteht."

Sie begann, die einzelnen Hängeordner durchzugehen. Finn nahm sich die untere Schublade vor, in der er unter dem Buchstaben W mit Sicherheit zwei Ordner finden würde.

Finlay Williams.
John Williams.
Er widerstand der Versuchung, nachzusehen. Schließlich konnte der Dekan jeden Augenblick auftauchen und sie waren ja nicht zum Spaß hier eingebrochen.

Lucy zeigte auf eine Schublade. „Da ist sie. Kylie Redmayne."

Finn zog die Akte heraus. Sie war verblüffend schwer.

„Die ist dicker als die anderen", sagte er und ließ sie auf den großen Schreibtisch fallen.

Dann sah er sich zusammen mit Zoe die verschiedenen Papiere an. Da gab es medizinische Untersuchungsberichte von Dr. Forrester, Tabellen mit Duellergebnissen von Magnus Gustavsson, ein Verzeichnis ihrer Unterrichtsfehlzeiten sowie Porträtaufnahmen, die ihre fünfjährige Schulzeit auf Alyxa dokumentierten. Auf jedem Foto war sie ein bisschen älter und auf jedem lächelte sie. Nur auf dem letzten nicht. Lag es nur daran, dass Finn ihre Geschichte kannte, oder wirkte Kylie auf dem Foto, das vor drei Monaten aufgenommen worden war, tatsächlich irgendwie ... leer? Ihre toten Augen schienen einfach durch die Kamera hindurchzustarren. Finn spürte, wie Zoe neben ihm anfing zu zittern. Für sie musste das schrecklich sein.

Ziemlich weit hinten in der Akte stieß er auf einen Stapel gebündelter Blätter, die mit einer sauberen Handschrift beschrieben waren.

„Das ist so eine Art Bericht, für jeden Tag", sagte Zoe, nachdem sie die ersten Seiten überflogen hatte. „Als ob … als ob ihr jemand hinterherspioniert und alles, was sie gemacht hat, aufgeschrieben hat."

Finn schaute ihr über die Schulter und las laut vor: „*KR war morgens beim Unterricht. Nachmittags in der Bibliothek, um sich mit den lokalen Gegebenheiten hinsichtlich Ebbe und Flut zu beschäftigen.*" Der nächste Eintrag lautete: „*KR ist auf ihrem Zimmer geblieben – angeblich war sie krank, jedoch ohne jedes Anzeichen dafür. Später war sie wieder auf den Beinen, wirkte aber sehr niedergeschlagen.* Und jeder Eintrag ist mit einem Datum versehen."

Zoe blätterte immer weiter, während die Falten auf ihrer Stirn tiefer und tiefer wurden. Finn konnte die durchdringenden Blicke hinter den dunklen Gläsern ihrer Schutzbrille beinahe spüren. Da wurde ihm klar, dass sie sich wahrscheinlich an jeden einzelnen Tag erinnern konnte, dass sie die letzten Wochen im Leben ihrer Schwester gerade noch einmal durchlebte. Ihre Hände zitterten.

Aber was hatte das alles zu bedeuten? Na gut, der Dekan hatte Kylie aus irgendeinem Grund beobachten lassen, aber auch Finn selbst hatte ja schon gemerkt, dass Kildair gern über seine Schüler Bescheid wusste. Das bedeutete schließlich nicht gleich, dass er Kylie umgebracht hatte.

In der Zwischenzeit durchsuchte Lucy die Schreibtischschubladen. „Anstecknadeln für die Clanvorsteher", sagte sie und zeigte Finn und Zoe eine Handvoll der kleinen silbernen Dinger. „Jede Menge davon."

„Kein Wunder", sagte Zoe, ohne den Blick von dem Aktenordner zu nehmen. „Schließlich entscheidet allein der Dekan, wer eine bekommt. Alyxa ist ja nicht gerade eine Demokratie."

Während sie weiterlas, entdeckte Finn an der Wand über dem Schreibtisch ein Foto. Darauf war ein groß gewachsener Mann mit zurückgegelten schwarzen Haaren zu sehen. Er stand auf einer eleganten Jacht und hatte den Arm um die Hüften einer schlanken jungen Frau in einem gestreiften Badeanzug gelegt. Der Berghang mit den Häusern im Hintergrund sah irgendwie griechisch aus, fand Finn.

Er sah sich das Bild etwas genauer an. Diese Frau im Badeanzug ...

Finn hielt den Atem an.

„Was ist denn los?", erkundigte sich Lucy.

„Das da ist meine Mutter." Nur mit äußerster Anstrengung brachte er die Worte über die Lippen.

Zoe hob den Kopf, legte die Akte ihrer Schwester auf den Schreibtisch und stellte sich zusammen mit Lucy neben Finn, um ebenfalls einen Blick auf das Foto zu werfen.

„Sie sieht aus wie zwanzig", sagte Zoe.

„Wow, die sieht doch hundertmal besser aus als er", meinte Lucy.

„Sie war doch nicht seine Freundin!", fauchte Finn sie

an. Aber stimmte das? Seine Mutter hatte ihm nie etwas über Alyxa erzählt. Was hatte sie ihm womöglich noch verheimlicht? Mit einem Mal hatte er keine Lust mehr, sich das Bild noch länger anzuschauen. „Wollen wir jetzt wissen, was mit Kylie passiert ist, oder nicht? Dann sollten wir uns auf die Suche nach Hinweisen machen."

Zoe deutete auf den Aktenschrank. „Hinweise gibt es doch jede Menge. Dieses merkwürdige Spionagetagebuch. Die Ansteckadel, die du am Strand gefunden hast. Wir wissen, dass da irgendwas nicht stimmt, und wir wissen, dass der Dekan dahintersteckt. Ich bin dafür, dass wir es den Hütern melden."

„Moment mal!" Lucy knallte die Schreibtischschublade zu. „Den Hütern? Aus dem Stand von null auf hundert?"

„Lucy hat recht", meinte Finn. „Das alles sind doch noch keine Beweise. Das sind bloß ... wie heißt das immer in den Krimis? *Indizien.*"

„Also gut", lenkte Zoe ein. „Dann sagen wir's eben nur Arnott."

„Susan Arnott?", hakte Lucy nach. „Adrianas Mutter? Bist du verrückt geworden?"

„Wieso ausgerechnet ihr?", wollte Finn wissen.

„Weil sie immer zuhört", sagte Zoe.

„Du meinst, sie belauscht einen ständig", erwiderte Lucy. „Das ist aber was völlig anderes."

„Also, mir macht sie ein bisschen Angst", gestand Finn. „Sie ist so ... ich weiß auch nicht, so direkt."

„Ganz genau", sagte Zoe. „Und ich habe volles Vertrauen zu ihr. Adriana war Kylies beste Freundin."

„Ich glaube, es wäre sehr riskant, mit jemandem darüber zu reden." Finn warf einen Blick auf seine Armbanduhr. „Und ich glaube, dass wir nicht mehr viel Zeit haben."

Zoe riss sich die Brille vom Kopf und schleuderte sie quer durch das Büro. Finn duckte sich und sie sauste nur knapp an seinem Kopf vorbei. Völlig verwirrt starrte er Zoe an, die mit tränennassen, bleichen Augen auf ihn losstürmte.

„Auf wessen Seite stehst du eigentlich?", schrie sie ihn an.

„Auf deiner!"

„Dann benimm dich gefälligst auch so", sagte Zoe. „Der Dekan hat irgendwas mit meiner Schwester gemacht. Das weiß ich!"

Jetzt stand sie unmittelbar vor ihm und starrte ihn durchdringend an. Finn bückte sich, hob ihre Schutzbrille vom Boden auf und gab sie ihr.

„Ich weiß, dass ich dein Lied gehört habe", sagte er mit sanfter Stimme. „Und es tut mir leid, dass Kylie nicht mehr am Leben ist. Aber bevor wir nicht genau wissen, was passiert ist, können wir nicht einfach irgendwelche Leute beschuldigen ..."

„Du hast es immer noch nicht kapiert", fuhr sie ihm

über den Mund und schnappte sich ihre Schutzbrille. „Und es ist dir egal. Euch *allen* ist es egal."

„Jetzt bist du aber ungerecht", gab er zurück. „Ich will bloß nicht, dass du dir zu große Hoffnungen machst. Aber wir verstehen sehr wohl, wie es dir geht."

„Wie denn? Ihr habt schließlich noch nie einen Menschen verloren."

Lucy wurde knallrot im Gesicht. „Ach ja? Bist du vielleicht in letzter Zeit meiner Mutter begegnet?"

Finn beschloss, seinen Dad aus dem Spiel zu lassen, weil er sah, dass Lucys Worte Zoe bereits den Wind aus den Segeln genommen hatten.

„Tut mir leid", sagte sie. „Das war überflüssig. Aber ich kann einfach nicht ... nicht, solange es wenigstens eine klitzekleine Chance gibt ... Finn, könntest du es nicht noch einmal versuchen? Ob du das Lied hörst, meine ich. Das ist schließlich der einzige echte Beweis dafür, dass ich nicht völlig wahnsinnig werde."

„Ein Lied? Was für ein Lied denn?", wollte Lucy wissen.

„Ich habe da eine Melodie gehört", sagte Finn. „In der Meditationskammer, als der Dekan mich dort eingesperrt hat."

„Ein Lied, das unsere Mutter uns immer vorgesungen hat", erklärte Zoe. „Und wenn du das wirklich gehört hast, dann muss Kylie noch am Leben sein. Eine andere Erklärung gibt es nicht."

Lucy blinzelte verwirrt, während sie das Gehörte verarbeitete. „Das hast du mir noch gar nicht erzählt. Was meinst du, ob sich deine Kräfte so langsam bemerkbar machen? Das Gehör?"

„Ich weiß nicht", antwortete Finn.

„Bitte, bitte, versuch es noch mal", bettelte Zoe. „Bevor wir verschwinden müssen."

Finn holte tief Luft. Er musste es ihr sagen, und zwar jetzt. Es wäre unfair gewesen, sie noch länger hoffen zu lassen. „Ich muss dir etwas sagen."

Zoe zuckte zusammen. „Was denn?"

„Heute Vormittag war ich noch mal in der Medi und da … da habe ich etwas … gespürt."

Zoe starrte ihn erbittert an. „Du hast Kylie gehört?"

„So kann man es nicht sagen. Es ist schwer zu beschreiben und deswegen habe ich auch nichts erzählt. Ich weiß nicht genau, was es zu bedeuten hat."

Zoe trat dicht vor ihn und packte ihn erstaunlich kräftig an den Oberarmen. „Raus mit der Sprache."

Finn gab sich alle Mühe, ihren zermürbenden Blicken standzuhalten, aber die Verzweiflung, die darin lag, war nicht zu ertragen. Darum wandte er sich ab. „Es war ein Gefühl, als wäre ich unter Wasser", sagte er. „Irgendwo tief unter der Oberfläche. Und es hat sich irgendwie … friedlich angefühlt."

Zoes Blick wurde weicher. „Du meinst tot", sagte sie.

„Wenn es das ist, dann sag es einfach. Du glaubst, dass sie im Meer ertrunken ist, nicht wahr?"

Hilfesuchend sah Finn Lucy an, aber die zuckte nur mit den Schultern.

„Ich glaube, ja", murmelte er.

Zoe ließ ihn los und starrte geistesabwesend in die Ferne. Dann schien sie so langsam wieder zu sich zu kommen, jedenfalls sah sie sich wie betäubt im Raum um. „Wir müssen aufräumen. Niemand darf merken, dass wir hier gewesen sind." Sie nahm Kylies Akte und brachte sie zurück zum Aktenschrank.

Finn fühlte sich einerseits schlecht, weil er ihre Hoffnungen zerschlagen hatte, aber gleichzeitig auch erleichtert, weil er seine Erlebnisse nicht mehr länger geheim halten musste.

Als Zoe die Akte wieder an ihren Platz hängte, erstarrte sie plötzlich und schlug die Hand vor den Mund. „Oh mein Gott."

„Was ist?", fragten Finn und Lucy wie aus einem Mund.

Zoe brachte keinen Ton heraus. Langsam steckte sie die Hand in eine Schublade und als sie sie wieder hervorzog, hielt sie ein Buch mit einem hellgrünen, ziemlich abgeschabten Plastikeinband in den Fingern. Finn war völlig perplex.

„Das ist das Tagebuch meiner Schwester", sagte Zoe. „Wieso hat der Dekan das in seinem Aktenschrank?"

„Bist du sicher, dass es ihres ist?", wollte Lucy wissen.

„Natürlich bin ich mir sicher! Kylie hat mich mal erwischt, wie ich reingespickt habe. Da ist sie komplett ausgeflippt."

Finn starrte mit offenem Mund erst das Buch und dann Lucy an. Ob er genauso ein entsetztes Gesicht machte wie sie? Er hatte den Dekan schon die ganze Zeit im Verdacht gehabt, aber das hier, das war ein handfester Beweis. Kylies Eigentum. Gestohlen.

Da piepste es auf dem Schreibtisch. Der kleine Monitor zeigte jetzt nicht mehr den regulären Stundenplan an, sondern ein rotes Feld mit einem Text: DIE JAGD IST ZU ENDE. ALLE SCHÜLER VERSAMMELN SICH IN DER GROSSEN HALLE ZUR SIEGEREHRUNG.

„Wir müssen los", sagte Finn.

Zoe hielt das Tagebuch ihrer Schwester mit beiden Händen gepackt.

„Wir müssen es wieder zurücklegen", sagte Finn leise und streckte die Hand aus.

Zoe wich zurück und klammerte sich noch fester an das Tagebuch. „Niemals."

„Finn hat recht", sagte Lucy und trat wieder vor das Bücherregal. „Wenn der Dekan …"

„Ich habe gesagt: Nein!"

Zoe hastete zur Tür, riss sie auf und rannte den Flur entlang. Finn wollte ihr nach, aber Lucy hielt ihn fest.

„Lass sie", sagte sie. „Na komm, beeilen wir uns. Du willst doch bestimmt wissen, wer die Jagd gewonnen hat, oder?"

Finn sah sich alles noch einmal sorgfältig an. Abgesehen von dem Tagebuch war eigentlich alles genau so, wie sie es vorgefunden hatten.

Finn machte die Tür zu und wischte den Touchscreen ab. Er kam sich vor wie ein Verbrecher beim Verlassen des Tatorts. Was ja ziemlich dicht an der Wahrheit war.

13

Sie gelangten in den Großen Saal und stellten fest, dass die Bekanntgabe der Sieger schon stattgefunden hatte. Die Feier war in vollem Gang. Bombastische Musik dröhnte aus unsichtbaren Lautsprecherboxen, Heliumballons hüpften an silbernen Schnüren auf und ab und von der Decke schwebte eine dichte Wolke aus bunten Lamettafäden herab. Der Falke des Sehsinnclans zog inmitten des ganzen Durcheinanders seine Kreise und Schnäbelchens Bluthund heulte wie ein Wolf bei Vollmond.

Eine dichte Menschenmenge drängte sich um die Sieger und im Zentrum des Geschehens hatten sich vier Mitglieder des Gewinnerteams dicht zusammengestellt und das fünfte auf die Schultern genommen.

Es war John.

Als er Finn sah, ließ er sich absetzen und drängte sich durch die dichte Menge.

„Super gemacht!", brüllte Finn über den Lärm hinweg und sie klatschten sich ab.

„Danke, Alter!", rief John zurück. „War ganz schön knapp!"

Jetzt tauchte Adriana neben John auf und schlang ihm den Arm um die Hüften. „Sie haben ihn am Hammerhead Lake in die Enge getrieben", sagte sie. „Da hat er ihn einfach gefroren."

„Du hast was?", fragte Finn ungläubig.

„Den ganzen See", fuhr Adriana fort. „Und dann ist er über das Eis gerannt."

John grinste. „Sie haben mich natürlich verfolgt. Aber als ich am anderen Ufer war, da habe ich, na ja, du weißt schon …"

„Was hast du?"

„Ihn wieder geschmolzen", sagte John.

Adriana deutete auf ein Grüppchen mit ziemlich durchnässten Jägern, die ein wenig abseits standen. Einer von ihnen war Jermaine. Seine rotblonden Haare klebten kreuz und quer auf seinem schlecht gelaunten Gesicht.

Die Musik verstummte und Professor Panjaran betrat die Bühne in der Mitte des Saals. Als er gerade mit seiner Rede beginnen wollte, schwebte ihm ein kleiner Lamettafetzen in den Mund. Er spuckte ihn aus und alle brachen in lautes Gelächter aus.

„Im Namen der Hüter …", setzte Panjaran an.

Irgendwo platzte mit lautem Knall ein Ballon. Erneut brandete Jubel auf.

Der Hüter des Sehens versuchte es noch einmal. „Im Namen der Hüter möchte ich dem Siegerteam sehr herzlich gratulieren. Und außerdem möchte ich meiner Erleichterung darüber Ausdruck verleihen, dass die diesjährige Jagd ohne größere Zwischenfälle zu Ende gegangen ist."

„Aber dafür mit einem lauten Platsch!", rief ein Junge aus der Menge. Noch mehr Gelächter war die Folge und es dauerte fast eine Minute, bis Professor Panjaran die Gemüter wieder beruhigt hatte.

„Wie es auf Alyxa Tradition ist", sagte er dann, „findet heute kein Unterricht mehr statt."

Tosendes Gebrüll. Adriana drehte sich zu John um und drückte ihm einen Kuss auf die Wange. Dann wurde John von zahlreichen Händen gepackt und wieder hochgehoben.

„Heute Abend Party in unserem Haus!", rief er Finn noch zu.

„War das eine Einladung?", brüllte Finn zurück. „Oder habe ich wieder Affendienst?"

Finn blickte John hinterher, wie er auf den Schultern seiner triumphierenden Teamkameraden davonhüpfte.

Während das Durcheinander im Saal immer mehr einem ausgewachsenen Tumult glich, wischte Professor Panjaran sich über die Stirn und fummelte an seinem Ziegenbärtchen herum. Magnus Gustavsson und Pietr Turminski klopften ihm grinsend auf die Schulter. Doch Finn hatte keine Augen für sie.

Hinter den Hütern stand, halb im Schatten und mit versteinerter Miene, der Dekan.

Finn und Lucy folgten der Menge in Richtung Kantine, aber Finn wurde den Blick des Dekans einfach nicht mehr los. *Hat er es womöglich irgendwie rausgekriegt?*

„Dieses Jahr ist Kapoor für das Büfett zum Abschluss der Jagd zuständig", sagte Lucy, während sie Finn hinter sich herzog. „Da gibt es jede Menge Samosas und Joghurtdips und tausend verschiedene Bhajis. Heute vergesse ich mal alle Vorschriften und esse was Anständiges."

Obwohl auch Finn großen Hunger hatte, wünschte er ihr einen guten Appetit und machte sich auf die Suche nach Zoe.

Im Aufenthaltsraum der Fördergruppe wurde er fündig. Sie hatte sich mit angezogenen Beinen in einen der Sessel gekuschelt und las Kylies Tagebuch. Die Schutzbrille hatte sie auf den Tisch gelegt und aus ihren rot geränderten Augen liefen Tränen über ihre Wangen. Ob sie wohl immer noch sauer auf ihn war?

„Es tut mir leid", sagte er und setzte sich neben sie. „Wenn ich an deiner Stelle wäre, hätte ich das Tagebuch auch nicht mehr aus der Hand gegeben."

„Ist schon okay", erwiderte sie.

„Hast du schon was gefunden?" Er war froh, dass sie miteinander reden konnten.

Zoe wischte sich die Tränen aus den Augen. „Ich weiß auch nicht. Das ergibt alles gar keinen Sinn. Ich hab ja gewusst, dass es ihr nicht gut geht, aber doch nicht so."

„Würdest du mich vielleicht mal einen Blick reinwerfen lassen?"

Sie stutzte kurz und er befürchtete, dass er zu weit gegangen war. Aber dann reichte sie ihm das Tagebuch. „Hier. Vielleicht kannst du dir ja einen Reim darauf machen."

Finn überflog die Seite, die sie gerade gelesen hatte. Dort stand: *Habe sie wieder gehört, sobald das Licht aus war. Die gleichen Stimmen, aber andere Wörter. Weiß immer noch nicht, was sie sagen. Zehn Minuten Gebrabbel, dann Stille. Habe Ewigkeiten gebraucht, bis ich eingeschlafen bin. Dann wieder der gleiche Albtraum.*

Finn blätterte um.

Ich werde eindeutig verfolgt. Aber jedes Mal, wenn ich mich umdrehe, ist niemand da. Aber ich weiß, dass es hinter mir her ist. Ich weiß, dass es mich will. Möchte bloß wissen, wieso. Nein, das stimmt nicht. Ich will es überhaupt nicht wissen. Das Einzige, was ich will, ist, DASS ES VERSCHWINDET UND MICH IN RUHE LÄSST.

Er las weiter, erfuhr aber nichts Neues mehr. Sie hörte Stimmen und konnte nicht schlafen. Wurde im Unterricht zurechtgewiesen, weil sie unkonzentriert war. Immer weniger Einträge hatten ein Datum.

„Sie ist verrückt geworden", sagte Zoe leise.

Finn blätterte noch einmal zurück. In der ersten Hälfte des Tagebuchs sah die Handschrift noch sehr schön und ordentlich aus.

„Sie glaubt, dass ihr jemand hinterherspioniert hat", sagte Zoe.

„Und sie hatte recht." Finn musste an den Bericht in Kylies Akte denken. „Der Dekan?"

„Ich weiß nicht", erwiderte Zoe. „Zumindest jemand, den er beauftragt hat. Aber wieso? Was hat ihn so an Kylie interessiert? Bis Callum und sie sich getrennt haben, war sie eine vorbildliche Schülerin. Kein einziger Verweis, kein einziges Mal nachsitzen."

Er blätterte weiter. Es war, als würde man hautnah mitansehen, wie ein Mensch mehr und mehr den Verstand verlor. Die Handschrift wurde immer krakeliger und unregelmäßiger, manche Wörter waren doppelt unterstrichen oder mit solcher Heftigkeit hingekritzelt worden, dass dabei das Papier zerrissen war. Auf den hinteren Seiten wurden die Texte immer wieder durch Zeichnungen ergänzt: seltsame Symbole, die aussahen wie Druidenrunen, oder unbeholfene Skizzen, die vielleicht Kartenausschnitte darstellen sollten.

Und immer wieder, manchmal in einer Ecke, manchmal

auf einer ganzen Seite, hatte Kylie einen sechszackigen Stern gezeichnet. Eines dieser Hexagramme thronte auch über einer Seite, auf die Kylie mit großen Buchstaben geschrieben hatte: WAS WILL ER VON MIR?

Finn blätterte weiter und sah, dass diese Frage wieder und wieder auftauchte, nur dass ihre Handschrift immer unleserlicher und die Botschaft immer rätselhafter wurde: *Wieso hört er nicht auf, mich zu fragen?*

Und später: *Stopp stopp stopp stopp stopp*

Er klappte das Tagebuch zu und fuhr mit der Hand über den glatten Einband.

„Das klingt doch so, als hätte der Dekan sie schikaniert", sagte Zoe.

„Ich weiß nicht", erwiderte Finn. „Die Stimmen lassen sich dadurch nicht erklären. Und warum sollte sie ihn ‚Es' nennen? Ich glaube eher, dass sie damit was anderes gemeint hat."

Schweigend saßen sie da. Dann nahm Zoe ihre Brille in die Hand und wischte sie mit einem Papiertuch sauber.

„Die Heulerei ist Gift für die Gläser", sagte sie und brachte ein mühsames Lächeln zustande.

„Das kann ich mir vorstellen." Etwas anderes fiel Finn beim besten Willen nicht ein.

„Schau dir mal den allerletzten Eintrag an", sagte Zoe.

Finn blätterte zu der letzten beschriebenen Seite, auf ungefähr drei Viertel des Buchs. Dort stand in gestochen scharfer Schrift: *Er ruft mich ins Meer.* Der Satz wurde mehrfach wiederholt.

„Sechs Mal", sagte er.

„Ich hätte für sie da sein müssen", stöhnte Zoe.

„Aber du hast es ja nicht gewusst", meinte Finn. Er klappte das Tagebuch zu und gab es ihr. Sein Magen knurrte. „Hast du eigentlich schon was gegessen? Das Mittagessen ist schon eine Ewigkeit her."

Zoe schüttelte den Kopf.

„In der Kantine haben sie ein Büfett aufgebaut", sagte er. „Ich könnte dir etwas holen."

„Geh nur", erwiderte Zoe. „Ich komme schon klar."

Finn ging in sein Zimmer und schlüpfte in einen frischen Jogginganzug. Als er die Schranktür zumachte, warf er noch schnell einen Blick in den Spiegel und musste an das Symbol denken, das Kylie dahinter ins Holz geritzt hatte.

Warum diese Hexagramme?, dachte er. *Warum hat sich ausgerechnet Kylie, die vorbildliche Schülerin, für den sechsten Sinn interessiert?*

Er steckte den Kopf noch einmal in den Aufenthaltsraum, aber Zoe hatte sich bereits wieder in das Tagebuch ihrer Schwester vertieft. Auf der Suche nach Antworten, obwohl sie nicht einmal die Frage kannten.

14

„Das ist aber ein großer Affe", sagte Finn und starrte die riesige Skulptur an, die über ihren Köpfen schwebte.

Sie standen im Haupteingang zum Flügel des Tastsinnclans. Die Wände des Foyers bestanden aus ungehobelten Holzbrettern, glattem Stahl und rauem Stein und boten dadurch einen ziemlich verwirrenden Anblick. Ein Vorhang aus zerknitterter Seide wurde durch gedämpfte Tanzmusik in leichte Schwingungen versetzt.

Direkt unter der Decke hing ein Kristallleuchter und daran baumelte die hölzerne Affenskulptur, die genauso aussah wie Pogo, nur ungefähr zwanzig Mal so groß.

„Er heißt Felan", sagte Lucy. „Aber ich nenne ihn King Kong."

„Haben alle Clanmaskottchen einen Namen?", wollte Finn wissen.

„Natürlich. Und zauberst du jetzt endlich mal ein Lächeln auf dein Gesicht? Wir gehen schließlich auf eine Party."

Finn bemühte sich, so gut er konnte, aber die Gedanken an Zoe ließen sich nicht einfach so abschütteln.

„Du brauchst kein schlechtes Gewissen zu haben", sagte Lucy. „Zoe kommt bestimmt auch ohne dich zurecht."

„Hast du nicht gesagt, deine Kräfte hätten schlappgemacht?"

Lucy blinzelte ihn an. „Stimmt, aber dir kann man auch ohne übernatürlichen Geschmackssinn ansehen, was du gerade denkst. Gehen wir jetzt da rein oder lassen wir's bleiben?"

Der Aufenthaltsraum des Tastsinnclans erinnerte mit seinen dicken Holzwänden und dem unebenen Holzfußboden an eine große Jagdhütte. An den Deckenbalken hingen bunte Wimpel. Am hinteren Ende des Raumes prasselte ein offenes Feuer unter einem gewaltigen Kaminsims aus Kupfer. Das alles machte einen sehr warmen und einladenden Eindruck.

Auf der Tanzfläche in der Mitte des Raumes bewegten sich ungefähr ein Dutzend Leute zur Musik, während die anderen Schüler herumstanden und plauderten. Aber das Beste war, dass die Musik nicht so ohrenbetäubend laut war. Das bedeutete, dass sein Bruder nichts zu befürchten hatte.

„Sehr cool", sagte Finn zu Lucy.

„Ist schon ein Unterschied zu unseren grauen Wänden, findest du nicht auch?"

„Sehen die Aufenthaltsräume der anderen Clans auch so aus?", wollte Finn wissen.

„Jeder ist anders", erklärte ihm Lucy. „Ich war ja beim Geschmackssinnclan. Dort sieht es weniger nach Jagdhütte aus und dafür mehr wie in einem amerikanischen Diner-Restaurant, mit viel Chrom und so."

Da kam ihnen Adriana entgegen. Sie hatte die Lederjacke und die Jeans durch ein Lederkleid ersetzt. Und ihre Haare leuchteten jetzt in ungewohntem Pink.

„Hallo, ihr beiden", sagte sie. „Auf dem Tisch da findet ihr was zu trinken. Finn, willst du vielleicht deinem Bruder Hallo sagen?"

Sie lächelte ihn erst freundlich an, doch dann wich sie seinem Blick aus. Finn und Lucy folgten ihr an der Tanzfläche vorbei bis zur Feuerstelle, wo John stand. Er hob gerade ein Glas hoch, das allem Anschein nach mit Limonade gefüllt war.

„Presto!", sagte er und einen Augenblick später war die Flüssigkeit gefroren. Die Flammen spiegelten sich in den winzigen Blasen, die im Inneren eingeschlossen waren. Die umstehenden Schüler brachen in lautes Gelächter aus.

„Meins auch!", sagte ein Mädchen mit einer lilafarbenen Brille.

John tippte mit dem ausgestreckten Zeigefinger ihr Glas

an. „Hasta la vista!", sagte er und schon war aus der Cola ein fester Klotz geworden.

„Noch mal", bat sie lachend.

John grinste und legte die Hand um eine Flasche auf dem Tisch neben ihm. „In Deckung!", brüllte er. Das Kondenswasser, das sich auf der Außenseite der Flasche gesammelt hatte, wurde zu Eis und die Flasche platzte der Länge nach auf. Schnell zog John seine Hand wieder weg. „Hoppla", sagte er und erntete auch dafür lautes Gelächter.

„Du bist so ein Angeber", sagte Adriana.

Auf der anderen Seite der Tanzfläche wichen die Leute jetzt zur Seite und fingen an, in die Hände zu klatschen, als ein Mädchen Schuhe und Strümpfe auszog und dann mit Händen und Füßen die senkrechte Wand hinaufkletterte.

„Also, mir kommt es so vor, als wären die Tastsinnkräfte irgendwie viel ... na ja ... stärker als die anderen", sagte Finn zu Lucy, während er die geplatzte Flasche anstarrte. Aus dem Riss sprudelte Flüssigkeit auf den Tisch.

„Das würde ich nicht sagen", meinte Lucy. „Sie sind höchstens ein bisschen spektakulärer."

Sie kehrten der Wärme rund um das Feuer den Rücken und gingen zu dem Tisch mit den Getränken, wo Finn zwei Gläser mit Obstbowle füllte. Die Musik wurde jetzt deutlich schneller und die Tanzfläche füllte sich. John war mittendrin und brachte mit seinen Verrenkungen alle zum Lachen.

Finn wandte sich Lucy zu. Eigentlich hatte er damit gerechnet, dass auch sie zu John auf die Tanzfläche schaute, doch dann stellte er überrascht fest, dass sie seinen Blick erwiderte. Er wurde rot, aber es war so dunkel, dass sie es wahrscheinlich nicht sehen konnte.

„Du gehörst auf jeden Fall hierher, ist dir das klar?"

„Das kriege ich zwar von allen Seiten zu hören", erwiderte Finn, „aber ich glaube, ich bin und bleibe bis zum Schluss ein Blindgänger."

Lucy lachte. „Ach was! Immerhin hast du ja dieses Lied von Zoe gehört, oder?"

„Ich *glaube* zumindest, dass ich es gehört habe", sagte Finn. „Aber im Augenblick traue ich meinen Sinnen überhaupt nicht mehr über den Weg – wenn du verstehst, was ich meine."

„Ich verstehe." Nach einer kurzen Pause fragte er sie: „Glaubst du an Geister?"

Lucy spitzte die Lippen. „Eines der Dinge, die sie uns hier auf Alyxa beibringen, ist, dass wir unseren Sinnen trauen sollen. Und zwar *nur* unseren Sinnen. Wenn man es nicht sehen, nicht hören, nicht riechen, nicht schmecken oder nicht berühren kann, dann braucht es uns auch nicht zu interessieren. Ich glaube, deshalb ist die Vorstellung von einem sechsten Sinn für sie auch so beängstigend – weil sie an den Grundfesten von Alyxa rüttelt."

Finn verstand, was sie meinte. Aber wie war das mit

seinen Sinnen? War das Lied denn wirklich echt gewesen? Und was war mit den seltsamen Gestalten bei dem stehenden Stein im Wald? Waren sie real gewesen und wenn ja, von dieser Welt? Oder litt er womöglich nur an einer Art geistiger Verdauungsstörung, weil in den letzten Tagen so unglaublich viel wirres Zeug auf ihn eingestürmt war?

„Dann glaubst du also nicht an Geister?", fragte er.

„Das habe ich nicht gesagt", erwiderte Lucy. „Es ist nur so, dass ich auf eindeutige Beweise stehe. Liegt wahrscheinlich daran, dass mein Dad Wissenschaftler ist."

Schweigend beobachteten sie eine Zeit lang die Tänzer. John hüpfte gerade im Handstand über die Tanzfläche.

Als Lucy ihren Vater erwähnt hatte, war Finn ein Gedanke gekommen. Ein wilder Gedanke zwar, aber einer, der ihnen womöglich ein paar Antworten bescheren konnte.

„Äh, Lucy …?", setzte er an. „Dein Dad hat doch dieses Gerät erfunden, mit dem man die Sinneswahrnehmungen verstärken kann."

„Ich bevorzuge den Begriff ‚Hirnhäcksler'."

„Was meinst du, könnten wir … ich weiß nicht … uns das vielleicht mal ausborgen?"

„*Ausborgen?*"

Finn nickte. „Dann kann ich mich vielleicht besser konzentrieren."

„Oder dein Gehirn wird zu Apfelmus."

„Oder das", erwiderte er fröhlich. „Also, was meinst du? Könntest du mir das Ding vielleicht besorgen?"

Lucy zuckte mit den Schultern. „Ich schätze schon. Ist ja nicht gerade eine *Mission: Impossible.* Er fährt morgen zu einer Konferenz und ich habe seinen Laborschlüssel. Aber nur damit du's weißt: Ich halte das für eine Schnapsidee."

„Habe ich hiermit zur Kenntnis genommen", sagte Finn. „Oder sollen wir ihn vielleicht fragen?"

Lucy schüttelte den Kopf. „Auf keinen Fall. Die Hüter haben ein waches Auge auf Dad und der Dekan kann ihn überhaupt nicht leiden. Ich glaube, dass keiner von denen ihm wirklich vertraut."

„Weil er nicht auf Alyxa war?"

Lucy nickte.

„Wenn sie ihn gar nicht hierhaben wollen, wieso schicken sie ihn dann nicht einfach weg?"

Lucy leerte den Rest ihrer Obstbowle. „Das dürfen sie nicht."

„Wieso denn das? Sie sind doch diejenigen, die hier bestimmen, oder etwa nicht?"

Lucy blickte ihn von der Seite an. „Das hätten sie zumindest gern. Sie sind verantwortlich für den Stundenplan und das Wohlergehen der Schüler, aber sie müssen sich gegenüber dem Stiftungsrat verantworten." Als sie Finns ratlosen Blick bemerkte, fuhr sie fort: „Der Aufsichtsrat der Alyxa-Stiftung. Ich schätze mal, das ist so was wie die

Schulbehörde. Besteht überwiegend aus ehemaligen Schülern und alles, was damit zusammenhängt, ist wahnsinnig geheim."

„Das habe ich nicht gewusst", gab Finn zu.

„Was hast du denn gedacht, wer das alles hier bezahlt?", fuhr Lucy fort. „Das muss ja ein Vermögen kosten."

Finn nickte und kam sich dabei ein bisschen dämlich vor. „Und dieser Aufsichtsrat sorgt also dafür, dass dein Vater hierbleiben kann?"

„Irgendwie schon."

Auf der Tanzfläche streckten jetzt alle die Arme in die Luft, während die Musik laut durch den Saal dröhnte. Lucy hatte mittlerweile auch angefangen, im Takt mit dem Kopf zu wippen.

Sie ist von allen hier auf Alyxa eindeutig die Normalste, dachte Finn.

Aber das, was er gerade über den Stiftungsrat erfahren hatte, war interessant. Wenn der mehr zu sagen hatte als die Hüter, dann war er vielleicht der richtige Ansprechpartner, sobald sie irgendwelche Beweise hatten.

Lucy wies mit einer Kopfbewegung Richtung Feuerstelle. „Dein Bruder hat dich entdeckt. Ich besorge mir mal was zu essen. Hast du auch Hunger?"

Finn schüttelte den Kopf. Während Lucy sich zu einem Tisch voll mit leckeren Kleinigkeiten durchschlug, beobachtete Finn, wie sein Bruder mit einem Mädchen am Rand der Tanzfläche kurz ein paar Tanzschritte machte, bevor er dann endlich vor ihm stand.

„Schön, dass du gekommen bist", sagte John. „Ist es nicht fantastisch hier?"

„Ja, richtig coole Party", pflichtete Finn ihm aus vollem Herzen bei.

„Doch nicht die Party, du Trottel", erwiderte John. „Obwohl, klar, die Party ist auch super. Aber ich meine Alyxa."

„Ach so", sagte Finn. John hatte sicherlich recht, aus seiner Sicht zumindest. Er hatte gerade die Große Jagd gewonnen. Alle fanden ihn toll. Wen interessierte es da, was sich hinter der Fassade so alles abspielte? „Ja. Alyxa ist toll."

„Hast du schon rausgekriegt, was deine Kraft ist?"

„Hören vielleicht", lautete Finns Antwort – nicht, weil er das wirklich glaubte, sondern weil er irgendetwas sagen wollte.

„Tja, also das hier ist echt das Beste, was mir je passiert ist. Willst du noch was zu trinken?" Ohne eine Antwort abzuwarten, schenkte John sich und Finn eine Cola ein.

„Auf Alyxa!" John stieß so heftig mit Finn an, dass ein bisschen Cola auf den Boden schwappte.

„Auf Alyxa!", erwiderte Finn.

Adriana stand drüben beim Feuer und schien jede von Finns Bewegungen mit Argusaugen zu verfolgen.

„Ich glaube, deine neue Freundin kann mich nicht besonders gut leiden", sagte er.

John warf einen Blick über die Schulter. „Ady ist nicht meine Freundin. Und natürlich mag sie dich! Sie ist nur nicht ganz so leicht zu durchschauen."

„Ihre Haare sind cool", meinte Finn.

John lachte. „Das sieht ihre Mutter anders."

Adriana wandte sich ab und starrte in die Flammen. Ihre frisch gefärbten Haare umhüllten ihren Kopf wie eine pinkfarbene Explosion.

Sie sieht ein bisschen übermüdet aus, dachte Finn. *Und traurig.*

Und auch John setzte mit einem Mal eine ernste Miene auf. „Ach, übrigens, Finn – ich habe gehört, was da heute Morgen bei dir in Geschichte passiert ist." Er runzelte die Stirn. „Du musst aufpassen, was du sagst. Weil es nämlich ein paar Dinge gibt, die hier … na ja … die eben tabu sind."

„Zum Beispiel Kylies Tod?"

Die Falten auf Johns Stirn wurden tiefer. „Das weniger. Aber die ganze Sache mit dem sechsten Sinn. Ich kann es immer noch kaum glauben, dass du einen auf Unruhestifter gemacht hast." Seine Lippen verzogen sich zu einem Lächeln. „Ich meine, mein Bruder … Finlay Williams."

„Ich hab doch bloß ein paar Fragen gestellt. So schlimm fand ich das nicht."

„Ganz egal, was es war, cool war's jedenfalls nicht", erwiderte John. „Ich pass ja bloß auf, dass du keinen Blödsinn machst."

Finn klappte den Mund auf, brachte aber keinen Ton heraus. Was war denn das für eine verkehrte Welt? *Er* brauchte doch niemanden, der auf *ihn* aufpasste. Schließlich waren sie nur hier, weil John auf Amelies Party so durchgeknallt war.

Ich müsste es ihm eigentlich sagen, dachte er. *Wenn ich mit meinem Bruder nicht über das alles reden kann, mit wem denn dann?*

Nun wurde ein uraltes Stück von Elvis Presley gespielt, allerdings in einem modernen Remix mit einem wummernden Beat. Durch eine Lücke auf der Tanzfläche sah Finn, dass Adriana John zu sich winkte.

„Na los, zisch ab", sagte er. „Geh tanzen."

„Jetzt sei doch nicht so", erwiderte John und machte ein beleidigtes Gesicht.

„Wie bin ich denn? Ich will doch bloß, dass dein Ruf keinen Schaden nimmt."

John verpasste ihm einen Knuff an den Oberarm. „Alles klar, Bruderherz." Den Blick hatte er bereits abgewandt und er ließ die Schultern kreisen. „Immer locker bleiben."

Finn sah zu, wie sein Bruder von der Menge der Tanzenden verschluckt wurde, dann machte er sich auf den Weg zur Tür. Lucy schob sich mit ein paar schnellen Schritten neben ihn.

„Ist dir schon langweilig?", fragte sie und ließ ihren leeren Pappteller in den nächsten Mülleimer fallen.

„Ich wollte mal nach Zoe sehen", entgegnete Finn.

„Ich komme mit."

Der kerkerartige Korridor, der zur Fördergruppe führte, wirkte längst nicht so prachtvoll wie das Foyer des Tastsinnclans.

Hinter der Tür waren deutliche Schläge zu hören.

„Da ist jemand in deinem Zimmer!", sagte Lucy.

Regungslos starrte er sie an. Da ertönte noch ein Schlag. Aber die Tür war doch abgeschlossen! Wieso war da jemand in seinem Zimmer?

„Vielleicht ist es Zoe", sagte er.

An Lucys Gesichtsausdruck war klar zu erkennen, dass sie das genauso wenig glaubte wie er selbst. Dann hörte er Schritte in seinem Rücken. Kaum hatte er sich umgedreht, kam Zoe um die Ecke gebogen.

„Oh, da bist du ja wieder", sagte sie.

Finn zeigte auf seine Zimmertür. „Du bist nicht da drin."

„Du hast eine fantastische Beobachtungsgabe", gab Zoe zurück. „Ich war spazieren."

Finn riss sich zusammen und legte behutsam die Hand auf das Touchpad. Aber als er den Türknauf drehte und die Tür aufstoßen wollte, drückte etwas von innen dagegen.

Er hämmerte gegen die Tür. „He! Aufmachen!"

Schließlich nahm er all seine Kraft zusammen und rammte die Schulter gegen die Tür. Dieses Mal gab sie nach.

Finn stürzte in sein Zimmer und landete auf dem Fußboden, alle viere von sich gestreckt.

„Alles in Ordnung?", rief Zoe.

Nachdem er sich aufgerappelt hatte, strich eine kalte Windbö über Finns Gesicht. Das Fenster wehte hin und her und knallte immer wieder gegen die Wand. Draußen regnete es, während der letzte Rest des Sonnenuntergangs orange- und lilafarbene Streifen an den Himmel zeichnete.

Finn stockte der Atem. Das Zimmer war leer, aber irgendjemand hatte an die Wand direkt über seinem Bett mit einer Art roter Kreide einen sechszackigen Stern gekritzelt.

Finn war mit einem Satz auf dem Bett und spähte durch das offene Fenster nach draußen. Der Regen peitschte ihm ins Gesicht. Eine Gestalt in einem wehenden Mantel huschte hinter einem Nebengebäude hervor.

„Da!", kreischte Zoe.

Ohne nachzudenken sprang Finn nach draußen. Wie beim letzten Mal hangelte er sich an dem Schacht der Klimaanlange nach unten und nahm die Verfolgung auf.

Die fliehende Gestalt kletterte über einen Maschendrahtzaun und ließ sich auf der anderen Seite zu Boden fallen. Dann gelangte sie mithilfe einer Leiter auf das Dach einer Art Kraftwerk. Finn sprang mühelos über den Zaun, indem er sich von einem Felsbrocken abstieß. Dann packte er mit beiden Händen das Metallgitter und schwang sich auf das flache Schuppendach. Zu beiden Seiten ragten

Transformatoren in die Höhe. Zischend verdampften Regentropfen an den heißen Windungen.

Die Gestalt im Mantel sprang auf den benachbarten Schuppen. Finn tat es ihr problemlos nach. Als die Gestalt auf den dritten Schuppen sprang, war Finn ihr fast so nahe herangekommen, dass er die wehenden Schöße ihres Mantels packen konnte.

„Stehen bleiben!", brüllte er.

Der vierte Schuppen war erheblich weiter entfernt und Finn war sich sicher, dass die Gestalt gezwungen sein würde, anzuhalten. Aber sie lief einfach weiter und setzte zu einem unglaublichen Sprung an, fast so wie der Junge im Wald, der mit einem ähnlich unfassbaren Sprung den Baum hinaufgehüpft war.

Das schaffe ich niemals!, dachte Finn. *Niemals!*

Er beschleunigte noch einmal und stieß sich dann mit aller Kraft von der Dachkante ab. In diesem Augenblick entstand direkt über seinem Kopf ein Lichtbogen zwischen zwei Transformatoren. Er flog mit wild rudernden Armen durch die Luft …

… und prallte mit der Brust gegen die Dachkante des vierten Schuppens. Der Aufprall presste ihm sämtliche Luft aus der Lunge. Seine Finger suchten Halt auf der rauen Dachpappe, aber fanden ihn nicht. Finn glitt an der Schuppenwand hinab, fiel dann zwei Meter tief und landete in einer Schlammpfütze.

Dort blieb er liegen. Der Regen prasselte auf sein Gesicht und er versuchte, irgendwie wieder Luft in seine Lunge zu bekommen. Von der Sonne war nun endgültig nichts mehr zu sehen. Der Himmel war zu einem dichten violettschwarzen Teppich geworden.

Jetzt beugte sich die Gestalt im Mantel über die Dachkante, sprang hinab, landete federnd auf dem Boden und kam gemächlich näher. Finn wurde von einer lähmenden Angst ergriffen. Er wollte aufstehen, doch sein Brustkorb schmerzte und seine Lunge verweigerte immer noch den Dienst. Er öffnete den Mund und stieß ein krächzendes „Wer bist du?" hervor.

„Du kennst mich unter dem Namen Morvan!", dröhnte ihm die heisere Stimme der Gestalt entgegen. Ihr Gesicht wurde vollkommen von einer regennassen Kapuze verdeckt. „Auf die Knie, Sklave! Auf die Knie vor mir!"

Von Todesangst gepackt, stemmte Finn die Hände in den Matsch und versuchte sich aufzurichten, aber er schaffte es nicht. Seine Beine wollten nicht so, wie er wollte. Als er den Mund aufmachte, regnete es hinein.

„Gehorche!", ließ sich die dröhnende Stimme vernehmen. „Gehorche deinem Herrn! Morvan lässt sich nicht abweisen!"

„Lass ihn in Ruhe!", kreischte Lucy, die wie aus dem Nichts aufgetaucht war und jetzt mit beiden Fäusten auf die bedrohliche Gestalt einprügelte. Verblüfft sah Finn zu, wie deren Kapuze beiseiterutschte und Xanders grinsende Visage zum Vorschein kam.

Hinter dem Schuppen ertönte vielstimmiges Gelächter. Drei Mitschüler in Regencapes kamen hinter der Ecke hervor.

Finn wollte sich die Regentropfen abwischen, aber letzten Endes schmierte er sich dabei nur jede Menge Schlamm ins Gesicht.

„Das ist nicht witzig", schimpfte Lucy. „Er hätte sich richtig schwer verletzen können."

„Alles okay", keuchte Finn und wünschte sich nichts sehnlicher als eine kräftige Stimme. Stattdessen bekam er einen Hustenanfall.

Xander wieherte laut vor Lachen und gesellte sich zu seinen Freunden. Gemeinsam verschwanden sie in der trüben Dunkelheit.

Lucy streckte Finn die Hand entgegen, aber er schob sie weg.

„Alles in Ordnung", sagte er und kam mühsam wieder auf die Füße.

„Wofür du dich ganz bestimmt nicht bei dieser Dumpfbacke bedanken kannst", sagte Lucy. „Apropos bedanken. Wie wär's …?"

„Danke", murmelte Finn leise.

„Du könntest es auch so sagen, als würdest du es ernst meinen."

Als er ihren verletzten Gesichtsausdruck sah, schämte er sich. „Tut mir leid", sagte er. „Vielen Dank, dass du mir geholfen hast."

„Na also." Sie starrte in die Dunkelheit. „Und? Bist du froh, dass du diese Sache mit dem sechsten Sinn angefangen hast?"

Finn musste an Johns warnende Worte denken. Hatte er das davon, dass er nicht auf seinen großen Bruder gehört hatte?

„Na ja, ehrlich gesagt, nein", meinte er. „Aber jetzt kann ich auch nicht mehr zurück."

Schweigend schlurften sie durch den Matsch und den Regen wieder zum Haus.

15

„Hilf mir", sagt das Mädchen.

Finn kann es nicht sehen. Er schwebt. Oder fällt er? Da hört er erneut das Rufen des Mädchens.

„Hilf mir, bitte!"

Finn schlägt die Augen auf. Kaltes Wasser dringt in seine Nase und seine Ohren.

Er streckt die Hand aus und stößt gegen etwas Hartes. Eine Wand aus … Glas. In panischer Angst sieht er sich nach allen Seiten um. Gläserne Wände überall. Er ist in einem Sarg aus Glas gefangen und der Sarg ist voller Wasser.

Mit beiden Fäusten schlägt Finn gegen die Wände. Doch das Glas gibt nicht nach.

Finns Lungen brennen wie Feuer. Er presst die Lippen aufeinander, aber das Wasser drückt erbarmungslos dagegen.

„Hilf mir", sagt das Mädchen, aber er kann es immer noch nicht sehen.

Das Wasser umklammert ihn wie ein Schraubstock. Finn kann nicht länger den Atem anhalten. Seine Augen treten aus den Höhlen hervor, sein Herz explodiert in seiner Brust, er öffnet den Mund. Wasser dringt ein, ein zerstörerischer Tsunami, flüssiger Tod ...

Bei der Versammlung am nächsten Morgen setzte Finn sich zu Lucy auf die Bank der Fördergruppe. Zoe setzte sich neben ihn und Finn schenkte ihr ein mattes Lächeln. Nach den Erlebnissen des gestrigen Abends hatte er miserabel geschlafen und fühlte sich erbärmlich.

Und auch Zoe hatte dicke Ringe unter den Augen, die trotz der Schutzbrille deutlich zu erkennen waren. Ob sie auch ständig Albträume hatte?

„Ihr seht ja beide aus wie der Tod auf Latschen", sagte Lucy.

„Ich bin bloß müde. Die Jagd war ganz schön anstrengend", erwiderte Finn.

Dann wanderte sein Blick hinüber zum Tastsinnclan. Er suchte nach John, aber ärgerlicherweise fiel sein Blick zuerst auf Xander. Als dieser merkte, dass Finn ihn ansah, flüsterte er seinen Freunden etwas zu und löste damit vielstimmiges Gekicher aus.

Wie üblich leitete Professor Panjaran die Versammlung.

Finn hörte nur mit halbem Ohr zu, bis Panjarans Worte ihn aus seiner Schläfrigkeit rissen.

„Es ist mir nun eine Pflicht und große Freude zugleich, einen unserer neuesten Schüler, John Williams, auf die Bühne zu bitten."

Verblüfft sah Finn, wie John, der etliche Reihen hinter Xander gesessen hatte, sich nach vorn schlängelte. Er wirkte ein wenig unsicher und verwirrt. Leises Getuschel begleitete ihn. Pogo saß wieder auf seiner Schulter und fuhr ihm mit flinken Fingern durch die Haare.

„Wir ihr alle wisst, war John ein Teil des Siegerteams bei der gestrigen Jagd", fuhr Panjaran fort. „Ein entscheidender Teil, könnte man sagen." Das Getuschel hielt an. „Angesichts seiner bemerkenswerten Leistung als Jagdbeute und in Anerkennung seiner ebenso bemerkenswerten Fortschritte in Bezug auf die grundlegende Beherrschung seiner Kräfte, freue ich mich, ihm hier und heute eine öffentliche Anerkennung aussprechen zu dürfen. Hiermit befördere ich John auf das dritte Level des Tastsinnclans."

Viele Schüler hielten hörbar den Atem an, als der Hüter des Sehens John ein silbernes Abzeichen mit drei Balken unter dem Affensymbol überreichte. Als John sich umdrehte, in die Versammlung winkte und grinste, wurde aus dem atemlosen Staunen lauter Applaus. Pogo fing an zu keckern und die Zuschauer erhoben sich und brachen in lauten Jubel aus. Finn sah nur ein unzufriedenes Gesicht in der Menge und das gehörte Xander.

„Das ist der Wahnsinn", sagte Lucy. „Niemand wird von null direkt nach drei befördert. Niemand!"

Finn freute sich für seinen Bruder. Aber ob John wirklich klar war, was sich hier auf Alyxa abspielte?

Nach der Versammlung trat Finn neben Lucy und Zoe, die auf einen Stundenplanmonitor starrten. Er fuhr mit dem Zeigefinger über die vielfarbige Tabelle und suchte nach dem Larvensymbol, das anzeigte, wo sie als Nächstes Unterricht hatten. Kaum hatte er seinen Namen entdeckt, da trat Ben neben ihn.

„Vergiss es", sagte er. „Dr. Forrester will uns sehen."

„Uns alle?"

„Ja", bestätigte Ben. „Die ganze Fördergruppe. Sie will sich mit uns darüber austauschen, welche Fortschritte wir gemacht haben und wie wir mit dem Prozess der Rehabilitation zurechtkommen."

Noch bevor Finn den anderen folgen konnte, versperrte Kildair ihm den Weg. Finn sank das Herz bis in die Kniekehlen.

„Ich wollte gerade zu Dr. Forrester gehen", sagte Finn.

„Deine Pläne haben sich soeben geändert", erwiderte Kildair.

Finn trottete hinter dem Dekan durch einen der vielen Flure von Alyxa, vorbei an mehreren Vitrinen mit Steintafeln, auf denen irgendwelche Schriftzeichen eingraviert waren. An jedem anderen Tag wäre er davor stehen geblieben und hätte sie sich genauer angesehen – vielleicht waren es ja Relikte aus der Zeit der Druiden. Aber im Augenblick verspürte er nicht die geringste Neugier.

Je näher sie dem Büro des Dekans kamen, desto schwerer wurden seine Beine. Wie hatte er sich nur jemals einbilden können, dass sie damit durchkommen würden? Wahrscheinlich hatte Kildair in seinem Büro eine Kamera angebracht und sich gestern Abend in aller Ruhe angeschaut, wie Finn und seine Komplizinnen dort eingebrochen waren und alles durchsucht hatten.

Aber warum hat er dann Lucy und Zoe nicht auch gleich mitgenommen?

Im Büro war es heiß und stickig. Der Dekan, der stumm auf der anderen Seite des Schreibtischs stand, drückte seinen Zeigefinger auf die Tischplatte, betrachtete die Fingerspitze danach aufmerksam und wischte sie schließlich an seinem Jackett ab. Ob er auch so gut Fingerabdrücke erkennen konnte wie Zoe?

Finn ließ den Blick zu dem Aktenschrank gleiten, in dem sie Kylies Tagebuch entdeckt hatten. Um keine Aufmerksamkeit zu erregen, riss er den Kopf schnell wieder herum und starrte stattdessen die Wand direkt hinter Kildairs Rücken an.

Die leere Wand.

Er hat das Foto abgenommen ...

„Dein Bruder verfügt über beeindruckende Fähigkeiten", sagte der Dekan.

„Er macht seine Sache wirklich gut", pflichtete Finn ihm bei. Er wusste zwar nicht, worauf der Dekan hinauswollte, aber je weniger er widersprach, desto früher war er wahrscheinlich wieder draußen.

„Du hingegen hast noch keinerlei Fähigkeiten offenbar werden lassen", fuhr Kildair fort. Es klang fast wie ein Vorwurf, als läge es nur an Finns Starrköpfigkeit, dass er noch keine Anzeichen für irgendwelche übersinnlichen Begabungen gezeigt hatte.

„Wahrscheinlich bin ich ein bisschen anders als er."

Kildair ließ ein wölfisches Lächeln sehen. „Oh, ihr beide habt viel mehr gemeinsam, als ihr ahnt ... Wie kommst du in der Fördergruppe zurecht?"

„Äh, alles gut", antwortete Finn.

Der Dekan nickte. „Wenn ich richtig gehört habe, dann hast du dich mit Zoe Redmayne angefreundet?"

Finn krampfte die Finger ineinander. Ein Gespräch über Zoe würde unweigerlich zu einem Gespräch über Kylie führen und das wollte er sich ganz bestimmt nicht antun. „Na ja, angefreundet ist vielleicht nicht der richtige Ausdruck", erwiderte er deshalb.

„Aber ich nehme an, sie hat dir von ihrer Schwester erzählt?"

„Alle wissen, was Kylie zugestoßen ist", lautete Finns vorsichtige Erwiderung.

„So wie anscheinend alle von deinen Bemerkungen während Hüterin Blakes Unterrichtsstunde wissen", entgegnete der Dekan.

„Sie meinen in Geschichte?" Wie lange würde der Dekan das Spielchen noch fortsetzen? „Das war eine interessante Unterrichtsstunde. Wir haben über alles Mögliche gesprochen."

„Und du hast dabei ein besonderes Interesse am sechsten Sinn offenbart." Kildair legte die Handflächen auf seine lederne Schreibtischunterlage. Die Sehnen wölbten sich wie Stahlseile über seinen Handrücken. Er blickte Finn durchdringend an. „Und an Morvan."

Wie ausführlich war Schnäbelchens Bericht an den Dekan ausgefallen? Wahrscheinlich hatte sie ihm alles erzählt. Und das bedeutete, dass jede Lüge ihn vermutlich in noch größere Schwierigkeiten gebracht hätte. Wahrscheinlich war es besser, den Mund zu halten.

„Finn, kannst du mir sagen, wann du zum ersten Mal etwas über den sechsten Sinn erfahren hast?"

Finn legte demonstrativ die Stirn in Falten. „Da bin ich mir nicht sicher."

„Aber du bist dir sicher, dass du mehr darüber wissen möchtest?"

„So kann man das nicht sagen. Das alles hat sich eben

ziemlich seltsam angehört, mehr nicht. Ich weiß ja, dass es ihn nicht gibt."

„Ach, tatsächlich?"

„Na klar. Das ist doch bloß eine Legende. Ein Märchen."

Der Dekan beugte sich nach vorn und Finn hatte das Gefühl, als könnte er mit seinem Laserblick seine Schädeldecke durchdringen und in seinen Gedanken lesen wie in einem aufgeschlagenen Buch. „Das stimmt natürlich. Aber trotzdem verbreiten sich Märchen in Windeseile in alle Richtungen. Wie eine Seuche."

Nach einer langen lastenden Stille schien der Dekan ein wenig entspannter zu werden. Er nahm die Hände vom Schreibtisch. Dann setzte er sich auf seinen Schreibtischstuhl und ließ sich, begleitet vom lauten Knarren des Sessels, gegen die Lehne sinken.

„Es tut mir leid", sagte der Dekan. Jede Härte war aus seiner Stimme gewichen. „Ich war viel zu streng mit dir. Ich dachte, dass Druck dir helfen würde, deine verborgenen Kräfte zu entfalten. Aber das war falsch."

Finn verlagerte sein Gewicht von einem Fuß auf den anderen. Es war das erste Mal, dass der Dekan ihm gegenüber eine Schwäche eingestand.

„Kein Problem", erwiderte er.

Der Dekan lächelte und wirkte beinahe menschlich. „Würdest du vielleicht gerne mit deiner Mutter sprechen?", fragte er dann beiläufig.

Finn stockte der Atem. „Mit m-m-meiner Mutter?"
Der Dekan nickte.
„Na klar. Wann kann ich …?"
Wie betäubt sah er zu, wie der Dekan eine Schublade aufzog und ein Handy herausholte. Er legte es auf den Schreibtisch und schob es Finn zu. Dieser starrte es regungslos an.
„Du musst mir versprechen, dass du niemandem ein Sterbenswörtchen verrätst", sagte Kildair und erhob sich wieder.
„Ja, Sir." Finn nahm das Handy in die Hand und betrachtete es staunend von allen Seiten. „Vielen Dank."
„Du hast genau fünf Minuten." Damit verließ der Dekan das Büro.
Finn starrte weiterhin ungläubig das Telefon in seiner Hand an, bis er schlagartig zu sich kam und die Telefonnummer seiner Mutter eintippte. Sie nahm nach dem zweiten Klingeln ab.
„Mum? Bist du das?"
„Finn!", rief sie. „Wo bist du denn?"
Er brachte kaum einen Ton heraus. „Auf Alyxa. Der Dekan hat es erlaubt."
„Oh, wie herrlich, deine Stimme zu hören."
„Deine auch." *Du hast ja keine Ahnung.*
„Wie kommst du zurecht?"
Finn schluckte. Die Besorgnis, die sich hinter ihrer

Freude verbarg, war nicht zu überhören. „Ganz gut, schätze ich mal. Besser." Er wollte nicht, dass sie sich Sorgen machte, darum lachte er sogar leise. „Aber man muss sich erst mal an das alles hier gewöhnen."

Sie wollte etwas erwidern, brach wieder ab und sagte schließlich: „Hast du ... haben sich deine Kräfte schon gezeigt?"

Finn wollte sie auf gar keinen Fall enttäuschen und noch viel weniger wollte er, dass sie sich Sorgen um ihn machte. „Könnte gut sein, dass ich in den Gehörsinnclan komme", antwortete er und fuhr fort, noch bevor sie etwas sagen konnte: „John macht seine Sache gut. Unfassbar gut sogar. Er ist heute ins dritte Level befördert worden."

„Das ist ja unglaublich!", erwiderte seine Mutter. „Ich habe schon immer gewusst, dass es mit seinen ... Zuständen eine besondere Bewandtnis hat." Sie zögerte und Finn warf einen Blick auf die Wanduhr. *Genau* fünf Minuten, hatte der Dekan gesagt und vermutlich hatte er es auch genau so gemeint. „Ich wünschte, ich hätte euch schon früher mehr über all das erzählt", fuhr seine Mum fort. „Aber ich konnte nicht. Ich ... konnte einfach nicht."

Das wünschte ich auch.

Urplötzlich wurde Finn klar, dass der Dekan das Gespräch womöglich belauschte. Aber selbst wenn ... das hier war vermutlich die einzige Gelegenheit, um mit seiner Mutter zu sprechen. Er schlich zur Tür und machte sie einen Spaltbreit auf. Erleichtert stellte er fest, dass der Flur leer war.

„Wie gut kennst du Geraint Kildair?", fragte er, nachdem er die Tür wieder ins Schloss gezogen hatte.

„Wie war das?", erwiderte seine Mutter. „Sprich lauter."

„Der Dekan. Habt ihr früher viel Zeit miteinander verbracht?"

„Wie kommst du denn darauf?"

Finn warf einen Blick auf die leere Stelle an der Wand, wo das Foto von Kildair und seiner Mutter gehangen hatte. „Nur so."

„Na ja, wir haben zusammen studiert. Nach dem Examen wollte Geraint durch Europa reisen und ich bin mitgekommen. Wir hatten eine schöne Zeit miteinander und haben viel gesehen. Und das hat mir sehr gutgetan. Ich habe die Zeit genutzt, um herauszufinden, was ich wirklich will."

„Und was war das?", wollte Finn wissen.

Sie zögerte. „Einen Neubeginn. An dem Tag, als Geraint mir eröffnet hat, dass er nach Alyxa zurückwill, habe ich ihm gesagt, dass ich wegwill. Neulich im Krankenhaus, das war unsere erste Begegnung seit … also, ich glaube, noch vor deiner Geburt."

Finn nahm das Handy vom Ohr und lauschte. Waren das Schritte da draußen vor der Tür? Oder bildete er sich das ein?

„Kildair ist sehr streng", sagte er.

„Das glaube ich", meinte seine Mutter zustimmend. „Aber er ist immer fair. Er ist ein guter Mensch, Finn, wirklich."

„Hast du ihm damals vertraut?"

Die Tür ging auf und der Dekan trat ein. Er hatte einen braunen Aktenordner in der Hand. Er blieb in der Tür stehen, zog ein Blatt Papier aus dem Ordner und überflog es.

„Ich muss jetzt Schluss machen", sagte Finn. „Ich ruf irgendwann mal wieder an, vielleicht, wenn …"

Als der Dekan ihn über den Rand des Schriftstücks hinweg anblitzte, verstummte er.

„Danke für den Anruf", sagte seine Mutter. „Bleib tapfer und sag John, dass ich ihn lieb habe. Und dich habe ich auch lieb."

„Ich dich auch", erwiderte Finn. Dann drückte er auf die rote Taste und streckte dem Dekan das Handy entgegen. „Vielen Dank. Ich habe mich wirklich sehr darüber gefreut."

„Leg es auf den Schreibtisch", sagte der Dekan und musterte ihn über den Rand des Aktenordners hinweg. „Und jetzt gehst du am besten zu Dr. Forrester."

Das ist alles?

Finn legte das Handy weg und machte sich auf den Weg zur Tür. Doch der Dekan hatte sich nicht von der Stelle bewegt und versperrte ihm den Weg.

„Verzeihung", sagte Finn.

Geraint Kildair blickte ihn lange an. „Da du dich so sehr für den sechsten Sinn interessierst, vielleicht könntest du etwas für mich tun?"

„Na klar" erwiderte Finn. Warum hatte er plötzlich das Gefühl, als hätte er einen großen Schluck saurer Milch getrunken?

„Solltest du mitbekommen, dass irgendwo darüber gesprochen wird – oder solltest du womöglich selbst auf neue Erkenntnisse stoßen –, dann komm bitte zu mir und berichte es mir."

„Äh ... ja, sicher. Kein Problem."

Der Dekan trat zur Seite und während Finn durch die Tür und anschließend den Flur entlangging, konnte er Kildairs Blicke – nein, all seine Sinne – in seinem Rücken spüren.

Finn stieg die Wendeltreppe hinauf und fand Zoe im Wartezimmer. Sie hatte die Beine unter den Körper gezogen und das Kinn in die Hand gestützt. So starrte sie durch eines der großen Fenster hinaus zur Südklippe.

„Wo sind die anderen?", erkundigte sich Finn.

„Lucy ist gerade bei Dr. Forrester", erwiderte Zoe, ohne den Kopf zu bewegen. „Und Ben ist schon fertig."

Finn setzte sich neben sie. Nach dem heftigen Regen gestern Abend leuchtete der Himmel jetzt in einem hellen Blau, nur unterbrochen von den scharf umrissenen Streifen einiger Wolken. Das Meer präsentierte sich als riesige wogende Decke.

„Was wollte denn der Dekan von dir?" Zoe sah ihn nicht an.

„Ich weiß auch nicht", antwortete er. „Es war ... irgendwie merkwürdig."

„Hat er das Tagebuch erwähnt?"

„Nein. Kann gut sein, dass er gar nicht weiß, dass es weg ist."

„Er weiß es", erwiderte Zoe gleichgültig. „Soll er doch denken, was er will. Ich werde so lange weitermachen, bis ich ganz genau weiß, was mit Kylie passiert ist."

Ihre Stimme klang wie tot und das machte ihm Angst. „Wir müssen einen Schritt nach dem anderen machen", sagte er. „Wir können uns kein Risiko erlauben."

Jetzt kam Lucy mit düsterer Miene aus dem Sprechzimmer. „Wohlan, seht sie an, die ewige Blindgängerin", sagte sie und breitete die Arme aus.

„Was hat sie gesagt?", wollte Finn wissen.

„Meine Kräfte liegen immer noch nur knapp über dem Normalwert. Angeblich kommen sie bestimmt irgendwann zurück. Ich muss eben Geduld haben." Sie grinste. „Nicht gerade meine größte Stärke."

Finn lächelte zurück.

Dr. Forrester steckte den Kopf zur Tür heraus. „Geduld ist tatsächlich der Schlüssel bei diesen Dingen", sagte sie zu Lucy. „Man kann das nicht erzwingen. Finn, schön dich wiederzusehen. Komm doch rein."

Es fiel ihm schwer, Zoe allein zu lassen, die immer noch hartnäckig zu den Klippen hinüberstarrte, aber er würde später noch genügend Zeit für sie haben. Also betrat er das kleine Sprechzimmer.

„Wie ist es dir ergangen?", erkundigte sich Dr. Forrester.

„Äh, ganz okay", gab Finn zurück.

„Das war sehr mutig von dir, wie du dich an der Jagd beteiligt hast."

Neuigkeiten verbreiten sich rasch ...

„Man könnte auch sagen, es war dämlich", sagte Finn.

„Finde ich nicht. Dein Bruder hat sich sehr gut geschlagen."

„Das macht er immer."

Sie betrachtete ihn mit einem langen abschätzenden Blick. „Hast du vielleicht etwas Ungewöhnliches bemerkt, während du ganz allein auf der Insel unterwegs warst?"

Wie zum Beispiel stehende Steine, die dort eigentlich nichts zu suchen haben, und eine Gruppe von Druiden mit wildem Blick, die tote Hasen verspeisen?

„Nein", erwiderte Finn lächelnd. „Ich bin ja ziemlich schnell abgeschossen worden."

Die Ärztin schien das kein bisschen amüsant zu finden. „Wollen wir anfangen?"

Nachdem er die gleichen sensorischen Tests wie beim letzten Mal absolviert hatte, gab die Ärztin etwas in ihr Tablet ein.

„Ich kann nichts Ungewöhnliches feststellen", sagte sie stirnrunzelnd und überflog die Werte noch einmal. „Und das ist ... ungewöhnlich."

„Dann ist es jetzt also merkwürdig, normal zu sein?"

Wieder schien Dr. Forrester seinen Witz nicht zu begreifen. „Jeder ist normal, nur eben auf unterschiedliche Art und Weise. Hast du vielleicht irgendwelche Fuguezustände erfahren?"

„Was ist denn ein Fuguezustand?"

„Eine geistige Abwesenheit." Die Ärztin beugte sich nach vorn. „So etwas wie ein Wachtraum."

Erneut musste Finn an die Druiden und die Steine denken. Und an gläserne Särge voller Wasser. Wenn er jetzt „Ja" sagte, dann würde sie ihn bestimmt für verrückt erklären.

„Nichts Besonderes", sagte er.

„Keinerlei unbekannte sinnliche Erfahrung? Nicht einmal das Gefühl, dass du vielleicht etwas völlig Neuem auf der Spur sein könntest?"

„Falls Sie wissen wollen, ob ich das Gefühl habe, dass irgendwelche Kräfte in mir zum Leben erwachen, dann lautet die Antwort: Nein."

Dr. Forrester ließ sich an ihre Stuhllehne sinken. Sie starrte Finn durchdringend an, rieb sich die Augen und starrte weiter. „Um ehrlich zu sein, ich hätte eigentlich erwartet, dass ein älterer Kandidat wie du relativ schnell auf die Umgebung von Alyxa reagiert. Normalerweise reicht schon das Zusammensein mit anderen Schülern aus, um brachliegende Fähigkeiten zum Leben zu erwecken."

Finn dehnte seine Schultern, weil ihm schlagartig bewusst wurde, wie sehr er sich während der Zeit im Büro des Dekans verkrampft hatte. „Vielleicht habe ich eben einfach keine Kräfte", sagte er.

Dr. Forrester schüttelte den Kopf. „Angesichts der Lebensgeschichte deiner Mutter und der außergewöhnlichen Fähigkeiten deines Bruders ist das völlig ausgeschlossen."

„Vielleicht haben die beiden alles abgekriegt und ich bin leer ausgegangen?"

„So funktioniert das aber nicht. Finn, als ich dich nach irgendwelchen Träumen gefragt habe, hast du für einen kurzen Moment zur Seite gesehen. Bist du jetzt vielleicht bereit, mir die Wahrheit zu sagen?"

Finn merkte, wie seine Wangen rot anliefen. „Ja", sagte er leise.

„Heißt das, du bist bereit, mir die Wahrheit zu sagen? Oder heißt es, dass du geträumt hast?"

„Ich wollte Sie nicht anlügen. Ich hatte eben ein paar schlechte Träume, das ist alles."

Dr. Forrester tippte auf ihrem Tablet herum. „Sprich weiter", sagte sie.

Finn rutschte unruhig auf seinem Stuhl hin und her. „Es war wirklich nichts Besonderes. Sie wissen doch, wie das mit Träumen ist. Sobald man aufgewacht ist, vergisst man sie wieder."

„Bitte, versuch dich an irgendetwas zu erinnern", bat Dr. Forrester. „Selbst die kleinste Einzelheit könnte wichtig sein." Sie durchbohrte ihn mit Blicken.

„Ich glaube, ich habe Musik gehört", erwiderte Finn. „Als ich unten in einer Meditationskammer war. Irgendwie hatte ich das Gefühl, als ob ich anders höre als sonst."

Sie sah sich die Testergebnisse an. „Ich habe bei meinen Untersuchungen nichts festgestellt, was in diese Richtung deuten könnte. Ist das alles?"

„Mehr fällt mir jedenfalls nicht ein." Finn wandte den Blick ab. Mit einem Mal wollte er nur noch weg hier.

„Du schwitzt ja", sagte Dr. Forrester. „Geht es dir gut?"

„Alles bestens", erwiderte er. „Das ist bloß Heimweh."

Kaum hatte er es ausgesprochen, spürte er tatsächlich großes Heimweh. Er machte die Augen zu, um die aufsteigenden Tränen zurückzuhalten, und hatte dann nichts als den riesigen Ozean und das winzige Fleckchen Erde vor sich, auf dem er gefangen war.

„Was passiert, wenn meine Kräfte nicht irgendwann

offensichtlich werden?", sagte er und schlug die Augen wieder auf. „Werde ich dann verstoßen?"

„Verstoßen?" Dr. Forrester war verdutzt.

„Ja. Werde ich dann nach Hause geschickt?"

Sie legte das Tablet auf ihren Schreibtisch und blickte ihn nachdenklich an. „Nein", sagte sie dann, „das halte ich nicht für besonders wahrscheinlich. Es könnte höchstens sein, dass deine Kräfte weitaus tiefer verschüttet sind, als das normalerweise der Fall ist. Aber jetzt kannst du gehen."

Finn erhob sich. „Und was passiert als Nächstes?"

Dr. Forrester legte das Tablet in eine Schublade und hielt ihm die Tür auf. „Ich werde die Empfehlung aussprechen, dass du bis zum Ende des Trimesters in der Fördergruppe verbleibst. Das sind ja nur noch ein paar Tage. Aber wir werden dich weiterhin beobachten." Sie legte den Kopf schief. „Wir kommen dir schon noch auf die Schliche, Finn Williams."

16

Nach ihrem Termin bei Dr. Forrester hasteten Finn und Lucy den Südostflügel des Alyxa-Gebäudes entlang. Der Mittelgang war mit grünem Teppichboden ausgelegt, und zwar nicht nur der Fußboden, sondern auch die Wände und die Decke. Dadurch wurden ihre Schritte stark gedämpft. Finn wusste nur, dass ihre nächste Unterrichtsstunde in einem sogenannten Interaktionslabor stattfinden sollte. Und dass sie sich beeilen mussten, wenn sie nicht zu spät kommen wollten.

Vor einer niedrigen Doppeltür trafen sie auf Pietr Turminski. „Warst du gerade bei der Untersuchung, Lucy?", fragte er und scheuchte sie beide durch die Tür. „Kommst du bald wieder zurück in den Geschmackssinnclan?"

„Vorerst nicht", erwiderte Lucy.

„Ja, nun ja, nur nichts überstürzen", meinte Turminski. „Stück für Stück, nur so geht es voran."

Das Interaktionslabor war ein lang gestreckter, schmaler Raum mit eigentümlichen Wänden, die aussahen wie hochkant stehende Eierschachteln. An der niedrigen Decke hing eine Metallkonsole voller Schalter und Tasten. Aus runden Steckdosen baumelten zahlreiche Kabel herab.

Unterhalb der Konsole waren über die ganze Länge des Raumes zwei Stuhlreihen aufgestellt worden. Die Stühle standen einander sehr dicht gegenüber. Und jeder Stuhl besaß auf der Armlehne einen kleinen Bildschirm.

„Ist das so was wie ein Tonstudio?", wollte Finn von Lucy wissen, während sie sich zu den anderen Schülern stellten, die dicht gedrängt am hinteren Ende des Raumes warteten. Auch Xander gehörte dazu, wie Finn missmutig feststellen musste.

„Wie kommst du denn darauf?", lautete Lucys Gegenfrage.

Finn deutete auf die Konsole an der Decke. „Das sieht doch aus wie ein Mischpult."

„Töne spielen hier durchaus eine gewisse Rolle", sagte Pietr Turminski, während er sich mit einer ganzen Handvoll bunter Kabel an ihnen vorbeizwängte. „Genau wie alle anderen Sinnesreize auch. Das Interaktionslabor verfolgt einen holistischen Ansatz, versteht ihr, was ich meine?"

„Das bedeutet übrigens ‚ganzheitlich'", sagte Xander mit verächtlichem Grinsen.

„Ich weiß genau, was das bedeutet", entgegnete Finn.

Turminski ging an den Stuhlreihen entlang und verband mithilfe der Kabel die Monitore mit der Konsole. Als er fertig war, klatschte er in die Hände.

„Wahrheit", sagte er dann. „Das ist unser heutiges Thema. Wahrheit und die Fähigkeit, sie zu erkennen. Oder auch zu verbergen. Das sind sehr nützliche Fähigkeiten. Manche würden sogar behaupten, dass es nichts Wichtigeres gibt."

„Bringen Sie uns etwa bei, wie man lügt?", wollte Xander wissen.

„Heute bringe ich euch gar nichts bei", gab Turminski zurück. „Heute lernt ihr ganz von selbst."

„Die Blindgänger auch?" Xander gab einfach keine Ruhe.

Turminski entblößte die Zähne, aber ohne zu lächeln. „Jeder von euch hat fünf Sinne, ganz egal, zu welchem Clan ihr gehört. Sogar wenn ihr gar keinem Clan angehört. Im Interaktionslabor bekommt ihr die Gelegenheit, alle eure Sinne zu benutzen. Also durch und durch holistisch, versteht ihr?" Er klatschte noch einmal in die Hände. „So, jetzt sucht ihr euch bitte alle einen Partner und setzt euch auf zwei Stühlen einander gegenüber."

„Darf ich um diesen Tanz bitten?", fragte Lucy, reichte Finn ihre Hand und deutete einen ironischen Knicks an. Seine Hand fühlte sich mit einem Mal sehr kalt und feucht an und er wischte sie an seiner Jogginghose ab. Erst dann nahm er ihre Hand. Dabei brachte er sogar ein leises Lächeln zustande.

Sie nahmen zwei Stühle in der Mitte. Die Lehnen waren sehr gerade und die Sitzflächen hart. Finn begutachtete den Monitor an seiner Armlehne und stellte enttäuscht fest, dass er völlig leer war. Sie saßen so eng beieinander, dass sie mit den Knien aneinanderstießen.

„Diese Übung hat zwei Teile", sagte Turminski. „Erster Teil: Lügen erkennen. Jeder von euch wird zwei Aussagen machen und der Partner muss entscheiden, ob diese Aussagen wahr oder falsch sind. Der Polygraf zeigt anschließend das richtige Ergebnis an."

Ein schüchterner Junge mit fleckigen Wangen hob die Hand.

„Was ist ein Polygraf, Sir?", fragte er.

„Ein Lügendetektor, du Dummie", pflaumte Xander ihn an.

„Zweiter Teil", fuhr Turminski fort, ohne die beiden zu beachten. „Jeder Schüler wird seinem Partner zwei Fragen stellen, die mit Ja oder Nein zu beantworten sind. Dann muss der Fragende entscheiden, ob die Antwort der Wahrheit entspricht oder nicht. Auch hier wird der Polygraf die Richtigkeit bestätigen oder nicht."

Turminski ging hinter Finn an der ganzen Reihe vorbei und rückte die Stühle gerade. Am hinteren Ende angekommen hob er den Arm und betätigte einen Schalter auf der Konsole. Blaue Lämpchen flackerten an ihrer Unterseite auf und spiegelten sich in seiner Glatze, und auch die Monitore an den Armlehnen gaben jetzt einen bläulichen Schimmer von sich.

„Nehmt das quadratische Stück Stoff, das an eurem Monitor klebt, und befestigt es an der Innenseite eures linken Handgelenks."

Finn fummelte an der Rückseite des Monitors herum, bis er etwas Biegsames ertastet hatte. Es war ungefähr so groß wie eine Briefmarke und über einen dünnen Draht mit dem Monitor verbunden. Er legte es auf seine Haut und es klebte sofort fest.

„Legt nun die freie Hand um das Handgelenk eures Partners", sagte Turminski. „So, dass ihr den Pulsschlag spürt."

Sofort schlossen sich Lucys Finger um Finns rechtes Handgelenk. Sie fühlten sich sehr warm an. Er zögerte erst, dann tat er es ihr nach. Ihr Puls flatterte wie eine eingesperrte Kleidermotte.

Überall war jetzt leises Kichern zu hören, während auch die anderen Schüler taten, worum Turminski sie gebeten hatte.

„Das fühlt sich aber komisch an", flüsterte Finn.

„Sagt einer, der sich nichts Schöneres vorstellen kann, als seinen Kopf in einen experimentellen Hirnhäcksler zu stecken", erwiderte Lucy ebenfalls im Flüsterton.

„Nicht lachen, bitte", sagte Turminski. „Hier ist höchste Konzentration erforderlich. Und jetzt ... beginnt mit der Übung."

Finn starrte Lucy an. Sie starrte zurück und konnte ihr Grinsen kaum unterdrücken.

„Wer fängt an?", fragte Finn.

„Werfen wir eine Münze?"

„Ich hab gar keine Münze dabei."

Lucy verdrehte die Augen. „Ach, du meine Güte. Ich fange an. Bist du so weit?"

„Ja."

„Also gut, dann pass mal auf. Als ich sechs Jahre alt war, bin ich von der Schaukel gefallen und hab mir das Schlüsselbein gebrochen."

„Echt?", fragte Finn.

„Das ist meine Aussage, du Dumpfbacke", entgegnete Lucy. „Du musst entscheiden, ob das stimmt oder ob ich dich angeschmiert habe."

„Ach so, ja, genau."

Finn sah sie an, versuchte, ihren Gesichtsausdruck zu deuten, aber es war unmöglich zu sagen, ob sie lächelte, weil sie ihn angelogen hatte oder weil sie ihn aufs Glatteis führen wollte.

Ein gebrochenes Schlüsselbein? Das konnte schon stimmen, aber woher sollte er das wissen?

„Wahr", sagte er, weil er ja irgendetwas sagen musste.

Auf seinem Monitor leuchtete ein großer grüner Haken auf.

Er spürte Lucys Pulsschlag in seinen Fingerspitzen, langsam und gleichmäßig. Und er fragte sich, ob seiner tatsächlich so raste, wie es sich anfühlte.

„Du bist dran", sagte Lucy.

„Äh, ich bin allergisch gegen Katzen." Ob sie seine Lüge womöglich schmecken konnte?

„Falsch", antwortete Lucy wie aus der Pistole geschossen.

Dieses Mal erschien auf ihrem Monitor ein grüner Haken – sie hatte ihn durchschaut.

„Unentschieden", sagte Finn. „Jetzt bist du wieder an der Reihe."

Lucy warf einen Blick nach oben zu der Konsole unter der Decke, dann sah sie erneut Finn in die Augen. „Mein Vater isst am liebsten Gummibärchen", sagte sie, ohne eine Miene zu verziehen.

Finn stellte sich vor, wie Dr. Raj seine Experimente machte und dabei den ganzen Mund voll Gummibärchen hatte. Er platzte lauthals heraus vor Lachen. „Niemals!", rief er. „Aber ... ich sage trotzdem: Wahr!"

Dieses Mal bekam er ein rotes Kreuz zu sehen und wusste, dass er falsch geraten hatte.

„Was dann?", sagte er. „Ich hab gewusst, dass Gummibärchen nicht stimmt."

„Meilenweit daneben. Seine Lieblingsspeise sind natürlich Jelly Beans, ist doch sonnenklar. Jetzt liege ich vorn. Du bist dran."

Finn überlegte kurz.

„Letztes Jahr habe ich mal den ganzen Lattenrost aus dem Bett meines Bruders ausgebaut. Und als er dann draufgesprungen ist, ist er mitsamt der Matratze auf den Fußboden geknallt."

Lucy schnaubte. „Ganz klar. Absolut, einhundertprozentig wahr."

„Falsch!", krähte Finn und eine Sekunde später bestätigte der Polygraf ihren Fehler. „Es war genau andersrum. Ich war derjenige, der auf dem Fußboden gelandet ist. Also wieder unentschieden."

„Damit hätten wir den ersten Teil erledigt." Lucy ließ Finn los und streckte sich. Finn machte es ihr nach. Er warf einen Blick die Reihe entlang, wo die anderen Schüler Aussagen und Antworten austauschten. Es wurde viel gelacht und viel gestöhnt. Das hier machte eindeutig mehr Spaß als Geschichte.

„Ich habe gesehen, dass der Dekan dich vorhin zu sich geholt hat", sagte Lucy und beugte sich dichter zu Finn. „Was meinst du? Ob er weiß, was wir gemacht haben?"

Finn schüttelte den Kopf. „Das nicht. Aber *irgendwas* weiß er."

Er ist ein guter Mensch, Finn, wirklich.

„Also, jedenfalls wissen wir etwas über ihn", sagte Lucy. „Er muss das Tagebuch gestohlen haben."

„So sieht es zumindest aus. Und in dem Tagebuch steht,

dass der Dekan Kylie ständig mit irgendwelchen Fragen genervt hat."

„So sehr, dass sie schließlich von der Klippe gesprungen ist?"

„Wer weiß?", meinte Finn. „Ich schätze mal, dass ihr Freund und sie sich kurz vorher getrennt haben. Vielleicht war das der Auslöser. Aber vielleicht wollte sie auch gar nicht springen. Es kann durchaus ein Unfall gewesen sein."

Lucy sah ihn mit skeptisch gehobener Augenbraue an. „Der Dekan weiß etwas."

Finn bewunderte sie für ihre Gewissheit. Er wäre gerne ebenso sicher gewesen wie sie.

Jetzt piepste ein Gerät an Turminskis Gürtel, das aussah wie ein Smartphone. Er wischte über das Display und fixierte es mit starrem Blick. Dann presste er die Lippen zusammen.

„Bleibt sitzen", sagte er und hastete zur Tür. „Setzt die Übung so lange fort, bis ich wiederkomme."

„Was hat das denn zu bedeuten?", fragte Finn, nachdem der Hüter den Raum verlassen hatte.

„Keine Ahnung", erwiderte Lucy. „Da gibt es wohl irgendwo Probleme." Erneut legte sie ihre Finger um Finns Handgelenk. „Willst du mit den Fragen anfangen?"

„Wie du willst."

„Also gut. Schieß los."

Finn blickte in ihre braunen Augen, musterte ihre nach oben gezogenen Mundwinkel und überlegte krampfhaft.

„Hast du schon mal einen festen Freund gehabt, seit du auf Alyxa bist?"

Lucys olivbraune Wangen wurden augenblicklich dunkler. „Nein, hab ich nicht", lautete ihre Antwort.

„Ich glaube, das war gelogen."

Auf seinem Monitor leuchtete ein grüner Haken auf. Er hatte recht gehabt.

Jetzt zeigten Lucys Mundwinkel nach unten. Finn konnte ihren rasenden Puls spüren.

„Bist du eifersüchtig auf deinen ach so tollen Bruder?", zischte sie ihn an.

Finn blinzelte verwirrt. Auf so einen Gedanken war er bisher noch nie gekommen. Stimmte es oder stimmte es nicht?

„Nein", erwiderte er.

Wie aus der Pistole geschossen gab Lucy zurück: „Ach was, das ist eindeutig eine Lüge."

Finn brauchte nur den grünen Schimmer zu sehen, um zu wissen, dass ihr Monitor einen dicken grünen Haken anzeigte.

„Ich habe also recht gehabt", sagte Lucy. „Sehr interessant."

„Wenn du meinst."

„Der Lügendetektor lügt nicht. Noch eine Frage für jeden. Was hast du zu bieten?"

Zunächst herrschte gähnende Leere in Finns Kopf, aber dann stieg ein Gedanke wie ein Luftballon aus dem Nichts empor.

„Tust du nur so, als hättest du deine Sinneskräfte verloren?"

Lucy zuckte zusammen. „Nein", sagte sie.

„Das ist gelogen", erwiderte Finn sofort.

Wieder ein grüner Haken. Angesichts ihrer seltsamen Ahnungen in Bezug auf andere Menschen fand Finn das nicht weiter verwunderlich. Aber dass Lucy ihn so entsetzt anstarrte, damit hatte er nicht gerechnet.

„Ich sag's auch nicht weiter", beruhigte er sie. „Aber wieso machst du das?"

„Du hast deine letzte Frage gehabt", entgegnete Lucy schnippisch. „Jetzt bin ich dran."

Finn machte sich auf etwas gefasst.

„Du hast in Wirklichkeit auch Sinneskräfte, stimmt's?", sagte Lucy und starrte ihn durchdringend an. „Aber du versteckst sie."

Finn blinzelte verwirrt. Mit so einer leichten Frage hatte er nicht gerechnet.

„Ich fürchte, nein", erwiderte er. „Dr. Forrester hat mich ja gerade erst ausführlich getestet und ich bin überall durchgefallen."

„Das ist gelogen", sagte Lucy.

„Ich wünschte, es wäre so", meinte Finn.

Doch als er sah, welches Urteil der Polygraf über Lucys Antwort fällte, erstarrte er: schon wieder ein grüner Haken.

„Was?" Finn deutete mit dem Daumen auf seinen Monitor. „Das ist doch Schwachsinn. Ich hab nicht gelogen, ehrlich nicht."

Lucy zuckte mit den Schultern. „Mit der Wissenschaft kann man nicht streiten. Das sagt jedenfalls mein Dad immer."

Sie löste die Finger von Finns Handgelenk und er tat es ihr gleich. Dann ließen sie sich gegen ihre Stuhllehnen sinken und starrten einander an. Finn hüstelte. Wer würde wohl als Erstes das Schweigen brechen?

„Da haben wir uns ganz schön knifflige Fragen ausgedacht, was?", fragte Lucy schließlich und versuchte ein schiefes Grinsen.

Finn brachte ebenfalls ein kleines Lächeln zustande. „Ich sag's niemandem, versprochen."

Lucy hielt seinem Blick stand. „Ich bin zurzeit eben gerne bei den Blindgängern. Und was ist mit dir? Glaubst du wirklich, dass du keine Kräfte hast?"

Finn zuckte mit den Schultern. „Jedenfalls weiß ich, dass die letzte Antwort nicht gelogen war."

Eine zusammengeknüllte Papierkugel traf ihn am Ohr.

„He, Neuer!", rief Xander. „Hast du in letzter Zeit mal wieder Gespenster gesehen?"

„Einfach ignorieren", sagte Lucy.

„Mit Vergnügen." Finn bemühte sich nach Kräften, seinen Atem wieder unter Kontrolle zu bekommen.

Xanders Partner – einer der Jungen, die sich im Regen hinter dem Starkstromschuppen versteckt hatten – warf noch eine Kugel hinterher. Dieses Mal duckte sich Finn.

„Du hast in die Hose gemacht, stimmt's?", sagte der Junge dann. „Ich hab's genau gerochen. Ich wette, du hast geglaubt, dass der sechste Hüter dich jeden Moment auffrisst."

„Halt die Klappe, Chen", schaltete sich Lucy ein.

„Chen ist auf dem dritten Level", sagte Xander mit bedeutungsvoller Miene. „Geruchssinnclan. Der weiß so was."

„Verzieht euch, und zwar alle beide!", sagte Lucy.

„Ist schon okay", beschwichtigte Finn. „Das sind Idioten. Einfach ignorieren."

„Finn und Lucy sitzen in der Pisse", skandierte Xander. „Und geben sich heiße Küsse!"

Ein anderes Mädchen sagte: „Xander, du bist echt die letzte Pfeife."

„Lucy ist verknallt in Finn!" Xander lachte und andere schlossen sich an. „Oder sie ist verknallt in seinen älteren Bruder, bloß dass Adriana zuerst zugeschlagen hat."

„Was hast du eigentlich für ein Problem?", wandte Finn sich an Xander.

„Es sitzt direkt vor mir." Xander sprang auf. Drohend kam er auf Finn zu. Die anderen Schüler in der Reihe schoben ihre Stühle zurück.

„Seit dem ersten Tag hast du mich auf dem Kieker", sagte Finn und stellte sich Xander entgegen. „Was stimmt eigentlich nicht mit dir?"

„Was stimmt mit *dir* nicht, das ist die Frage", entgegnete Xander. „Du hältst dich wohl für was Besseres."

Finn riss das Stoffstück, das immer noch an seinem Handgelenk klebte, ab und warf es weg. Er sah Xander auf sich zukommen und ballte die Fäuste.

Xander lachte und deutete auf die beiden Balken an seinem Abzeichen. „Du willst es wirklich mit mir aufnehmen?"

„Du bist es gar nicht wert", erwiderte Finn. Er spürte, wie seine Fingernägel sich in seine Handflächen bohrten.

„Das sagen Feiglinge immer."

„Lass ihn in Ruhe!", forderte Lucy ihn auf.

„Wenigstens hat deine Freundin ein paar Eier in der Hose", höhnte Xander.

„Sie ist nicht meine Freundin!", brüllte Finn ihn an.

Dann stürzte er sich auf Xander, doch der wich ihm einfach aus. Finn flog an ihm vorbei, stolperte über ein Stuhlbein und fiel auf die Knie. Xander packte ihn am Handgelenk und drehte ihm den Arm auf den Rücken. Ein stechender Schmerz jagte durch seine Schulter, schlimmer als der Überlaster, schlimmer als alles, was Finn jemals gespürt hatte. Er presste die Zähne aufeinander, um nicht laut loszubrüllen, und biss sich dabei auf die Zunge.

„Schlimmer Fehler", sagte Xander.

„Lass ihn los!" Lucy wollte Xander an der Schulter packen, aber Chen schubste sie beiseite. Aus dem Augenwinkel sah Finn, wie sie zu Boden stürzte.

Xander drückte noch fester zu. Der stechende Schmerz bohrte sich noch tiefer und Finn stöhnte laut.

„Weinst du etwa?" Xanders Atem strich Finn übers Gesicht.

Finn wand sich hin und her, versuchte, das brutale Reißen in seinem Arm zu ignorieren. Lucy wollte aufstehen, aber Chen drückte sie wieder zu Boden. Da loderte in Finns Innerem etwas auf. Aber es war kein Schmerz.

„Wenn du ihr auch nur ein Haar krümmst ...", keuchte er.

Ohne Finns Arm loszulassen, schleuderte Xander ihn herum, drehte ihn auf den Rücken und stellte ihm den Fuß auf die Brust. Finn starrte Xander direkt ins Gesicht. Die Schmerzen in seinem Arm hatten nachgelassen, aber aufstehen konnte er immer noch nicht.

„Erteil ihm eine Lektion", sagte Chen.

Xander holte mit dem Fuß aus. Finn spannte alle Muskeln an, machte sich auf den Tritt gefasst, der unweigerlich kommen musste …

… doch dann passierte nichts. Xander erstarrte und ließ den Fuß sinken. Verwundert legte er die Stirn in Falten und zog die Oberlippe kraus.

Jetzt hob er langsam die rechte Hand. Er folgte seinen Fingerspitzen mit Blicken, während er den Arm zur Seite ausstreckte. Und dann – *KLATSCH!* – gab er sich eine schallende Ohrfeige. Die Zuschauer hielten den Atem an.

Finn stemmte sich auf die Ellbogen und sah ungläubig zu, wie Xander sich eine zweite und eine dritte Ohrfeige verpasste, sodass sich auf seiner Wange eine leuchtend rote Stelle bildete.

Nun ballte er die linke Hand zur Faust und boxte sich damit in die Magengrube.

Ein Mädchen namens Sandy lachte laut und verstummte sofort wieder. Verwirrung legte sich auf ihre Miene.

„He, Kumpel", sagte Chen zu Xander. „Was machst du denn da?"

Xander fing an, sich wieder und wieder gegen die Brust zu schlagen. „Das soll aufhören!", keuchte er. Er wirkte entsetzt. Verängstigt. Seine Füße verhedderten sich in einem der Kabel, die von der Konsole an der Decke herabhingen. Er fiel auf den Rücken, stieß drei Stühle um und riss dabei ein Kabel mit sich. Zwar blieb der Stecker in der Steckdose, aber dafür löste sich die ganze Steckdose aus der Verankerung und zuckte durch den Raum. Bunte Kabelknäuel flogen durch die Luft. Funken sprühten. Eine Lichtleiste flackerte rot auf und eine Alarmanlage stieß ein klägliches Piepsen aus, bevor die ganze Konsole schlagartig erlosch.

Xander lag auf dem Fußboden und starrte Finn an. Die rote Stelle auf seiner Wange glühte und seine Fingerabdrücke waren klar und deutlich zu erkennen. Niemand sagte ein Wort.

Xander deutete mit zitternden Fingern auf Finn. „Was hast du gemacht?", stieß er hervor. Beim letzten Wort brach seine Stimme.

Alle Augen waren auf Finn gerichtet.

Die Tür flog auf und Pietr Turminski stürmte herein. Sein schmales Gesicht war kreidebleich. Finn hielt den Atem an. Jeden Augenblick würde der Hüter die umgestürzten Stühle, die kaputte Konsole und Xander bemerken, der wie das Opfer eines Kampfes am Boden lag.

Doch stattdessen scheuchte der Hüter sie alle nur zur Tür. „Alle in den Großen Saal", sagte er.

Sandy hob schüchtern die Hand. „Kann ich noch schnell meine Sportsachen aus der Wäscherei abholen? Ich hab nämlich vergessen …"

„Keinerlei Umwege!", schnitt Turminski ihr das Wort ab. „Ab sofort befindet sich die Schule im Ausnahmezustand."

17

„Soll das vielleicht so eine Art Katastrophenübung sein?", wollte Finn von Lucy wissen, während sie sich gemeinsam mit den anderen auf den Weg zum Großen Saal machten.

„Das ist garantiert überhaupt nichts", erwiderte sie nervös. Finn war klar, dass ihre Gelassenheit nur vorgetäuscht war.

Lautes Raunen lag über dem gut gefüllten Saal. Kaum jemand hatte sich hingesetzt. Der Falke kreiste unentwegt über der Bühne und zum ersten Mal sah Finn auch die Fledermaus, das Maskottchen des Gehörsinnclans. Sie sauste wie ein winziger schwarzer Pfeil zwischen den Flaggen hin und her, die von den Deckenbalken herabhingen.

Während Finn und Lucy zur Sitzbank der Fördergruppe gingen, eilte Pietr Turminski auf die Bühne und stellte sich zu den anderen Hütern. Sie steckten die Köpfe zusammen und flüsterten aufgeregt. Wenige Augenblicke später kam auch Zoe hereingehuscht. Nervös sah sie sich nach allen Seiten um.

„Ben hat mich aus dem Aufenthaltsraum geholt", sagte sie. „Was ist denn los?"

„Keine Ahnung", erwiderte Finn.

Jetzt betrat der Dekan den Saal. Das Gemurmel erstarb. Kildair erklomm die Bühne und die Hüter nahmen ihre Plätze ein. „Ruhe!", sagte der Dekan, obwohl es bereits mucksmäuschenstill im Saal war. „Ich schäme mich zutiefst, dass ich nun Folgendes sagen muss: Wir haben einen Dieb in unseren Reihen."

Ein Windstoß ließ die Fahnen flattern und die Fledermaus zog sich in die Schatten zurück. Hoch aufgerichtet stand der Dekan da und ließ den Blick über die versammelte Menge schweifen.

„Es handelt sich um ein Buch", fuhr er fort. „Und zwar um ein sehr wertvolles Buch."

Finns Magen ballte sich krampfhaft zusammen und er hörte, wie Zoe den Atem anhielt.

Der Dekan fing an, am Rand der Bühne entlangzugehen. Dabei richtete er den Blick in jede Ecke des fünfeckigen Saales. „Ich fordere die Person, die dafür verantwortlich ist, auf, sich hier und jetzt zu offenbaren."

Niemand sagte ein Wort. Bei den Oberlichtern zuckte ein Schatten auf und Finn sah, wie der Falke sich auf einem Fahnenmast niederließ.

Das Schweigen zog sich in die Länge, bis der Dekan schließlich den Hütern zunickte. Sie stellten sich in gleichmäßigen Abständen rund um die Bühne auf, die Augen in Richtung der Schüler. Als Professor Panjaran seinen durchdringenden Blick auf die Fördergruppe richtete, holte Finn langsam und tief Luft. Sein Atem war eine Welle und er ließ sich darauf treiben. Ein und aus, ganz gleichmäßig atmete er. Die Meditation ließ ihn ruhiger werden, er konnte sich besser konzentrieren. Wurde davongetragen.

Finn atmete weiter so sparsam wie möglich, während die Hüter langsam die Bühne umrundeten. Auf Panjaran folgte Pietr Turminski, der sich die Schlange des Geschmackssinnclans um die Schultern gelegt hatte. Seine Lippen waren ein wenig geöffnet und die Schlange ließ unentwegt ihre Zunge nach vorn schnellen. Anschließend nahm Susan Arnott seinen Platz ein. Als ihre blinden Augen auf Finn ruhten, wurde er schlagartig nervös. Dann war Schnäbelchen an der Reihe und legte den Kopf in den Nacken. Der hünenhafte Magnus Gustavsson bildete den Schluss. Sie alle streckten immer wieder die Arme aus und spreizten die Finger, fast so, als wären es Antennen, mit denen sie irgendwelche geheimnisvollen Schwingungen empfangen konnten.

Finn musste seine gesamte Selbstbeherrschung aufbieten, um langsam und gleichmäßig zu atmen.

Als die Hüter zwei komplette Runden absolviert hatten, steckten sie die Köpfe zusammen und berieten sich.

Sie wissen Bescheid, dachte Finn. Jeden Augenblick würden sie sich gemeinsam zu ihm oder Zoe umdrehen. Aber nichts dergleichen geschah. Der Dekan wandte sich einmal mehr an die Versammlung.

„Alle Schüler kehren jetzt in ihre Zimmer zurück. Die Clanvorsteher schärfen all ihre Sinne und überwachen das Verhalten jedes einzelnen. Sämtliche verdächtigen Aktivitäten sind mir unverzüglich zu melden. Jeder Schüler, der sich nicht an diese Vorgaben hält, gilt automatisch als schuldig."

Ben, Adriana und die anderen Clanvorsteher schickten alle Schüler nach draußen. Finn huschte zu Zoe und Lucy, die sich gerade zum Ende der Sitzreihe schoben.

„Wo ist es?", flüsterte er Zoe ins Ohr.

Zoe wandte sich ab. Ihre Augen waren hinter der dunklen Schutzbrille nicht zu erkennen.

In der Fördergruppe angekommen legte Finn, wie üblich, die Hand auf das Display vor seiner Tür, aber nichts geschah. Er wischte die Hand an seiner Jogginghose ab und versuchte es noch einmal. Wieder nichts.

„Finn?", rief Lucy, deren Zimmer sich hinter der nächsten Ecke befand. „Funktioniert deine Tür?"

Bald hatten sie festgestellt, dass sämtliche Türen verriegelt waren, und ließen sich mit dem Rücken zur Wand auf den Boden sinken.

„Wir stecken bis zum Hals in der Patsche", sagte Lucy.

„Keine Panik", erwiderte Zoe. „Kylies Tagebuch ist in Sicherheit."

„Wenn es in deinem Zimmer ist, dann werden Sie's auch finden", sagte Finn.

„Ist es aber nicht."

„Ich hab doch gleich gesagt, dass wir es nicht klauen sollen", sagte Lucy.

„Ich hab's ja gar nicht geklaut", widersprach Zoe. „Wenn überhaupt einer was geklaut hat, dann der Dekan."

Finn nickte. „Ganz genau. Wie kann er uns beschuldigen, ohne dass er sich gleichzeitig selbst beschuldigt?"

Da betraten Ben, Adriana und Jermaine den Flur. Sie bildeten eine Blockade, die jede Flucht unmöglich machte, und hatten grimmige Mienen aufgesetzt. Finn wollte gerade fragen, was eigentlich los sei, als Kildair in ihrem Rücken auftauchte.

Ben ergriff das Wort und sah die drei dabei fast entschuldigend an. „Wollt ihr uns vielleicht noch irgendetwas sagen, bevor wir eure Zimmer durchsuchen?"

Finn hielt Bens Blick stand und zuckte mit den Schultern. Er wusste, dass die anderen nicht reden würden, und auch er hatte nicht vor, irgendetwas zu verraten.

„Du kannst bloß hoffen, dass wir das Buch nicht bei dir finden", sagte Jermaine zu Finn. Seine Nasenlöcher zuckten.

„Ich weiß ja nicht mal, was das für ein Buch sein soll", erwiderte Finn.

„Und außerdem ist das eine Verletzung unserer Privatsphäre", beschwerte sich Lucy. „Wir haben schließlich auch Rechte."

Der Dekan nickte Jermaine zu und dieser zog seine Anstecknadel aus seinem Kragen und berührte damit Finns Display. Das hintere Ende der Anstecknadel blinkte grün auf und das Türschloss machte *klick*.

Jermaine steckte die Anstecknadel wieder an ihren Platz, stieß Finns Zimmertür auf und verschwand im Inneren. Auf die gleiche Weise verschaffte sich Adriana Zutritt zu Zoes Zimmer, während Ben sich Lucys Reich vornahm. Finn war erleichtert, dass er das Hexagramm, das Xander an seine Wand gekritzelt hatte, bereits wieder abgewischt hatte. Aber was, wenn Jermaine auf den zerbrochenen Spiegel aufmerksam wurde? Würde er den sechszackigen Stern dahinter entdecken?

Quälend langsam vergingen die Sekunden. Finn betrachtete das undurchdringliche Gesicht des Dekans. *Und was haben Sie zu verbergen?*, dachte er.

Da öffnete sich Finns Zimmertür und Jermaine trat auf den Flur. Finn spannte alle Muskeln an.

„Gibt es etwas zu berichten?", erkundigte sich der Dekan.

Jermaine schüttelte den Kopf.

Lautlos stieß Finn den Atem aus. Lucy saß neben ihm und knetete ununterbrochen ihre Finger. Zoe hingegen verharrte vollkommen regungslos.

Als Nächstes trat Ben auf den Flur. „Also echt, Lucy, ich hab noch nie ein schlampigeres Zimmer gesehen als deins", sagte er.

„Wer den Fußboden als Schrank benutzt, hat viel mehr Platz", entgegnete Lucy lächelnd. Trotzdem konnte Finn die Anspannung in ihrer Stimme deutlich hören.

„Nichts", sagte Ben zum Dekan.

Jetzt waren alle Augen auf Zoes Tür gerichtet. Der Dekan klopfte immer wieder mit dem Fuß auf den Boden und jedes Mal schallte ein leises Echo durch den Flur. Finn fuhr sich mit der Zunge über die Lippen.

Schließlich machte Adriana die Tür auf. Ohne ein Wort zu sagen, mit bleicher, vollkommen entsetzter Miene stand sie da. Finn wollte schon aufstehen, aber Lucy zog ihn wieder zu Boden. Zoe rührte keinen Muskel.

„Was hast du entdeckt?", wollte der Dekan wissen.

Adriana wischte sich eine pinkfarbene Strähne aus der Stirn. „Ich glaube, das sollten Sie sich mit eigenen Augen ansehen, Sir." Nach einem Blick zu Zoe fügte sie hinzu: „Tut mir leid, Kleine."

Der Dekan folgte Adriana ins Zimmer und machte die Tür hinter sich zu.

Das Warten fiel ihnen jetzt noch schwerer als zuvor. Ben und Jermaine standen dicht beieinander und flüsterten miteinander. Finn saß nur brütend da. Sie hatten es gefunden! Von wegen „in Sicherheit"!

Die Tür ging auf und der Dekan trat heraus. Adriana war dicht hinter ihm. Er hielt ein Buch in der Hand, aber Finn sah sofort, dass es kleiner war als Kylies Tagebuch. Außerdem war der Einband uralt und aus braunem Leder, nicht aus glattem grünem Plastik.

„Zoe Redmayne, hast du mir etwas zu sagen?" Der Dekan hielt ihr das Buch entgegen.

Zoe starrte ihn mit offenem Mund an. „Ich ... äh ... ich weiß nicht. Das habe ich noch nie gesehen."

„Und doch hat das fehlende Buch unter deinem Kopfkissen gelegen", sagte der Dekan.

Finn war völlig verwirrt, als ihm klar wurde, dass der Dekan gar nicht nach Kylies Tagebuch gesucht hatte, sondern nach einem ganz anderen Buch.

„Das war vorhin noch nicht da, ganz ehrlich." Mühsam kam Zoe auf die Beine und blickte immer abwechselnd den Dekan und Adriana an. „Das hat irgendjemand extra da hingelegt."

„Du lügst", sagte der Dekan.

„Nein!", erwiderte Zoe mit tränenerstickter Stimme.

„Ich sehe doch die Zuckungen in deinem Gesicht", fuhr der Dekan fort. „Und ich rieche die Lüge aus jeder deiner Poren." Seine Stimme wurde höher und lauter. „Ich kann sie hören. Ich kann sie schmecken. Ich kann deine Lügen auf meiner Haut fühlen."

„Nein ..." Zoe zitterte am ganzen Körper.

Adriana ging neben dem Mädchen mit der Schutzbrille in die Knie und legte ihm den Arm um die Schultern.

„Vielleicht gibt es ja noch eine andere Erklärung dafür, Sir", sagte sie und blickte den Dekan an. „Zoe hat in letzter Zeit unter einem enormen Druck gestanden, nach der Sache mit Kylie und …"

„Hier geht es nicht um Druck", unterbrach der Dekan sie. „Hier geht es um Redlichkeit. Und das ist etwas, was diesem Kind eindeutig fehlt. Auf Alyxa gibt es für solche Fälle eindeutige Regeln. Die Strafe für dein Vergehen wird prompt erfolgen und sie wird hart sein."

Zoe zog ihre Schutzbrille ab, sodass sie ihr nun um den Hals baumelte. Tränen liefen ihr über die Wangen und sie wischte sie mit ihren Handflächen ab.

„Machen Sie mit mir, was Sie wollen", sagte sie. „Ist mir sowieso egal."

„Was dir egal ist und was nicht, das berührt mich nicht", erwiderte Kildair. „Im Gegensatz zu deinen Verbrechen. Jermaine, du bringst Zoe zur Befragung in die Meditationskammer Nummer eins. Ansonsten spricht niemand mit ihr."

Als Jermaine sich mit Zoe auf den Weg machte, sprang Finn auf. Dieses Mal versuchte Lucy nicht, ihn daran zu hindern.

„Das dürfen Sie nicht", sagte er.

„Das darf ich sehr wohl", erwiderte der Dekan.

„Wir wissen genau, was Sie vorhaben", platzte Finn hervor. „Wenn Sie sie einsperren …"

„Finn!", zischte Lucy und packte ihn am Ärmel seiner Joggingjacke. „Halt die Klappe!"

„Wer sich auf dünnem Eis bewegt, sollte nicht auf und ab hüpfen", sagte der Dekan mit gespitzten Lippen. „Hör auf deine Freundin, Finlay Williams."

Finn war unmittelbar davor, etwas zu sagen, aber es fiel ihm schwer, die richtigen Worte zu finden.

„Eine weise Entscheidung", sagte der Dekan, drehte sich um und ging weg.

„Nehmt es nicht so schwer", beschwichtigte Ben. „Zoe wird schon klarkommen." Dann folgten er und Adriana dem Dekan.

Kaum waren sie im Aufenthaltsraum der Fördergruppe angekommen, ließ Finn sich in einen Sessel plumpsen. So langsam kapierte er überhaupt nichts mehr.

„Was war das eigentlich für ein Buch?", fragte ihn Lucy.

„Keine Ahnung. Oh Gott … du glaubst doch nicht etwa, dass der Dekan es selbst unter Zoes Kopfkissen gelegt hat? Aber wenn er wirklich Kylie auf dem Gewissen hat, was sollte ihn daran hindern, das alles so hinzudrehen, dass er auch Zoe loswerden kann?"

„Also, du bist echt ein schwerer Fall von Verfolgungswahn. Schließlich hat Adriana das Buch gefunden. Und sie war Kylies Freundin. Rutsch mal."

„Hä?" Sein Sessel war nur für eine Person gedacht. Da war kein Platz für zwei! Trotzdem rutschte er zur Seite.

Lucy zog das Sitzkissen nach oben und steckte die Hand zwischen die Sprungfedern.

„Was machst du denn da?", wollte Finn wissen.

„Moment noch", erwiderte Lucy und wühlte weiter. „Da hätten wir's ja." Sie brachte aus den Tiefen des Sessels ein wohlbekanntes Buch ans Licht.

„Wie ist es denn da hingekommen?"

„Das war meine Idee", sagte Lucy. „Zoe wollte es in ihrem Zimmer verstecken, aber mir war klar, dass das mit einer Katastrophe enden würde. Gut, dass wenigstens eine von uns klaren Kopf bewahrt hat."

Finn nahm das Tagebuch in die Hand. Es fühlte sich seltsam schwer an, als hätten Kylies Gedanken jetzt irgendwie mehr Gewicht als zuvor.

„Du musst es wieder verstecken", sagte er und drückte es Lucy in die Hand. „Für das, was wir als Nächstes vorhaben, brauchen wir es nicht."

„Nein?"

„Nein. Der Dekan hat Zoe gefangen genommen. Das heißt, es ist ein anderes Spiel geworden. Das schaffen wir nicht mehr allein."

Finn stand vor der Tür der Hüterin des Gehörs und hob die Hand.

„Herein", sagte Susan Arnott, noch bevor er angeklopft hatte.

Finn trat behutsam ein und hielt Lucy die Tür auf, damit sie ebenfalls das Zimmer betreten konnte. Sofort fiel ihm der frische Blumenduft auf. Ein flauschiger weißer Teppich streichelte seine Füße und bildete einen starken Kontrast zu den schwarzen Ledersofas und dem eleganten Schreibtisch aus Edelstahl. Aus einer Lautsprecherbox drang leise Jazzmusik.

Die Hüterin stand neben einem polierten Holzständer, auf dem eine große Kugel thronte. Sie trug ein langes, schwarz-weiß gestreiftes Kleid, das sehr gut zu der nüchternen Zimmereinrichtung passte. Während Finn und Lucy ein wenig unschlüssig vor ihrem Schreibtisch herumstanden, klappte sie die Kugel auf und brachte ihren Inhalt zum Vorschein: eine vielfältige Ansammlung unterschiedlicher Gläser und Flaschen.

„Äh, also, ich bin's, Finn …", stotterte Finn.

„Ja", erwiderte Arnott, ohne ihnen den Kopf zuzuwenden. „Und du hast Lucille Raj mitgebracht."

Sie schenkte sich ein Glas ein und klappte die Kugel wieder zu. Dann drehte sie sich zu ihnen um und Finn starrte in ihre weit geöffneten Augen, die aussahen wie weißliche Milchteiche.

„Du brauchst mich nicht so anzustarren", sagte Arnott. „Bitte, macht es euch bequem."

Finn hockte sich auf eine Sofakante und Lucy setzte sich etwas ungeschickt neben ihn. Als er seine Beine bewegte, knarrte das weiche Leder.

„Wie kann ich euch behilflich sein?", erkundigte sich die Hüterin des Hörens. Ihre Haut war glatt wie Marmor. Sie hatte den Ellbogen in eine Handfläche gestützt und nippte an ihrem Drink.

Finn schluckte. „Es … es geht um Kylie Redmayne." Arnott nickte ermutigend mit dem Kopf. „Ihr tödlicher Unfall, also … irgendwas stimmt da nicht. Bevor es passiert ist, hat sie in ihrem Tagebuch alle möglichen Sachen über den Dekan aufgeschrieben." Er zögerte. „Wir glauben, dass der Dekan etwas mit der ganzen Sache zu tun haben könnte."

Es hätte ihn nicht überrascht, wenn Arnott sie beide auf der Stelle hinausgeworfen hätte. Stattdessen nahm sie nur einen weiteren Schluck aus ihrem Glas.

„Das ist eine schwerwiegende Aussage", sagte sie. „Habt ihr dafür irgendwelche Beweise?"

Finn setzte sich auf. „Ein paar schon. Als Erstes habe ich den Dekan unten am Fuß der Klippen getroffen. Da hat er sich sehr verdächtig benommen. Und ich habe dort eine Anstecknadel gefunden, wie sie die Clanvorsteher haben. Ich glaube, dass sie Kylie gehört haben könnte."

„Gut möglich", erwiderte Susan Arnott. „Wenn man bedenkt, wie sie den Tod gefunden hat." Sie lächelte immer noch, aber Finn wusste nicht, wie er diese blinden Augen deuten sollte. „Du hast gesagt, dass Kylie etwas über Mr Kildair aufgeschrieben hat. Was denn, genau?"

Finn stand auf und begann, auf und ab zu gehen. „Zum Beispiel: *Wieso hört der Dekan nicht auf, mich zu fragen?* Und außerdem war sie sich sicher, dass sie verfolgt wird."

„Und von wem?", wollte Arnott wissen.

„Ich weiß nicht." Finn überlegte, ob er ihr von dem Lied erzählen sollte, vielleicht sogar von seinen eigenartigen Träumen. Es hatte sich so vieles in ihm aufgestaut, was nach draußen drängte. Aber würde die Hüterin die Verbindung zwischen all diesen Dingen und dem Dekan erkennen? Gab es da überhaupt eine Verbindung?

„Und jetzt hat er Zoe eingesperrt", sagte Lucy mit einem Seitenblick auf Finn. „Er glaubt, dass sie etwas gestohlen hat."

„Und hat sie das?", erkundigte sich Susan Arnott.

„Wir glauben es nicht." Finns Stimme klang niedergeschlagen.

Arnott ließ das Glas sinken und stellte es genau in der Mitte eines kleinen runden Untersetzers ab. Sie tippte dreimal mit dem Finger dagegen und die Musik verstummte. Äußerlich wirkte sie völlig ungerührt. Finn hielt den Atem an. Schlagartig wurde ihm bewusst, dass ihre Beweise auf sehr, sehr wackeligen Beinen standen.

„Eure Sorge um Zoe ist lobenswert", sagte sie. „Aber ich versichere euch, dass ihr von Mr Kildair keinerlei Gefahr droht."

Finn atmete innerlich auf, erleichtert darüber, dass sie keinen Wutanfall bekommen hatte. Aber genauso wenig hatte sie gesagt, dass sie ihnen glaubte. „Aber warum hat er dann Kylie verfolgt?", fragte er.

Arnott kam vom Schreibtisch zum Sofa geschwebt. Ihr Kleid raschelte bei jedem ihrer Schritte. Dann drehte sie sich um und setzte sich, alles mit einer einzigen fließenden Bewegung.

„Habt ihr schon einmal etwas vom sechsten Sinn gehört?"

„Sie meinen den sechsten Sinn, über den wir nicht sprechen dürfen?", erwiderte Lucy.

„Ja. Viele hier auf Alyxa halten den sechsten Sinn für einen Mythos, aber nicht so der Dekan. Er warnt die Hüter – mich eingeschlossen – seit Jahren, dass der sechste Sinn eine ernst zu nehmende Bedrohung für die Sicherheit Alyxas darstellt."

„Und das hat etwas mit Kylie zu tun?", fragte Finn, der sofort an die Hexagramme denken musste, die sie in ihr Tagebuch gekritzelt hatte. Ganz zu schweigen von dem einen hinter seinem Spiegel.

„Ich sage euch, was ich weiß", sagte Arnott und legte direkt vor ihrer Nase die Fingerspitzen aneinander. „Der Dekan war überzeugt davon, dass Kylie Redmayne unter den Einfluss des sechsten Sinns geraten war. Darum hat er Schritte unternommen, um sie unter Beobachtung zu halten. Aus seiner Sicht war das ..." Sie wackelte mit den Fingern. „... eine fürsorgliche Maßnahme. Ich glaube, er hat sich sogar zu dem dramatischen Schritt entschlossen, ihr Tagebuch in seinen Besitz zu bringen, für den Fall, dass es Hinweise auf ihren Geisteszustand enthält. Er war am Boden zerstört, als Kylie sich das Leben genommen hatte, genau wie wir alle."

Finn ließ sich auf das Sofa fallen. Eine fürsorgliche Maßnahme! Daran hatte er nicht gedacht.

Lucy stieß Finn behutsam in die Seite, blickte Arnott an und zog die Augenbrauen hoch.

„Ich weiß, dass du mir nicht glaubst, Lucy", fuhr die Hüterin des Hörens fort. „Dennoch sage ich die Wahrheit. Ich verrate euch vermutlich sogar mehr, als ich sollte, aber andererseits seid ihr Zoes Freunde. Und jetzt sagt mir doch: Warum habt ihr Angst um sie?"

„Weil das fehlende Buch in ihrem Zimmer gefunden wurde und wir nicht wissen, wie es da hingekommen ist", antwortete Finn.

„Tatsächlich?" Zum ersten Mal wirkte Arnott ehrlich überrascht. „Das ist in der Tat merkwürdig, ich muss schon sagen. Aber vielleicht auch nicht völlig unerklärlich, wenn man bedenkt, womit ihre Schwester sich beschäftigt hat."

„Was ist denn eigentlich so Besonderes an diesem Buch?", wollte Lucy wissen.

„Wahrscheinlich nichts", gab Arnott zur Antwort. „Das Problem ist nur, dass es aus der Privatbibliothek der Hüter entwendet wurde."

„Sie glauben doch nicht ernsthaft, dass Zoe es gestohlen hat, oder?", sagte Finn. „Ich meine, warum sollte sie das tun?"

„Der Titel lautet *Liber Morvani*", sagte Arnott.

„*Das Buch Morvans*", übersetzte Finn im Flüsterton. Allein der Name jagte ihm einen Schauer über den Rücken.

„Du zitterst zurecht", sagte Arnott. „*Das Buch Morvans* enthält einen uralten Text, der angeblich nach dem Tod des sechsten Hüters vor über tausend Jahren entdeckt wurde."

„Also, hat es diesen Typen nun gegeben oder nicht?", wollte Lucy wissen. „Schnäbelchen … ich meine, Miss Blake hat jedenfalls gesagt, dass es nur eine Legende ist."

„Oh, Morvan hat in der Tat gelebt", antwortete Susan Arnott. „Er war, das steht fest, ein mächtiger Druide, der zu außergewöhnlichen Taten imstande war. Aufgrund seiner radikalen Ideen wurde er jedoch geächtet und hat sich daraufhin mit einer Schar von ebenfalls abtrünnigen Anhängern in die Wälder zurückgezogen. Nach einer gewissen

Zeit wurde er zu einer Bedrohung … und dementsprechend behandelt."

„Sie meinen, er wurde ermordet", sagte Lucy.

„Die Aufzeichnungen sind in diesem Punkt nicht eindeutig", sagte Arnott. „Aber ihr müsst bedenken, dass das sehr lange her ist. Es waren andere Zeiten."

Finn fragte sich so langsam, ob er hier jemals eine klare Antwort auf eine seiner Fragen bekommen würde.

„Dein Atem verrät deine Enttäuschung, Finlay", fuhr die Hüterin des Hörens fort. „Aber ich drücke mich keineswegs absichtlich so unklar aus. Es ist beinahe unmöglich herauszufinden, was und wie sich die Dinge vor einem Jahrtausend wirklich abgespielt haben. Geschichte wird schließlich, wie ihr wisst, von den Siegern geschrieben. Und trotzdem ist es denkbar, dass sich in den Randnotizen zahllose andere Geschichten verbergen."

„Der Dekan glaubt also an die Existenz des sechsten Sinns?", wollte Lucy wissen.

„Und Kylie Redmayne auch, laut eigener Aussage", ergänzte Arnott.

Dann hat Zoe das Buch vielleicht doch gestohlen, dachte Finn. *Sie ist schließlich auch in mein Zimmer eingebrochen, um nach Hinweisen zu suchen.*

Aber ihr blankes Entsetzen, als der Dekan sie des Diebstahls bezichtigt hatte, war sehr glaubhaft gewesen.

„Was steht denn in diesem Buch?", wollte er wissen.

Die Hüterin blickte ihn direkt an. Für einen kurzen Moment kam es ihm so vor, als würden Wolken in ihre ausdruckslosen Augen steigen, kalte Knäuel aus weißem Dampf, genau an den Stellen, wo eigentlich ihre Pupillen hätten sein sollen.

„Prophezeiungen, Zaubersprüche, Beschwörungen, Rituale", erwiderte sie dann mit einer wegwerfenden Handbewegung. „Es heißt, der Inhalt sei von den sechs Jüngern Morvans nach dessen Tod zusammengestellt worden. Sie fürchteten, dass ihr Clan sich nach dem Tod ihres Meisters in alle Winde zerstreuen würde, dass ihre Mitglieder Vertreibung oder noch Schlimmeres würden erdulden müssen, und haben deshalb mehrere Exemplare dieser Sammlung erstellt."

„Haben Sie es gelesen?", wollte Lucy wissen.

„Zum Teil. Es steht in gewisser Weise der sogenannten schwarzen Magie nahe und lädt die Leser ein, mit den Geistern der Finsternis in Kontakt zu treten." Sie machte die Augen zu. „Das ist natürlich alles Unsinn, aber es gibt immer Menschen, die bereit sind, so etwas zu glauben. Ein Gedanke, eine Idee, eine Vorstellung … das können sehr mächtige Dinge sein, ganz egal, wie viel Wahrheit sie in sich tragen."

„Ich verstehe das nicht", wandte Finn ein. „Aber Sie behaupten doch, dass der sechste Sinn ausgemachter Blödsinn ist, oder?"

Arnott schwieg und ihr Schweigen schien sehr, sehr lange anzuhalten. Finn wusste nicht, ob sie nach einer Antwort auf seine Frage suchte oder sich in ihren eigenen Gedanken verlaufen hatte.

„Ob Blödsinn oder nicht, der sechste Sinn hat Zoes bedauernswerte Schwester in den Tod getrieben. Wir dürfen nicht zulassen, dass er das Regiment übernimmt. Darum sind die Hüter unermüdlich darum bemüht, jeden Gedanken daran zu unterdrücken. Danke, dass ihr mir all das erzählt habt. Ich verspreche euch, dass ich alles, was geschehen ist, mit meinen Kollegen besprechen werde."

Susan Arnott erhob sich. Die schwarz-weißen Streifen ihres Kleides wirbelten wie eine optische Täuschung um sie herum.

Lucy zog Finn in Richtung Tür.

„Dann gehen wir jetzt wohl besser", sagte sie.

„Aber was ist mit Zoe?" Finn wollte sich noch nicht zufriedengeben und ärgerte sich über Lucy. Wieso hatte sie es denn so eilig? Hier musste doch noch mehr zu erfahren sein!

Susan Arnott lächelte. „Ihr müsst euch keine Sorgen machen. Ich verbürge mich dafür, dass Zoe Redmayne kein Leid geschehen wird."

18

Kaum hatten sie Susan Arnotts Arbeitszimmer verlassen, stellte Lucy sich vor den nächsten Stundenplanmonitor.

„Wir haben eine Freistunde", sagte sie und tippte mit dem Zeigefinger auf den Bildschirm. „Jetzt, wo sie den Ausnahmezustand ausgerufen haben, ist der ganze Stundenplan durcheinandergeraten. Lass uns mal in die Kantine gehen. Wer zuerst da ist!"

Sie rannte den Flur entlang. Finn lief ihr hinterher und holte sie an einer Kreuzung mit einem anderen Flur ein. Direkt über ihnen hing ein Mobile aus Treibholz, das sich träge im Kreis drehte.

„Warum wolltest du denn so schnell los?", fragte Finn. „Es gibt doch immer noch tausend ungeklärte Fragen."

Lucy blickte zuerst nach oben zu dem Mobile, dann die sich kreuzenden Flure entlang. Schließlich lächelte sie. „Die Arnott hat uns doch alles erklärt, oder etwa nicht?"

Mit diesen Worten setzte sie sich wieder in Bewegung. Finn stapfte ihr nach. „Woher willst du denn wissen, dass sie nicht auch mit drinhängt?"

„Da spricht der Verfolgungswahn."

„Ach, tatsächlich?" Inzwischen hatte er sie wieder eingeholt und versuchte, sie zum Stehenbleiben zu bewegen, aber sie ließ sich nicht aufhalten. „Als der Dekan mich zu sich ins Büro geholt hat, da hat er mir nicht bloß alle möglichen Fragen gestellt. Er wollte mich aushorchen. Er hat irgendwas zu verbergen."

„Aber die Arnott hat doch gesagt, dass sie sich darum kümmern will." Lucy bog um die nächste Ecke. „Ich finde, wir sollten die Finger davon lassen."

Beim Kantineneingang schob Finn sich mit einem großen Satz vor Lucy und versperrte ihr den Weg. „Was ist denn bloß los mit dir?", sagte er. „Ich dachte, wir ziehen das gemeinsam durch?"

Lucy legte den Finger auf die Lippen und starrte ihn durchdringend an.

Verwirrt betrat Finn in ihrem Schlepptau die Kantine. Dann machte er sich am Kakaoautomaten eine heiße Schokolade, während Lucy sich ein Glas mit einer blassgrauen Flüssigkeit nahm – wahrscheinlich eine Eiweißbombe oder etwas Ähnliches. Sie suchten sich eine stille Ecke, was nicht weiter schwierig war, da es erst in einer Stunde Mittagessen gab. Die Kantine war fast menschenleer. Aus der Küche im Stockwerk über ihnen war leises Klappern zu hören.

„Gut", sagte Lucy mit leiser Stimme. „Ich schätze, wir sind jetzt weit genug entfernt."

„Entfernt? Wovon denn entfernt? Was soll das ganze Theater eigentlich?" Finn musste sich zusammenreißen, um sie nicht anzubrüllen.

„Von Susan Arnott. Du weißt doch, wie gut sie hören kann. Wahrscheinlich hat sie dein Gemaule quer durch die ganze Schule Wort für Wort mitbekommen."

Mit einem Mal fiel Finn in sich zusammen wie ein angepikster Luftballon. Wie hatte er nur so begriffsstutzig sein können?

Lucy versetzte ihm einen Klaps. „Jetzt nimm es nicht so schwer. Wir können nur hoffen, dass sie glaubt, dass sie wenigstens eine von uns von der Fährte abgelenkt hat."

„Es gibt eine Fährte?" Verblüfft stellte Finn fest, dass man sich gleichzeitig dämlich und erleichtert fühlen konnte.

„Nicht wortwörtlich natürlich. Hör mal, ich hab keine Ahnung, ob sie uns angelogen hat", sagte Lucy, „aber in einem Punkt bin ich mir sicher: Sie hat uns nur die halbe Wahrheit gesagt."

Sie nippten an ihren Getränken und Lucy verzog dabei das Gesicht.

„Mal ganz im Ernst, ist es das wirklich wert? Wenn du einfach zugeben würdest, dass deine Kräfte gar nicht spurlos verschwunden sind, dann müsstest du nicht mehr länger diesen Sträflingsfraß in dich reinschlingen."

„Im Moment will ich es eben so", erwiderte Lucy. „Aber was ich eigentlich sagen wollte: Die besten Lügner sind die, die ihre Lügen mit der Wahrheit vermischen. Arnott hat über weite Strecken die Wahrheit gesagt, aber es gab ein paar Stellen, wo ich ... seltsame Signale von ihr aufgeschnappt habe."

„*Seltsame Signale?*"

Lucy nickte. „Als sie gesagt hat, dass Kylie sich das Leben genommen hat."

Finn musste schlucken. Er hatte zwar die ganze Zeit schon einen ähnlichen Verdacht gehabt, aber in dem Moment, als Lucy die Worte aussprach, lief ihm eine Gänsehaut den Rücken hinunter. Er blickte sich in der leeren Kantine um. Das hier war nichts weiter als eine Schule. In einer Schule wurde doch niemand ermordet, oder etwa doch? Er kam sich winzig klein und machtlos vor, genau wie in seinem Unterwasseralbtraum. Sie hatten ihren Verdacht weitergegeben, aber erreicht hatten sie gar nichts. Jetzt gab es nichts mehr, was sie noch tun konnten.

Bis auf eines ...

„Dein Dad ist doch gerade nicht da, oder? Glaubst du immer noch, dass du dir diesen Apparat holen kannst?"

„Der, mit dem man dein Gehirn verflüssigen kann?" Lucy stocherte mit dem Strohhalm in ihrem Glas herum.

„Alles hat damit angefangen, dass ich dieses Lied gehört habe. Das ist das einzige Teil in dem ganzen Puzzle, das absolut keinen Sinn ergibt."

„Das einzige?"

Finn musste an seine Träume oder Visionen oder was immer sie sein mochten denken. Die Mädchenstimme, die um Hilfe rief. Er konnte das nicht einfach ignorieren, nicht solange Zoe vom Dekan gefangen gehalten wurde. Er leerte seine Schokolade in einem Zug und knallte den Becher auf den Tisch. „Du hast mal zu mir gesagt, dass ich meinen Sinnen trauen soll, und ich weiß, was ich gehört habe. Los jetzt, gehen wir zu deinem Vater ins Labor."

„Das ist dein sicherer Tod", erwiderte Lucy.

Da fing ein Monitor in ihrer Nähe an, gelb zu blinken, dann war folgende Botschaft darauf zu lesen: ALLE SCHÜLER FINDEN SICH UNVERZÜGLICH IM SEKTOR G EIN.

Finn runzelte verwundert die Stirn. „Ich dachte, wir haben eine Freistunde?", sagte er.

Auch die wenigen anderen Schüler, die noch in der Kantine saßen, starrten verwirrt auf die Bildschirme.

„Der Stundenplan ändert sich doch ständig", sagte Lucy und sprang auf. „Aber ich wusste gar nicht, dass der Sektor G schon geöffnet ist."

Finn ärgerte sich, dass er nicht direkt von Susan Arnott in Dr. Rajs Labor gegangen war. „Und was ist der Sektor G?"

„Der ist neu", erwiderte Lucy. „Mehr weiß ich auch

nicht. Die Hüter sind schon seit Monaten damit beschäftigt. Er sollte eigentlich schon früher fertig werden, aber Dr. Forrester hat es immer wieder hinausgezögert."

„Warum?"

Lucy zuckte nur mit den Schultern. „Ich glaube, aus ethischen Gründen oder so."

„Mehr willst du mir wirklich nicht verraten?"

„Mehr *weiß* ich nicht", entgegnete Lucy.

„Na gut, bringen wir's hinter uns", sagte Finn. „Je schneller wir im Sektor G sind, umso schneller sind wir auch wieder weg und können uns um wichtigere Dinge kümmern.

„Jawohl, Herr Kommandant." Lucy richtete sich kerzengerade auf und legte die Hand zu einem zackigen Salut an die Schläfe. „Komm schon. Ich hab keine Lust, die Letzte zu sein."

Der Sektor G war ein schwarzer, kugelförmiger Bau neben einem Flügel des Alyxa-Sterns. Er war durch einen Glastunnel mit dem Gebäude verbunden. Das Dach bestand aus einer durchsichtigen Kuppel, die den Blick auf den Himmel freigab. Als Finn hinter Lucy den riesigen Raum betrat, legte er den Kopf in den Nacken und sah einen Schwarm Kormorane vorbeiziehen.

In der Mitte des Zimmers stand ein gedrungener

schwarzer Zylinder mit einem Durchmesser von vielleicht zwanzig Metern. Er sah aus wie ein Alienraumschiff aus einem Science-Fiction-Film.

Finn und Lucy umrundeten den Zylinder zusammen mit vielen anderen neugierigen Schülern. Aufgeregtes Geschnatter hallte durch den Raum. Fünf silberne Türen unterbrachen in regelmäßigen Abständen die gewölbte Oberfläche der Außenwand. Neben jeder Tür befand sich ein rötlich schimmerndes Display mit einer silbernen Tastatur.

Ein schriller Pfiff ertönte und es wurde still. Schnäbelchen schob sich durch die Menge und stieg eine kleine Treppe hinauf, die zu einem schmalen, seitlich an dem Zylinder angebrachten Podest führte. Sie hatte eine Tasche bei sich, die genau zum Tweedstoff ihres Hosenanzugs passte. An ihrem Jackett prangte eine riesige Geranienblüte. Auf dem Podest stand ein schmächtiger Mikrofonständer.

„Der menschliche Geist!", sagte Schnäbelchen und ihre vom Mikrofon verstärkte Stimme drang schrill in jeden Winkel des höhlenartigen Sektors G. Sie holte ein graues Plastikgehirn aus ihrer Tasche und reckte es nach oben. „Das Gehirn ist ein bemerkenswertes Organ. Kein anderes Lebewesen auf der Erde besitzt im Vergleich zu seiner Körpergröße ein solch großes Gehirn."

„Vielleicht kannst du dir das Ding ja mal ausleihen", flüsterte Lucy Finn zu. „Kann sein, dass du es brauchst, nachdem du den Helm meines Vaters ausprobiert hast."

„Sehr witzig", erwiderte Finn. Dann betrachtete er wieder den Zylinder in der Mitte des kreisförmigen Saales. Das alles sah nach modernster Technologie aus. Ob der Sektor G auch eine von Dr. Rajs Erfindungen war?

„Mithilfe seines Gehirns hat der Homo sapiens vieles, sehr vieles erreicht", fuhr Schnäbelchen fort. „Wir schaffen wundervolle Kunstwerke. Wir entwickeln fantastische medizinische Verfahren. Das menschliche Gehirn ist ein Geschenk." Sie hielt inne. „Aber es ist gleichzeitig ein Fluch, weil wir nämlich seine Sklaven sind."

Finn reckte den Kopf und sah sich um, suchte nach Zoe. Was hatte der Dekan mit ihr vor?

„Wir sind Sklaven unseres Gehirns, weil wir alles, was wir über das Universum wissen, mithilfe unserer Sinne erfahren haben", fuhr Schnäbelchen fort. „Ihr alle seid hier auf Alyxa, um eure sinnlichen Fähigkeiten zu verbessern, um die nächste Stufe zu erklimmen. Aber manchmal ist es auch notwendig, genau das Gegenteil zu tun. Manchmal muss man seine Sinne vollkommen ausschalten. Und darum seid ihr hier: um die Stille zu erlernen. Um Blindheit und Taubheit zu erfahren. Wie man nicht schmeckt, nicht riecht. Kurz gesagt, ihr seid hier, um zu lernen, wie ihr die Fesseln eurer Sinne abschütteln könnt."

„Aber ich dachte, wir sollen unsere Sinne schärfen!", rief ein Junge dazwischen. Das war der kleine Rufus, wenn Finn sich richtig erinnerte.

„Das Abschalten aller Sinneswahrnehmungen ist nur der erste Schritt", sagte Schnäbelchen. „Sobald ihr das könnt, werdet ihr lernen, sie wieder einzuschalten, und zwar einen Sinn nach dem anderen. Im Sektor G geht es um Konzentration. Hier lernt ihr, alle Verwirrung beiseitezuschieben und euch allein auf den Sinn zu fokussieren, der in diesem Augenblick wichtig ist."

„Cool!", sagte Lucy.

„Kapier ich nicht", meinte dagegen Finn. „Sinneswahrnehmungen sind doch keine Glühbirnen. Die kann man doch nicht einfach an- und wieder ausknipsen."

Schnäbelchen klopfte gegen die schwarze Zylinderwand. „Dies hier ist der Fäustling", sagte sie. „Er wurde konstruiert, um die Sinne jedes Eintretenden vollkommen zu verwirren."

„Ich hab's mir anders überlegt", sagte Lucy. „Das klingt überhaupt nicht cool!"

„Dabei kann die Art der Verwirrung sehr unterschiedlich ausfallen", fuhr Schnäbelchen fort. „Der Fäustling kann zum Beispiel visuelle oder akustische Störsignale aussenden, aber auch Toxine verströmen, um die Geruchswahrnehmung zu beeinträchtigen. Die Klimaanlage kann arktische Temperaturen ebenso erzeugen wie die unmenschliche Hitze des Death Valley. Und nur, indem ihr eure Sinne ausschaltet, werdet ihr in der Lage sein, die Aufgabe, die ich euch stellen werde, zu bewältigen."

Nervöses Kichern hallte durch die Kuppel. „Zunächst möchte ich, dass ihr euch zu Fünfergruppen zusammenschließt, so wie bei der Jagd."

Finn meldete sich. „Wir sind nur zu viert", sagte er. „Zoe Redmayne ist ... also, sie ist nicht da."

Schnäbelchen legte ein großes Papiertaschentuch vor ihre Nase und schnäuzte sich lautstark. „Dann nehmt ihr eben zu viert teil." Sie klatschte in die Hände. „Und jetzt Beeilung. Sucht eure Gruppe."

Während sich die Schüler in Bewegung setzten, drängelte Xander sich bis zur Plattform durch. Finn sah es und seine Laune verschlechterte sich schlagartig.

„Ich will nicht schon wieder zu den Blindgängern", sagte Xander zu Hüterin Blake.

„Kein Problem", schaltete sich Lucy ein. „Wir wollen dich auch gar nicht haben."

„Und außerdem hat es sowieso keinen Sinn", fuhr Xander fort. „Die haben schließlich überhaupt keine Kräfte."

Schnäbelchen starrte ihn über ihre lange Habichtsnase hinweg an. „Der Algorithmus des Fäustlings ist auf alle Fähigkeiten abgestimmt", sagte sie. „Und jetzt geh zu deinem Team."

„Aber die lassen sich einfach schreddern und wir verlieren schon wieder", widersprach Xander.

„Es handelt sich hierbei nicht um einen Wettkampf", gab Schnäbelchen zurück. Dann erhob sie die Stimme, damit alle sie hören konnten. „Und es wird auch niemand geschreddert, was immer das bedeuten soll. Der Fäustling soll euch verwirren, aber er wird euch keinen ernsthaften Schaden zufügen."

Xander wollte gerade erneut widersprechen, da trat Ben neben ihn und schob ihn zu Finn und Lucy.

„Da wären wir also wieder vereint", sagte Ben fröhlich. „Alle bereit?"

Schnäbelchen klatschte in die Hände. „Gleich wird das erste Team den Fäustling betreten. Dabei geht jedes Teammitglied durch eine andere Tür", sagte sie. „Sobald sie im Inneren sind, erscheint über jeder der Türen eine Zahl, die alle fünf Sekunden wechselt. Jeder Schüler merkt sich die Zahlenfolge über seiner Tür. Nach fünfundzwanzig Sekunden werden die Türen wieder geöffnet."

„Das ist alles?", fragte Chen. „Ein Gedächtnistest?"

Schnäbelchen bedachte ihn mit einem galligen Blick. „Es mag sich einfach anhören, aber die Störfunktionen des Fäustlings sind durchgehend aktiviert."

Jetzt meldete sich Sandy zu Wort. Ihre Stimme klang nervös. „Und jeder, der da reingeht ... also, fühlt jeder das Gleiche?"

Schnäbelchen schüttelte den Kopf. „Die ID-Scanner des Fäustlings erkennen den dominanten Sinn jedes Schülers. Sie sind genau auf das jeweilige Level kalibriert, ausgehend von den Angaben in Dr. Forresters Datenbank. Um ein

Beispiel zu nennen: Ein Schüler aus dem Clan des Sehsinns, viertes Level, sieht möglicherweise ein Kaleidoskop aus grell leuchtenden Farben. Ein Schüler auf dem ersten Level des Tastsinnclans spürt dagegen vielleicht einen leichten Stromschlag."

Unsicheres Gemurmel breitete sich unter der versammelten Schülerschar aus.

„So, dann nimmt das erste Team jetzt bitte seine Positionen ein. Jeder Schüler stellt sich vor eine andere Tür. Und legt die Hand auf das Display, damit der Fäustling euch erkennt."

Jermaine rührte sich als Erster und forderte sein Team mit einer Handbewegung auf, sich rund um den Zylinder zu verteilen. Finn stellte sich auf Zehenspitzen, um besser sehen zu können.

Einer nach dem anderen legten die Schüler die Hand auf die roten Displays. Sie sprangen auf Grün und die Türen glitten auf. Finn versuchte, einen Blick ins Innere des Zylinders zu erhaschen, aber da schlossen sich die Türen bereits wieder. Das Einzige, was er zu sehen bekam, waren helle, weiße Wände mit winzigen schwarzen Punkten.

Es wurde totenstill im Raum. Die Schüler rund um den Zylinder traten unruhig von einem Bein auf das andere. Was ging da drin jetzt vor sich?

Keine halbe Minute später öffneten sich die Türen wieder. Die fünf kamen nach vorn zur Plattform, wo

Schnäbelchen sie bereits erwartete. Ein Mädchen hielt sich mit aller Kraft die Ohren zu, ein anderes war bleich und schweißüberströmt.

Jermaine hingegen sah erstaunlich fröhlich aus. „Das war ja der Hammer!", sagte er. Doch dann legte sich ein Ausdruck der Verwirrung über sein Gesicht, er verdrehte die Augen und fiel in sich zusammen. Einer seiner Teamkameraden schlurfte an ihm vorbei, stolperte über seine Beine und ging ebenfalls zu Boden.

„Ich glaube, ich muss gleich spucken", sagte der Junge. Und das tat er dann auch.

Das fünfte Teammitglied war Sandy. Sie stand immer noch neben ihrer Tür und fuchtelte kraftlos mit den Händen vor ihrem Gesicht herum. „Ich will, dass die weggehen", sagte sie leise. „Ich mag die nicht."

Schnäbelchen öffnete eine Klappe in der Zylinderwand, hinter der eine Schalttafel zum Vorschein kam. Sie machte sich kurz daran zu schaffen, dann schloss sie die Klappe wieder.

„Gut möglich, dass die Kalibrierung noch ein bisschen zu stark eingestellt ist."

Der Junge, der sich gerade eben übergeben hatte, starrte sie ungläubig an.

„Jetzt gebt ihr bitte eure Zahlenfolge in die Tastatur neben eurer Tür ein", sagte Schnäbelchen, „und bestätigt die Eingabe mit der ENTER-Taste."

Drei Schüler befolgten ihre Bitte. Nachdem sie ihre fünfstellige Kombination eingegeben hatten, leuchteten auf jedem Display die Worte ANTWORT NICHT KORREKT auf. Jermaine und das Mädchen, das sich die Ohren zuhielt, standen mit verwirrter Miene vor ihrer Tastatur.

„Ich habe ganz eindeutig Zahlen gesehen", sagte Jermaine, „aber fragen Sie mich nicht, welche."

Finn wusste nicht, ob er lachen oder Angst haben sollte. Es war schon irgendwie lustig gewesen, die erste Gruppe herumtorkeln zu sehen, aber er wusste ja, dass er früher oder später auch in den Fäustling musste.

Die zweite Gruppe kam noch angeschlagener wieder nach draußen als die erste. Am seltsamsten benahm sich Chen, der im Vollsprint aus dem Fäustling stürmte und immer weiterrannte, bis er ohne abzubremsen gegen die hintere Wand von Sektor G knallte. Er rieb sich den Kopf und sah sich um, als hätte er keinen Schimmer, wo er gerade war, dann taumelte er langsam wieder zurück zu seiner Tür, um die Zahlen einzugeben. Aber auch dieses Mal kamen nur falsche Antworten zustande.

Schnäbelchen machte den Eindruck, als würde sie das alles in vollen Zügen genießen. „Meditation kann hilfreich sein", sagte sie. „Wendet das Gelernte an. Bereitet euch darauf vor."

Ben versetzte Finn einen Klaps auf den Rücken. „Na komm", sagte er. „Wir sind dran."

„Wie Lämmer, die zur Schlachtbank geführt werden", sagte Lucy und setzte sich in Bewegung. Xander schlurfte ihr hinterher.

Finn entschied sich für die Tür unterhalb von Schnäbelchens Plattform. Er legte seine Hand auf das rot schimmernde Display und versuchte, ganz ruhig und gleichmäßig zu atmen. Doch je besser er seine Atmung in den Griff bekam, desto wilder und unkontrollierter pochte sein Herz.

Das Display sprang auf Grün, die Tür öffnete sich und Finn betrat den Fäustling.

Im Inneren war es gleißend hell. Die gewölbten Wände, der Fußboden und die Decke waren mit schwarzen Punkten übersät. Es war, als stünde man mitten in einer Landkarte der Milchstraße, allerdings mit vertauschten Farben.

Zischend schlossen sich die Türen wieder.

Und was jetzt? Dann fiel ihm seine Aufgabe wieder ein. Er drehte sich um, gerade noch rechtzeitig, um die 5 über seiner Tür erlöschen zu sehen. Während er auf die nächste Zahl wartete, dachte er an die gewaltige Kraft, die in dem Fäustling schlummerte. Er rechnete fast damit, dass das ganze Ding gleich anfing, sich wie ein riesiger Mixer rasend schnell um die eigene Achse zu drehen.

Dann leuchtete die Zahl 3 auf.

Finn wartete. Gleich … ja, gleich musste irgendetwas Unerwartetes passieren.

Es folgte die 1.

Aber jetzt!

… 8 … 6 … 5 …

Die Tür glitt auf.

Finn verließ den Fäustling und fühlte sich kein bisschen anders als beim Betreten. *Das war doch gar nicht so schlimm*, dachte er verwundert.

Da sah er Ben an der gebogenen Zylinderwand entlang auf sich zukommen. Er hatte die Arme um die Brust geschlungen und seine dunkle Haut hatte sich grünlich verfärbt. Lucy sah sogar noch schlimmer aus. Ihre Haare standen in alle Richtungen ab und ihr Gesicht war eine einzige Horrormaske.

„Das hat ja geschmeckt wie vergammelte Eier!", stöhnte sie. „Kann mir vielleicht jemand einen Teller mit Schleim besorgen? Schnell!"

Xander konnte nicht einmal mehr gehen. Sosehr es Finn auch amüsierte, seinen Erzfeind auf allen vieren herumkriechen zu sehen, er fragte sich doch, welchen Albtraum Xander gerade erlebt haben musste.

„Ich will nichts hören", sagte Lucy und hielt sich an Finns Schultern fest. „Dir geht es bestimmt blendend."

„Ehrlich gesagt, ja", erwiderte Finn und stützte sie. Hoffentlich kotzte sie ihm nicht über den Rücken. „Keine Kräfte, keine Störungen."

„Gebt jetzt eure Zahlen ein", sagte Schnäbelchen.

Finn gab die Zahlenfolge in seine Tastatur ein.

5 … 3 … 1 … 8 … 6 … 5.

Das Display wurde schwarz und nach einer kurzen Pause erschienen die Worte: ANTWORT NICHT KORREKT.

Ein paar umstehende Schüler flüsterten sich etwas zu. Schnäbelchen hantierte erneut an ihren Reglern herum und rief Finn zu: „Du hast zu viele Zahlen eingegeben. Versuch's noch mal."

„Ich habe genau das eingegeben, was ich gesehen habe", erwiderte Finn. „Da waren eindeutig sechs Zahlen."

„Du musst dich verguckt haben." Schnäbelchen starrte ihn grimmig an. „Keine Eigenschaft verabscheue ich an meinen Schülern mehr als ein übersteigertes Selbstbewusstsein."

„Aber ich …"

„Danke, Finn", fuhr die Hüterin des Geruchssinns ihm über den Mund. „Nächste Gruppe bitte."

Am liebsten hätte Finn ihr an den Kopf geworfen, dass sie sich doch selbst mal da reinstellen sollte. Immer und immer wieder ließ er sich seine Zahlenfolge durch den Kopf gehen. Er hatte keinen Fehler gemacht, da war er sich absolut sicher.

Dann verließ er seinen Platz vor dem Display. Er spürte die misstrauischen Blicke etlicher seiner Mitschüler genau. Aber er hatte keine Zeit, lange darüber nachzudenken, denn jetzt war John an der Reihe.

Die nächsten fünfundzwanzig Sekunden kamen Finn

vor wie die längsten seines ganzen Lebens. In seinen Achselhöhlen sammelten sich Schweißtropfen. *Was ist los da drin?*, fragte er sich. *Was passiert mit John?*

Die Türen glitten zischend auf. Adriana kam mit fest zusammengekniffenen Augen herausgehumpelt. Sekunden später tauchten drei andere Teammitglieder auf, die alle ähnlich zerzaust aussahen.

Finn wartete. Und wartete. Nichts. Keine Spur von John. Jetzt hielt er es nicht mehr länger aus. Er drängte sich durch die Menge. Als er die halbe Strecke zum Fäustling zurückgelegt hatte, kam John herausgestolpert. Finn blieb wie angewurzelt stehen und beobachtete mit pochendem Herzen, wie sein Bruder sich am Türrahmen abstützte.

Doch dann richtete er sich mit einem Ruck auf, sodass alle sein breites Grinsen sehen konnten. Er spannte erst den linken und dann den rechten Bizeps an, bevor er seine kleine Vorführung mit einer Drehung und einer Verbeugung abschloss.

„Der Fäustling ist *der Hammer!*", posaunte er und die meisten seiner Mitschüler brachen in schallendes Gelächter aus.

Erleichtert winkte Finn seinem Bruder zu. John erwiderte die Geste mit einem Augenzwinkern, dann tippte er eine Zahlenfolge in die Tastatur. Das Display sprang auf Grün und dann erschienen die Worte: ANTWORT KORREKT.

Das Gelächter wurde zu tosendem Applaus.

„Gratulation, John", sagte Schnäbelchen. „Ich bin sehr gespannt, ob es jemanden gibt, der deine Leistung wiederholen kann."

Finn stimmte in den Jubel mit ein. Was blieb ihm auch anderes übrig? Vielleicht hatte John ja recht. Vielleicht hatte der Hüter des Tastsinns ihm tatsächlich geholfen, seine Schwierigkeiten zu überwinden. Vielleicht hatte Alyxa doch auch seine guten Seiten.

Während auch die übrigen Schüler durch den Fäustling geschleust wurden, ließ Finn John nicht aus den Augen. Etliche von denen, die erst gegen Schluss an die Reihe kamen, versuchten vorher zu meditieren, und das schien zu helfen. Insgesamt bestanden sieben Schüler den Test.

Nachdem das Ganze abgeschlossen war, zog Finn seinen Bruder an eine ruhige Stelle. Nach seiner unangenehmen Begegnung mit Susan Arnott musste er jetzt mit jemandem reden, dem er vertrauen konnte.

„Wie war's denn da drin?", wollte er wissen.

Johns Blick schien sich zu trüben. „Es war ein Gefühl, als ob ... als ob mir sämtliche Knochen im Leib gebrochen würden. Aber dann ist mir eingefallen, was Gustavsson mir beigebracht hat."

„Was denn?"

„Dass der Körper keinen Schmerz spüren kann – es ist der Kopf, der den Schmerz empfindet." Jetzt waren seine Augen wieder klar und er sah Finn an. „Unsere Gehirnzellen, die schlagen dann Alarm. Der Trick besteht darin, sie auszuschalten. Und genau das habe ich gemacht, also, nicht ganz natürlich. Schließlich wollte ich mir immer noch die Zahlen merken." Er grinste. „Ist das erste Mal, dass ich dich in Mathe geschlagen habe, stimmt's?"

Finn hätte jetzt sagen können, dass der Test im Fäustling ja eher etwas mit Gedächtnis als mit Mathe zu tun hatte, aber das war nicht das Entscheidende. Sosehr er sich auch mit seinem Bruder über dessen Erfolg freute, eigentlich wollte er etwas ganz anderes mit ihm besprechen.

„Es ist echt verblüffend", sagte er und meinte es auch genau so. „Ganz ehrlich, du hast dich super entwickelt hier. Ich meine, sogar Schnäbelchen hat dich gelobt. Und Gustavsson hast du ja auch schon überzeugt."

John fuhr sich mit der Hand durch die Haare. „Die sind schon okay, dafür, dass sie Lehrer sind zumindest."

„Was meinst du, würden sie dir zuhören, wenn du ihnen etwas erzählen würdest?"

„Ich schätze schon." John legte die Stirn in Falten. „Was ist denn los? Ist alles in Ordnung?"

Finn zog seinen Bruder noch etwas dichter an die Wand. „Ehrlich gesagt, nein. Hier geht irgendwas Merkwürdiges vor sich. Der Dekan hat Zoe eingesperrt. Und ich glaube, es hat etwas mit Kylies Verschwinden zu tun."

„Moment mal", unterbrach ihn John mit gerunzelter Stirn. „Ich weiß, dass du mit Zoe befreundet bist, und sie scheint wirklich nett zu sein, aber auch ein bisschen verwirrt, findest du nicht? Was nicht weiter verwunderlich ist, nach allem, was ihre Schwester getan hat."

„Du hast ja keine Ahnung, wie der Dekan sich aufgeführt hat."

„Er ist ziemlich streng, ich weiß, aber das gehört eben zu seinem Job", erwiderte John. „Und wenn er Zoe wirklich eingesperrt hat, dann bestimmt nur, damit sie … na ja, du weißt schon … damit sie keinen Blödsinn macht."

„Wer macht Blödsinn?" Das war Adriana, die zu ihnen gekommen war. Ihre Lederjacke hatte sie sich lässig über die Schulter gehängt.

„Niemand!", fauchte Finn sie an. „Ich. Weil ich die falschen Zahlen eingetippt habe."

John sah ihn zwar mit hochgezogenen Augenbrauen an, widersprach jedoch nicht.

„Apropos …", sagte Adriana. „Du musst vielleicht langsam aufhören, immer so krankes Zeug zu veranstalten. Zuerst das ganze Gequatsche über den sechsten Sinn, dann der Streit mit Xander. Weißt du eigentlich, was du mittlerweile für einen Spitznamen hast?"

Finn konnte es sich ziemlich gut vorstellen. „Welchen denn?"

„Ady ... lass gut sein", sagte John beschwichtigend.

„Der Irre", sagte Adriana, ohne John zu beachten. „Tut mir echt leid, aber eins kannst du mir glauben: Wenn sie dich schon auf Alyxa so nennen, dann hast du echt ein Problem."

„Als würde ich von dir Ratschläge brauchen", entgegnete Finn.

„Hör auf. Sie will dir doch bloß helfen", sagte John.

Finn schnaubte. „Auf wessen Seite stehst du eigentlich?"

John sah ihn beleidigt an. „Auf gar keiner", sagte er. „Aber ich gebe auf dich Acht."

„Ach, bitte! Ist doch deine Schuld, dass ich hier festsitze!"

John trat einen Schritt zurück. Adriana formte ihren Mund zu einem stummen „O".

„O-ha!", stieß John hervor. „Wo kommt das denn plötzlich her?"

„Das kommt von mir", erwiderte Finn. „Von dem guten alten Finn, der gern sein Leben zurückhaben möchte."

Er drängelte sich an den beiden vorbei und stieß dabei Adriana an, sodass ihr die Jacke von der Schulter rutschte. Finn verhedderte sich mit den Füßen darin und wäre beinahe gestolpert.

„Ganz hübsch, der Trick", sagte er. „Stellen wir dem Irren mal ein Bein."

Er hob die Jacke auf. Im selben Moment spürte er einen Stich im Finger. Das war Adrianas Anstecknadel. Er zog sie wieder heraus und sah, dass der Jackenkragen direkt unterhalb der Anstecknadel mit ein paar ziemlich groben Stichen genäht worden war.

Er steckte sich den verletzten Finger in den Mund und drückte Adriana die Jacke in die Hand.

„Lass sie in Ruhe", sagte John, legte Adriana den Arm um die Schultern und drehte sich weg. „Wenn du dich nicht mehr wie ein Sechsjähriger aufführst, können wir reden."

Finn schäumte immer noch vor Wut, als er in die Fördergruppe kam. Doch dann betrat er den Aufenthaltsraum und sein Zorn war augenblicklich verraucht, als er Zoe auf einem der Sessel sitzen sah. Ihr sommersprossiges Gesicht war kreidebleich und ihre Hände lagen zusammen mit der Schutzbrille kraftlos in ihrem Schoß. Lucy saß neben ihr.

„Was ist denn los?", fragte er sie und kniete sich neben Zoe. „Ist alles in Ordnung?"

„Ich muss gehen", erwiderte Zoe mit monotoner Stimme.

„Wohin?"

„Weg", sagte Zoe. „Ich muss Alyxa verlassen. Wegen der Sicherheit der anderen Schüler, hat er gesagt."

„Der Dekan hat sie rausgeworfen", ergänzte Lucy.

„Das kann er doch nicht machen!" Finn war empört.

„Kann er wohl." Zoe wischte sich die Tränen aus dem Gesicht. „Und ich bin froh darüber. Mein Dad wollte sowieso nicht, dass ich nach Alyxa gehe. Als ich ihn das letzte Mal gesehen habe, da hat er gesagt, dass mein Zimmer noch genauso aussieht wie damals, als ich weggegangen bin. Und jetzt, wo ich weiß, dass ich zurückgehe, kann ich es kaum erwarten, wieder in meinem eigenen Bett zu liegen."

Finn musste an *sein* eigenes Bett denken und für einen Augenblick hatte er keinen anderen Wunsch, als auch wieder nach Hause zurückzugehen. Doch dann fiel ihm ein, weshalb Zoe nach Hause geschickt wurde.

„Zoe. Hast du das Buch Morvans gestohlen oder nicht?"

Sie starrte ihn mit ihren weit geöffneten Pupillen an. „Natürlich nicht", erwiderte sie.

„Das habe ich mir gedacht. Und das bedeutet, dass du hier nicht weggehen musst."

Zoe stöhnte. „Aber ich hab doch gerade gesagt, dass ich gar nichts dagegen habe. Ich möchte einfach nur …"

„Ich weiß, was du möchtest. Du möchtest dein altes Leben, dein altes Zuhause wiederhaben. Hab ich kapiert. Ehrlich. Aber begreifst du denn gar nicht, was hier gespielt wird?"

Zögerlich schüttelte Zoe den Kopf. Lucy nahm sie noch fester in den Arm und starrte Finn erwartungsvoll an.

„Irgendjemand hat dieses Buch in dein Zimmer gelegt, und zwar mit voller Absicht", sagte Finn.

„Der Dekan?"

„Wahrscheinlich. Und dass er dir so eine Falle gestellt

hat, bedeutet, dass er Angst hat. Angst davor, dass du irgendwas über Kylie herausfindest. Dass *wir* etwas herausfinden. Gut möglich, dass wir ihm ganz schön Angst eingejagt haben."

„Aber ganz egal, was wir unternehmen, wir können Kylie nicht wieder lebendig machen", sagte Zoe. Sie stand auf. „Ihr wart ganz wundervoll, wirklich, aber jetzt ist es Zeit, das alles zu vergessen."

Hilflos sah Finn zu, wie sie sich in ihr Zimmer schleppte.

19

Er konnte nicht schlafen – der Mond schien viel zu hell zum Fenster herein. Er drehte sich auf die Seite, während ihm ununterbrochen alle möglichen Gedanken durch den Kopf schwirrten. All die vielen unbeantworteten Fragen türmten sich zu einem riesigen Berg. Eine davon war das Rätsel um das Verschwinden von Zoes Schwester. Was war ihr wohl wirklich zugestoßen?

Je länger er darüber nachdachte, desto sicherer war er sich, dass der Dekan ihnen etwas verheimlichte, etwas, was in der Nacht von Kylies Tod geschehen war. Hatte er sie womöglich selbst ermordet? Finn wollte das nicht glauben. Aber wie konnte er sich sicher sein?

Das Lied. Das war der einzig wirkliche Beweis dafür, dass sich auf Alyxa seltsame Dinge abspielten.

Finn schleuderte seine Decke zurück und setzte sich auf. Kühle Nachtluft strich ihm über den Nacken. Er griff nach seinem Morgenmantel, schlich sich in den dunklen Aufenthaltsraum und klopfte leise an Lucys Tür.

Es dauerte keine Sekunde, bis die Tür aufging und Lucy hellwach und angezogen vor ihm stand.

„Zu dir wollte ich gerade", sagte sie. Er drückte die Tür noch ein Stückchen weiter auf und sah, was dort auf ihrem Bett lag: Dr. Rajs Boosterhelm. Farbige Drähte liefen kreuz und quer über seine Goldfolienoberfläche. Und auf der Vorderseite waren zahlreiche winzige Spiegel angebracht, die das Licht wie ein Insektenauge einfingen.

„Bist du dir wirklich sicher?", fragte Lucy.

„Nein", erwiderte Finn. Dann betrat er das Zimmer und nahm den Helm in die Hand. Er war leichter, als er gedacht hätte. Unsicher stülpte er ihn sich über den Kopf, wobei er sich die ganze Zeit im Spiegel ansah. Der Helm war gepolstert und erstaunlich bequem.

Lucy fummelte mit den Drähten herum, machte den Kinnriemen fest und betrachtete dann eine kleine Taste, die auf der Seite angebracht war.

„Weißt du, was du tust?", fragte Finn.

„Meistens schon", gab sie zurück. „Aber jetzt? Eher nicht."

„Wie wär's mit ein bisschen mehr Zuversicht?"

Sie drückte auf die Taste. Die Spiegel auf der Vorderseite des Helms fingen an zu zittern. Gleichzeitig schwebte ein leises Klimpern durch das Zimmer. Mehrere Drähte begannen zu leuchten, sodass ein Spinnennetz aus Lichtspiegelungen auf der golden schimmernden Oberfläche des Helms entstand.

„Funktioniert der mit Batterien?", erkundigte sich Finn, während er beklommen sein Spiegelbild betrachtete.

„Ich habe keine Ahnung, wie der funktioniert. Ich bin mir nicht einmal sicher, ob ich ihn wieder ausschalten kann. Hier ist eine Fernbedienung."

Sie drückte Finn ein kleines Kästchen in die Hand. Wenige Sekunden später verstummte das Klimpern.

„Und jetzt?", wollte Finn wissen. Er drehte den Kopf nach links und rechts und stellte fest, dass er vollkommen lächerlich aussah.

„Dreh mal an dem Regler. Dann sehen wir ja, was passiert."

Finn betrachtete die Fernbedienung. Das kleine Kästchen besaß zwei Tasten und einen Drehregler mit Zahlen von eins bis hundert.

„Ich fange mal mit zehn an", sagte er. Warum zitterte seine Stimme denn so? Das war kein gutes Zeichen.

Er drehte an dem Regler.

Sofort wurde es hell im Zimmer. Lebendige Schatten in allen Regenbogenfarben jagten über die grau gestrichenen Wände. Lucys Waschbecken verströmte einen überwältigenden Geruch nach Seife. Der nächtliche Wind rüttelte mit einer geradezu absurden Wucht am Fenster. Er konnte

Lucys Atem hören, der rasselnd in ihre Lunge und wieder herausströmte. Und im Nebenzimmer waren ebenfalls Atemzüge zu hören. Das war Zoe, die tief und fest schlief.

Er konnte auch seine eigene Angst schmecken, scharf und metallisch.

Jetzt wurde ihm schwindlig. Er ließ die Fernbedienung fallen und reckte die Arme nach oben. Stromstöße zuckten durch seine Muskeln. Jedes einzelne Härchen auf seiner Haut hatte sich senkrecht aufgerichtet. Dann riss er sich den Helm vom Kopf und ließ ihn auf das Bett neben sich fallen. Sein Atem ging in kurzen schnellen Stößen. Er war begeistert und vollkommen erschöpft zugleich, wollte aufstehen und wäre beinahe umgekippt. Lucy konnte ihn gerade noch festhalten und half ihm behutsam, sich wieder auf das Bett zu setzen.

„Alles in Ordnung? Was hast du gefühlt?"

„Alles", erwiderte Finn. Der Schwindel ebbte langsam ab. „Was wohl passiert, wenn man den Regler voll aufdreht?"

„Tja, das wirst du niemals erfahren", entgegnete Lucy. „Sieh dich doch an. Du zitterst am ganzen Körper. Ich bringe das Ding sofort wieder zurü…"

„Nein", unterbrach sie Finn. „Ich glaube nicht, dass es gefährlich ist. Ich glaube nur, dass das hier der falsche Ort ist."

Lucy blickte sich um. „Wo willst du denn hin damit?"

Finn überlegte. „Der Sinn der Sache ist doch, möglichst alle Ablenkungen auszuschalten, oder?"

„Ich denke schon."

Finn betrachtete den Helm von allen Seiten. „Ich muss damit irgendwo anders hin, irgendwo, wo es ... ich weiß auch nicht ... neutral ist."

„Du meinst so was wie einen Isolationstank?", schlug Lucy vor.

„Kann sein. Haben wir so was denn hier?"

„Nein", erwiderte Lucy. „Aber etwas, was fast so gut funktioniert."

Während Lucy die Badewanne volllaufen ließ, suchte Finn eine Plastiktüte und wickelte den Helm darin ein. Schließlich drehte Lucy das Wasser ab, steckte ihre Hand in die volle Wanne und rührte um.

„Nicht zu heiß und nicht zu kalt", sagte sie. „Genau richtig."

„Aber erst musst du verschwinden", erwiderte Finn. Als sie keine Anstalten machte, fügte er hinzu: „Ich muss mich ausziehen."

„Ich lasse dich auf gar keinen Fall allein, solange du dieses Ding da auf dem Kopf hast. Lass einfach deine Unterhose an."

Mit knallrotem Kopf zog Finn sich bis auf die Unterhose aus und griff nach dem Helm. Dann hielt er inne. Wollte er das wirklich alles noch einmal durchmachen?

„Du musst das nicht tun", sagte Lucy.

„Doch", erwiderte er. „Ich muss."

Er setzte den Helm auf und stieg vorsichtig in die Badewanne. Anschließend rollte Lucy, wie vereinbart, ein Handtuch zusammen und verband ihm damit die Augen. Das warme Wasser schien sich an Finns Haut festzusaugen. Das leise Schmatzen hörte sich an wie ein entferntes Kichern.

„Bist du bereit?", wollte Lucy wissen.

„Gib mir noch ein paar Sekunden."

Er wartete, bis er sich einigermaßen entspannt hatte. Atmete ein, atmete aus. Eine ganze Weile passierte gar nichts, doch ganz allmählich verlangsamte sich sein Puls und sein Geist fing an zu schweben. Bald schon spürte er seine im Wasser liegenden Arme und Beine kaum noch. Er war eine Welle, frei und bereit, sich von der Strömung mitnehmen zu lassen, wo immer sie hinwollte.

„Okay", sagte er. „Ich bin so weit. Stell den Regler auf zwanzig."

Finn dachte schon, sie würde protestieren, aber nach einer kurzen Pause ertönten ein paar leise Klicks. Sofort spürte er den Helm nicht mehr. Nur noch das sanfte Wogen des Badewassers an seinen Gliedern und das feste Handtuch über seinen Augen. Er war bereit, wie ein Fallschirmspringer vor dem Absprung. Aber er war noch nicht gesprungen.

„Weiter", sagte er. Sein Mund war ausgedörrt und knochentrocken. Zischend sog Lucy den Atem ein.

Finn hörte noch ein Klicken und dann war sein Körper mit einem Mal schwerelos. Alles, was ihn umgab, fiel von ihm ab. Jetzt war da nur noch er selbst, Finn Williams, schwebend im Nichts. Nicht einmal sein Atem existierte mehr. Da war einfach nur … nichts.

Nun durchdrangen Töne die Leere. Musik. Nein, da sang jemand. Ein Mädchen. Ihre Stimme hob und senkte, hob und senkte sich. Es war eine einfache Melodie aus den immer gleichen Noten. Er erkannte sie sofort.

Kylies Lied.

Finn ließ sich mit dem Lied treiben, bis es schließlich sanft endete, wie Treibholz, das an Land gespült wird. Als die Musik verstummte, hörte er Worte. Jemand sagte etwas. Es war die Stimme des Mädchens.

Hilf mir, sagte sie. Ihre Worte waren deutlich zu verstehen, aber sehr schwach. Weit entfernt. Tief unten. *Such mich, bitte.*

Finn wollte das Mädchen fragen, wo es war, aber er hatte keinen Mund, keine Lunge, keinen Atem. Und dennoch schien Kylie zu wissen, dass er gesprochen hatte.

Bitte, beeil dich. Es gefällt mir hier nicht. Komm und such mich. Bitte! Ich habe Angst!

Wo bist du?

Unterhalb. Komm, schnell. Bitte. Unter dem ...

Ein unwiderstehlicher Drang zu antworten überkam Finn, doch kaum hatte er herausgefunden, wie er den Mund öffnen konnte, strömte Wasser in seine Kehle und er musste husten. Er wollte sich aufrichten, konnte aber Arme und Beine nicht bewegen. Das Gewicht des Helms drückte ihn nach unten und das Wasser zog ihn unter die Oberfläche. Tausende Nadeln steckten in seinem Kopf.

Da schoben sich zwei Hände unter seine Achselhöhlen. Zwei weitere packten ihn an den Füßen. Warmes Wasser wurde zu kühler Luft und dann konnte er einen kurzen Moment lang fliegen. Kalte Fliesen drückten sich an seinen Rücken ... jetzt lag er auf dem Boden des Badezimmers, hustend, Wasser speiend, um sich schlagend wie ein gestrandeter Fisch. Der Helm wurde ihm vom Kopf gerissen und die Augenbinde abgenommen.

Finn blinzelte und sah Zoe ohne Schutzbrille auf ihn herabstarren. Die Augen hatte sie vor Entsetzen weit aufgerissen. Lucy stand hinter ihr und sah aus, als würde sie jeden Moment in Tränen ausbrechen.

„Was hast du denn da gemacht?", wollte Zoe wissen. „Es hat sich angehört, als würde dich jemand erwürgen."

„Ich hatte solche Angst, dass du ertrinken würdest." Tiefe Bestürzung lag in Lucys Stimme.

Der nächste Hustenanfall jagte einen stechenden Schmerz durch Finns Schädel. In wilder Panik blickte er sich nach allen Seiten um, weil er überzeugt war, dass der Geist des Mädchens ihm bis hierher gefolgt war. Aber außer Lucy, Zoe und ihm war niemand hier. Irgendwie schaffte er es schließlich, sich aufrecht hinzusetzen, und stellte erleichtert fest, dass er seine Unterhose noch anhatte.

„Lass dir Zeit", sagte Lucy.

„Alles okay", erwiderte er und wischte sich mit dem Handrücken den Mund ab.

Dann ließ er sich von Zoe auf die Beine helfen. „Du bist so ein Vollidiot!", sagte sie. Sie wollte ihre Hand wegziehen, aber er hielt sie fest. Seine Zähne klapperten.

„Ich hab sie gehört."

Zoe klappte den Mund zu. Ihre Unterlippe zitterte. „Kylie? Du hast sie singen hören?"

Finn nickte. „Mehr als das. Sie hat mit mir gesprochen."

„W-w-was hat sie gesagt?"

Finn schlang das Handtuch um seinen triefenden Körper. Das Schicksal ihrer Schwester hatte Zoe schon so viele emotionale Höhen und Tiefen, Hoffnungen und Zweifel beschert. Sollte er ihr wirklich noch eine Achterbahnfahrt ins Ungewisse zumuten?

Aber er wusste, was er gehört hatte.

„Sie braucht unsere Hilfe", sagte er mit fester Stimme. „Und ich glaube, ich weiß auch, wo sie ist."

Der lange steinerne Flur, der zum Großen Saal führte, war menschenleer. Bis auf die blauen LEDs der Notbeleuchtung am Fuß der beiden Wände war es dunkel.

Sie waren in ihre grauen Jogginganzüge geschlüpft. Finn bemühte sich, mit den beiden Mädchen Schritt zu halten, aber seine Beine waren weich wie Gummi. Wenigstens waren die Kopfschmerzen auf ein einigermaßen erträgliches Maß zurückgegangen.

Zoe war als Erste an der Tür zum Saal. Sie blieb stehen und winkte den anderen energisch zu. „Beeilung!" Sie hatte die Schutzbrille wieder aufgesetzt, sodass sich die zahlreichen LEDs in ihren Gläsern spiegelten.

„Wir kommen ja schon", sagte Lucy. „Alles in Ordnung, Finn?"

Finn riss sich zusammen und kam die letzten Meter bis zur Tür getrottet. „Mit jedem Schritt komme ich mir wieder ein bisschen mehr wie ein Mensch vor."

Gemeinsam spähten sie in den dunklen Saal. Die Clanbanner hingen schlaff herab. Die leeren Sitzreihen wirkten düster.

„Bist du dir sicher?", wollte Zoe wissen.

„*Unter dem Großen Saal*", sagte Finn. „Das war das Letzte, was Kylie gesagt hat. Ich hätte es fast nicht mehr gehört, weil ich so doll husten musste."

„Ich war aber schon hundert Mal im Großen Saal", sagte Lucy. „Und von einem Untergeschoss habe ich bis jetzt noch nie was mitbekommen."

Sie verteilten sich im Saal. Zoe und Lucy kümmerten sich um die bestuhlten Bereiche, während Finn die Bühne in der Mitte genauer unter die Lupe nahm.

Er ließ die Hand über die abgerundete Bühnenkante gleiten. Der Stein fühlte sich glatt und kalt an.

Er hüpfte auf die Bühne und gelangte zu dem etwas erhöhten Podest, auf dem Professor Panjaran immer stand, wenn er zu den Schülern sprach. Das Podest war aus Holz und sah sehr alt aus. Als Finn die Finger auf die Bretter legte, spürte er, wie sie vibrierten.

Er kniete sich hin und tastete den unteren Rand des Podestes ab. Dort hatte sich das Holz leicht verfärbt. „Hier oben!", rief er.

Die Mädchen kamen zu ihm und sie arbeiteten sich systematisch am Rand des Podestes entlang.

„Hier!", stieß Lucy hervor. „Ich hab was." Sie kauerte vor einer quadratischen Luke, die nicht größer war als ein Taschenbuch.

„Man müsste ein Kobold sein, um da durchzupassen", sagte Finn.

Er fuhr mit den Fingern über den Spalt am Rand der Luke, aber er war zu schmal, um einen Hebel ansetzen zu können. Dann legte er die Hand auf die hölzerne Abdeckung und drückte. Mit einem leisen Klicken klappte die Luke auf und gab den Blick auf zwei Scharniere und einen Magnetverschluss frei. Am hinteren Ende der Vertiefung ragte ein Messinghebel hervor, der an die Decke zeigte.

„Also dann", sagte Finn. Er packte den Hebel und zog daran.

Zuerst ertönte ein Quietschen. Dann fing das ganze Podest an, sich zu drehen. Finn sah verblüfft zu, wie sich der gesamte Boden zusammenfaltete. Die Bodenbretter senkten sich der Reihe nach in die steinerne Bühne hinab, immer eines unter das andere, so lange, bis vor ihren Augen eine Wendeltreppe entstanden war.

Vorsichtig näherte Finn sich dem kreisrunden Schacht, der sich nun mitten in der Bühne auftat. Die neu entstandene Treppe verschwand in der Düsternis. Er starrte in den Abgrund hinab, der schwarz und undurchdringlich wirkte.

„Bist du sicher, dass du das wagen willst?"

„Na klar", entgegnete Zoe. „Schließlich ist Kylie da unten."

Bitte lass das wahr sein, dachte Finn. Er würde es sich nie verzeihen, wenn er Zoe völlig umsonst Hoffnung gemacht hätte.

„Als würde ich euch beiden den ganzen Spaß allein überlassen", sagte Lucy.

Finn ging voraus. Die Treppe hatte kein Geländer, aber an der runden Schachtwand zog sich ein kompliziertes System aus Seilen und Zahnrädern entlang, sodass sie sich jederzeit festhalten konnten. Als die Holztreppe schließlich zu Ende war, traten steinerne Stufen an ihre Stelle. Am Übergang befand sich ein Hebel, der genauso aussah wie der, den Finn betätigt hatte.

Er blickte nach oben, zum Saal und dem silbernen Licht des Mondes. „Nicht, dass uns noch jemand folgt", sagte er und zog an dem Hebel.

Die Seile strafften sich und die Zahnräder setzten sich in Bewegung. Eine nach der anderen schoben sich die Holzplanken an ihren Ausgangspunkt zurück. Stück für Stück wurde das Mondlicht schwächer. Als das letzte Brett an Ort und Stelle rückte, wurde es pechschwarz im Schacht.

„Lasst mich vorausgehen", sagte Zoe. „Ich kann wenigstens noch ein bisschen was sehen."

Sie nahm Finns Hand und legte sie auf ihre Schulter und dann nahm er Lucys Hand und legte sie auf seine. Gemeinsam und sehr behutsam schlichen sie die steinernen Treppenstufen hinab, drangen immer tiefer in die Dunkelheit unter Alyxa vor. *Wer weiß wohl über diesen Schacht Bescheid? Die Hüter? Der Dekan?*

Finn zählte sechsundzwanzig Stufen, dann sagte Zoe: „Hier wird es eben."

Und tatsächlich, die Treppenstufen wurden nun von einem harten, leicht geneigten Fußboden abgelöst. Die Wände schienen immer näher und näher zu kommen und Finn wusste irgendwann nicht mehr, wie oft er sich schon die Schultern angestoßen hatte.

„Der Gang teilt sich jetzt", sagte Zoe. „Es gibt einen mittleren und je eine Abzweigung links und rechts."

„Könnt ihr kurz still sein?", sagte Finn. „Ich will mal lauschen."

Trotz der Finsternis machte er die Augen zu. Irgendwie fühlte er sich so tief unter dem Erdboden wie in einer Meditationskammer. Er hörte Tropfgeräusche, aber dann war da noch etwas anderes. Eine Mädchenstimme.

Hier. Ich bin hier. Kommt hier entlang.

„Links", sagte er und machte einen Schritt, sodass er vor Zoe stand. „Vertraut mir."

„Warte", sagte Zoe. „Lass mich zuerst gehen. Du kannst doch nichts sehen."

„Das stimmt", erwiderte er. „Aber ich kann hören."

„Ohne den Helm?" Das war Lucy.

„Ja."

Im Gehen strich er mit den Fingerspitzen an der Wand des schmalen Korridors entlang. Der Stein fühlte sich rissig und brüchig an.

Erneut teilte sich der Tunnel auf, dieses Mal in fünf verschiedene Gänge. Das war Finn klar, auch wenn er nichts sehen konnte. Ohne zu zögern entschied er sich für die mittlere Möglichkeit.

„Warte!", rief Zoe. „Das ist das reinste Labyrinth hier unten. Wenn ich dich nicht mehr sehen kann, dann verlieren wir dich!"

Doch Finn konnte seine Schritte nicht verlangsamen. Seine Muskeln waren wieder stark und seine Füße wollten unbedingt weiter. Seine Finger huschten über die Wände. Die feuchte Luft des unterirdischen Labyrinths drang in seine Lunge. Die Dunkelheit saugte ihn vorwärts.

Noch eine Kreuzung ... *ganz rechts.*

Noch eine ... *halb links.*

Weiter und weiter ging er, während Zoe und Lucy hinter ihm herbrüllten und Kylies Stimme immer lauter und lauter und lauter wurde.

Ich bin hier!, schrie Kylie. *Hilf mir!*

Noch eine Abzweigung. Finn entschied sich für den zweiten Gang von rechts. Dort klangen nicht nur Kylies Rufe lauter, dort war es auch heller.

„Gibt es da vorn etwa Licht?", ließ sich Lucy von irgendwo weit hinten vernehmen.

Finn war bereits losgerannt. Feuchtigkeit glitzerte an den Wänden und schimmerte grünlich im hereinfallenden Licht. Er jagte um eine Linkskurve, dann um eine Rechtskurve und kam schließlich vor einer steil nach unten führenden Steintreppe schwankend zum Stehen.

Kaum hatte er das Gleichgewicht wiedergefunden, prallten Zoe und Lucy von hinten mit ihm zusammen.

„Na klar, lass uns einfach zurück, warum denn nicht?", beschwerte sich Lucy.

„Vorsicht, hier ist es ziemlich glitschig." Behutsam setzte Finn den Fuß auf die erste Stufe.

Von der gewölbten Decke fielen Wassertropfen auf die Treppe. Die drei stützten sich gegenseitig, bis sie unten angekommen waren. Dort empfing sie ein niedriger Torbogen, aus dem ein faszinierender, grünlicher Schimmer hervordrang.

Finn trat durch den Torbogen und gelangte in eine Kammer, die aussah, als sei sie von einem Troll in den Fels gehauen worden. Tiefe Furchen verunstalteten die Wände. Der schiefe Fußboden war voller Löcher. Breite Risse liefen quer über die Decke.

Du hast mich gefunden.

In der Mitte der Kammer stand ein senkrechter Glaszylinder, der mit einer leuchtend grünen Flüssigkeit gefüllt war. Und in der Flüssigkeit schwebte ein Mädchen mit blasser Haut. Ein Alyxa-Jogginganzug klebte ihr am Körper und die roten Haare umflackerten sie wie eine Flamme. Sie hatte die Augen geschlossen.

Zögerlich machte Finn einen Schritt nach vorn. Gleich

würde das Mädchen die Augen aufschlagen. Gleich würde es anfangen, mit den Fäusten gegen das Glas zu trommeln. Doch das Mädchen rührte sich nicht. Es sah aus wie im Tiefschlaf.

Oder tot.

Zoe riss sich die Schutzbrille von den Augen und fiel auf die Knie.

20

"Ist sie das?", stieß Finn hervor, als Zoe sich an ihm vorbeidrängte und zu dem gläsernen Bottich lief. Lucy nickte.

„Kylie!", rief Zoe und trommelte gegen das Glas. Die Schutzbrille baumelte ihr um den Hals. „Kylie!"

Finn kam mit langsamen Schritten näher. Er konnte den Blick nicht von ihr abwenden. Das also war das Mädchen, dessen Gesang er in seinen Träumen gehört hatte. Aber wer hielt Kylie hier unten gefangen? Und weshalb? Je näher er kam, desto deutlicher wurden ihm die Gemeinsamkeiten zwischen den beiden Schwestern bewusst – die gleichen roten Haare, die gleichen sommersprossigen Wangen.

„Kannst du sie immer noch hören?", wollte Lucy wissen.

Finn versuchte, sich noch einmal so zu konzentrieren wie im Tunnel. „Nein. Ich höre sie nicht mehr."

Dann sah er sich den zylinderförmigen Glasbehälter genauer an und stellte fest, dass Kylie mit einer Art Gurt festgeschnallt war. Auf der Rückseite führten alle möglichen Schläuche und Drähte zu zahlreichen Steckdosen am oberen Ende des Behälters.

„Wo sind wir hier eigentlich?" Lucy blickte sich in der Höhle um. Die schimmernde Flüssigkeit tauchte ihr Gesicht in ein unheimliches Licht. „Und wer hat ihr das angetan?"

„Das wissen wir doch genau!", platzte Zoe heraus. „Aber jetzt müssen wir sie da rausholen!"

Finn warf einen Blick zurück zu dem Torbogen, durch den sie gekommen waren. „Dann sollten wir uns beeilen", sagte er. „Schließlich wollen wir nicht, dass der Dekan uns hier unten erwischt."

Unterdessen war Lucy auf die andere Seite des Glasbehälters gegangen. „Seht euch das mal an!", sagte sie.

Finn und Zoe folgten ihr und sahen, dass sie sich über ein Regal gebeugt hatte. Auf einem der Regalbretter standen mehrere Metallkästen. Sie waren mit blinkenden Lämpchen bestückt und gaben leise Pieptöne von sich.

Auf dem obersten Brett stand ein Bildschirm, über den in regelmäßigen Abständen Zickzacklinien zuckten. Am unteren Rand waren Zahlenreihen zu erkennen, die sich permanent veränderten.

„Ist das ihr Herzschlag?" Zoe zeigte mit zitterndem Finger auf eine hellgrüne Linie, die quer über den Bildschirm hüpfte. Mit der anderen Hand hielt sie sich den Mund zu.

„Ich glaube, das ist ein Touchscreen", sagte Lucy.

Zoe hatte bereits ein Symbol am oberen Bildschirmrand entdeckt. Kaum hatte sie den Finger daraufgelegt, erschien eine Tastatur auf dem Bildschirm, so wie bei den elektronischen Türschlössern auf Alyxa. Darunter war zu lesen: SICHERHEITSCODE EINGEBEN.

„Hm, ich glaube, wir sollten lieber nichts anfassen", meinte Lucy.

„Lucy hat recht", ergänzte Finn. „Wer weiß, was passiert, wenn wir was falsch machen. Dann tun wir ihr womöglich was an."

„Vielleicht kann Dr. Forrester uns ja weiterhelfen", fuhr Lucy fort. „Oder einer von den Hütern."

Zoes Finger schwebten über der digitalen Tatstatur. „Ich gehe hier nicht weg, bis wir sie rausgeholt haben!", sagte sie.

Finn strich über die Außenwand des Behälters. Nirgendwo war eine Fuge zu ertasten. Die einzige Stelle, wo die glatte Glasoberfläche unterbrochen wurde, war ein rundes Metallventil knapp über dem Boden.

„Schau dir den Bildschirm mal genauer an", sagte Finn plötzlich. „So wie vor dem Büro des Dekans."

„Was?"

„Die Stellen, die häufiger berührt werden, müssten sauberer sein als die anderen. Und das kannst du doch sehen, oder?"

Für einen kurzen Moment schienen Zoes riesige Pupillen noch riesiger zu werden. Dann starrte sie den Bildschirm an. Es dauerte nicht lange, dann sagte sie: „Eins, drei, fünf, sechs, acht."

„Fünf Zahlen", meinte Lucy. „Das wundert mich nicht. Na los, Finn, du bist doch das Mathegenie. Wie viele Möglichkeiten müssen wir ausprobieren? Oh, und vergiss nicht, dass wir wahrscheinlich nur drei Versuche haben, bevor das ganze Ding in die Luft fliegt."

Finn rechnete. „Bei einem fünfstelligen Code mit fünf verschiedenen Zahlen gibt es einhundertzwanzig Möglichkeiten."

Zoe ließ die Schultern sinken. „Dann haben wir keine Chance."

Finn ließ sich die fünf Zahlen, die Zoe ihnen genannt hatte, noch einmal durch den Kopf gehen. Irgendwie kamen sie ihm bekannt vor. Aber wieso?

Dann fiel es ihm ein.

„Andere Reihenfolge", sagte er.

„Was?", sagte Zoe.

„Du hast die Zahlen in aufsteigender Reihenfolge sortiert, von der niedrigsten zur höchsten. Aber man muss sie anders sortieren.

„Na klar muss man das", schaltete Lucy sich ein. „Sonst wäre es ja zu einfach."

„Das meine ich nicht", erwiderte Finn. „Ich kenne diese Zahlen."

Und dann gab er die Zahlenfolge ein, die er im Fäustling gesehen hatte.

5 … 3 … 1 … 8 … 6 …

Er hielt inne. „Aber es ist kein fünfstelliger Code – sondern ein sechsstelliger."

… 5.

Die Tastatur erlosch. An ihrer Stelle tauchte eine verwirrende Vielzahl von Symbolen auf dem Bildschirm auf. Finn zählte mindestens fünfzig dieser kleinen Icons. Und jedes einzelne war beschriftet.

„Du hast es geschafft!", sagte Zoe und packte Finn am Arm. „Was machen wir jetzt?"

Finn sah sich die Icons etwas genauer an. Manche Beschriftungen hätten genauso gut auf Chinesisch sein können.

INTERNE RETIKULATION
PLANCK-DEFIBRILLATOR
METASYNAPSE

Andere ergaben wenigstens ansatzweise einen Sinn.

DIAGNOSE
SYSTEMUPDATE
PUFFERSPEICHER

„Keine Ahnung." Er fuhr sich mit den Fingern durch die Haare. „Wo fangen wir an?"

„Was ist mit dem da?" Zoe zeigte auf ein Symbol in der Mitte des Bildschirms.

Die Beschriftung lautete: NOTFALLENTLEERUNG.

„Hältst du das wirklich für eine gute Idee?", fragte Lucy.

„Jetzt sind wir schon so weit gekommen", erwiderte Zoe. „Da kann ich nicht einfach aufgeben."

Sie legte den Finger auf das Icon. Ein roter Kreis flammte auf. Darin stand: ENTLEERUNG LÄUFT.

Beim Glasbehälter war ein metallisches Schnappgeräusch zu vernehmen. Alle drei drehten sich ruckartig um. Die ersten Luftblasen blubberten durch die Flüssigkeit im Inneren des Behälters. Einer der Schläuche zuckte, dann klappte das Ventil am unteren Ende des Behälters auf und klebrige grüne Flüssigkeit quoll nach draußen. Sie war zähflüssig wie Sirup und verströmte einen süßlichen Blütenduft. Und sobald sie den Boden berührt hatte, leuchtete sie nicht mehr.

Trotz ihrer dicklichen Konsistenz floss die Flüssigkeit ziemlich schnell durch eine in den felsigen Fußboden gehauene Rinne und verschwand durch eine Spalte in der gegenüberliegenden Wand.

Der Bottich leerte sich schnell, sodass Kylie jetzt kraftlos und schlaff in ihrem Gurt hing. Der Bildschirm war wieder zur ursprünglichen Anzeige zurückgekehrt. Finn sah, dass die Zickzacklinien allmählich flacher wurden. Der Pulsschlag – wenn er das war – verlangsamte sich. Grüne Felder wurden rot. Warnlichter begannen zu blinken.

In diesem Augenblick hielt der Gurt der Belastung nicht

länger stand und zerriss. Kylie sackte nach unten und prallte gegen die Glaswand, wie eine Marionette mit durchgeschnittenen Schnüren.

„Wir müssen sie da rausholen!", heulte Zoe und hämmerte in sinnloser Wut gegen die Glaswand. „Helft mir doch!"

Finn steckte die Hand durch das geöffnete Ventil, packte die Kante von innen und zog daran. Nichts rührte sich. Er zog noch einmal, dieses Mal mit aller Kraft, die er aufbieten konnte. Das Ventil quietschte, und in der Glaswand oberhalb bildete sich ein winziger Riss.

„Geht ein Stück zurück!", sagte er zu den anderen.

Dann nahm er einen der schwarzen Metallkästen aus dem Regal. Dabei wurden etliche Kabel aus ihren Steckdosen gerissen. Er nahm alle Kraft zusammen und ließ den schweren Kasten mit voller Wucht auf das Ventil fallen.

Der Riss wurde größer. Das Metallventil löste sich aus der Halterung und rollte über den Fußboden davon. Erneut ließ Finn den Kasten gegen das Glas krachen. Er spürte den Aufprall bis in die Schulter und dann ... zersplitterte die gläserne Wand. Winzige Glasscherben hüllten ihn ein. Er wandte sich ab. Lucy kreischte laut auf, als auf ihrem Kopf Splitter landeten, aber Finn wischte sie ihr aus den Haaren.

„Kein Problem", sagte er. „Das ist Sicherheitsglas, wie bei der Windschutzscheibe im Auto. Die Splitter haben keine scharfen Kanten, sodass man sich nicht schneiden kann."

Zoe zerrte ihre Schwester aus dem zerstörten Glasbehälter. Ihre Augen waren geschlossen und ihre Lippen blau angelaufen, aber ihr Jogginganzug war nicht durchnässt, sondern höchstens ein wenig feucht. Was mochte das für eine merkwürdige Flüssigkeit gewesen sein?

„Kylie!" Weinend lag Zoe auf dem Boden. Sie hatte ihre reglose Schwester halb auf den Schoß genommen. „Ich glaube, sie atmet nicht mehr!" Verzweifelt blickte sie Finn an.

„Wir müssen sie auf die Seite drehen", sagte Finn.

Zoe tat, was er gesagt hatte, und schon nach wenigen Sekunden hob und senkte sich Kylies Brustkorb. Sie öffnete den Mund und dann wurde ihr ganzer Körper von einem Krampf geschüttelt. Sie musste husten, bis sich ein ganzer Schwall grünlicher Flüssigkeit auf den Fußboden ergoss.

Kylie hustete noch einmal, spuckte noch mehr Flüssigkeit aus und schlug mit Armen und Beinen um sich. Zoe wollte sie festhalten, aber ihre Schwester riss sich los, kam unsicher auf die Beine, machte zwei sehr wackelige Schritte und landete auf Händen und Knien, sodass ihr die Haare übers Gesicht hingen.

Langsam hob sie den Kopf und sah Finn an. Er trat einen Schritt auf sie zu, weil er glaubte, dass sie ihm etwas sagen wollte, aber sie legte nur die Stirn in Falten und ließ ihren Blick weiterwandern. Als sie ihre Schwester entdeckt hatte, hielt sie den Atem an.

„Zoe!", sagte sie mit gurgelnder, krächzender Stimme. „Du musst mich verstecken!"

Zoe nahm ihre Schwester in den Arm. Allmählich atmete Kylie ein bisschen ruhiger. „Keine Angst", sagte Zoe und streichelte ihrer Schwester behutsam den Kopf. „Wir passen auf dich auf."

„Bringt mich einfach nur in Sicherheit", flüsterte Kylie. „Schnell."

„Vor wem musst du dich verstecken?", wollte Finn wissen. „Vor dem Dekan?"

Als Kylie keine Antwort gab, wandte er sich an Lucy. „Wo können wir sie hinbringen? Es muss irgendwo sein, wo Kildair auf keinen Fall nach ihr suchen würde."

„Vielleicht bei Susan Arnott? Sie hat uns doch schon einmal angehört."

Finn schüttelte den Kopf. „Ich traue den Hütern noch immer nicht über den Weg." Er überlegte kurz. „Was ist mit deinem Dad?"

Lucys Augen leuchteten auf. „Gar keine schlechte Idee."

Zoe half ihrer Schwester aufzustehen. „Ich mag Dr. Raj", sagte Kylie mit schwacher Stimme und ließ sich in Zoes Arme sinken.

„Und wie kommen wir da hin?", wollte Finn wissen.

„Auf dem gleichen Weg, auf dem wir hergekommen sind", meinte Zoe. „Das ist die kürzeste Strecke."

Finn schüttelte den Kopf. „Zu riskant. Dann müssten wir durch den Großen Saal und die Hauptkorridore gehen ... da erwischen sie uns garantiert. Es muss doch noch einen anderen Weg nach draußen geben."

Zoe blickte sich demonstrativ nach allen Seiten um. „Ich sehe aber keinen."

„Ich auch nicht", ergänzte Lucy. Dann legte sie den Kopf schief und fuhr sich mit der Zungenspitze über die Lippen. „Aber ich spüre hier irgendwo Frischluft."

Sie bahnte sich einen Weg durch die Glasscherben bis zu der Felsspalte, wo die grünliche Flüssigkeit abgeflossen war. „Hier entlang!"

Sie zwängten sich durch die Ritze und waren schon wieder von völliger Dunkelheit umgeben. Lucy ging voraus. Bald schon weitete sich der Tunnel, sodass Finn und Zoe neben Kylie gehen und sie stützen konnten. Jedes Mal, wenn Kylies nackte Füße den felsigen Untergrund streiften, zuckte sie zusammen. Lucy führte sie durch einen leicht abwärts führenden Gang. In der Mitte war eine Rinne mit den letzten Überresten der Flüssigkeit aus dem Glasbehälter zu erkennen. Nach ungefähr fünfzig Metern endete sie bei einem kreisförmigen Gitterrost aus Metall. Dahinter war der Fußboden trocken.

Beim Überqueren des Gitterrostes kam Kylie ins Straucheln und wäre beinahe gestürzt.

„Kylie", sagte Zoe. „Alles klar bei dir?"

„Alles in Ordnung", murmelte Kylie. „Weiter."

Schließlich kamen sie um eine Biegung und ein winziger Lichtfleck tauchte vor ihnen auf. Je näher sie kamen, desto größer wurde er, und schließlich erkannten sie, dass sie den Tunnelausgang vor sich hatten. Der Lichtfleck, das war das Wasser eines Sees, in dem sich der Mond spiegelte. Diesen See hatte Finn schon einmal während der Jagd gesehen.

Der Ausgang wurde allerdings durch ein Metallgitter versperrt. Die Gitterstäbe waren mit einer dicken Rostschicht überzogen, aber das Vorhängeschloss sah nagelneu aus.

Wer immer Kylie hier unten eingesperrt hat, er wollte, dass sie auf keinen Fall entdeckt wird ...

Finn bat Zoe, Kylie zu stützen, stellte sich vor das Gitter und rüttelte an den Stäben. Das Tor wackelte ein bisschen, aber das Schloss hielt. Er schlug mit dem Handballen gegen das Metall.

„Wir hätten John mitbringen sollen", sagte er. „Der würde das Ding hier mit bloßen Händen zerfetzen."

„Vielleicht kriegen wir das ja auch hin", meinte Lucy. „Schau mal, die Scharniere sind schon ziemlich locker."

Der Boden vor dem Gittertor lag voller Geröll. Finn

streckte die Hand nach draußen und griff sich einen Stein, der etwa doppelt so groß war wie seine Faust. Er holte aus und ließ ihn mit voller Wucht auf das oberste Scharnier krachen. Drei Schläge später riss das Metall unter Kreischen und Ächzen entzwei und das Tor sackte zur Seite. Finn ging in die Knie und wiederholte das Ganze mit dem unteren Scharnier. Als es schließlich auch nachgab, kippte das Tor nach vorn und landete krachend auf dem Boden.

Ein schmaler Pfad führte sie zu einem steilen Schotterhang. Finn geriet auf den kleinen Steinen ins Rutschen und auch Zoe war mehr als einmal kurz davor, das Gleichgewicht zu verlieren. Mondbeschienene Wolken zogen als Flickenteppich über den Himmel und die Luft war kühl. Kylie fing an zu zittern.

„Wir müssen sie ins Warme schaffen", sagte Finn.

„Da entlang", sagte Lucy. „Es ist nicht mehr weit."

Der Pfad führte um den See herum bis zu einer kleinen Steinhütte, die Finn ebenfalls schon einmal gesehen hatte. Aber erst jetzt wurde ihm klar, dass es sich um das Zuhause von Dr. Raj handelte. Dahinter ragte die gewaltige silberne Wand der Schule empor, umgeben von mehreren flachen Nebengebäuden, sodass die Hütte von dort oben nicht zu sehen war.

Vor der Haustür beugte Kylie sich nach vorn und fing an zu husten. Lucy hob die Ecke der braunen Fußmatte hoch und brachte einen ganz normalen Schlüssel zum Vorschein. Das Mondlicht war gerade ausreichend, um einen kleinen Flur erkennen zu können. Und hinter einer halb offenen Tür befand sich die ziemlich unordentliche Küche. Die gegenüberliegende Tür war geschlossen, aber geradeaus führte eine steile Steintreppe nach oben in die Finsternis.

Finn und Zoe bugsierten Kylie die Treppe hinauf und brachten sie ins Schlafzimmer. Während Zoe ihre Schwester ins Bett legte, durchsuchte Finn einen Schrank nach zusätzlichen Decken. Und noch bevor sie die regungslose Kylie einigermaßen zugedeckt hatten, war sie eingeschlafen.

„Also gut", sagte Finn und hockte sich auf das Fensterbrett. „Das ist schon mal ein Anfang. Aber jetzt müssen wir uns überlegen, was wir als Nächstes machen sollen."

„Willst du immer noch den Hütern Bescheid sagen?", wollte Lucy wissen.

„Das wäre wahrscheinlich keine gute Idee", erwiderte Finn. „Falls der Dekan tatsächlich hinter alldem steckt, dann hatte er wahrscheinlich Hilfe. Wir können es nicht riskieren, die Hüter ins Vertrauen zu ziehen. Ich glaube, wir müssen in größeren Dimensionen denken."

„Wie meinst du das?", wollte Zoe wissen.

Finn starrte durch das Fenster. „Wir müssen eine Botschaft aufs Festland schicken. Wir müssen jemandem sagen, was hier los ist."

Lucy sah ihn mit weit aufgerissenen Augen an. „Meinst du die Polizei?"

„Das ist wahrscheinlich das Sinnvollste."

„Das kannst du nicht machen!", wandte Zoe mit lauter Stimme ein. Dann warf sie der schlafenden Kylie einen hastigen Blick zu und fuhr erheblich leiser fort: „Immerhin sind wir hier auf Alyxa!"

„Mir doch egal", erwiderte Finn. „Und dir müsste das auch egal sein. Kylie ist schließlich deine Schwester."

„Als ob ich das nicht wüsste."

„Und warum willst du dann nicht …"

„Alyxa ist der einzige Ort, an dem ich mich jemals sicher gefühlt habe", unterbrach ihn Zoe. „Der einzige Ort, an dem ich wirklich heimisch geworden bin. Das kann ich nicht so einfach über Bord werfen. Ich werde Alyxa nicht verraten. Was immer hier auch schiefläuft, es darf nicht nach außen dringen."

Hilflos hob Finn die Hände. „Was sollen wir dann machen?"

„Da muss es doch noch einen anderen Weg geben", sagte Lucy. „Zoe hat recht. Wir können auf keinen Fall die Außenwelt alarmieren. Es würde eine offizielle Untersuchung geben. Die ganze Insel würde von Leuten in Schutzanzügen überschwemmt werden. Kannst du dir das vorstellen?"

„Vielleicht schließen sie die Schule sogar ganz", warf Zoe ein.

„Sie schließen die Schule und nehmen uns mit." Das war wieder Lucy. „Und dann machen sie irgendwelche Experimente mit uns."

Finn wusste, dass sie recht hatten. Er stieß einen lang gezogenen Seufzer aus. „Also gut", sagte er. „Ich schätze, wir könnten es noch woanders versuchen."

„Bei wem denn?", wollte Lucy wissen.

„Bei Dr. Forrester", erwiderte Finn.

Sie ließen Zoe bei ihrer Schwester im Schlafzimmer zurück und liefen nach unten zu dem Telefon, das neben der Küchentür an der Wand hing. Daneben baumelte an einer kurzen Schnur ein zerfleddertes Notizbuch.

„Das ist das Telefonbuch von meinem Vater", sagte Lucy. Sie blätterte es durch. „Aha, da ist sie ja."

Lucy las ihm die Nummer vor und Finn wählte. Nach dem zehnten Klingeln meldete sich Dr. Forrester.

„Wer ist da?", sagte sie verschlafen.

„Hier ist Finn Williams", antwortete Finn. „Tut mir leid, dass ich Sie aufgeweckt habe, aber es handelt sich um so was wie einen Notfall."

„Notfall?" Dr. Forrester hörte sich gleich viel wacher an.

„Könnte man sagen. Wir haben Kylie gefunden."

„Kylie? Kylie Redmayne?" Schlagartig war sie hellwach. „Ihr habt ihren Leichnam gefunden?"

„Nein. Wir haben *sie* gefunden."

„Sie lebt?" Die Verwirrung in Dr. Forresters Stimme war

deutlich zu hören. „Aber ... wie ist das ...? Was ist denn passiert?"

„Das ist ziemlich kompliziert", erwiderte Finn. „Aber im Prinzip geht es ihr gut. Können Sie vielleicht zu Dr. Rajs Hütte kommen?"

„Ja, natürlich. Aber warum seid ihr da? Habt ihr ...?"

„Bitte, kommen Sie einfach her", sagte Finn.

Kaum hatte er den Hörer auf die Gabel gelegt, ertönte oben im Schlafzimmer ein lautes Stöhnen. Sie hasteten die Treppe hinauf und fanden Kylie aufrecht im Bett sitzend vor. Zoe hielt ihre Hand. Kylies Gesicht war dunkelrot angelaufen und über und über mit Schweißtropfen bedeckt.

„Du warst in der Höhle", sagte sie und starrte Finn an. „Wer bist du?"

„Ich heiße Finn", erwiderte Finn und fügte dann, an Zoe gewandt, hinzu: „Dr. Forrester ist unterwegs."

Zoe legte ihrer Schwester die Hand auf die Stirn. „Du bist ja ganz heiß", sagte sie. „Komm, leg dich wieder hin."

„Ich muss aber ...", sagte Kylie und sank zurück aufs Kissen.

„Alles wird gut." Zoe streichelte ihre Hand. „Ich bin ja so froh, dass ich dich wiederhabe. Kannst du dich erinnern, was passiert ist?"

Kylie schüttelte den Kopf. „Nicht so richtig. Ich glaube ..." Sie legte die Stirn in Falten und rieb sich die Schläfen. „Ich weiß noch, dass ich bei den Klippen war, weil ich …" Ihre Stimme versagte.

„Hast du dort vielleicht jemanden getroffen?" Finn spürte, wie sein Puls anfing zu rasen. „Den Dekan womöglich?"

„Wir haben dein Tagebuch gefunden", schaltete Zoe sich ein. „Da hast du geschrieben, dass er dich verfolgt hat. Dass er dich unter Druck gesetzt hat?"

„Echt?"

„Und du hast so Skizzen gemacht", fuhr Lucy fort. „Hexagramme zum Beispiel."

Kylie drehte sich auf die Seite. „Mein Kopf ist so schrecklich heiß. Ich muss jetzt schlafen."

Zoe beugte sich über sie und gab ihr einen Kuss auf die schweißnasse Stirn.

„Halte durch", sagte sie. „Wir bleiben immer in der Nähe."

Während Zoe sich weiter um ihre Schwester kümmerte, gingen Finn und Lucy in die Küche hinunter und zündeten zwei Kerzen an. Lucy warf immer wieder nervöse Blicke zur Treppe.

„Was hast du denn?", erkundigte sich Finn.

„Mit Kylie stimmt was nicht", erwiderte Lucy mit leiser Stimme. „Sie schmeckt anders."

„Was soll das denn heißen?"

„Jeder Mensch gibt Pheromone ab, richtig? Das sind

Duftstoffe, die wir aber nur unterschwellig wahrnehmen", erläuterte Lucy. „Jeder Mensch hat seine ganz individuelle Pheromonkombination, verstehst du?"

„Wie so eine Art Geruchsfingerabdruck?"

„Ganz genau! Nur dass der von Kylie nicht stimmt."

„Vielleicht liegt das an dem grünen Schleim", sagte Finn. „Vielleicht hat der das Signal irgendwie durcheinandergebracht."

Lucy schüttelte den Kopf. „Das glaube ich nicht. Ich glaube, dass Kylie uns angelogen hat."

Finn stutzte. „Aber warum sollte sie das tun?"

„Ich weiß auch nicht. Und noch was kommt mir an der ganzen Sache seltsam vor.

Finn trank sein Glas aus und wartete ab.

„Der Code, mit dem wir diesen Tank leer gemacht haben", sagte Lucy. „Du hast doch gesagt, dass es bei fünf Zahlen … wie viele? Hundertzwanzig Kombinationsmöglichkeiten gibt, oder? Also wie groß ist die Wahrscheinlichkeit, dass du zufällig einen sechsstelligen Code errätst?"

In Finns Kopf purzelten die Zahlen kreuz und quer durcheinander. „Ich weiß auch nicht. Ziemlich gering jedenfalls. Ich weiß bloß, dass ich die Kombination genommen habe, die ich im Fäustling gesehen habe. Und dass sie funktioniert hat."

„Ja, aber wieso? Welche Verbindung besteht zwischen

diesem Glasbehälter und dem Fäustling? Oder steckt da etwas ganz anderes dahinter?"

Ein lautes Klopfen ließ sie beide zusammenzucken.

„Das ist Dr. Forrester", sagte Finn erleichtert.

Doch als er die Haustür aufmachte, stand keineswegs die Ärztin auf der Fußmatte.

Sondern Ben.

21

„Hallo, Finn", sagte Ben und beugte sich zu der halb geöffneten Tür herein. „Was geht ab?"

„Äh ... nicht viel", erwiderte Finn. Er wollte die Tür wieder zudrücken, aber Ben hatte bereits den Fuß dazwischengestellt.

„Hallo, Ben", sagte auch Lucy. „Woher weißt du denn, dass wir hier sind?"

„Ich hab's gerochen", erwiderte Ben und legte die Hand an den Türrahmen. „Und ihr feiert hier 'ne kleine Party oder was?"

„Ach was, gar nicht", sagte Lucy. „Mein Dad hat mich nur gebeten, nach seinem Häuschen zu sehen, solange er nicht da ist."

Mit einem kräftigen Tritt gegen die Tür verschaffte sich Ben Einlass und drängelte sich in den Flur.

„Moment mal", sagte Finn und zog Lucy mit sich an den

Fuß der Treppe. „Du kannst doch nicht einfach so hier reinkommen."

„Das ist Hausfriedensbruch", fügte Lucy hinzu. „Da wird mein Vater stinksauer sein."

Ben hob den Arm und sagte zu einem Metallband an seinem Handgelenk: „Sie sind hier drin."

Finn sackte der Magen in die Kniekehlen. „Mit wem redest du da?"

Plötzlich hatte Ben einen Überlaster in der Hand und zielte damit genau auf Finns Brust. Sein Daumen schwebte über dem Auslöser.

Finn breitete die Arme aus. „Hey, das ist doch wirklich nicht nötig."

„Er hat recht, Ben, steck das weg", hörten sie da eine allzu vertraute Stimme. „Wir müssen uns nicht mit Gewalt behelfen. Noch nicht."

Ben ließ den Arm sinken und trat beiseite. Direkt hinter ihm kam nun der Dekan zum Vorschein.

„Wo ist sie?", sagte Geraint Kildair.

„Wo ist wer?", fragte Finn zurück.

„Du hältst dich wohl für besonders schlau, nicht wahr? Aber ich habe genug von deinen Lügen. Du sagst mir auf der Stelle, wo sich Kylie Redmayne aufhält, oder ich ändere meine Meinung, was den Gebrauch des Überlasters angeht."

Erneut richtete Ben die Waffe auf Finn und kam noch

ein paar Schritte näher, sodass der Dekan genug Platz hatte, um ebenfalls die Hütte zu betreten. Finn fröstelte in der nächtlichen Brise, die mit ihm hereinwehte.

„Ich weiß nicht, was Sie meinen", sagte Finn. „Kylie ist tot."

„Aber ich weiß genau, dass außer euch beiden noch mehr Personen hier im Haus sind", sagte der Dekan.

„Ja, ich bin auch noch da", sagte Zoe vom oberen Ende der Treppe her. „Wir wollten gerade gehen."

„Ben, sieh in den anderen Zimmern nach", sagte der Dekan.

Doch noch bevor Ben sich von der Stelle rühren konnte, kam Kylie in aller Ruhe auf den Treppenabsatz geschlendert und stellte sich neben ihre Schwester. Ihre grünen Augen funkelten voller Energie und Tatendrang. Finn konnte kaum glauben, dass das dasselbe Mädchen war, das noch vor wenigen Augenblicken halb bewusstlos im Bett gelegen hatte.

Der Dekan wich ein Stück zurück. „Geh ihr aus dem Weg, Zoe", sagte er. „Lass sie nicht in deine Nähe."

„Sie ist meine Schwester!", fauchte Zoe zurück.

„Komm ganz einfach langsam die Treppe herunter", sagte der Dekan.

„Bleib, wo du bist!", rief Finn ihr zu und sagte dann, an Kildair gewandt: „Ich werde nicht zulassen, dass Sie sie in Ihre Gewalt bringen."

„Ihr elenden Narren", sagte der Dekan.

Lucy kreischte laut auf, als Kylie mit einem einzigen, unfassbar großen Satz die Treppe hinuntersprang. Sie umkurvte Finn und rammte Ben mit der Schulter gegen die Wand, sodass er vor Schmerz und Verblüffung nur noch ein lautes Stöhnen hervorbrachte. Der Überlaster flog durch die Luft und landete vor Finns Füßen.

„Kylie, warte!", rief Zoe und rannte ebenfalls nach unten.

Finn wollte sich nach dem Überlaster bücken, doch Kylie war bereits da. Mit einer unfassbaren Geschwindigkeit wirbelte sie auf dem Absatz herum und stürzte sich auf den Dekan. Obwohl er einen Kopf größer und bestimmt zwanzig Kilogramm schwerer war als sie, drängte sie ihn zurück und drückte ihm den Überlaster gegen das Schlüsselbein.

„Süße Träume!", stieß sie zwischen gefletschten Zähnen hervor.

Ein Funkenregen brachte den kleinen Flur zum Leuchten. Der Dekan verdrehte die Augen, bis nur noch das Weiße zu sehen war, und brach zusammen.

Zoe war jetzt am Fuß der Treppe angelangt. „Kylie?", fragte sie unsicher.

Finn warf einen Blick auf den reglos am Boden liegenden Dekan. Ob die Überlaster auch töten konnten?

Kylie trat vor Ben und hielt ihm den knisternden Überlaster unter die Nase. „Zurück!", zischte sie ihn an.

Ben krabbelte auf allen vieren in die hinterste Ecke des Flurs. Ein Schweißfilm glänzte auf seinem verängstigten Gesicht.

„Fesselt ihn", sagte Kylie.

Niemand rührte sich von der Stelle. Finn starrte Lucy an. Sie hielt Zoes Arm gepackt, damit sie nicht zu ihrer Schwester laufen konnte. Zoe wehrte sich zwar, aber nur mit halber Kraft. Auf ihrer Miene lag tiefe Bestürzung.

„Hol ein Seil!", herrschte Kylie jetzt Lucy direkt an. „Beeilung!"

Lucy ließ Zoe los, die sich daraufhin mit zitternden Knien auf die unterste Treppenstufe sinken ließ. Sie hatte die Augen weit aufgerissen und wandte den Blick keine Sekunde lang von ihrer Schwester ab.

Lucy hatte eine Rolle schwarzes Paketband gefunden. „So was benutzen doch die Entführer immer im Film", sagte sie. Sie verzog das Gesicht zu einer Grimasse, die wahrscheinlich ein Lächeln sein sollte, aber Finn sah nichts als eine Fratze der Angst.

Er half ihr dabei, Ben die Hände auf den Rücken zu fesseln.

„Ihr wisst ja nicht, was ihr da tut", sagte Ben, als sie ihm auch die Beine zusammenbanden.

„Tut mir leid", erwiderte Finn. „Aber du hast den Überlaster schließlich mitgebracht."

„Sie ist gefährlich", sagte Ben.

Mit einem Mal fing Kylie laut an zu stöhnen, taumelte und brach dann mitten im Flur zusammen.

„Kylie!" Mit wenigen Schritten war Zoe an der Seite ihrer Schwester. Finn kniete sich ebenfalls neben sie und tastete nach ihrem Puls. Er fühlte sich kräftig an.

„Ich glaube, sie ist nur kurz ohnmächtig geworden", sagte er.

Zu dritt schleppten sie Kylie auf das Sofa im Wohnzimmer. Zoe breitete einen Schafwollteppich über sie und fühlte ihr dann selbst noch einmal den Puls.

„Willst du nicht bei ihr bleiben?", fragte Finn.

„Sie ist bewusstlos", erwiderte Zoe und war bereits wieder auf dem Weg in den Flur. „Aber ich kriege jetzt raus, was hier eigentlich los ist."

Als Finn und Lucy sie eingeholt hatten, kniete sie bereits neben dem gefesselten Ben.

„Rede", sagte sie.

Da begann der Dekan, der gleich neben Ben auf dem Fußboden lag, sich zu rühren. Finn war erleichtert, dass Kildair noch am Leben war. Er schnappte sich das Klebeband, fesselte ihm Arme und Beine und versuchte, nicht allzu sehr daran zu denken, dass er gerade seinen Schulleiter außer Gefecht setzte.

In der Zwischenzeit hatte Lucy sich den Überlaster geschnappt. „Na, komm schon", sagte sie und fuchtelte mit dem Ding vor Bens Nase herum. „Wie lange erledigst du schon die Drecksarbeit für den Dekan?"

„Du hast doch keine Ahnung, was du da redest", gab Ben zurück. „Ohne uns wärt ihr alle schon längst erledigt."

„Uns?"

Vergeblich stemmte Ben sich gegen das Klebeband. „Der Orden", stieß er hervor.

Finn sah, wie Lucy zusammenzuckte. „Der Orden existiert nicht mehr."

„Ha! Der Orden wird immer existieren, solange der sechste Sinn unsere Welt bedroht." Ben warf Zoe einen Blick zu. „Das ist der einzige Grund, weshalb wir Kylie gesucht haben. Weil sie bis zum Hals in den sechsten Sinn verstrickt ist."

Zoe kniff die Augen zusammen. „Pass auf, was du sagst. Immerhin ist sie meine Schwester." Sie nahm Lucy den Überlaster aus der Hand und hielt ihn Ben direkt vor die Nase. Er zuckte zurück.

„Warst du das mit dem Buch? Hast du das in meinem Zimmer versteckt?", wollte Zoe jetzt wissen.

„Nein", erwiderte Ben hastig. „Ich habe keine Ahnung, wie es da hingekommen ist."

Erneut blickte Finn Lucy an. Sie leckte sich die Lippen. „Er sagt die Wahrheit", gab sie zögerlich zu. Dann starrte sie Ben wütend an. „Aber du bist trotzdem ein mieses Schwein."

Erneut hörten sie den Dekan leise stöhnen. Seine Augenlider flatterten und er versuchte, sich aufzusetzen. Zoe drehte an dem Regler am unteren Ende des Überlasters und richtete das Gerät anschließend auf seine Brust. Ihre Hand zitterte und für einen Moment war Finn überzeugt davon, dass sie ihm eine weitere Ladung verpassen würde.

„Ich habe keine Ahnung, was bei dieser Einstellung mit Ihnen passieren würde", sagte sie. „Aber das ist mir gerade sowieso egal." Ihre Stimme zitterte genauso sehr wie ihre Hand. „Warum haben Sie Kylie in diesen Tank gesteckt?"

„Ihr müsst mich freilassen", sagte der Dekan mit fester Stimme. Das schummerige Mondlicht verlieh seinen Zügen etwas Gruseliges.

„Geben Sie mir eine Antwort!"

„Das würde ich ja gerne, wenn deine Frage irgendeinen Sinn ergeben würde", erwiderte der Dekan. Im Gegensatz zu Ben schien es ihn nicht im Geringsten zu beunruhigen, dass er gefesselt war. „Warum hätte ich mir denn die Umstände machen sollen? Wenn ich Kylie in meiner Gewalt gehabt hätte, dann hätte ich sie einfach umgebracht."

Finn wurde mit einem Mal speiübel.

„Sie hätten *was?*", stieß Zoe hervor. Sie ballte die Faust so fest um den Überlaster, dass ihre Fingerknöchel ganz weiß wurden.

„Sie ist der sechste Sinn", fuhr der Dekan fort. „Diese idiotischen Hüter! Die bittere Wahrheit lautet, dass deine

Schwester ausgelöscht werden muss, und zwar ein für alle Mal."

„Das ist eine dreckige Lüge!", schleuderte Zoe ihm entgegen.

Finn warf Lucy einen Blick zu und hoffte inständig, dass sie gleich bestätigen würde, dass der Dekan gelogen hatte. Doch aus ihrem niedergeschlagenen Gesichtsausdruck schloss er, dass das nicht der Fall war.

„Eure Ahnungslosigkeit wird uns alle das Leben kosten", sagte der Dekan.

„Dann verraten Sie uns doch, was hier vor sich geht", schaltete Finn sich ein. „Was ist denn so furchtbar an diesem zusätzlichen Sinn?"

„Der sechste Sinn ist keine zusätzliche Sinneswahrnehmung." Die Stimme des Dekans wurde nun tiefer und kehliger. „Er ist vielmehr das Zusammenwirken aller Sinneswahrnehmungen. Diejenigen, die ihn besitzen, vermögen Außergewöhnliches zu bewirken."

„Zum Beispiel?" Schließlich hatte Finn auf Alyxa auch jetzt schon ziemlich außergewöhnliche Dinge erlebt.

„Manche glauben, dass der sechste Sinn die Fähigkeit verleiht, die Gedanken anderer Menschen zu beeinflussen. Andere sagen, dass er einen Zugang zu Teilen dieser Welt eröffnet, die niemand sonst wahrnehmen kann." Er warf einen Blick zur Wohnzimmertür. „Vielleicht solltet ihr Kylie fragen. Obwohl ich euch das nicht empfehlen würde."

Er sah sie der Reihe nach wütend an. „Und jetzt bindet mich los!"

„Sie behaupten also, dass Sie Kylie nicht gefangen genommen und eingesperrt haben", sagte Finn und blickte mit einem unguten Gefühl zur Wohnzimmertür. „Aber wer dann?"

Der Dekan schnaubte. „Ein Narr, der geglaubt hat, er könne ihr helfen. Jemand, der denkt, man könne Morvan auf die leichte Schulter nehmen."

„Aber Morvan ist tot!", warf Finn ein. „Er wurde schon vor vielen Hundert Jahren getötet!"

„Du hast wirklich gar nichts begriffen", sagte der Dekan.

Da krachte es laut im Wohnzimmer.

„Kylie!" Zoe sprang auf und rannte zur Tür, aber als sie die Klinke drückte und die Tür aufstoßen wollte, bewegte sie sich keinen Millimeter von der Stelle.

„Jemand hat die Tür verbarrikadiert!", rief sie in heller Panik und warf sich mit aller Macht dagegen.

„Lass mich mal." Finn legte das Ohr an die Tür und hörte undeutliche Wortfetzen, knirschende Schritte, vermutlich auf Glasscherben.

„Kylie!", kreischte Zoe und hämmerte gegen das Holz.

Finn wirbelte herum und rannte zur Haustür, riss sie auf und lief zur Rückseite der Hütte. Auf dem Weg musste er über eine niedrige Steinmauer springen. Er bog um die

Ecke und wurde von einem heftigen Windstoß erfasst. Vor einem zerbrochenen Fenster stand, deutlich erkennbar im Schein des Mondes, Adriana und starrte ins Haus hinein. Sie hielt einen kleinen Bogen in der Hand und trug einen Köcher mit stumpfen Pfeilen auf dem Rücken.

Als sie Finn bemerkte, hob sie den Bogen. „Stehen bleiben!", sagte sie. Der Wind zerzauste ihre stacheligen, pinkfarbenen Haare.

Währenddessen erschien eine Gestalt am Fenster. Sie hatte Kylies leblosen Körper auf den Rücken genommen.

Die Gestalt war John.

„Was?", stieß Finn hervor.

John war so verblüfft, dass er beim Sprung aus dem Fenster beinahe das Gleichgewicht verloren hätte.

„Finn", sagte er und verlagerte Kylie ein wenig, um sie besser im Griff zu haben. „Du hast hier nichts zu suchen."

„Was machst du denn da?"

John wich zurück, während sich Kummer und Verzweiflung in seiner Miene spiegelten. „Wir müssen das tun. Es gibt keine andere Möglichkeit, sie zu retten."

„Komm jetzt", sagte Adriana und zerrte an Johns Ärmel. „Wir müssen uns beeilen."

„Tut mir leid", sagte John, dann wandten die beiden Finn den Rücken zu.

„Das kann ich nicht zulassen", sagte Finn und ging ihnen hinterher.

In diesem Augenblick wirbelte Adriana herum, zog mit einer einzigen fließenden Bewegung einen Pfeil aus dem Köcher und spannte ihn in den Bogen.

„Ich habe dich gewarnt", sagte sie.

Der Pfeil landete auf Finns Brustbein, und zwar mit solcher Wucht, dass ihm sämtliche Luft aus der Lunge gepresst wurde und er keinen Finger mehr rühren konnte.

Hilflos sackte er zu Boden und hörte John wie aus weiter Ferne sagen: „Halt dich fern, Finn! Bitte!"

22

Finn wusste nicht genau, ob er ohnmächtig gewesen war oder nicht, jedenfalls halfen unsichtbare Hände ihm auf die Füße. Er rieb sich die trüben Augen und starrte dann direkt in Zoes Schutzbrille.

„Was ist denn passiert?", wollte sie wissen. „Wo ist Kylie?"

„Sie haben sie mitgenommen." Sie ließ ihn los und er geriet zunächst einmal leicht ins Schwanken.

„Wer?"

„John und Adriana."

Zoe warf einen Blick durch das zerbrochene Fenster. „Das ergibt doch keinen Sinn. Bist du sicher?"

Finn brachte nur ein müdes Nicken zustande.

Zoe nahm die Schutzbrille ab und blickte suchend in das Gebüsch rund um die Hütte. Windböen wirbelten Sand vom Erdboden auf und peitschten ihn himmelwärts.

„Ich kann ihre Spur nicht erkennen", sagte sie. „Sie können überall sein."

Zoe stützte Finn auf dem Weg zurück in die kleine Hütte. Dort berichtete er, was geschehen war. Doch bevor Lucy etwas erwidern konnte, sagte der Dekan: „Ihr hättet sie töten müssen, solange ihr die Gelegenheit dazu hattet."

„Hier wird niemand getötet!", herrschte Zoe ihn an.

„Jetzt ist aber wirklich Schluss! Bindet mich los und lasst mich tun, was getan werden muss!"

„Träumen Sie weiter", entgegnete Lucy und wandte sich an Finn. „Warum haben sie sie mitgenommen?"

Finn hatte keine Ahnung, wie John in die ganze Sache hineingeraten war. Und er konnte immer noch nicht fassen, dass Adriana tatsächlich auf ihn geschossen hatte. Welche Rolle spielte sie in diesem ganzen Durcheinander?

Mit einem Mal spürte er ein Kribbeln am ganzen Körper und er musste an ihre zerrissene Lederjacke denken. *Natürlich!* Er fasste in die Tasche seiner Jogginghose und holte die Anstecknadel heraus. „Und wenn die gar nicht Kylie gehört, sondern Adriana? Was, wenn die beiden in der Nacht, als es passiert ist, zusammen waren?" Er hielt inne, weil ihm noch ein Gedanke gekommen war. „Und war es nicht Adriana, die das *Buch Morvans* in Zoes Zimmer gefunden hat?"

„Adriana Arnott?" Der Dekan stöhnte. „Das hätte ich

erkennen müssen! Seht ihr jetzt, dass der sechste Sinn jeden infiziert, der mit ihm in Berührung kommt?"

„Aber warum sollte sie das tun?", wollte Lucy wissen. „Und wie ist sie überhaupt an das Buch gekommen?"

„Sie ist Susan Arnotts Tochter." Finn runzelte die Stirn. Er war nach dem Pfeiltreffer immer noch ein bisschen durcheinander. „So schwierig kann das nicht gewesen sein."

„Ist ja auch egal", schaltete Zoe sich ein. „Wir müssen herausfinden, wo sie sie hingebracht haben. Wir müssen sie verfolgen, und zwar sofort!"

Finn wandte sich an Lucy. „Kannst du sie vielleicht aufspüren? Ihre Spur schmecken oder irgend so was?"

Lucy setzte eine verkniffene Miene auf und schüttelte den Kopf. „Meine Stärke sind eher Gefühle."

„Aber ich kann das", sagte Ben. Er wandte den Kopf der geöffneten Haustür zu und gab seltsame Glucksenlaute von sich. „Da ist eine Spur, aber sie wird schnell schwächer. Der Wind."

„Worauf warten wir dann noch?" Finn starrte Ben misstrauisch an. „Obwohl … woher sollen wir wissen, dass du nicht wegläufst, sobald wir dir die Fesseln abgenommen haben?"

„Das mache ich nicht", erwiderte Ben wie aus der Pistole geschossen.

„Sagt er die Wahrheit?", wollte Finn wissen.

„Zum Teil", erwiderte Lucy mit gerunzelter Stirn.

Da fuchtelte Zoe mit dem Überlaster durch die Luft. „Wir sorgen schon dafür, dass er keinen Blödsinn macht."

Auf der Rückseite der Hütte blies der Wind noch stärker als zuvor. Immer wieder musste Finn sich Sandkörnchen aus den Augen reiben und er beneidete Zoe um ihre Schutzbrille.

Ben legte erneut den Kopf in den Nacken und stieß dieses eigenartige kehlige Glucksen aus. „Da entlang", sagte er und setzte sich in Bewegung.

Finn folgte ihm zusammen mit den anderen und versuchte, das taube Gefühl endgültig aus seinen Beinen zu vertreiben. Wem konnte er eigentlich noch trauen? Dass Adriana in diese finsteren Machenschaften verstrickt war, das war eine Sache. Aber zu wissen, dass auch sein Bruder irgendwie seine Finger mit im Spiel hatte … das war etwas ganz anderes. Kein Wunder hatte er immer wieder versucht, Finn von seinem Verdacht abzubringen.

Ben führte sie hinunter an den Strand, wo zwei Paar Fußabdrücke durch den nassen Sand führten.

„Jetzt kann sogar ich sehen, wo sie hingegangen sind", meinte Lucy.

„Sie haben Kylie hinter sich hergezogen", sagte Zoe und

deutete auf eine unregelmäßige Schleifspur zwischen den Fußabdrücken.

Sie rannten den Strand entlang. Hier unten am Meer war der Wind sogar noch stärker als bei der Hütte und blies ihnen mit einer Wucht ins Gesicht, als wollte er sie aufhalten.

Finn war nicht weiter überrascht, als er sah, dass die Spur direkt zu der Höhle am Fuß der Südklippe führte. Sie platschten durch die Felsentümpel und kamen an den riesigen Felsbrocken vorbei, die in der Nacht, als Finn nach Pogo gesucht hatte, hier herabgestürzt waren. Wellen brandeten über eine Reihe von Felsen hinweg und jagten weiße Gischtfontänen in die Luft. Salzwasser spritzte ihnen ins Gesicht.

Vor dem Höhleneingang blieb Finn stehen. „Hier lag vor ein paar Tagen noch ein großer Felsblock", sagte er und starrte in das gähnend schwarze Loch des Höhleneingangs.

„Ich glaube, ich kann ihn sehen." Lucy deutete auf einen großen Steinhaufen am Fuß des Abhangs. Die Steine waren zum Teil mit Algen überzogen, wiesen jedoch auch zahlreiche saubere, trockene Bruchstellen auf.

„John!", sagte Finn. „Er muss ihn beiseitegerollt haben."

Er stellte sich an den Rand des Höhleneingangs. Lucy und Zoe gesellten sich zu ihm, aber Ben blieb zurück.

„Ich gehe da nicht rein", sagte er, hustete und würgte, und Finn befürchtete schon, dass er sich übergeben musste. „Es schmeckt … eklig."

„Was soll's", erwiderte Finn und wandte sich an die anderen. „Kommt mit. Es ist nicht mehr weit, das weiß ich."

Sie folgten dem Pfad, der in die Höhle führte. Schotter knirschte unter ihren Sohlen. Die Dunkelheit umfing sie und der Wind heulte in ihren Ohren. Der Höhlenboden war uneben und immer wieder mussten sie auf allen vieren über glitschige Felsen klettern. Es roch feucht und modrig.

„Da vorn wird es heller", sagte Zoe.

„Ich sehe nichts", erwiderte Lucy.

Schließlich sah Finn, was Zoe gemeint hatte: ein Fächer aus Lichtstrahlen, die wie silberne Finger von hoch oben auf den Höhlenboden herabfielen. Finn hob den Blick und erkannte durch den Nebelschleier hindurch, dass in der stark durchlöcherten Höhlendecke kreisförmige, polierte Steine saßen.

„Die funktionieren wie Spiegel", sagte er. „Irgendwie bekommt man damit das Mondlicht in die Höhle."

Während sie unter den reflektierenden Steinen entlanggingen, fragte er sich, wer sie wohl dort oben eingesetzt haben mochte. Die Druiden? Wie viele Mondaufgänge die spiegelnden Flächen wohl bereits gesehen hatten?

Das Mondlicht fiel genau auf eine Treppe. Die rauen Stufen waren allem Anschein nach von Hand aus dem

Fels herausgehauen worden. Finn betrat die ersten Stufen. Schatten lauerten in jeder Ecke und jeder Spalte.

Schon nach der halben Treppe war er ziemlich ins Schnaufen geraten – sie war steiler als gedacht.

„Was gibt es denn da oben zu sehen?", rief Lucy ihm keuchend von weiter unten zu.

„Das werden wir gleich erfahren."

Am oberen Ende angelangt, standen sie vor zwei Torbögen, die jeweils in einen schmalen Tunnel führten. Der linke Tunnel führte sanft bergab, der rechte sanft bergauf. In die Schlusssteine an der Spitze der Torbögen waren unverständliche Runen eingraviert worden. Dichtes, gelblich schimmerndes Moos hatte sich auf der rauen Oberfläche der Steine angesiedelt.

Das alles sieht so aus, als ob es schon Tausende Jahre auf dem Buckel hätte.

„Biolumineszenz", sagte Finn und strich mit dem Finger über die seltsam leuchtenden Pflanzen.

Ein dumpfes Dröhnen hallte durch den rechten Tunnel.

„Da entlang", sagte Finn.

Der Tunnel weitete sich und dann standen sie auf einem breiten Felsvorsprung, der den Blick in eine sechseckige Höhle freigab. Sie war ungefähr so groß wie ein Tennisplatz. In der Gewölbedecke steckten ebenfalls polierte Steine. Silberne Lichtstrahlen bohrten sich kreuz und quer durch die Höhlenluft und bildeten ein verwirrendes

Mondlichtlabyrinth. Sechs riesige, mit verschnörkelten, spiralförmigen Mustern verzierte Felssäulen stützten die Decke. Die Säulen waren rissig und wirkten uralt.

Finn wusste sofort, wo sie sich befanden. *Der Große Ring. Das Haus des sechsten Clans.*

Vorsichtig stellte er sich an die Felskante. Viele Meter unterhalb – viel zu tief, um zu springen – bildeten raue Steinplatten den Fußboden. Jede Steinplatte besaß genau sechs Seiten. In der Mitte des Raumes befand sich ein sechseckiger Altar. Darauf lag Kylie, regungslos, mit gespreizten Armen und Beinen. Ihre Handgelenke und Knöchel wurden von schweren Handschellen umschlossen, die sie an die glatte Oberfläche des Altars fesselten. Auch ihr Hals steckte in einer Eisenmanschette fest.

„Nein!", stieß Zoe hervor. Sie war, ohne dass Finn es gehört hatte, hinter ihn getreten. Er zuckte zusammen.

„Weißt du, was das hier sein soll?", wollte Lucy wissen, als sie ebenfalls neben ihm stand.

„Ich glaube schon", erwiderte Finn. „Das ist der Tempel Morvans."

Vier schlanke, aufrecht stehende Steine, jeder ungefähr so groß wie ein erwachsener Mensch, umgaben den Altar. Genau wie die Stützsäulen waren auch sie mit spiralförmigen Mustern bedeckt. Daneben auf dem Boden lagen noch zwei weitere, identisch aussehende Steine. Als Finn sie betrachtete, begann einer der Steine, sich aufzurichten.

Finn hielt den Atem an. *Das ist doch vollkommen unmöglich!*

Doch dann kam eine vertraute Gestalt in den Blick, ein groß gewachsener Junge, der sich mit dem Rücken gegen den Stein stemmte. Er hatte die Muskeln bis zum Äußersten gespannt und mühte sich, den gefallenen Stein wieder an seinem angestammten Platz aufzurichten.

„John!", rief Finn.

Der Stein fiel mit einem deutlich hörbaren, kräftigen Plumps in die vorgesehene Vertiefung – genau dasselbe Geräusch, das sie vorhin schon einmal gehört hatten. John wischte sich den Schweiß von der Stirn und hob den Kopf. Er blickte Finn direkt in die Augen.

„Finn!", rief John. „Ich hab dir doch gesagt, dass du nicht herkommen sollst!"

Finn blickte sich suchend in der Höhle um, aber Adriana war nirgendwo zu sehen.

„Lass meine Schwester in Ruhe!", rief jetzt Zoe nach unten. Ihre Stimme hallte von den Wänden und der Decke wider.

„Das versuchen wir ja gerade!", rief John zurück. „Wir wollen Kylie befreien. Morvan hat sich in ihr eingenistet und wir versuchen, ihn aus ihr zu vertreiben."

Jetzt ertönte feierlicher Gesang. Finn blickte sich suchend um, wollte wissen, woher die Stimme kam, und sah Adriana aus einem niedrigen Torbogen am hinteren Ende der Höhlenkammer treten. Mit geschlossenen Augen und hocherhobenen Armen schritt sie über den Steinfußboden direkt auf den Altar zu.

Finn konnte den Blick nicht von Adriana wenden, bis Lucy ihn am Arm packte. „Wo steckt eigentlich Zoe?"

Finn blickte sich ebenfalls um, aber Zoe war nirgendwo zu entdecken.

Unten im Tempel stimmte Adriana einen seltsamen Sprechgesang an: „*Beorht, galdor, tostinca, felan, nyss*", lauteten die Worte.

„Wir wollen Kylie helfen", wiederholte John.

Finn brauchte keine Supersinne, um zu erkennen, dass sein Bruder es absolut ehrlich meinte. Aber ebenso wenig konnte er Adrianas hinterhältiges Lächeln übersehen.

„Sie benutzt dich nur!", rief er seinem Bruder zu. „In der Nacht, als Kylie verschwunden ist, da war sie mit Adriana zusammen. Sie hat das alles eingefädelt. Ganz egal, was sie dir erzählt hat, John, du darfst ihr kein Wort glauben."

John warf Adriana einen verwirrten Blick zu, doch sie schritt unbeirrt weiter auf den Altar zu. „*Beorht, galdor, tostinca, felan, nyss ... yeldu!*", setzte sie ihren eigentümlichen Singsang fort.

Finn konnte sich vorstellen, woher sie diese Worte hatte: *Das Buch Morvans* ... Er wusste nicht, was sie bedeuten sollten, und auch nicht, weshalb ihm bei ihrem Klang plötzlich so eiskalt wurde.

„Du musst sie aufhalten!", rief er John zu.

Adriana blieb inmitten eines Lichtflecks stehen. „Das sind doch bloß ein paar verängstigte Kinder", sagte sie zu John. „Wirst du deinen Auftrag zu Ende bringen?"

Verzweifelt blickte John zu Finn hinauf. „Es tut mir leid", sagte er. „Aber wir müssen das tun."

Dann lief er zu dem sechsten umgestürzten Stein und fing an, ihn ebenfalls aufzurichten. Während das Knirschen des Steins auf dem rauen Untergrund durch die Kammer hallte, nahm Adriana ihren Sprechgesang wieder auf. Beim Altar angekommen, hielt sie ihre Hände über Kylies ausdrucksloses Gesicht und ließ die Finger flattern. John ächzte laut. Die Adern an seinen Schläfen traten deutlich hervor, dann sackte der sechste Stein mit lautem Rumpeln in die Vertiefung und stand an seinem Platz. Schon im nächsten Augenblick taten sich rings um ihn herum tiefe Risse im Tempelboden auf.

Während ein vielfaches Echo durch die Höhle hallte, tauchte Zoe in dem Torbogen auf, durch den auch Adriana hereingekommen war. „Lasst meine Schwester in Ruhe!", brüllte sie und rannte geradewegs auf John zu.

Er wollte sie aufhalten, doch sie hob den Arm und richtete den Überlaster auf seine Brust. Blaue Lichtblitze zuckten daraus hervor und schlugen ihre leuchtenden Krallen in Johns Oberkörper.

„Nein!", brüllte Finn.

Der Energiestoß aus dem Überlaster sorgte dafür, dass John einen Augenblick lang verharrte. Als Zoe dann ihre Hand ein wenig zur Seite neigte, flog er quer durch die Höhle, prallte gegen einen der stehenden Steine und blieb reglos liegen. Von seinem Standort aus konnte Finn nicht einmal erkennen, ob er noch atmete. Und dann fiel ihm ein, wie Zoe in Dr. Rajs Hütte den Regler auf maximale Stärke gestellt hatte.

„Lass ihn in Ruhe!", heulte Finn. Er nahm Anlauf, rannte auf die Felskante zu und sprang ins Nichts. Einen Moment lang war er fest überzeugt, dass er sich komplett verschätzt hatte. Doch dann landete er mit den Füßen voraus genau auf der Ecke des Altars. Ein brutaler Schock erschütterte seine Schienbeine. Er ließ die Knie einknicken, riss die Schultern herum und streckte die Beine zur Seite, drehte sich in der Luft einmal um die eigene Achse und landete schließlich mit den Füßen zuerst auf dem Boden.

Zoe hatte den Überlaster bereits wieder schussbereit gemacht. Finn stürmte auf sie zu und wollte ihre Hand festhalten. Aber er hatte sich verschätzt und schlug ihr den Überlaster stattdessen aus der Hand, sodass er durch die Luft wirbelte und in eine der Spalten fiel, die sich im Fußboden aufgetan hatten.

„Es gibt keinen Grund zur Furcht", sagte Adriana, anscheinend vollkommen unbeeindruckt von allem, was um sie herum gerade vor sich ging. „Die Furcht allein hat uns all diese Probleme beschert. Nur ihretwegen ist der sechste Sinn tabu."

Während sie das sagte, rieselten winzige Gesteinsbröckchen an ihrem Kopf vorbei. Finn blickte nach oben und sah, dass die Decke bebte. Ein Riss tat sich auf und ein dicker Steinbrocken fiel auf die Tempelstufen, wo er in tausend Stücke zerbarst. In der Nähe des stehenden Steins, neben dem John lag, ging ein Schotterregen nieder.

„Ihr müsst weg da!", rief Lucy ihnen von der Felsenkante aus zu.

„Wir müssen die Furcht ablegen", fuhr Adriana fort. Die Steine, die überall um sie herum zu Boden fielen, schien sie gar nicht zu bemerken. Der Boden bebte, aber sie hielt scheinbar mühelos das Gleichgewicht. „Vergesst das gewöhnliche Leben – es wird Zeit, unser volles Potenzial zu entfalten. Stellt euch nur vor, was wir für Dinge tun könnten, wenn wir unsere Kräfte *wirklich* einsetzen würden."

Der schwankende Boden machte es Finn nicht leicht, zu seinem Bruder zu gelangen. Adrianas Augen leuchteten. Auf dem Altar fing Kylie an zu vibrieren. Die ganze Höhle bebte. Der stehende Stein neben John wankte bedrohlich. Er konnte jeden Augenblick umfallen.

„*Beorht, galdor, tostinca, felan, nyss*", sang Adriana.

Noch mehr Risse spalteten den Boden unmittelbar vor Finns Füßen. Er wich nach links aus, suchte den besten Weg zu John. Währenddessen versuchte Zoe, sich einen

Weg zum Altar zu bahnen, was durch die herabstürzenden Felsbrocken erschwert wurde. Es war nur eine Frage der Zeit, bis irgendjemand einen Stein auf den Kopf bekommen würde.

„*Beorht, galdor, tostinca, felan, nyss … yeldu!*", singsangte Adriana. „*Yeldu! Yeldu!*"

Kylie bäumte sich auf. Die Manschetten hielten ihre Handgelenke, Knöchel und den Hals zwar unerbittlich fest, doch ihr Rücken spannte sich zu einem hohen Bogen über dem Stein. Die Augen fest zusammengekniffen, riss sie den Mund weit auf und stieß einen geradezu unmenschlichen Schrei aus. Anschließend erschlaffte sie und sank zurück auf den Altar, nur um gleich darauf vom nächsten Krampf geschüttelt zu werden und dann vom übernächsten.

„Kylie!", kreischte Zoe. Sie hing mit dem Fuß in einer Spalte fest und riss und zerrte daran, versuchte alles, um sich aus der Falle zu befreien.

Der Schrei war allerdings nicht das Einzige, was aus Kylies Mund hervordrang. Mit jedem Zucken ihres Körpers nahm ein blasser Schatten mehr und mehr Form an, fast so, als würde ein Atemstoß in feste Umrisse gegossen. Beim sechsten Krampf wurde schließlich eine menschliche Gestalt erkennbar.

Der Geist sah aus wie ein buckeliger Mann in einem langen wehenden Umhang. Er hatte keine Haare auf dem Kopf und sein Gesicht war über und über mit ineinander verschlungenen sechszackigen Sternen tätowiert. Seine Augen bestanden nur aus dunklen leeren Höhlen. Kylie sackte völlig erschlafft auf den Altar zurück und gab ein Geräusch von sich, das wie ein erschöpftes Seufzen klang.

„*Yeldu!*", rief Adriana und streckte die Hände nach dem schwebenden Wesen aus. „Morvan! Steig auf zum Licht! Steig auf und …"

Ein herabfallender Stein traf Adriana am Hinterkopf. Sie taumelte, versuchte vergeblich, sich am Altar festzuhalten, und landete auf dem Fußboden.

Der bleiche Geist entfernte sich von Kylie, die jetzt reglos auf dem bebenden Altar lag. Sie hatte den Kopf zur Seite gedreht. Speichel tropfte ihr aus dem offenen Mund. Eine nach der anderen schnappten die Manschetten, die sie an den Altar gefesselt hatten, auf. Endlich konnte auch Zoe ihren Fuß aus der Spalte befreien und lief zu ihrer Schwester. Das Phantom schwebte über ihren Köpfen und bewegte sich mit seltsamen pulsierenden Stößen vorwärts. Finn musste bei dem Anblick unwillkürlich an eine Qualle denken. Die Beine der Gestalt wurden von ihrem Umhang vollständig verdeckt, während sie die Hände prüfend zu beiden Seiten ausgestreckt hatte.

Nachdem der Geist eine komplette Runde durch die Höhle gedreht hatte, schwebte er direkt auf John zu.

„Nein!", schrie Finn laut, lief, so schnell er nur konnte, über das Geröll und warf sich schützend vor seinen Bruder.

Das gespenstische Ding streckte den Arm aus, spreizte die Finger, ließ sie länger und länger werden ... und dann schlossen sie sich plötzlich um Finns Hals. Fester und fester drückten sie zu, bis Finns Lunge in Flammen stand. Seine Kehle brannte, seine Augen schienen durch den plötzlichen Druck aus ihren Höhlen gepresst zu werden. Er nahm nur noch entfernt wahr, dass Zoe auf den Altar kletterte und Lucy versuchte, über einen Geröllhang auf den Höhlenboden zu gelangen. Sie waren nichts weiter als Staubkörner im Licht des Mondes, während er hinab in die Schatten stürzte.

„Komm zu mir", flüsterte eine Stimme. Die Worte rannen über Finn hinweg, hüllten ihn ein, blendeten ihn, legten sich über seine Ohren und seine Nase, krochen in seinen Mund, in seine Gedanken, in jede einzelne Pore seiner Haut. Die Welt, die ihn umgab, verschwand und hinterließ nur Finsternis oder nichts oder beides.

„Komm", sagte die Stimme erneut. Sie war jetzt in seinem Kopf.

All seiner Sinne beraubt, verlor Finn das Bewusstsein.

23

Er schwebte durch Schatten, durch Silber und wieder durch Schatten.

Die Mondstrahlen trugen ihn durch die Luft. Unter ihm lag der sechseckige Tempel Morvans. Gemusterte Säulen reckten sich ihm entgegen. Die Risse in den Säulen heilten von selbst und das Geröll auf dem Fußboden schmolz dahin. Rauer Stein wurde mit einem Mal glatt und glänzend, dazu mit farbigen Streifen durchsetzt: rot und grün, orange und violett, gelb und blau.

So hat der Tempel früher ausgesehen, dachte Finn. Er schwebte wieder nach unten, bis er unter einem Torbogen stand. Keine Lucy, kein John, keine Zoe, keine Adriana und auch keine Kylie.

Sechs Gestalten umstanden den Altar, genau dort, wo vorhin die sechs Steine gestanden hatten. Ihre gewaltigen Kapuzen sorgten dafür, dass ihre Gesichter im Schatten lagen, aber Finn konnte ihre rauen Stimmen hören und ihren markanten Schweiß riechen. Vor dem Altar stand Morvan, der Mensch gewordene Geist. In seinen dicken Wollmantel waren unzählige fein verzweigte Muster eingearbeitet – nicht nur Spiralen, sondern ein ganzes Labyrinth aus ineinander verschlungenen Knoten und Wirbeln. In einer Hand hielt er einen knorrigen hölzernen Stab.

Morvan hob seinen kahl rasierten Schädel. Das Mondlicht glitt über die sechseckigen Tätowierungen auf seinem Gesicht und brachten sie zum Leuchten. Seine lange Nase sah ein wenig schief aus, als sei sie schon einmal gebrochen gewesen. Sein Kinn lief spitz zu. Er blickte Finn an und lächelte.

„Einmal bin ich entkommen", sagte er dann, „nur um wieder gefangen zu werden. Sie haben mich eingesperrt, aber du hast meinen Hilferuf vernommen. Du hast mich befreit."

„Du hast mich benutzt", erwiderte Finn.

„Ich habe so lange gewartet", gab Morvan zurück. „Und jetzt benötige ich deinen Körper."

Finn schüttelte den Kopf. Er wollte hier weg.

Die sechs Druiden hoben gleichzeitig ihre Kapuzenköpfe und wandten sich zu ihm. Der Mond leuchtete in ihre riesigen Kapuzen, aber statt Gesichtern erblickte Finn nur weiße Knochen, leere Augenhöhlen, grinsende Zähne.

Nun zogen die Druiden, einer nach dem anderen, hölzerne Stäbe aus ihren Mänteln hervor, die sich vor Finns verblüfften Augen immer mehr ausdehnten, bis sie genauso groß waren wie die dazugehörige Gestalt. Finn drehte sich langsam um die eigene Achse, aber er konnte sie nicht alle gleichzeitig im Blick behalten.

„Bringt ihn zu mir", sagte Morvan.

Ein Stock traf Finns Steißbein und stieß ihn nach vorn. Ein zweiter Schlag traf seine Kniekehlen. Der heftige Schmerz raubte ihm sämtliche Kraft und er fiel zu Boden. Die sechs Druiden umrundeten ihn und ließen ihre Stöcke kreisen. Ihre grinsenden Skelettfratzen sahen aus wie Halloweenmasken.

Mühsam rappelte Finn sich wieder auf. Ein Stock kam auf sein Gesicht zugesaust und er konnte gerade noch ausweichen, aber der nächste Hieb traf sein Schienbein und er schrie laut auf vor Schmerz. Finn schloss die Augen.

Ganz ruhig bleiben. Versuch nicht zu denken, sondern hör auf dein Herz. Öffne all deine Sinne. Wenn du nicht sehen kannst, dann höre. Wenn du nicht hören kannst, dann fühle. Schmecke die Gefahr. Rieche deine Feinde. Nimm alles in dich auf.

Leises Zischen ertönte zu seiner Linken. Finn duckte sich und wusste, dass er nur um Haaresbreite einem weiteren Stockhieb entgangen war. Da raschelte es zu seiner Rechten. Er warf sich nach hinten und spürte einen Luftzug auf seinem Gesicht. Direkt neben ihm krachte ein Stock auf den Stein.

Winzige Erschütterungen ließen den Fußboden vibrieren. Finn streifte seine Turnschuhe ab und setzte die nackten Füße auf den kalten Stein. Die Vibrationen wurden stärker. Sechs Paar Füße, die hierhin und dorthin stampften, während die Druidenkrieger ihn pausenlos umkreisten. Er ließ sich von der Richtung, aus der die Erschütterungen kamen, leiten, sprang hierhin und hüpfte dahin, ging in die Knie und sprang hoch, roch den Duft der Holzstäbe, die auf ihn niedersausten und ihn doch jedes Mal um Haaresbreite verfehlten.

Warte ... warte ...

Da! Einer der Druiden hatte sich ein bisschen zu weit vorgebeugt. Finn packte den Stock und wirbelte ihn über seinem Kopf durch die Luft. Dann ließ er ihn auf seinen Gegner niedersausen und machte die Augen auf. Der Mantel des Druiden flatterte wild, während Knochenstücke darin umherwirbelten, bis sie in einem ungeordneten Haufen aus Rippen, Gliedmaßen und zerfetztem Stoff auf dem Boden landeten.

Die fünf restlichen Druiden wurden schlagartig vorsichtiger und wichen ein Stück zurück.

„Interessant", ließ Morvan sich vernehmen. Hocherfreut, beinahe stolz, registrierte Finn die Unsicherheit in seiner Stimme.

Dann rückten die Druiden wieder vor. Finn zitterte vor Angst, aber er zwang sich, den Stab ruhig und fest zu halten. So konnte er den ersten Schlag noch abwehren, den zweiten jedoch nicht. Der traf seinen linken Ellbogen, sodass der ganze Arm bis in die Fingerspitzen anfing zu kribbeln.

Einer der Druiden sprang zur Seite. Finn hörte, wie sich zwei weitere Gegner von hinten näherten. Er änderte seinen Griff und rammte ihn ohne hinzusehen nach hinten. Zufrieden hörte er den dumpfen Aufprall und das hohle Knacken, das folgte. Knochensplitter sammelten sich um seine Füße.

Jetzt wurde er von einem Stock an der Schulter getroffen und dann krachte ein zweiter an seine Schläfe. Winzige Sterne tanzten am Rand seines Gesichtsfeldes und in seinen Ohren dröhnte es laut. Er machte die Augen wieder zu und richtete seine gesamte Konzentration auf seine Fußsohlen. Aus der Dunkelheit hinter seinen Augenlidern schälten sich einzelne Bewegungen heraus.

Ein Altar, Gestalten mit Kapuzen, ein Junge ...

Der Junge war er. Er sah die Szene mit den Augen eines seiner Gegner! Wie war das denn möglich?

Das Bild war zwar ziemlich verschwommen, so als ob das Ganze sich unter Wasser abspielte, aber ihm reichte es. Als der Druide seinen Stock hob, konnte Finn mühelos ausweichen. Er kniff die Augen noch fester zusammen und das Bild veränderte sich. Jetzt befand er sich im Kopf eines anderen Druiden. Knochige Arme machten sich zum Schlag bereit, doch wieder konnte Finn sich wegducken.

Warte ... warte ...

Ein Druide täuschte einen Ausfallschritt nach links an, aber Finn drehte sich nach rechts und ließ seinen Stab knapp über dem Boden kreisen. Schien- und Wadenbeine splitterten und der Druide ging zu Boden. Finns Stock sauste auf die zuckenden Überreste hinab, dann wirbelte er sofort herum, schlug zu und fällte auch den Gegner, der sich in seinem Rücken angeschlichen hatte.

Nur noch einer.

Der letzte Gegner zögerte so lange mit seinem Angriff, dass Finn schließlich selbst die Initiative übernahm und sich auf ihn stürzte. Der andere konnte zwar Finns Schlag abwehren, ließ dabei aber seinen Stock fallen. Finn machte einen Schritt zur Seite, holte weit aus, zog mit voller Wucht durch und spürte, wie das Rückgrat des anderen in Stücke brach.

Er wartete ab. Lauschte, ob sich irgendwo noch etwas regte. Schmeckte die Luft nach Anzeichen von Heimtücke. Aber alles blieb still.

Als er schließlich die Augen aufschlug, sah er Morvan hinter dem Altar hervortreten. Der sechste Hüter hatte seinen knorrigen Holzstock mit beiden Händen in der Mitte gepackt, zog ihn auseinander und brachte eine glänzende

Klinge zum Vorschein. Sie sah aus wie aus purem Gold. Morvan warf das nutzlos gewordene Holzstück beiseite und packte das Heft des schimmernden Schwertes mit beiden Händen.

„Deine Kräfte machen sich bemerkbar", sagte Morvan zu Finn und näherte sich mit vorgereckter Klinge. „Aber sie sind immer noch sehr schwach." Finn wich zurück und wurde sich schmerzhaft bewusst, wie unterlegen er mit seinem einfachen Holzstock war. „Ich lasse dir die Wahl", fuhr Morvan fort. „Entweder du kommst freiwillig zu mir oder eben nicht."

„Klingt nicht besonders verlockend" entgegnete Finn und setzte seinen Rückzug fort. „Was habe ich davon?"

„Ehre", erwiderte Morvan. „Das Wissen, dass du allein für die Rückkehr Morvans in die Welt verantwortlich bist."

Finn war jetzt an der Tempelmauer angelangt. Weiter ging es nicht. Morvan baute sich drohend vor ihm auf, die Spitze seines Schwertes auf Finns Kehlkopf gerichtet, das Kinn nach vorn gereckt. Seine Haut unter den sich ständig verschiebenden Tattoos war grau wie Spachtelkitt.

Finn duckte sich, als die goldglänzende Klinge auf ihn zuflog, sodass sie sich in den Stein bohrte.

Dann schlug er selbst zu, traf mit einem Stockhieb das Heft von Morvans Schwert, sprang zur Seite und visierte den Kopf seines Gegners an. Doch Morvan war unfassbar schnell – er wich aus, sodass Finns Stock durch die Luft sauste, ohne Schaden anzurichten. Finn ließ sich vom Schwung des Stocks mitreißen, um sich wieder etwas mehr Platz zu verschaffen. Dann stemmte er den Fuß auf einen niedrigen Sockel, stieß sich ab und landete mit einem mächtigen Satz auf dem Altar.

Morvan war nur zwei Schritte hinter ihm. Er stieß ein lautes Gebrüll aus und zielte auf Finns Beine. Finn sprang hoch, sodass die Klinge unter seinen Fußsohlen hindurchzischte, und rannte auf der Kante des Altars entlang. Bei der Ecke angelangt, sprang er ab, auf die nächste Säule zu.

Morvan knurrte und folgte Finn mit wehendem Mantel. Urplötzlich stand er am Fuß der Säule und schwang sein Schwert nach oben, dorthin, wo Finn gerade durch die Luft segelte. Finn stieß einen lauten Schrei aus und drehte sich mitten in der Luft. Morvans Klinge gab leise singende Töne von sich. Finn packte die Säule mit beiden Händen, aber ihm war klar, dass er jeden Moment abrutschen würde, dass er direkt in die Klinge ...

Nur dass die Säule mit einem Mal keine Säule mehr war, sondern eine waagerechte, steinerne Röhre, auf der er, so schnell er nur konnte, entlangrannte, auf eine Wand aus Mondstrahlen zu, die sich direkt vor ihm befand.

Nicht vor mir ... über mir, dachte er. *Entweder der Tempel ist umgekippt, oder ...*

Morvan stieß einen heiseren Schrei aus und nahm die Verfolgung auf. Finn sprang auf die nächste Säule und rannte sie hinunter, gerade noch rechtzeitig, um einem weiteren Schwerthieb auszuweichen. Jetzt stürmte er wieder auf den Altar zu, nur dass der Altar mittlerweile auf die Seite gekippt war.

Ein Pfeifen ertönte, irgendetwas flog durch die Luft und Finn duckte sich. Morvans Schwert hinterließ einen tiefen Spalt in der Säule, die unter Finns Füßen ächzte und bebte.

Er rannte weiter geradeaus – oder war es nach unten? –, bis er die Seite des Altars erreicht hatte. Morvan war ihm dicht auf den Fersen und zeigte ihm, dass physikalische Gesetze für ihn ebenso wenig Gültigkeit hatten wie für Finn.

Finn sprang vom Altar auf die kreisförmige Tempelwand und von dort auf die Säule, die Morvan erst vor wenigen Augenblicken beschädigt hatte.

„Du hättest mein Angebot annehmen sollen", sagte Morvan, während er ohne sichtbare Anstrengung auf Finn zukam. „Für mich spielt es keine Rolle, ob dein Körper gesund oder verwundet ist. Ich bekomme ihn schließlich so oder so."

Finn saß in der Falle. Als er keinen anderen Ausweg mehr sah, rannte er die Säule hinunter, seinem Gegner entgegen.

Mit vorfreudig blitzenden Augen holte Morvan mit seinem Schwert aus. Der Abstand wurde kleiner und Finn beschleunigte noch einmal. Morvan grinste. Im letzten Augenblick stemmte Finn seinen Stab in den Stein und sprang mit einem riesigen Satz über Morvan hinweg. Das goldene Schwert schnellte empor, doch die Klinge sauste pfeifend durch die Luft, ohne Finn zu berühren.

Kaum war Finn auf dem Boden gelandet, neigte sich die Säule bedenklich erst auf die eine, dann auf die andere Seite. Er rutschte aus und krachte mit den Rippen seitlich auf die Altarecke ... und dann war der Fußboden plötzlich wieder da, wo er sein sollte.

Außerdem kam er ihm mit einem Höllentempo entgegen.

Der Aufprall war hart und presste Finn sämtliche Luft aus der Lunge. Schwarze Kreise erschienen vor seinen Augen und in seinen Ohren schrillte ein lauter Klingelton.

Finn, steh auf.

Doch da war Morvan bereits geschmeidig neben ihm gelandet. Er reckte sich und ließ sein Schwert mit voller Wucht nach unten sausen, genau auf Finn zu. Obwohl seine Arme sich anfühlten wie nasser Lehm, reckte Finn seinen Stock in die Höhe, um Morvans Angriff zu blockieren. Doch das Schwert schnitt mühelos durch das Holz und Finn spürte einen kalten Schmerz in seiner Schulter. Er sah nach und stellte fest, dass die goldene Klinge tief in seinem Fleisch steckte.

„Und jetzt gehörst du mir", sagte Morvan.

Finn wollte sich aufsetzen, doch Morvan stellte ihm einen Fuß auf die Brust und drückte ihn wieder nach unten. Die Tätowierungen in seinem Gesicht schmiegten sich rund um sein grausames Lächeln.

„Lass es einfach geschehen", flüsterte er. „Es tut nicht weh."

Finn sah kein Blut aus der Wunde quellen und empfand auch keinen Schmerz.

In der schwankenden Säule hinter dem Altar tat sich nun ein tiefer Riss auf. Lange würde die Säule sich nicht mehr halten. Aber das war noch nicht alles. Grauer Geisternebel ging von Morvans Händen aus, floss an der Klinge entlang und von dort in Finns Wunde. In sein Fleisch. Kaum war der Nebel eingedrungen, breitete sich eine stumpfe Übelkeit in seinem ganzen Körper aus. Wie ein Schlangengift, das ihn langsam lähmte.

Was geschieht mit mir?

Er wehrte sich, solange er dazu noch in der Lage war, stemmte sich mit jeder Faser seiner Existenz dagegen. Und tatsächlich verflog der gespenstische Nebelschleier.

Morvan verengte die Augen zu Schlitzen und verstärkte den Druck auf Finns Brustkorb noch einmal.

„Nein!", stieß Finn verzweifelt zwischen zusammengebissenen Zähnen hervor. Mit einem lauten Aufschrei wehrte er sich gegen den grauen Strom. Und dieses Mal kehrte der Nebel um, kroch die Klinge hinauf, durch das Heft und drang in Morvans Hand ein. Gleichzeitig spürte Finn, wie sein Geist sich von ihm löste und sich gegen diese düstere, rachsüchtige Macht, gegen Morvan zur Wehr setzte.

„Das kannst du nicht", sagte der sechste Hüter, aber seine Stimme klang unsicher.

Die Säule über ihnen erschauderte und gab ein lautes Knirschen von sich. Die Risse wurden tiefer. Dann begann sie umzustürzen.

Finns Geist riss sich los.

Und dann blickte Finn – der echte, wahre Finn, sein innerstes Wesen – mit Morvans Augen auf sein eigenes, entschlossenes Gesicht hinab. Er roch die Angst des Jungen auf dem Altar, die Angst des Jungen, der kurz davor war zu sterben. Er hörte das laute Knirschen zerberstender Steine, während die Säule in sich zusammenfiel.

Er spürte das Gewicht des goldenen Schwertes in seiner Hand.

Er trat beiseite.

Was machst du da? Das war Morvans Stimme, aber jetzt hörte Finn sie nicht nur, jetzt war er auch derjenige, der sprach. *Lass mich gehen!*

Finn überlegte kurz, bevor er antwortete.

Nein, sagte er.

Das tut weh!, heulte Morvan.

Die Säule befand sich jetzt fast direkt über ihm. Finn – in Gestalt von Morvan – machte einen Schritt zur Seite, stellte sich direkt unter die berstende Säule.

Und antwortete noch einmal.

Gut.

Draußen in der Welt hatte die Schwerkraft wieder das Zepter übernommen und riss nun alles einem einzigen Ziel entgegen: Morvan.

Das kannst du nicht!, kreischte Morvan.

Doch, entgegnete Finn. *Das kann ich.*

Einen Sekundenbruchteil bevor die Steinsäule über Morvan zusammenkrachte, verließ Finn den Geist des Druiden und kehrte in seinen eigenen Körper zurück. Dann nahm er seine letzten verbliebenen Kraftreserven zusammen und rollte sich beiseite, genau in dem Moment, als die Säule auf dem Boden aufschlug. Staubwolken drohten ihn zu ersticken.

Finn blinzelte durch den dichten Staubschleier, dann wälzte er sich auf die Knie und stand auf. Als er mit ungeschickten Schritten über die Trümmer taumelte, sah er, dass Morvans Kopf nicht verschüttet worden war. Der restliche Körper jedoch lag unter Tonnen von Geröll. Er hatte die Augen geöffnet. Eines war vollkommen rot angelaufen.

Jetzt blickte Morvan Finn an und machte den Mund auf.

„B… b…?" Mit schmerzverzerrtem Gesicht versuchte er etwas zu sagen. Dann spuckte er Blut und versuchte es erneut. Dieses Mal nahm Finn ein einzelnes Wort wahr, das klang wie *Bahre* oder *Bohrer*. Das Einzige, dessen er sich halbwegs sicher war, war, dass es wie eine Frage geklungen hatte.

Ein lang anhaltender, tiefer Seufzer drang aus Morvans blutverschmiertem Mund. Dann presste er die Lippen aufeinander, sein Blick wurde leer und Finn wusste, dass er tot war.

Mehrere krachende Donnerschläge ertönten und zerrissen die Luft. Immer mehr Steine regneten auf das Innere des Tempels herab. Einer traf den Altar und explodierte dabei in tausend Teile. Ein dreieckiges Stück Fels löste sich aus der Decke und landete auf dem Tempelfußboden. Dann brach die nächste Säule in zwei Teile und ließ noch mehr Steine herabregnen. Der Boden bebte, und die dritte Säule begann ebenfalls, in sich zusammenzustürzen.

Irgendwo war Wasserrauschen zu hören und eine kalte Welle klatschte Finn ins Gesicht. Er spuckte die salzige Brühe wieder aus und hielt sich am Altar fest. Als er wieder sehen konnte, hatte sich seine Umgebung stark verändert. Die Säulen – beziehungsweise das, was von ihnen übrig geblieben war – waren jetzt nicht mehr glatt und neu, sondern voller Furchen und sehr alt, genau wie am Anfang, als Finn, Lucy und Zoe den Tempel betreten hatten. Und Morvans Leichnam war nirgendwo mehr zu sehen.

Da traf ihn die nächste Welle und er bekam keine Luft mehr.

„Finn!", hörte er eine Stimme rufen.

Er hob den Blick und sah, dass Lucy ihm von der eingestürzten Felskante aus zuwinkte. Zoe stand neben ihr.

„Hierher!", rief sie ihm zu. „Die Flut kommt! Bald steht das ganze Höhlensystem unter Wasser!"

John.

In heller Panik ließ er seine Blicke durch die Ruinen schweifen und tatsächlich … dort entdeckte er ein Stück blasse Haut. Mit platschenden Schritten näherte er sich der Stelle, wo sein Bruder lag. Er bewegte sich schwach, während das Wasser an seinem Körper zerrte. Finn ging neben John in die Hocke, griff sich einen Arm und zog ihn halb auf die Füße … aber er rutschte ihm aus den Händen und brabbelte dabei ein paar unverständliche Laute vor sich hin.

„Jetzt komm schon!", schrie Finn ihn an. „Steh endlich auf!"

Eine Welle wälzte sich donnernd über die Felsen und rauschte über sie hinweg, bevor sie sich unter lautem Gurgeln wieder zurückzog.

„John, bitte, Alter. Ich kann dich so nicht hochheben."

John hatte die Augen halb geöffnet. Er musste Finn gehört haben, denn jetzt übernahm er zumindest einen Teil seines eigenen Gewichtes selbst. Der nächste Brecher setzte den gesamten Tempel bis zu den Knien unter Wasser.

„Schnell!", rief Lucy ihnen von oben zu. Finn schleppte

sich und John am Altar vorbei durch die Fluten. Sie klammerten sich aneinander und wateten zu dem Geröllhang, den die eingestürzte Felskante hinterlassen hatte. Das Wasser reichte ihnen jetzt schon bis zur Hüfte. Bei jedem Schritt saugte und zerrte das Wasser an Finns Beinen und drohte, ihn mit sich zu reißen.

Lucy drehte sich um und bückte sich. Neben ihr auf dem Felsvorsprung lag etwas, was Finn nicht genau erkennen konnte. Sekunden später richtete sie sich wieder auf. Jetzt hatte sie einen Arm um Kylie geschlungen und stützte sie. Und auf der anderen Seite stand, mit blasser, entschlossener Miene, Zoe.

„Was ist passiert?", rief Zoe ihm über das tosende Brausen des Wassers und der einstürzenden Tempelwände hinweg zu. „Wir haben Kylie gefunden, aber du warst plötzlich einfach verschwunden."

„Erzähle ich euch später!", rief Finn zurück, obwohl er nicht wusste, wie er das alles jemals in Worte fassen sollte. „Geht. Wir sind direkt hinter euch."

Sie fingen an, den Geröllhang hinaufzuklettern. Auf halbem Weg blieb John plötzlich stehen. Mit einem Mal wirkte er hellwach. „Adriana!", rief er und sah sich hilflos nach allen Seiten um.

Finn ließ den Blick über den einstürzenden Tempel gleiten. Nur noch drei Säulen hielten sich aufrecht. Herabstürzende Steinbrocken ließen das Wasser schäumen.

„Sie ist weg", sagte er und streckte seine Hand aus. „Und wir müssen auch verschwinden."

John stieß einen tierischen Schrei aus, dann krabbelte er weiter den Geröllhang hinauf und erreichte kurz hinter Finn die Kante.

Durch den Tunnel gelangten sie zurück bis zum oberen Ende der breiten Steintreppe. Schwarz strömte das Wasser an ihnen vorbei, die Stufen hinunter, um sich mit den tosenden Fluten weiter unter zu vereinen. Lucy, Zoe und Kylie standen eng umschlungen auf der obersten Treppenstufe und starrten verzweifelt hinab in die Strudel. Wenigstens konnte Kylie offensichtlich aus eigener Kraft stehen.

„Wir müssen springen", sagte Lucy. „Das ist die einzige Möglichkeit."

„Aber das ist doch viel zu gefährlich", sagte Zoe. „Wir würden ertrinken."

Finn nahm Zoe an der Hand und sie Kylie. Lucy ergriff Johns Hand und dann sprangen sie gemeinsam in das Wasser. Doch schon im nächsten Augenblick hatte Finn Zoes Hand verloren. Er tauchte unter, kam prustend wieder an die Oberfläche, strampelte mit Armen und Beinen und versuchte mit allen Mitteln, nicht unterzugehen. Es war kälter, als er je für möglich gehalten hätte, und sein Herz hämmerte in wütendem Protest gegen seine Rippen. Da tauchte Kylies Kopf neben ihm auf, dann Zoes. Und schließlich sah er auch John und Lucy auf den wogenden Wellen entlangtanzen, wenn auch sehr weit von ihm entfernt.

Die Flut riss sie mit sich.

Kylie spuckte Wasser und griff nach ihrer Schwester. Eine Welle hob sie hoch und drehte sie im Kreis. Sie kamen sich vor wie in einem wahnsinnig gewordenen Karussell. Finn rechnete jeden Augenblick damit, gnadenlos gegen den nächsten Felsen geschleudert zu werden. Er konnte nur hoffen, dass es schnell vorbei war. Dann brach die Welle und sie wurden von einem mächtigen Sog erfasst. Finn geriet schon wieder unter Wasser, tauchte auf und hatte erneut den Mund voll mit bitterem Salzwasser. Er sah schwarze Felsen, sah weiße Gischt. Das Wasser schob ihn immer weiter und da war endlich der Höhlenschlund und dahinter das glänzende Auge des Mondes, der tief über einer Baumreihe in der Ferne hing.

Das Wasser trug sie nach draußen. Sie wirbelten unentwegt umeinander, aber jetzt spürte Finn Sand und Steine unter seinen Füßen. Er machte die Beine lang und kämpfte sich halb rennend und halb watend durch einen seichten Strudel. Eine Welle stieß ihn vorwärts und zog sich wieder zurück, sodass er mit ausgestreckten Armen und Beinen und vollkommen durchnässt liegen blieb. Zoe und Kylie sanken neben ihm auf die Knie, klammerten sich aneinander, japsten und rangen um Atem.

Finn versuchte aufzustehen, aber er konnte nicht. Noch nie im Leben war er so ausgelaugt gewesen. Er sank auf die Kieselsteine ... und spürte, wie sich Finger um sein Handgelenk legten. Die Finger gehörten zu einer Hand und diese Hand zog jetzt so lange an ihm, bis er auf den Beinen stand und in das erschöpfte Gesicht seines Bruders sah.

„Ich habe schon gedacht, ich hätte dich verloren", sagte John und schlang ihm die Arme um den Hals.

„Ich auch", erwiderte Finn.

Schritte knirschten über den Schotter, dann war Lucy bei ihnen, vornübergebeugt und wankend, kaum in der Lage, sich auf den Beinen zu halten, aber sie war da. Finn streckte die Hand aus und zog sie in ihren kleinen Kreis.

Mittlerweile half Zoe Kylie beim Aufstehen. Die beiden Schwestern lehnten sich für einen Moment aneinander, bis sie wieder einigermaßen Luft bekamen.

Da hörten sie die Rufe einer weiblichen Stimme. Finn hob den Blick. Drei Gestalten kamen über den Strand auf sie zugerannt. Im Schein des silbernen Mondes waren ihre vertrauten Gesichter überdeutlich zu erkennen: Ben, Dr. Forrester und der Dekan.

„Und was passiert jetzt?", fragte Lucy und richtete sich langsam auf.

Finn zupfte sich eine Alge aus den Haaren. „Ist mir egal", sagte er. „Wir haben alles getan, was getan werden musste."

„Nicht alles", murmelte John und wandte den Blick zurück zur Höhle. Finn konnte nur vermuten, wie schwer es ihm gefallen sein musste, Adriana dort zurückzulassen.

„Ist es vorbei?", wollte Kylie wissen.

Finn starrte zu der gefluteten Höhle hinüber. Irgendwo tief in ihrem Inneren gab es einen zerstörten Tempel, der jetzt für immer verloren war. „Ja", sagte er. „Es ist vorbei." Aber schon im selben Moment wusste er, dass das nicht stimmte.

24

Finn saß vor dem Fenster der Krankenstation und schaute nach draußen. Es war ein heller, frischer Morgen. Winzige Wolken eilten am Himmel entlang und ließen ihre Schatten über die zerklüftete Wand der Südklippe huschen. Das Meer, das in der Nacht noch so stürmisch gewesen war, lag ruhig wie ein Mühlenteich da.

Dr. Forrester hatte sie bereits unten am Strand oberflächlich untersucht. Einige Schnittwunden und Prellungen, dazu ein paar zerrissene Kleider, klitschnass und einsetzende Unterkühlung. Sie hatte dem Dekan unmissverständlich klargemacht, dass die Schüler zuallererst die Krankenstation aufsuchen mussten. Und Finn war viel zu erschöpft gewesen, um sich Gedanken darüber zu machen, was dem davonstapfenden Kildair wohl durch den Kopf gehen mochte.

Die unvorstellbaren Dinge, die sich in diesem Tempel

abgespielt hatten, kamen ihm vor wie ein Traum. Er hatte versucht, es den Mädchen zu erklären, aber jedes Mal, wenn er sich an die Ereignisse zurückerinnerte, kam ihm alles irgendwie durcheinander vor, als hätte jemand sein Gedächtnis kräftig durchgeschüttelt und hinterher nicht wieder richtig zusammengesetzt. Außer Finn hatte niemand Morvan oder seine knochigen Helfershelfer gesehen. Was immer auch geschehen war, die anderen hatten davon nichts mitbekommen.

Doch in all dem Durcheinander gab es einen Moment, an den er sich überdeutlich erinnern konnte – besser noch als an die Akrobatiktricks, die sich jeder Schwerkraft widersetzt hatten. Irgendwie hatte er im Augenblick der allergrößten Bedrohung seinen Körper verlassen und mit Morvans Augen gesehen.

Obwohl er nur dadurch überhaupt am Leben geblieben war, empfand er doch gleichzeitig tiefes Entsetzen darüber. Weil es nur ein Wort für das gab, was da geschehen war.

Körpertausch.

Wenn er daran dachte, was das zu bedeuten hatte, dann wurde seine Haut glühend heiß.

Er streckte die Beine aus und als er das Stechen in seinem linken Knie spürte, stöhnte er. Er konnte sich beim besten Willen nicht daran erinnern, wie das passiert war, aber im Grunde genommen tat ihm sowieso jeder einzelne

Körperteil weh. Seine Füße steckten zwar in Turnschuhen, waren aber ebenso bandagiert wie seine lädierten Rippen.

Da kam John aus dem Sprechzimmer und grinste über das ganze Gesicht. „Ausgezeichneter Gesundheitszustand, amtlich bestätigt. Sind wir krass oder sind wir krass?"

Hinter John ließ sich jetzt Dr. Forrester sehen. Ihr Arztkittel war sauber und gebügelt und auch ihre Haare waren ordentlich zusammengebunden, aber sie hatte tiefschwarze Ringe unter den Augen. „Ihr könnt gehen", sagte sie. „Nur du noch nicht, Kylie. Ich würde dich gerne noch ein bisschen länger beobachten."

Zoe setzte sich auf. „Auf keinen Fall", sagte sie. „Kylie bleibt bei mir."

Dr. Forrester wollte gerade etwas sagen, doch Kylie war schneller. „Ist schon okay. Ich glaube, das ist eine gute Idee. Ich kann immer noch nicht … ich bin immer noch ziemlich durcheinander, verstehst du?"

„Was absolut nachvollziehbar ist", ergänzte Dr. Forrester. „Aber ich hoffe, dass deine Erinnerung bei der richtigen Behandlung wieder vollständig hergestellt werden kann."

Jetzt waren Schritte auf der Wendeltreppe zu hören und dann stand Ben vor ihnen. Er hatte eine unbewegte Miene aufgesetzt. „Alle sollen in die Bibliothek der Hüter kommen", sagte er mit eisiger Stimme. „Sofort."

Finn warf seinem Bruder einen Blick zu und dieser

zuckte mit den Schultern. „Ich schätze, wir haben sowieso nichts Besseres zu tun."

„Die vier hier kannst du gerne mitnehmen", wandte Dr. Forrester sich an Ben. „Aber Kylie bleibt bei mir."

„Ich habe gesagt, alle", knurrte Ben.

„Als würde es uns interessieren, was du sagst", entgegnete Lucy.

„Ich habe die Regeln nicht gemacht", murrte Ben leise.

Dr. Forrester starrte ihn an. „Und meine Regel lautet, dass Kylie hier bei mir bleibt."

Ben hielt ihrem Blick für einen Moment stand. Dann senkte er die Augen. „Glaubt bloß nicht, dass ich euch entwischen lasse", sagte er zu den anderen.

Sie folgten Ben die Treppe hinunter. Unterwegs hatte Finn mehrfach das Gefühl, als wollte Ben ein Gespräch anfangen, aber er gab jedes Mal wieder auf. Finn hätte ihm zu gerne die eine oder andere Frage gestellt, aber irgendwie gefiel es ihm auch, den Clanvorsteher so leiden zu sehen. Als sie schließlich bei der Bibliothek angelangt waren, hatten Bens Schultern den tiefsten Punkt erreicht. Und dann verschlechterte sich seine Stimmung gleich noch mal, als Professor Panjaran ihn wieder wegschickte.

„Ich hab sie doch hergebracht, genau wie Sie gesagt haben", maulte er.

„Ja", erwiderte Panjaran. „Und jetzt solltest du deine Aufgaben als Clanvorsteher irgendwo anders wahrnehmen."

Während Ben also draußen bleiben musste, betraten Finn und seine Freunde die Bibliothek. Der Raum besaß eine hohe, mit zahlreichen Tiersymbolen aus Stuck verzierte Decke. An den Wänden reihte sich ein Bücherregal an das andere. Mithilfe von Leitern konnte man auch die höchsten Regalfächer erreichen. Hinter gläsernen Türen waren gewaltige Abhandlungen zu sehen, die sehr viel älter aussahen als der Rest der Bücher.

Professor Panjaran machte die Tür zu und gesellte sich zu den drei anderen Hütern, die bereits in der Mitte des Zimmers warteten. Einzig Susan Arnott fehlte. Finn konnte sich schon denken, warum, aber dann war es sein Bruder, der die Frage stellte, die auch ihn beschäftigte.

„Wissen Sie etwas von Adriana?"

Professor Panjaran schüttelte traurig den Kopf. „Alle Anzeichen deuten darauf hin, dass Adriana Arnott ertrunken ist", sagte er. „Es tut mir leid."

John nickte blass. Finn blieb stumm. Was hätte er auch sagen können?

„Es ist eine Tragödie", sagte Schnäbelchen. „Natürlich wird es eine Untersuchung geben müssen." Die Hüter hatten betrübte Mienen aufgesetzt.

„So viele Regeln sind gebrochen worden", sagte Pietr Turminski mit einer seltsam entschuldigenden Geste. „So viel Leichtsinn ist geschehen. Das dürfen wir nicht einfach übergehen."

Finn spürte, wie Lucys Hand sich in seine schob. Er drückte sie und stellte sich so gerade hin, wie es seine schmerzenden Rippen zuließen. Zoe und John starrten die Bodenbretter an und schienen völlig unbeeindruckt der Dinge zu harren, die auf sie zukamen.

„Doch gleichgültig, welche Verfehlungen auch stattgefunden haben mögen", fuhr Panjaran fort, „die Hüter sind vor allen Dingen erleichtert, dass ihr vier euch in dieser Angelegenheit als unschuldig erwiesen habt."

Finn stieß laut hörbar den Atem aus. Er spürte, dass auch die anderen sich ein wenig entkrampften. Nur John starrte weiterhin angespannt zu Boden.

„Heißt das, wir können jetzt gehen?", wollte Lucy wissen.

Schnäbelchen musterte sie kritisch. „Das Trimester ist so gut wie vorüber. Das heißt, dass ihr Alyxa in wenigen Tagen verlassen werdet, genau wie die anderen Schüler auch. In den Ferien haben wir dann alle Gelegenheit, über das, was sich hier abgespielt hat, nachzudenken."

Die ganze Zeit schon spürte Finn Professor Panjarans durchdringende Blicke, darum war er nicht weiter überrascht, als der Hüter des Sehens ihn und seinen Bruder direkt ansprach.

„John und Finlay Williams. Ihr werdet die Insel ein wenig früher als die anderen verlassen, nämlich heute schon. Unmittelbar nach dem Ende dieser Besprechung, um genau zu sein."

„Was soll das denn heißen?", erwiderte John.

„Eure Mutter wurde bereits verständigt und erwartet euch auf dem Festland", fuhr Panjaran fort.

Es dauerte einen Moment, bis Finn die Bedeutung dieser Worte begriffen hatte. Er war noch nicht einmal eine Woche auf Alyxa, aber das Festland kam ihm bereits unendlich weit entfernt vor. Und seine Mutter erst recht.

Professor Panjaran klatschte in die Hände. „Also gut, ihr könnt jetzt gehen", sagte er. „John und Finlay, auf euch wartet ein Boot am östlichen Anleger. Und Lucy und Zoe, euch kann ich nur raten …"

„Einen Moment mal." Finn trat einen Schritt nach vorn. „Das kann doch nicht alles sein."

Panjaran fixierte ihn erneut mit seinen hellen Augen. „Wie bitte, junger Mann?"

„Sie können uns doch nicht einfach so wegschicken, ohne uns wenigstens ein paar Fragen zu beantworten. Zum Beispiel, wer Kylie in diesen seltsamen Tank gesteckt hat?"

Pietr Turminski schüttelte mit schmalem Lächeln den Kopf.

„Man hat sämtliche Tunnel durchsucht", erwiderte er. „Und nirgendwo hat man eine Spur dieser Vorrichtung gefunden, von der du sprichst."

„Weil wir das Ding zerstört haben, um Kylie zu befreien! Aber was ist mit den ganzen Glassplittern? Den Computern?"

„Keine Glassplitter, keine Computer", lautete Turminskis Antwort.

„Zudem gibt es eine neue Zeugenaussage, die bestätigt, dass Adriana in die ganze Sache verstrickt gewesen ist", fügte Schnäbelchen hinzu.

„Was denn für eine neue Aussage?", wollte Finn wissen.

„Adriana hat sich an dem Abend, als Kylie verschwunden ist, mit ihr an der Südklippe getroffen", sagte Turminski. „Das wissen wir jetzt. Vielleicht haben sie sich gestritten." Dann folgte ein winziges Achselzucken, als wollte er sie auffordern, sich den Rest dazuzudenken.

„Aber warum sollten sie?", wandte Zoe ein. „Sie waren doch schließlich Freundinnen."

„Diese Frage können wir nicht beantworten", erwiderte Professor Panjaran und faltete die Hände vor seinem dicken Bauch. „Aber wäre es nicht denkbar, dass ein Unglück passiert ist und Adriana versucht hat, es zu vertuschen?"

Finn wartete ab, falls sein Bruder etwas sagen wollte, aber John blieb stumm.

„Es gibt nur eine Möglichkeit, wie wir erfahren können, was in jener Nacht wirklich geschehen ist", fügte Schnäbelchen hinzu, „und zwar, indem Kylie ihre Erinnerung wiedererlangt."

„Und wer weiß, vielleicht ist es angesichts ihrer traumatischen Erfahrungen sogar besser für sie, wenn es niemals dazu kommt", ergänzte Professor Panjaran.

Ich habe den Hütern nicht erzählt, dass Adriana und Kylie sich am Strand getroffen haben, dachte Finn. *Aber wer dann? Der Dekan? Susan Arnott vielleicht?*

„Wo ist eigentlich die Hüterin des Hörens?", wollte er dann wissen.

„In Anbetracht des Schicksals ihrer Tochter hielt sie es für ratsamer, sich beurlauben zu lassen."

Mit zitterndem Finger zeigte Zoe der Reihe nach auf jeden einzelnen Hüter. „Sie stecken alle unter einer Decke", sagte sie. „Sie haben Kylie entführt!"

Schnäbelchen wirkte geradezu geschockt. „Das ist eine schwerwiegende Beschuldigung, junge Dame. Wo bleibt da die Dankbarkeit?"

„Dankbarkeit?" Zoe trat einen Schritt vor. Ihre Schultern bebten.

„Wir sind sehr dankbar dafür ...", beeilte Finn sich zu sagen, „... dass Sie unsere Unschuld erkannt haben. Aber trotzdem hat Zoe recht. Wir haben das Gefühl, dass wir da über etwas ganz Großes gestolpert sind. Und deshalb möchten wir ein paar vernünftige Antworten haben."

„Genau wie wir", erwiderte Pietr Turminski. „Und sobald wir sie haben, werden wir euch selbstverständlich informieren."

„Und diese Anschuldigungen, dass wir etwas mit alldem zu tun haben ..." Schnäbelchen trat auf Zoe zu.

„... werten wir als Auswirkung eures extremen körperlichen und seelischen Erschöpfungszustandes", beendete Panjaran geschmeidig ihren Satz.

Magnus Gustavsson, der neben ihm stand, nickte stumm.

Finn drehte sich zu Lucy um. Er sah sie mit hochgezogenen Augenbrauen an: *Sagen sie die Wahrheit?*

Sie zuckte mit den Schultern: *Ich weiß es nicht.*

Jetzt breitete Professor Panjaran die Arme aus.

„Das Wichtigste ist jedoch, dass wir euch danken möchten", sagte er. „Ihr habt euch in einer schwierigen Situation bewährt und dadurch größeren Schaden verhindert. Zoe, wir haben deine Eltern bereits darüber in Kenntnis gesetzt, dass Kylies Tod eine Falschmeldung war. Sie haben natürlich sehr erleichtert reagiert."

Zoe hatte die Schutzbrille und eine undurchdringliche Miene aufgesetzt, sodass Finn beim besten Willen nicht wusste, was in ihr vorging.

Jetzt winkte Magnus Gustavsson sie zur Tür und öffnete sie mit einer seiner riesigen Pranken. Professor Panjaran gesellte sich zu ihm, während sich Schnäbelchen und Turminski abwandten, die Köpfe zusammensteckten und leise flüsternd ein Gespräch begannen.

Finn blieb stehen und stellte erfreut fest, dass sich auch seine Freunde nicht von der Stelle rührten.

„Ich glaube, wir haben alles besprochen, was es zu besprechen gibt", sagte Panjaran. „Und ihr seid bestimmt so erschöpft, dass ihr jetzt nur noch schlafen wollt."

„Vor allem wollen wir endlich vernünftige Antworten auf unsere Fragen haben", erwiderte Finn.

Endlich hob auch John den Kopf. „Lass gut sein, Finn", sagte er mit einer leisen Stimme, die Finn von seinem Bruder eigentlich gar nicht kannte. „Er hat recht. Wir müssen endlich loslassen."

Finn wollte gar nichts loslassen. Aber es war auch klar, dass sie von den Hütern nichts mehr erfahren würden.

„Was meinst du, Zoe?"

Sie sah ihn durch die Gläser ihrer Brille hindurch an. „Lass uns von hier verschwinden. Ich will wieder zurück zu Kylie."

Und ich gehe nach Hause, dachte Finn. Er konnte es kaum glauben.

Lucy und John machten sich als Erste auf den Weg zur Tür, gefolgt von Zoe. Finn bildete den Schluss.

„Erholsame Ferien wünsche ich euch", sagte Panjaran noch, während sie die Bibliothek verließen. „Und vergesst nicht: Wir wollen kein Gerede über sechszackige Sterne oder den sechsten Sinn mehr hören."

„Ihr müsst verschwiegen sein", betonte Gustavsson. „Denkt immer daran, welche Macht Gerüchte haben können. Diese Morvanfantasien dürfen sich nicht verbreiten."

„Dann ist Morvan also eine Fantasie?", murmelte John Finn zu, als sie draußen im Flur standen. „Erzähl das mal Adriana."

Erzähl es uns allen, dachte Finn und schauderte bei der Erinnerung an das, was dort unten im Tempel geschehen war.

„Die haben was zu verbergen, stimmt's?", sagte er zu Lucy.

Sie nickte. „Eine Menge. Das Problem ist nur, dass wir nicht wissen, wo die Wahrheit endet und die Lüge anfängt. Ich weiß nicht, ob es dir aufgefallen ist, aber sie haben nicht ausdrücklich gesagt, dass sie nichts mit alldem zu tun haben. Einen Lügendetektor kann man am besten dadurch überlisten, dass man keine direkten Antworten gibt."

„Sie wollen einfach alles ausradieren", platzte Zoe wütend heraus. „So, wie sie auch Kylie ausradieren wollten."

Finn nahm all seine Kraft zusammen und richtete sich auf. „Tja, aber das werden wir nicht zulassen", sagte er.

Lucy zeigte ihnen den schnellsten Weg zum östlichen Flügel des sternförmigen Alyxa-Gebäudes.

„Von da führt ein Fußweg runter zum Anleger", sagte sie zu Finn, während sie eine Tür nach draußen aufstieß. „Genau der richtige Tag für einen kleinen Spaziergang."

„Ein Spaziergang wird nicht nötig sein", ließ sich da eine vertraute Stimme vernehmen. „Ich kann sie fahren."

„Dad!"

Dr. Raj stand vor einem Land Rover, den er vor der Tür geparkt hatte. Seine leuchtend orangefarbene Jacke bildete einen fast schmerzhaften Kontrast zu der hellgrün lackierten Karosserie des Geländewagens. Lucy rannte auf ihn zu und fiel ihm um den Hals. Er wuschelte seiner Tochter durch die Haare und küsste sie auf den Scheitel.

„Mir ist schon klar, dass die Hüter euch mit Samthandschuhen angefasst haben", sagte er. „Aber du, meine Liebe, kommst mir nicht so einfach davon. Kaum drehe ich dir den Rücken zu, schon steckst du bis zum Hals in Schwierigkeiten."

„Also alles wie immer!" Lucy strahlte über das ganze Gesicht. Dann drehte sie sich zu Finn um. „Tja, ich schätze mal, das war's fürs Erste. Bis bald, würde ich sagen."

„Unsinn!", schaltete sich Dr. Raj ein. „Abschiedsworte sind für Bahnsteige und Flughafenterminals reserviert. Und natürlich für Bootsanleger. Alle Mann an Bord!"

Sie drängten sich in den Land Rover. Dr. Raj legte unter lautem Knirschen den ersten Gang ein und lenkte den Wagen den holprigen Pfad entlang. Als er sich durch eine Lücke in einer Ginsterhecke schlängelte, warf Finn einen Blick durch das Heckfenster auf das Alyxa-Gebäude. Wolken zogen über die gewaltige Schule hinweg und zeichneten ein gesprenkeltes Hell-Dunkel-Muster auf die glatte silberne Außenwand.

Der Land Rover neigte sich zur Seite, die Ginsterbüsche wurden größer und Alyxa war verschwunden.

Der Anleger war nichts weiter als ein hölzerner Steg am Ende einer halbkreisförmigen Felsenbucht. Am Ende des Stegs hatte ein kleines weißes Boot mit einem kurzen Mast festgemacht. Fischernetze hingen hinten am Heck. Ein rundlicher Mann mit einem dichten schwarzen Vollbart stand im Ruderhaus und hantierte an einem ziemlich großen Funkgerät herum.

Die vier Freunde ließen Dr. Raj im Land Rover zurück und gingen gemeinsam bis zum Boot. John sprang behände an Bord, sodass Finn sich von Lucy und Zoe verabschieden konnte.

„Ich schätze mal, wir sehen uns dann im nächsten Trimester bei den Blindgängern", sagte Finn. „Es sei denn, du entdeckst deine Kräfte wieder, Lucy."

„Warten wir's mal ab", erwiderte sie grinsend.

„Du kannst ja versuchen, bei der nächsten Jagd nicht Letzter zu werden", sagte Zoe. Sie legte den Kopf schief und in ihren dunklen Brillengläsern spiegelten sich das Meer, der Himmel und Finns grinsendes Gesicht.

„Ich werd mir Mühe geben."

Dann kletterte er ebenfalls an Bord, nur um festzustellen, dass der Kapitän sich laut schimpfend über die Reling gebeugt hatte. „Immer hat man nur Ärger, wenn man hier rausfährt", sagte er mit einem starken walisischen Akzent.

„Was ist denn los?", erkundigte sich Finn.

„Der Anker steckt fest."

„Lassen Sie mich mal versuchen", sagte John. „Finn, du hältst meine Beine fest."

John lehnte sich über die Reling und Finn packte ihn an den Knöcheln. Dann steckte John eine Hand in die Wellen, zog einmal kräftig und holte den triefenden Anker aus dem Wasser.

„Wo soll ich ihn hinlegen?", fragte er den Kapitän.

„Egal", erwiderte der Mann, kehrte ihnen den Rücken zu und stapfte zurück ins Ruderhaus.

„Also, ich fand das sehr beeindruckend!", rief Lucy ihnen vom Anleger aus zu.

Der Motor erwachte schnaufend zum Leben und das Boot entfernte sich langsam vom Ufer. Finn winkte Lucy und Zoe zu. In diesem Moment schob sich das oberste Stockwerk des silbernen Alyxa-Gebäudes hinter einer Felsenspitze hervor in sein Blickfeld. Da stand jemand auf dem Dach und sah ihnen nach – ein großer dünner Mann in einem grauen Anzug.

„Ich wusste doch, dass der Dekan sich von uns verabschieden würde", sagte Finn zu John. Aber sein Bruder gab keine Antwort, sondern starrte schweigend ins Wasser.

Finn tippte ihm auf die Schulter. „John? Alles in Ordnung?"

„Es tut mir leid", sagte John leise.

Finn setzte sich neben ihn. „Was denn?"

„Ich hätte auf dich hören sollen."

„Ist schon okay", erwiderte Finn. „Mir tut es auch leid. Ich hab dir ein paar echt üble Dinge an den Kopf geworfen."

John hob den Blick. „Adriana war wirklich kein schlechter Mensch."

„Ich weiß."

„Sie hat ihr ganzes Leben lang im Schatten ihrer Mutter gestanden", fuhr John fort. „Das hat sie mir erzählt. Ich glaube, ich war der Erste überhaupt, dem sie das anvertraut hat."

Die abgrundtiefe Traurigkeit im Blick seines Bruders versetzte Finn einen tiefen Stich. Er wartete noch ein paar Sekunden, dann stellte er seinem Bruder die Frage, die ihn beschäftigte, seit John aus Dr. Rajs Fenster geklettert war.

„Wie bist du eigentlich in diese ganze Geschichte reingeraten, John?"

Sein Bruder klammerte sich an die Reling. „Ich habe schon vor ein paar Tagen gemerkt, dass mit Adriana irgendwas nicht stimmt. Die meiste Zeit ist sie ..." Seine Fingerknöchel wurden leichenblass. „... *war* sie ganz cool und entspannt, aber immer wieder mal hat sie ziemlich verheult ausgesehen. Sie hat mir erzählt, dass das wegen Kylie Redmayne war, aber ich habe ihr angesehen, dass sie nicht nur traurig war ... sie hatte Angst. Sie hat mich schwören lassen, dass ich es niemandem weitersage, und dann hat sie mir erzählt, was tatsächlich passiert ist ..."

Finn ließ seinen Bruder reden.

„Nach dem Orkan hat Kylie angefangen, Stimmen zu hören, und Adriana hat erkannt, dass das etwas mit dem sechsten Sinn zu tun hatte. Sie hat versucht, Kylie zu helfen. Als Kylie dann zu den Klippen gegangen ist, ist sie ihr gefolgt. Sie wollte verhindern, dass sie in die Höhle geht. Aber dann ist Kylie anscheinend völlig durchgedreht und hat sie angegriffen. Ich glaube, dass Morvan sie da bereits infiziert hatte. Vor lauter Panik ist Adriana dann weggelaufen. Sie hatte solche Angst ..."

„Hat sie jedenfalls behauptet", warf Finn leise dazwischen. „Ich habe sie in der Höhle gesehen, John. Ich habe gesehen, dass sie diese Macht für sich haben wollte." Er wurde das Bild der andächtig in ihren Sprechgesang versunkenen Adriana nicht mehr los. „Und sie hat *Das Buch Morvans* in Zoes Zimmer versteckt."

John zuckte zusammen. „Sie hat ihrer Mum von der Höhle erzählt, aber die Hüterin des Hörens wollte, dass sie es für sich behält. Ich glaube, sie hatte Angst vor dem Dekan und davor, was er unternehmen würde, wenn er Wind davon bekommt, dass Kylie sich mit dem sechsten Sinn eingelassen hat. Kildair ist ein richtiger Fanatiker, Finn."

„Er hat Bescheid gewusst", sagte Finn und nickte. „Er hat Kylie sogar bespitzeln lassen, jeden ihrer Schritte. Aber was willst du damit sagen, John? Dass Susan Arnott Kylie in diesen Glasbottich gesteckt hat? Aber doch ganz bestimmt nicht ohne Hilfe."

John zuckte ratlos mit den Schultern. „Das weiß ich wirklich nicht, genauso wenig wie Adriana. Aber sie muss euch belauscht haben, als ihr über Kylie geredet habt. Gestern Abend jedenfalls hat sie mich gebeten, sie zu begleiten. Sie hat behauptet, dass das die einzige Möglichkeit sei, euch vor Morvan zu retten. Ich dachte ... ich dachte, dass ich das Richtige tue."

Finn merkte, dass sein Bruder den Tränen nahe war. Einen Augenblick lang sah John sehr viel jünger aus als fünfzehn. Finn legte ihm den Arm um die kräftigen Schultern.

„Das haben wir alle gedacht", sagte er tröstend. „Alyxa steckt so voller Geheimnisse und düsterer Ecken, dass man nur schwer erkennen kann, was da wirklich vor sich geht."

„Adriana hat geglaubt, dass der sechste Sinn die Lösung für alle Probleme ist", fuhr John fort. „Sie hat gedacht, dass sie ihn unter Kontrolle behalten kann. Aber sie hat sich geirrt. Ich schätze mal, das hat sie irgendwie ... auf die dunkle Seite getrieben."

Der Kapitän legte den Gashebel nach vorn und das Boot glitt schneller als zuvor über die sanften Wellen hinweg aufs offene Meer hinaus. Bei ihrem Weg um die Landzunge herum wurden größere Teile des silbrig glänzenden Alyxa-Gebäudes sichtbar. Von hier unten sah es aus, als sei ein Raumschiff aus einer anderen Welt auf der Insel gelandet.

„Wir sollten uns beeilen", sagte der Kapitän. „Ein Sturm zieht auf."

Finn warf einen Blick an den blauen Himmel. Fast alle Wolken hatten sich mittlerweile verzogen. „Sind Sie sicher?"

Der bärtige Mann leckte sich die Lippen. „Ja, ganz sicher."

Die Luft auf der Insel flimmerte. Das Schulgebäude schien zu zucken und zu flackern und dann war Alyxa verschwunden. *Die Weiße Wand.*

„Geheimnisse und düstere Ecken", wiederholte John.

Während der Fahrt nach Osten quer über die Nordsee dachte Finn an das, was ihn auf dem Festland erwartete: sein eigenes Bett, die Nachbarkatze, die in ihrem Garten auf Vogeljagd ging, der Pizzaservice, die Fernsehzeitung mit all den angekreuzten Filmen, die er gerne sehen wollte. Vertraute Anblicke, vertraute Geräusche, all die normalen Dinge seines alten Lebens, die so selbstverständlich gewesen waren.

Mum.

Er setzte sich auf die kleine Bank im Windschatten hinter dem Ruderhaus. Während das Fischerboot auf den Wellen vorwärtsschaukelte, versuchte er, seine Gedanken zu ordnen. Seit er nach Alyxa gekommen war, hatte jede Entdeckung, jede Schulstunde, praktisch jede einzelne Minute nur neuerliche Verwirrung, abermaliges Chaos hervorgebracht. Alles war neu und unbekannt. Und immer wieder war er gezwungen gewesen, sein Bild von der Welt zu korrigieren – einer Welt, die vollkommen anders zu funktionieren schien, als er bisher immer gedacht hatte.

Doch weil er so sehr mit all den Unterschieden beschäftigt gewesen war, hatte er all die Dinge, die sich nicht verändert hatten, aus dem Blick verloren. John, Lucy, ja sogar der Dekan und die Hüter, sie alle mochten über besondere Kräfte verfügen, die im krassen Widerspruch zu allen wissenschaftlichen Erkenntnissen und zur menschlichen Vernunft standen. Aber trotzdem waren sie nichts anderes als Menschen. Normale Menschen mit normalen Gedanken, normalen Gefühlen. Unvollkommene Menschen, die Fehler machten oder manches für sich behielten. Die manchmal nicht die Wahrheit sagten.

Alyxa wurde kleiner und kleiner, bis es schließlich nicht mehr zu sehen war.

Aber bald komme ich wieder ...

Welche Geheimnisse sich wohl noch hinter den Mauern von Alyxa verbergen?

Finde es heraus in Band 2 von

DIE SCHULE DER ALYXA

Erscheint im Frühjahr 2019!